Victoria Holt

Hija de la mentira

Traducción de
Amelia Brito

CÍRCULO de LECTORES

Hija de la mentira

LONDRES

Désirée

A menudo reflexiono sobre lo distinta que podría haber sido mi vida si Lisa Fennell no hubiera hecho su dramática irrupción en ella; pienso que si las personas no se hubieran encontrado en cierto lugar al mismo tiempo, jamás se habrían enterado de la existencia de las demás y sus vidas habrían tomado un rumbo totalmente distinto.

Nuestra casa era única en todo Londres, y no creo que sea exagerado afirmar que en toda Inglaterra, porque su dueña era la inimitable, despreocupada y adorable Désirée: la famosa actriz, mi madre.

En aquella época, la posición social se consideraba de la mayor importancia en todos los niveles de la sociedad; el protocolo se observaba con la misma rigurosidad en los salones que en las cocinas; Désirée trataba a todos por igual: Carrie, la ayudante de cocina, recibía el mismo trato que la señora Crimp, el ama de llaves... no siempre con la aprobación de la señora Crimp. Pero Désirée hacía caso omiso.

–Hola, Carrie, ¿cómo te encuentras hoy, cariño? –le preguntaba al encontrársela por la casa. Todas las personas eran «cariño» o «querida» para Désirée. Carrie se ruborizaba de alegría.

–Muy bien, señorita Daisy Ray –decía–. ¿Cómo está usted?

–Vamos tirando –decía Désirée con una sonrisa. Y si veía la mirada de desaprobación de la señora Crimp, no daba muestras de haberla notado.

Todo el mundo en la casa quería a Désirée, con la excepción de dos institutrices, que llegaron cuando yo tenía cinco años para darme los primeros rudimentos de instrucción. Una de ellas se fue a los pocos meses, porque siempre las idas y venidas por la noche le impedían descansar. La otra se fue para ir a educar a la hija de un conde, posición que estaba más en concordancia con sus expectativas.

Pero la mayoría de la gente, una vez aceptaba el hecho de que nuestra casa era diferente a las demás, caía rendida ante el encanto de Désirée: Martha Gee, con una especie de exasperada ternura; la señora Crimp, con disimulo, entre chasquidos de lengua y refunfuñando entre dientes: «¡Vamos, vamos! ¿Qué más habrá que esperar?»; Jenny, la criada, con suprema vehemencia, porque en sus sueños esperaba convertirse en otra Désirée, y Carrie, con deleite no disimulado, pues jamás había conocido a nadie que la hiciera sentirse importante; Thomas, el cochero, le era lealmente devoto, convencido de que una persona tan importante como Désirée podía actuar de modo extravagante si le venía en gana.

En cuanto a mí, ella era el centro mismo de mi vida.

Recuerdo una ocasión cuando tenía unos cuatro años. Era de noche y me desperté, posiblemente debido a las risas que provenían de abajo. Me senté en la cama y escuché. La puerta que comunicaba mi habitación con la de la niñera siempre estaba abierta. Me acerqué a ella en silencio y comprobé que la niñera estaba profundamente dormida. Me puse la bata y las zapatillas y bajé las escaleras. Las risas provenían del salón. Me acerqué y me quedé fuera, escuchando. Después, giré el pomo y me asomé.

Désirée estaba sentada en el sofá. Llevaba un vaporoso vestido de seda color lavanda y su dorado cabello recogido sobre la cabeza, sujeto por una cinta de terciopelo negro adornada con brillantes. Siempre que la veía me quedaba boquiabierta ante su belleza. Era como la heroína de uno de los cuentos de hadas que tanto me gustaban. Me recordaba especialmente a Cenicienta después de haber ido al baile y encontrado al príncipe... sólo que Désirée había encontrado a varios.

Tenía un hombre sentado a cada lado y otro estaba de pie inclinado hacia ella, riendo. Sus chaquetas negras y pecheras blancas formaban un agradable contraste con el color lavanda de la seda. Se quedaron callados y mirándome cuando entré. Era como un cuadro vivo.

–¿Es una fiesta? –pregunté, dando a entender que, si lo era, quería tomar parte.

Désirée extendió los brazos y yo me precipité hacia su perfumado abrazo. Ella me presentó. Ya me había dado cuenta de que había más personas en la sala aparte de los tres hombres y ella.

–Éste es mi tesoro –dijo–: Noelle, porque nació el día de Navidad, el mejor regalo de Navidad que he recibido.

Ya me lo había dicho otras veces. Decía: «Naciste el día de Navidad, así que te llamamos Noelle, que significa nacimiento... nacimiento en Navidad». Y añadía que se sentía particularmente honrada porque yo compartía mi cumpleaños con Jesús.

Pero lo que me importaba en esos momentos era que aquello era una fiesta y yo me encontraba en ella. Recuerdo que estaba sentada en su regazo mientras ella me presentaba con fingida seriedad a algunos de sus invitados.

–Éste es Charlie Claverham, éste es monsieur Robert Bouchère... y éste es Dolly.

Éstos eran los tres que yo había visto reunidos junto a ella cuando entré en la sala. Los observé, especialmente a Dolly, porque me pareció un nombre muy extraño para un hombre. Tenía una figura algo cuadrada, patillas ligeramente rojizas y desprendía un fuerte aroma que, cuando ya adquirí más experiencia en estos temas, reconocí como una mezcla de cigarros y whisky caros. También me enteré de que se llamaba Donald Dollington, actor y empresario, y que irreverentemente lo llamaban Dolly en los círculos teatrales.

Todos me dedicaron muchísima atención, me hicieron preguntas y se mostraron divertidos por las respuestas, lo que me hizo pensar que aquélla era una fiesta maravillosa. Hasta que me quedé dormida y casi no me di cuenta cuando Désirée me llevó de vuelta a mi cama. A la mañana siguiente me sentí muy desilusionada al descubrir que la fiesta ya había terminado.

La casa quedaba cerca de Drury Lane, muy próxima al teatro, lo cual era esencial. Me parecía enorme cuando yo era pequeña, un lugar emocionante con escaleras que llevaban al sótano, y luego desde la planta baja a la cuarta. Siempre había algo interesante que observar desde las ventanas del cuarto de los niños, en las que Désirée había hecho poner rejas para que no me cayera.

Había gente que vendía cosas que llevaba en carretones o en bandejas colgadas al cuello con correas: empanadillas calientes, espliego, fruta, flores, alfileres y cintas; también había carruajes y coches de alquiler que llevaban y traían gente de los teatros. Me encantaba observarlos.

Cuando cumplí seis años llegó la señorita Mathilda Grey a instruirme. Eso fue después de que las otras dos institutrices se hubieran ido para buscar un empleo más adecuado. Al llegar debió de haberse sentido algo desconcertada y habría seguido el ejemplo de las otras dos, si no hubiera sido porque deseaba ser actriz.

–No como tu madre –aclaró–. No sólo cantar y bailar en comedias ligeras, sino una actriz de verdad.

Observé detenidamente a Mathilda Grey. No tenía un gran físico para bailarina. Mi madre era bastante alta y decían que tenía figura de reloj de arena. La señorita Mathilda Grey era bajita y regordeta, y todo lo que lograba hacer era cantar con trinos algo desentonados. Pero ni lady Macbeth ni Portia requerían saber cantar ni bailar. No obstante, sus ambiciones, por equivocadas que pudieran ser, la impulsaron a quedarse en un puesto que la acercaba más al mundo teatral de lo que podría haber esperado.

Después de un tiempo se conformó y, creo yo, empezó a gustarle formar parte de la familia.

La más importante era Martha Gee, la encargada del vestuario de mi madre, aunque era más que eso: se encargaba de todos nosotros, no sólo de mi madre. Era una mujer enorme, de ojos oscuros muy vivos que no perdían detalle. Llevaba el pelo castaño severamente recogido atrás en un gran moño y siempre vestía de negro. Le gustaba recordarnos que, al haber crecido escuchando el tañido de las campanas de la iglesia de Saint Mary-le-Bow, era una auténtica *cockney*. Era lista, astuta, no aceptaba, como solía decir, nada de nadie, y daba siempre tanto como recibía... y un poquitín más.

Conoció a mi madre cuando ésta era corista; si Martha Gee no era capaz de descubrir el talento con sólo verlo, no sabía quién podría hacerlo. Decidió tomar a mi madre bajo su protección y guiarla en su carrera. Martha tendría unos cuarenta años, contaba con una gran experiencia y sabía bastante de la vida. A menudo nos decía que ella pertenecía al teatro y conocía muy bien todos los trucos que algunos empleaban, qué ofertas había que rechazar y cuáles había que coger con ambas manos. Tiranizaba a mi madre igual que a todos nosotros, pero nos hacía sentir que lo hacía por nuestro bien y que ella sabía lo que nos convenía. Trataba a mi madre como a una niña caprichosa. A mi madre le gustaba y solía decir: «¿Qué haría yo sin Martha?».

La otra persona sin la cual nada habría hecho era Dolly, que visitaba asiduamente nuestra casa.

Fue una infancia extraordinaria, no había nada normal en ella. Siempre sucedía algo interesante y a mí jamás me dejaban al margen. Cuando veía a otros niños caminar sosegadamente por el parque acompañados de sus niñeras, les tenía lástima. Sus vidas eran muy diferentes de la mía. Eran niños sólo para ser vistos y no escuchados. Yo tenía la suerte de pertenecer a la familia más fabulosa que haya existido jamás. Mi madre era la famosa Désirée, a la que miraba la gente cuando salíamos juntas. Algunos se acercaban y le decían lo mucho que les había gustado su actuación en alguna obra, y sacaban programas para que se los firmara. Ella siempre sonreía y charlaba con ellos. Se quedaban sobrecogidos de admiración, mientras yo estaba allí sonriendo, orgullosa porque compartía su gloria.

Solía quedarme despierta para oírla llegar. Si estaba sola con Martha, bajaba a reunirme con ellas. Se sentaban en la cocina y comían bocadillos, o bebían cerveza o leche caliente según les apetecía, y se reían mucho sobre algún desliz en el escenario, o sobre el anciano caballero del público que «le tomó simpatía a la señora», como decía Martha.

Mathilda Grey no aprobaba que yo bajara a reunirme con ellas en la cocina, pero se encogía de hombros y lo aceptaba. Era uno de los hitos en el camino para llegar a ser lady Macbeth.

A veces mi madre llegaba muy tarde, y entonces yo sabía que no servía de nada esperarla. Estaría cenando con Charlie Claverham, o con monsieur Robert Bouchère, o algún otro admirador. En esas ocasiones me sentía decepcionada, porque eso significaba que dormiría hasta tarde a la mañana siguiente y yo tendría muy poco tiempo para estar con ella antes de que se marchara al teatro.

Dolly era un asiduo visitante de la casa, y él y mi madre mantenían largas charlas. Se peleaban muchísimo, lo cual al principio me asustaba, hasta que comprendí que no eran peleas serias. Se insultaban mutuamente, pero nadie hacía caso, porque ya lo habíamos oído todo otras veces. En ocasiones, Dolly salía del salón dando un portazo y se marchaba de la casa a grandes zancadas.

Nosotras estábamos en la cocina escuchando. Habría sido bastante difícil no oírlos si no hubiéramos querido escuchar, lo cual, naturalmente, no era el caso.

–Parece grave esta vez –decía la señora Crimp–. Pero volverá, seguro.

Y siempre tenía razón. Él volvía. Entonces se reconciliaban y escuchábamos la voz llena y limpia de mi madre ensayando las canciones de la nueva comedia musical que él había encontrado para ella. Había frecuentes visitas, más canciones para ensayar, tal vez algunas peleas en medio, pero nada de importancia. Después venían los ensayos en el teatro y más peleas. Finalmente, el ensayo general y la noche del estreno.

La señora Crimp disfrutaba con aquello. Había muchas cosas que criticaba, pero claro, uno de sus mayores placeres consistía en criticar a toda persona que no se ajustara a sus gustos. El nombre de mi madre, por ejemplo:

–¡Désirée! –clamaba con desprecio–. Vaya nombre con el que irse a la cama.

Jenny comentaba que según sus cálculos había alguno... y más de uno... al que no le importaba irse a la cama con ese nombre.

–No permitiré ese tipo de conversación en mi cocina –decía con severidad la señora Crimp–. En especial... –Y hacía un significativo gesto en mi dirección.

Naturalmente, sabía a lo que se refería. No me importaba. Todo lo que hacía mi madre era perfecto a mis ojos, y no era culpa suya que tantas personas se enamoraran de ella.

La señora Crimp tenía sus manías con los nombres. Los pronunciaba, según ella, como debían pronunciarse. Así, mi madre era «Daisy Ray», y Robert Bouchère, el distinguido francés tan asiduo en sus visitas, era «*Mesié* Róber».

Yo estaba confusa respecto al nombre de mi madre hasta que se lo pregunté y ella me lo explicó:

–Désirée es mi nombre artístico –me dijo–. No me lo dieron en la iglesia ni nada de eso. Yo me lo puse. Las personas tienen el derecho a elegir su nombre, y si no reciben uno que les guste para comenzar el camino, ¿por qué no habrían de cambiarlo? Estás de acuerdo, ¿verdad, cariño?

Yo asentí vigorosamente. Siempre estaba de acuerdo con todo lo que dijera.

–Bueno, tendrás que saberlo algún día, ya que formas parte de todo esto... así que escucha, cariño, y te contaré cómo sucedió todo.

Estábamos acostadas en su cama. Ella llevaba un salto de cama azul celeste. Yo estaba completamente vestida, ya que eran las diez y media de la mañana y llevaba bastante tiempo en pie. Ella aún no se había levantado. A esa hora del día era cuando se mostraba más comunicativa. Me imagino que eso se debía a que no estaba completamente despierta.

–¿Cuál es tu verdadero nombre? –pregunté.

–¿Sabes guardar un secreto?

–Por supuesto –exclamé encantada–. Me encantan los secretos.

–Bueno, pues es Daisy. La señora Crimp ha acertado, ¿verdad? A mí me pareció que no iba conmigo. ¿Me parezco a una Daisy[1]?

–Bueno, ¿por qué no? Es una hermosa flor.

–Daisy Tremaston –dijo arrugando la nariz.

–A mí me gusta como suena, y si la gente supiera que es tu nombre, aún sonaría mejor.

–Dices cosas muy bonitas, cariño –dijo besándome la punta de la nariz–. Y lo más lindo de ellas es que las dices con sinceridad. No. No, yo pensé que para el escenario necesitaba un nombre especial... un nombre que se grabara en la memoria de la gente. Es importante: Es el envoltorio lo que importa. Recuérdalo siempre. Puedes ser un verdadero genio en el escenario, puedes ser fabulosa... pero si el envoltorio no es el adecuado, bueno, pues entonces todo será más difícil. Te lo puedo asegurar, cariño: para entrar en mi profesión necesitas todo lo que puedas conseguir... talento, perseverancia, un empujoncito aquí, otro empujoncito allá en la direc-

1. En inglés, *daisy* significa «margarita». *(N. de la T.)*

ción correcta, en el momento oportuno y por la gente adecuada.

–¿Y el envoltorio? –le recordé.

–Eso es –rió apreciativa. Ése era otro de sus dones: hacía sentir a la gente que sus comentarios más vulgares eran muy inteligentes–. Désirée. Tiene algo, ¿verdad, cariño? Significa «deseada». Es una sugerencia a todo el que lo oye: «Ah, esa dama es especial». Diles que eres deseada y estarán a mitad de camino de creerlo; con un poquitín de talento estarás a mitad de camino, y con algo de suerte podrás conseguirlo. De modo que yo decidí ser Désirée para el teatro y me quedé con ese nombre. Tienes que renunciar a todo lo anterior. De lo contrario, se crea confusión.

–Así que ya no eres Daisy.

–Todo eso está encerrado en los dominios del ayer. Ése era el título de una de mis primeras canciones. Bastante buena, ¿eh?

Comenzó a cantarla. Me encantaba escucharla cantar. Cuando acabó la canción, dirigí la conversación hacia donde yo quería.

–¿Te ayudó Dolly a escoger tu nombre?

–¿Dolly? ¡No! Él se habría opuesto. En su opinión no es un nombre con clase. Así es Dolly. No siempre hago lo que él dice, aunque debo decir que tiene buen ojo para descubrir lo que va a tener éxito. No. Eso fue antes de la época de Dolly. Fue en mis tiempos de lucha. Te podría contar algunas historias.

Me acurruqué para escucharlas, pero no hubo ninguna historia. Era sólo en sentido figurado. Algo le sucedía cuando hablaba del pasado. Me parecía sentir cómo se cerraban las persianas en su mente. Pero sí me contó una vez que su vida había comenzado en un pueblo de Cornualles.

–Cuéntame algo sobre Cornualles –le pregunté en aquella ocasión.

Esperé conteniendo el aliento, porque cuando abordé el tema ella parecía dispuesta a hablar de otra cosa.

–Ah –dijo con voz algo soñadora–. Aquel lugar no me convenía. Ya desde pequeña soñaba con venir a Londres. Me encantaba cuando llegaba gente a la posada de la aldea. Era un lugar apartado, pero de tanto en tanto aparecía alguien de las grandes ciudades. Había un hombre de Londres. Yo solía hacerle hablar de los teatros. Entonces supe que algún día iría a Londres. Trabajaría en el teatro.

Se quedó en silencio y temí que comenzara a hablar de otra cosa.

–Todo estaba encerrado –continuó lentamente–. Así es como yo me sentía... encerrada. Sólo consistía en ir a la iglesia el domingo... ¿Sabes lo que quiero decir?

–Sí, sí, lo sé.

–Demasiadas viejas chismosas... y hombres también. No había otra cosa que hacer que buscar pecados. Era la única diversión que tenían. No te puedes imaginar la cantidad de pecados que encontraban en esa pequeña aldea junto al páramo.

–El páramo debía de ser precioso.

–Era desolador; tendrías que haber escuchado cómo silbaba el viento. Era muy solitario... no había gente. Ya a los seis años estaba cansada de todo aquello. Y entonces, cuando descubrí lo que deseaba, nada pudo retenerme. Odiaba la casa de campo, estrecha, incómoda y oscura. Había oraciones por la mañana, al mediodía y por la noche, y debía ir a la iglesia dos veces el domingo. Pero me gustaba cantar. Especialmente los villancicos, «Away in a Manger», «Hark the Herald Angels Sing». Descubrí que tenía buena voz. Güelo dijo que tenía que tener cuidado, que era soberbia y que debía recordar que todos los dones vienen de Dios para tentar nuestra vanidad, y que si caía en ella, ya vería lo que me pasaría cuando llegara el día del Juicio. Nada bueno.

Era la primera vez que oía hablar del güelo y deseaba saber más.

–¿Él vivía contigo?

–Él diría que yo vivía con él. Se hizo cargo de mí cuando mi madre murió.

–¿Y tu padre también? –dije por si acaso.

Esperé intranquila. Presentía que el tema de los padres había que abordarlo con cautela. Jamás había logrado descubrir lo más mínimo acerca del mío, sólo que era un hombre admirable, del que podía sentirme orgullosa.

–Ah, él no estaba –dijo como a la ligera–. Tendrías que haber visto esa casa: las ventanas apenas dejaban entrar la luz, paredes de adobe, de una especie de arcilla. Veías una y era como verlas todas. Dos habitaciones arriba y dos abajo. Tienes suerte, Noelle, de vivir en una casa como ésta en el corazón de Londres. ¡Qué no habría dado yo por eso cuando era pequeña!

–Pero después la tuviste.

–Ah, sí. La tuve, ¿no es cierto? Y a ti, ángel mío, te tengo a ti.

–Esto es mejor que la vieja casa del abuelo. ¿Por qué lo llamabas «güelo»?

–Es la forma de hablar de allí. Él siempre fue el güelo, como todos los otros abuelos. Esa forma de hablar no servía para el teatro en Londres. Ya te lo he dicho, tenía que irme, cariño. Si hubieras estado allí, te habrías dado cuenta de por qué.

Era como si se estuviera disculpando.

–Solía ir al páramo –continuó–. Había muchísimas piedras viejas allí, decían que eran prehistóricas. Yo bailaba alrededor de las piedras y cantaba a voz en grito. Sonaba precioso y daba una maravillosa sensación de libertad. Lo que más me gustaba en la escuela era cantar. Eran sólo himnos y villancicos, pero también había otras canciones que me aprendía. «Come to the Farr», «Early one Morning» y «Barbara Allen». Cuando escuchaba una nueva canción tenía que cantarla. Y también me encantaba bailar... Pero tenía que tener cuidado con eso. Cantar era correcto si se trataba de salmos o villancicos, pero bailar era malo, a no ser que fueran bailes regionales. Cuando bailaban la danza *furry*, un baile regional de Cornualles que no podían tachar de pecaminoso porque era una tradición, me pasaba todo el día danzando en la ciudad. Pero me gustaba más bailar en el páramo. Sobre todo alrededor de las piedras. En algunos aspectos parecían niñas. Se decía que habían sido convertidas en piedra. Alguien igual que mi güelo debió encargarse de ello; debieron bailar en domingo, lo más probable. En aquellos tiempos se guardaba el domingo. Sí, me pasaba el día bailando. La gente decía que estaba encantada por un *pisky*.

–¿Qué es eso?

–Los *piskies* son los duendes. Les gusta hacer todo tipo de travesuras en esa parte del país. Son algo así como hadas... no muy buenas. Vuelven loca a la gente y les hacen todo tipo de cosas raras. Eso es lo que llaman estar encantado por un *pisky*. Una vez fui a ver a la vieja bruja del bosque. La gente de allí es muy supersticiosa. Creen cosas que jamás escucharías en Londres. Siempre temen encontrarse con liebres blancas, lo que por supuesto significa algo desastroso, o con las criaturas de las minas que salen para advertir a los que han pecado del castigo que les espera.

–Parece un lugar fascinante. Me encantaría conocerlo.

–Algunos lugares son fascinantes para hablar de ellos, pero incómodos para vivir. Sólo tenía clara una cosa: debía marcharme de allí.

–Cuéntame algo de la bruja del bosque.

–Ella provenía de una familia Pillar. La gente de las familias Pillar tiene dones especiales, porque uno de sus antepasados ayudó a volver al mar a una sirena que había quedado varada en la playa. Desde entonces, los miembros de la familia tuvieron el poder de ver el futuro. Hay muchísimas otras personas sabias allí. Son los séptimos hijos de cada séptimo hijo. Saben ver el porvenir. Luego están los podálicos, lo que significa que nacieron con los pies por delante. Y toda esta gente tiene el poder de pasar los dones recibidos a sus descendientes. De modo que no hay escasez de sabihondos.

–Sí que es interesante.

–Mi Pillar –continuó sin hacerme caso– me dijo que yo podía tener un brillante futuro. Sería mi decisión. Había dos caminos. ¡Cómo vuelven los recuerdos! Es como si aún la escuchara ahora: «Hay dos caminos abiertos ante ti, querida. Uno te conduce a la fama y la fortuna. El otro te lleva a una vida buena y reposada... pero si lo eliges, nunca encontrarás la paz. Siempre estarás diciéndote "debería haber elegido el otro"».

–Y tú elegiste el camino hacia la fama y la fortuna. ¿No fue maravilloso? Y qué inteligente la Pillar por saberlo.

–Bueno, cariño, no es tan profundo como parece. Allí estaba yo, cantando y bailando por todas partes. Todo el mundo sabe lo que todo el mundo hace allí. No se pueden tener secretos. Supongo que yo decía: «Iré a Londres. Voy a cantar y bailar en el teatro». Esas cosas se comentan. Pero eso fue lo que dijo y entonces supe que tenía que ser así.

–¿Qué dijo güelo cuando te fuiste?

–Yo no estaba allí para escucharle, cariño –rió–. Sólo puedo imaginármelo. Debió decir que Satán estaría atizando ya los fuegos para hacer especialmente caliente mi llegada al infierno.

–No tienes miedo, ¿verdad?

–¿Quién, yo? –Soltó una carcajada–. Ni lo pienses. Yo creo que estamos aquí para disfrutar. Nosotros somos los que vamos a ir al cielo, verás..., no aquellos que van por ahí haciendo desgraciada la vida de los demás.

–¿Cómo llegaste a Londres?

–Por etapas. Trabajaba en el camino... principalmente en posadas. Reunía algo de dinero, y allí estaba yo, en la siguiente etapa del viaje. Estuve trabajando en un café no lejos de aquí. Allí entraba gente del teatro. Había un hombre, un cliente habitual, que se interesó por mí. Yo le dije que deseaba trabajar en el teatro. Me dijo que vería qué podía hacer. En mi tiempo libre solía pasear y mirar los teatros, contemplando los nombres de la gente y diciéndome: «Yo estaré allí arriba algún día».

–Y lo lograste.

–Por supuesto. Pero me llevó algo de tiempo. Ese hombre me presentó a un agente que no se mostró nada entusiasmado al verme, y que sólo quería devolverle un favor a un amigo. Yo canté y, aunque él hizo como que no estaba impresionado, noté el cambio que se produjo en su modo de verme. Luego me miró las piernas y yo hice unos cuantos pasos de baile. Dijo que ya me diría algo. El resultado fue un lugar en la fila de atrás del grupo de coristas. Lo recuerdo muy bien. *María la Terca.* Una comedia horrible, pero fue un comienzo. Me hicieron tomar clases de baile. Lo hice. No era mucho, pero fue un comienzo.

–Y entonces fue cuando conociste a Martha.

–Fue un gran día. Me dijo: «Puedes hacer algo más que esto». Como si yo no lo supiera. No les gustaba mi nombre. Demasiado largo, Daisy Tremaston. El agente sugirió Daisy Ray. Siempre me da risa cuando la señora Crimp y las chicas me llaman así. ¿Ves cómo se parece, «Daisy Ray»? Bueno, está bien. Se desliza por la lengua. Pero ¿es un nombre que la gente recuerda? Entonces se me ocurrió, como en un relámpago. Deisi Rei... Désirée. Así mismo. Puedes hacer cosas como esa en la profesión. Así que me transformé en Désirée.

–Y tomaste el camino hacia la fama y la fortuna.

–¡Oye! ¿Qué haces teniéndome aquí habla que te habla? Es hora de que me levante. Dolly llegará dentro de un minuto.

Lo lamenté. La sesión había terminado, pero me iba enterando de más cosas cada vez. Sabía que, si me mostraba demasiado curiosa, ella bajaría el telón, y lo que yo más deseaba era saber cosas acerca de mi padre.

Tenía dieciséis años y era bastante madura para mi edad. Había aprendido muchísimo sobre la vida del teatro y algo acerca del mundo. Siempre había gente que entraba y salía de la casa; hablaban constantemente, y si yo estaba presente, escuchaba. Charlie Claverham y Robert Bouchère eran visitantes asiduos. Ambos tenían casa en Londres; Charlie tenía su hogar en Kent, Robert en Francia. Venían a Londres por negocios y ambos sentían devoción por mi madre. Otros admiradores venían y se iban, pero esos dos permanecían.

Había días que Dolly aparecía por la casa con cierto estado de ánimo que yo sabía significaba que había descubierto lo que él llamaba un excelente «vehículo» para Désirée. Con frecuencia sucedía que lo que él consideraba excelente, en opinión de ella era pura basura, y entonces nos preparábamos para los problemas.

Llegó.

Me senté en las escaleras cerca del salón, a escuchar. No es que tuviera que hacer mucho esfuerzo. Sus voces elevadas llegaban a casi todas las partes de la casa.

–La letra es horrible. –Ésa era mi madre–. Me daría vergüenza cantarla.

–Es deliciosa y agradará a tu público.

–Entonces, tienes muy mala opinión de mi público.

–Sé todo lo que hay que saber sobre tu público.

–Y en tu opinión sólo se merece basura.

–Tienes que sacarte esa idea de tu cabecita.

–Si tan baja es tu opinión de mí, entonces creo que ha llegado el momento de separar nuestros caminos.

–Mi opinión de ti es que eres una buena actriz de comedia musical, y muchas como tú han fracasado por imaginarse que son demasiado buenas para su público.

–Dolly, te odio.

–Désirée, yo te quiero, pero eres tonta, y eso puedo decírtelo. Todavía estarías en la fila de atrás de las coristas si yo no me hubiera preocupado de ti. Vamos, sé buena chica y echa otra mirada a *Maud.*

–Odio *Maud,* y esa letra me da vergüenza.

–Tú avergonzada... Jamás te he visto avergonzada, en toda mi vida. Pero vamos, si *Maud* es una ópera comparada con *Sigue a tu líder.*

–No estoy de acuerdo.

–Un buen título también: *La condesa Maud.* Les encantará. Todos querrán ver a la condesa.

–La odio, la odio y la requeteodio.

–Bueno, entonces sólo me queda por hacer una cosa. Le diré a Lottie Langdon que la haga. Te pondrás verde de envidia cuando veas el éxito que tendrá.

–¡Lottie Langdon!

–¿Y por qué no? Encajará bien en el papel.

–Flaquea en las notas altas.

–Eso tiene un atractivo especial para algunas personas. Les gustará la historia. La chica dependienta que en realidad es la hija del conde de Alguna Parte. Es exactamente lo que les gusta. Bueno... me marcho, a ver a Lottie.

Silencio.

–Muy bien –dijo Dolly finalmente–. Te daré hasta mañana por la mañana. Entonces quiero una respuesta directa. Sí o no.

Dolly salió de la sala y le observé marcharse. Subí a mi habitación. Estaba segura de que pronto mi madre estaría inmersa en los ensayos de *La condesa Maud.*

Así fue. Dolly nos visitaba con frecuencia y la presencia de George Garland, el pianista que siempre acompañaba a mi madre, era constante. Todos en la casa entonaban melodías de *La condesa Maud.*

Cada día aparecía Dolly con nuevas ideas que había que decidir en combate; Martha corría buscando modelos y comprando todo lo que haría falta. Era ese período con el cual todos estábamos familiarizados; nos sentiríamos aliviados cuando dejaran de sonar y de brillar las alarmas y se comprobara que todas las dudas y temores de la noche del estreno eran infundados y que teníamos asegurada una larga temporada.

Nos acercábamos a la noche del estreno y mi madre se encontraba en un estado de tensión nerviosa. Siempre se había sentido intranquila respecto a *La condesa Maud,* declaró. No le producía ninguna seguridad la letra, y además pensaba que debería llevar un traje azul y no rosa para la primera escena. Estaba segura de que su vestido iba a desentonar con la ropa de las coristas; tenía algo de ronquera... ¿Y si la noche del estreno tenía irritada la garganta?

–Te estás imaginando todas las calamidades posibles –le dije–. Siempre lo haces y nunca sucede nada. Gustarás al público y *La condesa Maud* será uno de tus mayores éxitos.

–Gracias, cariño. Eres mi consuelo. Hay una cosa que acabo de recordar. No podré cenar con Charlie esta noche, en absoluto.

–¿Está en Londres?

–Sí. Llega hoy. Tengo un ensayo esta tarde y no estoy contenta del baile con sir Garnet en la última escena, cuando él canta «Te amaría igual aunque fueras una dependienta».

–¿Qué es lo que no funciona?

–Creo que él debería aparecer por el otro lado... y tengo que asegurarme de que no se me cae la boa cuando hago ese giro rápido al final. Pero el asunto es que tengo que hacérselo saber a Charlie. Llévale una nota, ¿quieres, cariño?

–Por supuesto. ¿Dónde está?

De pronto se me ocurrió pensar en lo extraño que era que, siendo tan amigas de Charlie como éramos, no conociera su dirección en Londres. Cuando estaba en Londres venía continuamente a visitarnos. De hecho, a veces parecía como si viviese con nosotras. Mi madre podría haberlo visitado, pero nunca lo hacía. Lo mismo valía para Robert Bouchère..., aunque, naturalmente, él vivía en Francia.

En todo caso, había un vago misterio acerca de esos

dos hombres. Iban y venían. Muchas veces me preguntaba qué hacían cuando no estaban con nosotras. Sin embargo, ésta era una oportunidad para ver dónde tenía su residencia londinense Charles, y aproveché la ocasión. Encontré la casa. Quedaba cerca de Hyde Park. Era pequeña pero típica del siglo XVIII, con una entrada neoclásica estilo Adam y montante de abanico. Toqué el timbre y abrió la puerta una criada pulcramente uniformada. Le pregunté si podía ver al señor Claverham.

–¿El señor Charles Claverham, señorita, o el señorito Roderick?

–Ah, el señor Charles, por favor.

Me hizo pasar al salón. Allí los muebles estaban a tono con la casa. Las gruesas cortinas de terciopelo en la ventana hacían juego con el delicado verde de la alfombra y no pude evitar comparar la sencilla elegancia con nuestro estilo contemporáneo más sólido.

La criada no regresó. En su lugar entró en la sala un joven. Era alto y delgado, de pelo oscuro y amistosos ojos castaños.

–Usted deseaba ver a mi padre –dijo–. Me temo que no está aquí en estos momentos. Llegará por la tarde. ¿Puedo servirla en algo?

–Tengo una carta para él. Tal vez pueda entregársela usted.

–Por supuesto.

–Es de mi madre. Désirée, ¿sabe usted?

–Désirée. ¿La actriz?

Me pareció bastante extraño que Charlie, uno de los mejores amigos de mi madre, no le hubiera hablado de ella a su hijo.

–Sí –dije y le entregué la carta.

–Me encargaré de que la reciba tan pronto llegue. ¿No quiere sentarse?

Siempre he sido curiosa por naturaleza y, tal vez porque parecía haber algo misterioso en mis antecedentes, sospechaba que podría haberlo en los de los demás. Siempre deseaba descubrir todo lo posible acerca de la gente que conocía y en esos momentos me sentía especialmente interesada. De modo que acepté de buena gana.

–Me sorprende que no nos hayamos conocido antes –dije–. Mi madre y su padre son tan buenos amigos... Recuerdo a su padre desde que era muy pequeña.

–Bueno, yo no vengo mucho a Londres, ¿sabe? Acabo de terminar mis estudios en la universidad y ahora supongo que pasaré bastante tiempo en el campo.

–He oído hablar de la casa de campo... En Kent, ¿verdad?

–Sí, exacto. ¿Conoce Kent?

–Sólo sé que queda abajo en la esquina del mapa, justo al borde.

–Eso no es conocer realmente Kent –rió–. Es algo más que una mancha marrón en un mapa.

–Bueno, pues entonces no conozco Kent.

–Debería conocerlo. Es un condado muy interesante. Pero claro, supongo que todos los lugares lo son cuando uno comienza a estudiarlos.

–Como las personas.

Me sonrió. Yo notaba que deseaba retenerme todo lo posible, y estaba tratando de pensar en algún tema que pudiera interesarme.

–Nosotros estamos siempre en Londres –dije–. La profesión de mi madre la retiene aquí. Siempre está preparándose para una obra o actuando. Tiene que hacer muchos ensayos y cosas por el estilo. Y luego hay períodos en que descansa. Así es como los llaman ellos cuando están a la espera de que aparezca algo.

–Debe de ser muy interesante.

–Es fascinante. La casa siempre está llena de gente. Tiene muchos amigos.

–Me lo imagino.

–Pronto va a haber un estreno. Por el momento, ella está en la etapa en que se pone nerviosa pensando en cómo va a resultar.

–Debe de ser bastante inquietante.

–Oh, ya lo creo. Tiene algo que hacer esta tarde y no sabe a qué hora va a terminar. Por ese motivo tiene que cancelar...

–Bueno –dijo él asintiendo–, así he tenido el placer de conocerla a usted.

–Su padre debe de haberle hablado muchísimo de ella. Él siempre está interesado en las obras. Siempre asiste a los estrenos.

Él tenía el aspecto de estar algo distraído, pero yo continué:

–¿Así que se va a quedar en el campo cuando se vaya de aquí?

–Ah, sí. Echaré una mano en los asuntos de la hacienda.

–¿Hacienda? ¿Qué significa eso?

–Es una buena cantidad de terreno... con granjas y cosas de ésas. Tengo que dirigirlo. La familia lo ha hecho durante siglos. Tradición familiar y todo eso.

–Ah, comprendo.

–Mi abuelo lo hizo, mi padre lo hace... y yo lo haré.

–¿Tiene hermanos?

–No. Soy hijo único. Así que ya ve, me toca a mí.

–Supongo que eso es lo que desea.

–Naturalmente. Me encanta la propiedad. Es mi hogar, y ahora este nuevo descubrimiento... eso lo hace muy interesante.

–¿Nuevo descubrimiento?

–¿No les ha hablado de ello mi padre?

–No recuerdo que jamás haya dicho nada sobre la hacienda. Tal vez se lo haya dicho a mi madre.

–Estoy seguro de que tiene que haberle contado lo que se ha descubierto allí.

–Yo no lo he oído ¿Es un secreto? Si es así, no preguntaré.

–No es ningún secreto. Apareció en la prensa. Es impresionante. Estaban arando uno de los campos cerca del río. Hace unos mil años el mar llegaba justo hasta nuestro terreno. A lo largo de los siglos ha ido retrocediendo y actualmente está a unos tres kilómetros. Es un proceso que sucede muy lentamente. Pero lo interesante es que los romanos usaron el lugar como una especie de puerto donde desembarcaban provisiones, y por supuesto, toda esa parte era como un poblado. Hemos desenterrado una de sus villas. Es un descubrimiento fantástico.

–Ruinas romanas –dije yo.

–Sí, ciertamente. Estamos en un antiguo dominio romano. Naturalmente teníamos que estarlo. Kent fue el primer lugar donde desembarcaron. Conozco el lugar, en Deal... a tan sólo unos pocos kilómetros de nosotros. Hay una placa que dice: «Aquí desembarcó Julio César el año 55 a.C.».

–¡Qué interesante!

–Uno se puede parar allí e imaginarse a todos esos romanos desembarcando ante la perplejidad de los bretones con sus tatuajes de colores. ¡Pobres! Pero fue bueno al final; los romanos hicieron mucho por Britania. Imagínese nuestro entusiasmo al encontrar pruebas de que estuvieron en nuestro terreno.

–Usted sí que está entusiasmado con ello, ¿verdad?

–Por supuesto. Sobre todo porque había estudiado un poco de arqueología. Sólo como pasatiempo, en realidad. Hubo momentos en que pensé que me habría gustado dedicarme a ella como profesión, pero sabía lo que debía hacer. *Noblesse oblige* y todo eso.

–¿Preferiría haberse dedicado a la arqueología como profesión?

–Solía pensar así. Entonces me recordé a mí mismo que es una carrera sembrada de desengaños. Uno sueña con hacer descubrimientos milagrosos, pero la mayor parte del tiempo es sólo excavar y hacerse ilusiones. Por un triunfo hay miles de decepciones. He estado en trabajos de excavación con estudiantes. No encontrábamos más que unos pocos trozos de cerámica que esperábamos fueran de alguna casa romana o sajona de hace varios siglos y después resultaba que alguna ama de casa los había tirado hacía unos pocos meses.

–Bueno –reí yo–, eso es típico de la vida.

–Tiene razón. Y no hago más que hablar de mí mismo, lo cual es una horrorosa falta de educación, creo.

–No si la otra persona está interesada, y yo lo he estado, y mucho. Cuénteme algo de su casa.

–Es antigua.

–Me lo imaginaba... con todos esos siglos de Claverham cumpliendo su deber en la hacienda.

–A veces creo que esa casa puede dominar a las familias.

–¿Imponiéndoles un deber a sus miembros, que no están muy seguros de si no preferirían excavar el pasado?

–Veo que tendré que tener cuidado con lo que le diga. Tiene muy buena memoria.

Me sentí bastante complacida. Aquello sugería que él creía que nuestro primer encuentro no iba a ser el único.

–Pero debe de ser maravilloso poder seguirle la pista a la propia familia durante todo ese tiempo –comenté, recordando que yo no podía remontarme más allá de mi madre.

–Algunas partes de la casa son francamente antiquísimas, sajonas, pero naturalmente eso se ha perdido con las necesarias restauraciones que se han hecho a lo largo de los años.

–¿Hay fantasmas?

–Bueno, siempre se cuentan leyendas sobre las casas que han existido durante tanto tiempo. Por eso es natural que hayamos recogido unos cuantos espectros por el camino.

–Me encantaría verla.

–Tiene que verla. Me gustaría mostrarle los hallazgos romanos.

–Nunca hemos visitado... –comencé.

–¿No? Qué extraño. Tenemos visitas con mucha frecuencia. A mi madre le encanta recibir a la gente.

Yo me quedé sorprendida. No me había imaginado que hubiera una señora Claverham.

–¿La señora Claverham no viene mucho a Londres, supongo? –pregunté.

–En realidad se la conoce por lady Constance. Su padre era un conde y ella conserva el título.

–Lady Constance Claverham –murmuré.

–Eso es. La verdad es que a ella no le gusta mucho Londres. Hace alguna visita ocasional... para comprar ropa o cosas así.

–No creo que haya venido nunca a vernos. Me habría enterado si lo hubiera hecho. Estoy siempre allí.

Yo notaba que él pensaba que había algo bastante extraño, incluso misterioso, en la situación.

–Hay tanta gente que entra y sale de la casa –continué–. Sobre todo en épocas como ésta, cuando está a punto de comenzar un nuevo espectáculo.

–Qué fantástico debe ser tener una madre famosa.

–Sí que lo es. Y ella es la persona más maravillosa que he conocido. Todo el mundo la quiere.

Le conté cómo era cuando iban a estrenar una nueva obra. Le conté sobre los sonidos de las canciones y de los ensayos, porque siempre había escenas que mi madre deseaba repasar con ciertas personas, y entonces prefería reunirlas a todas en la casa para eso.

–Cuando está representando un papel, de algún modo se convierte en el personaje, y todos tenemos que acostumbrarnos a ello. En estos momentos es la condesa Maud.

–¿Y cómo es la condesa Maud?

–Es una dependienta que en realidad es condesa y no sabe decir la más sencilla frase sin ponerse a cantar.

–Entonces ¿es una obra musical? –dijo él echándose a reír.

–Ése es el fuerte de mi madre. Hace muy pocas cosas.

Esto le va perfecto. Principalmente baila y canta, y lo hace a la perfección. Me sentiré feliz cuando comience *Maud.* Antes de eso, siempre está en estado de tensión, aunque ella sabe y todos sabemos que va a estar maravillosa esa noche. Después la cosa se tranquiliza y llegado un momento, ella se empieza a aburrir. Entonces se acaba y todo el proceso comienza de nuevo. Me gustan las etapas de descanso. Entonces estamos más tiempo juntas y lo pasamos muy bien hasta que vuelve a inquietarse y Dolly aparece con una nueva obra.

–¿Dolly?

–Donald Dollington. Tiene que haber oído hablar de él alguna vez.

–¿El actor?

–Sí. Actor-empresario. Creo que ahora se dedica más a producir que a actuar.

El reloj de la repisa de la chimenea comenzó a dar la hora.

–He estado aquí casi una hora –dije–. Y sólo vine a entregar una carta.

–Ha sido una experiencia muy agradable.

–Se estarán preguntando qué me ha ocurrido. Debo irme.

Me estrechó la mano y la sostuvo durante un momento.

–Ha sido un placer conocerla –dijo–. Me alegro de que haya venido a dejar esa carta.

–Espero que su padre le lleve a visitarnos ahora que está en Londres.

–Me hará mucha ilusión.

–Tiene que venir al estreno de *La condesa Maud.*

–Iré.

–Le volveré a ver entonces.

–La acompañaré a su casa.

–Oh no, está muy lejos.

–Iré igualmente.

Insistió, y como yo estaba disfrutando de su compañía, no puse objeciones. Cuando llegamos a casa le invité a pasar.

–Me hace mucha ilusión conocer a su madre –dijo–. Debe de ser encantadora.

–Lo es –le aseguré yo.

Cuando entrábamos al vestíbulo escuché voces provenientes del salón.

–Está en casa –le dije–. Alguien está con ella. Pero vamos.

Mi madre había oído mi llegada.

–¿Eres tú, cariño? –llamó–. Ven a ver quién está aquí.

–¿Yo...? –murmuró Roderick Claverham.

–Por supuesto. Siempre hay gente aquí.

Abrí la puerta.

–Tu viaje no era necesario en realidad –comenzó mi madre.

Charlie estaba sentado junto a ella en el sofá. Miró a mi acompañante e inmediatamente me di cuenta de que estaba profundamente azorado.

–Justamente le estaba diciendo a Charlie que le había escrito una nota y que habías ido a dejarla –dijo mi madre. Sonreía a Roderick esperando que se lo presentara.

–Désirée –dijo Charlie–, éste es mi hijo Roderick.

Ella ya estaba de pie estrechándole la mano, sonriéndole, diciéndole lo encantada que estaba de conocerle. Pero me daba cuenta de que había provocado una situación embarazosa al poner a Charlie y a su hijo frente a frente en la casa de mi madre.

Mi madre era excelente para deslizarse por las situaciones violentas. Pensé que aquella ocasión era semejante a una escena en el teatro. La conversación parecía artificial y durante un rato Charlie fue incapaz de decir palabra.

–Qué agradable conocerle –manifestaba mi madre–. ¿Está pasando una temporada en Londres? El tiempo es fantástico ahora. A mí me encanta la primavera, ¿a usted no?

Me imaginé que estaba disfrutando con la situación, pasando con naturalidad al papel que le tocaría representar.

–Me he enterado de los maravillosos descubrimientos que ha habido en sus tierras –dije a Charlie.

–Ah, sí, sí –contestó él–. Muy, muy interesantes.

Mi madre quiso saberlo también. Absolutamente fantástico, comentó, y qué orgullosos debían de estar y qué maravilloso encontrar algo que había estado allí todo el tiempo. Luego le preguntó a Roderick si le servía jerez u otra cosa. Él declinó la oferta y dijo que en realidad tenía que marcharse y expresó lo mucho que había disfrutado al conocernos a las dos.

–Qué divertido –dijo mi madre–, yo aquí, enviándole una nota a su padre cuando él venía de camino.

Al poco rato, Charlie se fue con su hijo. Cuando ya se habían marchado, mi madre se echó en el sofá y me hizo una mueca.

–Ay, querida mía, querida mía –dijo–. ¿Qué hemos hecho?

–¿Qué pasa? –pregunté.

–Roguemos para que esto jamás llegue a oídos de lady Constance.

–Esta mañana he sabido que era la esposa de Charlie. Nunca me imaginé que Charlie tuviera esposa.

–La mayoría de los hombres la tienen... escondida en algún sitio.

–Y lady Constance está escondida en esa maravillosa y antigua mansión con las ruinas romanas.

–Me imagino que ella es algo así como una vieja matrona romana.

–¿Cómo son?

–Ah, mujeres que lo saben todo, capaces de hacerlo todo, que jamás se equivocan, acatan todas las leyes y esperan que los demás hagan lo mismo... y probablemente hacen desgraciada la vida de la gente corriente.

–Charlie debe de haberte hablado de ella.

–Yo sabía que había una lady Constance y nada más. El chico es simpático. Ha salido a Charlie, supongo.

–Charlie es uno de tus mejores amigos. ¿Jamás te ha contado nada sobre su esposa?

Ella me miró y se echó a reír.

–Bueno, es algo embarazoso. Lady Constance jamás permitiría que su marido tuviera amistad con una actriz frívola, ¿verdad que no? Bueno, pues ése es el motivo de que ella no sepa nada de mí y nosotros tampoco hablemos de ella.

–Pero cuando Charlie viene a Londres con tanta frecuencia...

–Negocios, cariño mío. Muchos hombres tienen negocios que los alejan de sus hogares. Bueno, yo soy sencillamente un poquitín de los negocios de Charlie.

–¿Quieres decir que ella se opondría a que él viniera aquí si lo supiera?

–Puedes apostarlo con seguridad.

–Y ahora el hijo lo sabe.

–Sabía que no debería haberte pedido que llevaras esa carta. Lo comprendí tan pronto como te fuiste. Pensé que sólo la dejarías.

–Iba a hacerlo, pero la criada me hizo pasar al salón. Pensé que Charlie estaría allí y entonces apareció Roderick. Ha sido culpa mía, me parece.

–Por supuesto que no. Mía en todo caso, por enviarte. Vamos, no nos preocupemos por eso. Charlie no es un crío y tampoco Roderick. Lo comprenderá.

–¿Comprenderá qué?

–Oh... será discreto, ese joven. Se dará cuenta de la situación. Me gustó.

–A mí también –dije yo.

–No es sorprendente que Charlie tenga un hijo encantador. Él mismo lo es. Lástima que tuviera que casarse con la ensalzada y poderosa lady Constance. Bueno, tal vez sea por eso...

–¿Por eso qué?

–Por eso por lo que viene aquí, cariño. De todos modos es como una tormenta en un vaso de agua. No te preocupes. Roderick no dirá nada y a Charlie se le pasará la impresión de ver sus dos vidas tocándose durante unos minutos. Y entonces todo volverá a ser como antes.

Yo estaba comenzando a comprender, y me preguntaba si todo volvería a ser como antes.

La visita de Roderick Claverham y el efecto que tendría sobre Charlie se olvidó pronto, porque la noche de estreno de *La condesa Maud* ya se nos echaba encima. La casa era un caos. Había febriles temores, decisiones trascendentales de último minuto sobre cambiar esto y aquello; fieras negativas de Désirée, exaltados ruegos de Dolly y ruidosos reproches de Martha. Bueno, todo eso ya lo habíamos vivido antes.

Y llegó la gran noche. El día anterior había sido de especial tensión: mi madre tenía que estar sola y en paz, pero de pronto exigió nuestra presencia. Estaba preocupada. ¿Debería cambiar la escena al final del primer acto? ¿Podría intentar otra cosa en ese punto? Era demasiado tarde, naturalmente. Ay, qué tonta había sido al no pensarlo antes. ¿No le quedaba demasiado ajustado el vestido que llevaba en el primer acto? ¿Demasiado suelto, demasiado revelador, o acaso no era sencillamente monótono y triste? Aquello representaría el final de su carrera. ¿Quién iba a querer verla después de este fracaso? Era una obra ridícula. ¿Cuándo ha existido una condesa trabajando detrás del mostrador de una tienda de lencería?

–Precisamente a que no hay ninguna se hace una comedia –chillaba Martha–. Es una buena obra y tú la harás grandiosa si eres capaz de poner fin a esta rabieta.

Dolly se paseaba de un lado a otro adoptando posturas dramáticas, llevándose las manos a la cabeza, implorando a Dios que le librara de volver a trabajar con esta mujer.

–Dios todopoderoso –exclamó–. ¿Por qué no me permitiste poner a Lottie Langdon?

–Sí, Dios –contestó mi madre–, ¿por qué no lo hiciste? Esta estúpida condesa Maud le hubiera ido perfectamente.

Entonces Dolly adoptó una de sus poses de Garrick y con la resignación de un Poncio Pilatos exclamó:

–Me lavo las manos en este asunto.

Y diciéndolo se dirigió a la puerta con el gesto apropiado. No lo hacía en serio, por supuesto, pero mi madre, arrastrada por el drama le suplicó:

–No te vayas. Lo haré todo... todo lo que desees de mí... incluso Maud.

Y así continuó. En los primeros tiempos yo podría haber creído que todo iba encaminado al desastre, pero ahora sabía que eran demasiado profesionales para permitir eso. No lo decían en serio. Sencillamente estaban aplacando al destino. La gente de teatro, lo había descubierto, era la más supersticiosa de la Tierra. No anticipaban: «Esto va a ser un gran éxito», porque si lo hacían, el destino, siendo como era una perversa criatura, procuraría por todos los medios que no lo fuera, ya que habías sido arrogante al pensar que la decisión era tuya. De modo que si decías que iba a ser un fracaso, el destino entonces se mofaría: «Bueno pues, no, será un éxito».

Finalmente estaba allí en el teatro con Charlie y Robert Bouchère en un palco, contemplando el escenario. Se levantó el telón y dejó ver la tienda de lencería. Hubo canto y baile y de pronto la fila de chicas se apartó y allí estaba Désirée detrás del mostrador, preciosa con su vestido que no era ni demasiado ceñido, ni demasiado suelto, ni enseñaba demasiado, ni era triste ni monótono.

El público estalló en esa ovación con que siempre la saludaba al aparecer ella, y pronto estaba cantando «¿En qué puedo servirla, señora?», antes de salir a bailar por el escenario con su inimitable estilo.

Durante el intermedio Dolly entró en el palco. Nos

dijo que al parecer al público le gustaba, y que con Désirée esto no podía fracasar. Hacía con el público lo que quería desde el momento en que aparecía.

–¿Así que no te lamentas de no haber puesto a Lottie Langdon después de todo? –le pregunté sin poder evitarlo.

Me lanzó una mirada burlona como diciendo «a estas alturas ya deberías saber de qué iba todo».

Desapareció y nosotros nos acomodamos para disfrutar del último acto. Antes de que las luces se apagaran vi a alguien en la platea que trataba de llamar mi atención. Sentí unos repentinos deseos de reírme. Era Roderick Claverham. Levanté la mano y sonreí haciéndole ver que lo había reconocido. Él me devolvió la sonrisa. Miré a Charlie. Estaba conversando con Robert Bouchère sobre el espectáculo y ciertamente no había visto a su hijo. No le dije que Roderick estaba en el teatro. Había aprendido la lección. «¿Lo entendería Roderick?», pensé.

Entonces se levantó el telón y contemplamos a Désirée en la escena final cuando el novio aristocrático le declaraba: «Te amaría igual aunque fueras una dependienta», y Désirée le contestaba con una de sus más perfectas notas altas.

Se acabó. El público aplaudía loco de entusiasmo. Allí estaba Désirée llevada al escenario por el hombre que la amaría igual aunque fuera dependienta. Él le besó la mano y luego, para delicia del público, la mejilla. Le llevaron las flores y Désirée pronunció unas palabras:

–Mi querido, queridísimo público... sois demasiado buenos conmigo. No me lo merezco.

–Sí que te lo mereces. ¡Sí! ¡Sí! –clamó el público.

Levantando la mano con fingida modestia ella les dijo que la mayor alegría que podía conocer era actuar para ellos.

–Sabía que os gustaría *Maud*. Lo supe desde el momento en que la conocí.

Hasta mí llegaron los ecos: «Qué criatura más estúpida. ¿Por qué tengo que representar yo a un ser tan tonto?». Todo formaba parte de la representación que era su vida.

La gente se dirigía a la salida. Volví a divisar a Roderick entre la multitud. Se volvió hacia mí y sonrió. Yo miré hacia Charlie. No, no había visto a su hijo.

Después de eso fuimos al camerino de Désirée con Charlie y Robert. Martha la estaba ayudando a cambiarse rápidamente. Bebimos champán.

–Ahí tienes –dijo Désirée besando a Dolly–, lo conseguí.

–Has estado magnífica, querida –dijo Dolly–. ¿No te lo había dicho?

–Podía sentir lo mucho que le gustó al público.

–Fuiste tú la que les gustó.

–¡Qué divinos!

–Bueno, eres maravillosa, lo sabes.

–Gracias, tesoro. Dilo de nuevo. Me encanta oírlo. Ah, aquí está mi Noelle. ¿Qué te ha parecido tu madre, cariño?

–Has estado absolutamente grandiosa.

–Dios te bendiga, tesoro mío.

–¿Es ella... Noelle –dijo Robert Bouchère con su divertido acento francés–, lo suficientemente mayor para beber champán?

–Esta noche sí –dijo mi madre–. Venga, tesoros. Brindemos por una buena temporada... no demasiado larga. No me veo capaz de soportar a *Maud* durante mucho tiempo. Pero lo suficiente para convertirla en un éxito y lograr llenos hasta el final. Y quiera Dios que se dé cuenta de cuándo es el momento oportuno para dejarnos.

Brindamos por *Maud*. Media hora más tarde volvimos a casa. Thomas nos esperaba con el carruaje. Antes de separarnos hubo muchos más besos y felicitaciones y subimos al coche Martha, mi madre y yo. No había ajetreo en las calles pues la gente se dispersaba rápido.

–Debes de estar agotada –dije a mi madre.

–Ay, querida mía, sí que lo estoy. Dormiré sin parar hasta mañana por la tarde.

–Sabiendo que *Maud* ha sido un gran éxito –dije–. Porque ha sido un éxito, ¿verdad?

–Por supuesto, sabía que lo sería, cariño –dijo ella.

Martha me miró y levantó las cejas.

–Bueno –dijo mi madre a la defensiva–, es que una siempre se pone algo nerviosa antes. Tienes que estarlo. Si no lo estuvieras, entrarías al escenario floja, muerta. Es la vida, querida.

Cuando llegábamos a casa, vi a la chica. Estaba de pie junto a un poste de luz, pero logré verle la cara. Tenía aspecto abatido y me pregunté qué hacía allí parada a esa hora de la noche.

–Ay, estoy tan cansada –iba diciendo mi madre– y el «En qué puedo servirla, señora» me da vueltas y vueltas en la cabeza.

Thomas había saltado del pescante y sostenía la puerta abierta. Mi madre bajó. Vi a la chica que daba un paso hacia delante. Aún tenía el rostro tenso. Antes de que yo bajara ya se alejaba a toda prisa.

–¿Has visto a esa chica? –dije.

–¿Qué chica?

–La que estaba allí de pie. Parecía como si te estuviera observando.

–Echando una mirada a *La condesa Maud,* supongo –dijo Martha.

–Sí, pero me pareció algo diferente.

–Otra de las locas por el teatro –dijo Martha–. Se cree otra Désirée, no me cabe duda. Eso les sucede a la mayoría.

–Entremos –dijo mi madre–. Estoy medio dormida, aunque vosotras no lo estéis.

Yo sabía que a todos nos costaría conciliar el sueño. Siempre sucedía así las noches de estreno... pero esa noche no me parecía igual. Dos cosas la hacían distinta: la presencia de Roderick en el teatro, lo cual me dejó reflexionando sobre Charlie, lady Constance y la relación que él debía de tener con mi madre, y luego, la chica de la calle. ¿Por qué me había impresionado tanto? Con frecuencia la gente se acercaba para ver a mi madre... fuera del teatro y ocasionalmente fuera de nuestra casa, porque la prensa había revelado dónde vivía Désirée. La chica era seguramente una fanática del teatro y deseaba ver a Désirée cerca de su casa.

Tenía que sentirme en paz. Ya había pasado el estreno. Ahora vendría una larga temporada para la comedia y mi madre y yo dispondríamos de más tiempo para estar juntas.

El accidente

La condesa Maud se había impuesto por un tiempo. Otro éxito para Désirée.

Habían transcurrido unas tres semanas desde la noche del estreno. Era un jueves y había sesión de tarde. Mi madre se había marchado al teatro y yo había dicho que prefería salir de compras, ir a recogerla al teatro al final de la actuación y que Thomas nos llevara a las dos a casa. Muchas veces lo hacía. Esto nos proporcionaba un tiempo para estar juntas antes de que ella se marchara para la sesión de noche.

Al salir de casa vi a Roderick Claverham que venía por la calle.

–Hola –dijo, y durante unos segundos nos quedamos allí parados, sonriéndonos.

Fui la primera en hablar.

–¿Es que aún está en Londres?

–He estado en casa y he vuelto.

–¿Cómo van las ruinas?

–No ha habido más hallazgos. Sería sorprendente si los hubiera. Tenía la esperanza de verla. He venido aquí una o dos veces con la misma intención. Esta vez he tenido suerte.

Me sentí halagada porque él admitía que me había estado buscando.

–¿Iba a hacernos una visita? –pregunté.

–Pensé que, dadas las circunstancias, no sería lo más adecuado, ¿verdad?

–Quizá no.

–Mientras que, si nos encontrábamos por casualidad...

–Sería algo muy distinto, ciertamente.

–¿Iba a algún sitio?
–Sólo de compras.
–¿Puedo acompañarla?
–No le resultará muy divertido.
–Tal vez sí.
–No son compras necesarias. En realidad iba a acabar en el teatro y venirme a casa con mi madre.
–Tal vez podría acompañarla hasta el teatro.
–Pasarán dos horas antes de que acabe el espectáculo.
–Bueno, podemos pasear un poco. Usted podría mostrarme esta parte de Londres. Quizá podríamos ir a tomar el té en algún sitio. ¿Le parece muy aburrido?
–Todo lo contrario.
–¿Comenzamos entonces?
–Pues claro, a usted le atrae el pasado –dije mientras caminábamos–. No creo que haya aquí nada tan antiguo como sus ruinas romanas. Pero mi institutriz tiene un gran interés por esta zona y algo le podré explicar. Verá, está muy relacionada con el teatro y ella siente gran devoción por todo eso.
–Tal vez se deba a que vive con una familia dedicada al teatro.
–Está mi madre, por supuesto, pero a decir verdad, Matty más bien desprecia sus éxitos. La gente suele hacerlo cuando encuentran a alguien que ha llegado a la cima, en algo que consideran que está por debajo de aquello a lo que aspiran, sobre todo si ni siquiera han dado los primeros pasos hacia su objetivo. Verá, Matty se imagina que es una gran actriz y que está perdiendo el tiempo como institutriz.
–Yo habría pensado que debería sentirse orgullosa de su actual alumna.
–Nos llevamos bastante bien. Pero lo que verdaderamente le interesa es el teatro. Yo creo que en el fondo ella sabe que todo eso está fuera de su alcance. Pero estará de acuerdo conmigo en que la gente obtiene placer de los sueños.

–Muy a menudo.

–Es muy fácil. Matty puede vivir en sus sueños esos momentos en que está en el escenario haciendo su mejor caracterización de lady Macbeth, consiguiendo la ovación del público, recibiendo ramos de flores, leyendo en el diario de la mañana siguiente los comentarios sobre su genio. No tiene que pasar las tensiones que destrozan los nervios, las odiosas dudas, la pesadilla de la noche de estreno, como mi madre.

–Yo habría pensado que su madre estaba completamente segura del éxito.

–Precisamente por no estarlo, lo tiene... no sé si comprende lo que quiero decir. Ella me dice que, a no ser que te encuentres en estado de tensión, no haces tu mejor interpretación. En todo caso, puedo decirle que ser una actriz de éxito no es fácil, y he comenzado a pensar que los sueños de Matty son más placenteros que la realidad. Ella se pone lírica en este lugar, le encanta estar en un ambiente teatral. Disfruta totalmente de nuestros paseos por aquí.

–Como yo.

–Siempre hablamos sobre los viejos tiempos. Debió ser emocionante cuando se levantó la prohibición de los teatros. Matty habla incansablemente sobre los puritanos en los tiempos de Cromwell que clausuraron los teatros. Pensaban que eran pecaminosos. Matty siempre está despotricando contra ellos.

–Estoy de acuerdo con ella. Me disgustan los santurrones que disfrutan quitando los placeres a la gente con la excusa de que es bueno para ellos, mientras se dan el placer de contemplar sus propias virtudes.

–A mí me pasa lo mismo. Pero fue maravilloso cuando volvió el teatro. Casi valió la pena que lo prohibieran. Matty está muy interesada en los dramaturgos de la Restauración. Me los ha puesto como tema de estudio. Dice que me será útil. Me alegro de que lo haya hecho.

–Me atrevería a decir que está aprendiendo tanto ella como usted.

–De eso estoy segura. Hemos ido a las bibliotecas y desenterrado todo tipo de información. Usted entenderá lo fantástico que es. Tiene sus reliquias romanas.

–Desde luego que lo entiendo. Y cuando usted camina por estas calles se las imagina como eran hace muchos años.

–Sí... y los hombres con sus magníficas pelucas y sombreros con plumas. Nell Gwyn estaba, por supuesto, en Drury Lane vendiendo naranjas para después convertirse en actriz y fascinar al rey Carlos. Todo es muy romántico.

–¿Y no desea dedicarse al teatro y participar de la gloria con su madre?

–Siento demasiado respeto por su talento como para imaginar que yo también lo tenga. Yo no sé cantar. Mi madre tiene una hermosa voz. También es una bailarina maravillosa.

–Y a diferencia de Matty, ella no suspira por los papeles clásicos.

–*La condesa Maud* y cosas por el estilo son suficientes para ella.

–Y muy bien que lo hace.

–Le vi en el estreno.

–Sí, yo también la vi a usted.

–No se quedó. Debió de haber salido a toda prisa.

–No me sentía muy seguro. Es mejor no hacer nada cuando uno tiene dudas sobre qué es lo correcto.

–Supongo que sí. Por cierto, ésta es la calle Vere. Descubrimos una interesante historia acerca de un teatro que estuvo aquí una vez. Fue inaugurado por Killigrew y Davenant, dos famosos hombres de teatro. Estaban tan deseosos de comenzar con los teatros nuevamente que abrieron éste aquí a los pocos meses de la Restauración. Matty dice que su entusiasmo tiene que haber sido maravilloso. Sacaron licencia para que las mujeres pudieran actuar en el escenario. Antes de eso, sus papeles eran interpretados por hombres. ¿Se imagina? Las mujeres han sido muy mal tratadas a lo largo de la historia. Yo creo que ha llegado el momento de que hagamos algo al respecto, ¿no le parece?

–Me temo que si no estoy de acuerdo perderé todo aprecio que usted tenga por mí, de modo que inmediatamente diré que sí.

–No querría que estuviera de acuerdo conmigo por ese motivo –dije riendo.

–Olvide lo que he dicho. Ha sido un comentario estúpido en una conversación seria. Sí, estoy de acuerdo, pero estoy seguro de que con personas como usted esa situación se remediará muy pronto.

–La historia que le iba a contar era la de una mujer agraviada. Fue una de las primeras mujeres que apareció en un escenario. Actuaba en el teatro que estaba en la calle Vere e interpretaba el papel de Roxana en *El sitio de Rodas.* Aubrey de Vere, el conde de Oxford, acudió a ver la obra y se enamoró apasionadamente de ella. Un De Vere no podía casarse con una actriz, pero ella no iba a ceder sin matrimonio. Entonces el villano se buscó a un cura falso que celebró un simulacro de matrimonio. Ella no se enteró del engaño hasta que fue demasiado tarde.

–No es la primera, creo, que ha sufrido de esa forma.

–A Matty le encanta recoger historias sobre esa gente. Le puede contar sobre la arrogancia de Colly Cibber y sobre la virtud de Anne Bracegirdle.

–Cuénteme algo de la virtuosa.

–Era una actriz que murió a mediados del siglo dieciocho, una época en que al parecer vivió muchísima gente interesante. Tenía elevados conceptos morales, lo cual era raro en una actriz. Solía salir a ayudar a los pobres. Me recuerda a mi madre. Mi madre recibe cientos de cartas pidiendo limosna. La gente siempre la espera fuera del teatro con alguna historia de infortunio.

–Su madre tiene un rostro muy bello. Hay en ella una suavidad... una dulzura. Es hermosa, por supuesto, pero tiene una especie de belleza interior. Yo creo que cuando las personas tienen un rostro así es que son realmente buenas.

–Qué hermoso es lo que ha dicho. Se lo contaré a ella. Se va a divertir. No se cree buena en absoluto. Piensa que es una pecadora. Pero usted tiene razón: es realmente buena. Con frecuencia pienso en lo afortunada que soy de ser su hija.

Me apretó el brazo y continuamos callados durante un momento. Después él preguntó:

–¿Qué le sucedió a Roxana?

–Descubrimos que hubo un niño llamado Aubrey de Vere y que se llamaba a sí mismo conde de Oxford. Era hijo de una actriz y se rumoreaba que el conde había realizado un matrimonio falso con su madre.

–Así debió de haber sido, a menos que tuviera la costumbre de realizar matrimonios falsos.

–Bien me puedo imaginar que tuviera tal costumbre. Eso es lo desesperante con estas historias. Uno no siempre sabe cómo acabaron.

–Hay que imaginárselo. Espero que Roxana se haya convertido en una gran actriz y que el conde de Oxford haya recibido su justo castigo.

–Matty descubrió que tenía fama de inmoral, pero era gracioso y muy popular en la corte, de modo que no creo que haya sufrido por sus malas acciones.

–Una lástima. Mire, aquí hay un salón de té. ¿Le gustaría sentarse un rato? Luego podemos ir al teatro a tiempo para el final de la sesión.

–Me encantará.

El salón de té era pequeño y acogedor; encontramos un sitio para dos en un rincón. Mientras yo servía el té, él me habló de las vacaciones que planeaba en Egipto.

–El sueño de un arqueólogo –dijo–: el Valle de los Reyes, las pirámides... tantas reliquias del mundo antiguo. Imagíneselo.

–Eso es precisamente lo que estoy haciendo. Debe de ser una de las experiencias más emocionantes, entrar en una de esas tumbas de los reyes... aunque algo terrible en cierto modo.

–Exactamente. Creo que los ladrones de tumbas tienen que haber sido muy valientes. Cuando piensas en todos esos mitos y leyendas te das cuenta de lo sorprendente que es lo que hace la gente por interés.

–¡Qué emocionante va a ser para usted!

–Usted lo disfrutaría, lo sé.

–Seguro que sí.

Me miró detenidamente y luego revolvió el té con lentitud, como sumido en sus pensamientos. Entonces dijo:

–Mi padre y su madre han sido realmente grandes amigos durante años, ¿verdad?

–Oh, sí. Mi madre ha dicho a menudo que confía en él más que en ninguna otra persona. Robert Bouchère es otro de sus amigos de mucho tiempo. Pero yo creo que para ella su padre está en primer lugar.

Él asintió pensativo.

–Cuénteme algo sobre su casa –dije.

–Se llama Leverson Manor. Leverson fue un antepasado, pero el apellido se perdió en algún lugar cuando una de las hijas heredó la propiedad y se casó con un Claverham.

–¿Y su madre?

–Ella es Claverham por matrimonio. Su familia tiene propiedades en el norte. Son una familia muy antigua y sus orígenes se remontan muchos siglos atrás. Ellos se igualan en rango a los Neville y a los Percy, que guardaban el norte contra los escoceses. Tienen retratos de guerreros que lucharon en la guerra de las Dos Rosas, y aun más antiguos, de cuando luchaban contra los pictos y los escotos. Mi padre, como usted sabe, es un hombre amable y benévolo. Es muy querido en la hacienda. A mi madre todo el mundo le tiene terror y a ella le gusta mantener así las cosas. Da la impresión de ser consciente de que se casó con un hombre de rango inferior, lo cual, supongo, hablando en sentido social estricto, es verdad. En realidad, nos quiere profundamente, a mi padre y a mí, que soy su único hijo.

–Me la imagino bien. Una señora algo aterradora.

–Ella desea lo mejor para nosotros. Lo que pasa es que no siempre coincidimos respecto a qué es lo mejor, y entonces comienza el conflicto. Si ella pudiera librarse de la creencia de que su sangre es ligeramente más azul que la de mi padre, si lograra comprender que algunos de nosotros debemos hacer lo que deseamos y no lo que ella decide que es lo mejor para nosotros... sería una persona maravillosa.

–Veo que usted la quiere mucho y que, gracias a ella, posee una porción de sangre más azul que mezclar con la de clase más inferior.

–Bueno, yo la comprendo. En realidad es una persona estupenda y de hecho a menudo tiene razón.

Pensé que me estaba forjando una buena imagen de lady Constance y de la vida en Leverson Manor. ¡Cómo me habría gustado conocerla! Ni que fuera a hacerlo alguna vez. Lady Constance jamás aprobaría la amistad de su marido con una actriz, aunque ésta fuera famosa. Por lo tanto, era un error suponer que este encuentro fuera otra cosa que uno más entre conocidos.

No podíamos quedarnos indefinidamente sentados a la mesa, aunque tuve la impresión de que a él le habría gustado. Miré el reloj y dije:

–El espectáculo se acerca al final.

Salimos a la calle y caminamos la corta distancia hasta el teatro. Antes de separarnos en la puerta, me estrechó la mano y me miró con la mayor seriedad.

–Tenemos que repetirlo –dijo–. He disfrutado enormemente. Tengo muchísimo que aprender sobre la historia del mundo del teatro.

–Y a mí me encantaría saber más sobre las ruinas romanas.

–Debemos concertarlo. ¿De acuerdo?

–Sí.

–¿Cuándo es la próxima sesión de tarde?

–El sábado.

–Por lo tanto, ¿será hasta entonces?

–Me encantará.

Me sentía alegre mientras subía al camerino. Martha estaba allí.

–No hay muy buen público –dijo–. Nunca me han gustado las sesiones de tarde. Nunca parecen ser lo mismo que por la noche. Y tampoco hemos tenido un lleno. Esto no le gustará. Si hay algo que detesta es actuar ante salas medio vacías.

–¿Estaba medio vacía?

–No... pero no estaba llena del todo. Ella lo nota. Tiene el ojo entrenado para eso. Es más consciente del público que la mayoría.

Contrariamente a las expectativas de Martha, mi madre estaba de buen humor.

–Jeffry se resbaló cuando me rodeó con el brazo cantando «Te amaría igual aunque fueras una dependienta». Se cogió a mí y me arrancó un botón de la espalda del vestido, Martha.

–¡Qué torpe es ese Jeffry! –dijo Martha–. Me imagino que parecería tonto.

–No. Le quieren, con ese cabello dorado y ese airoso bigote. La mitad del público está enamorada de él. ¿Qué es un pequeño resbalón? Eso sólo le hace más humano. Vienen a verle a él tanto como a mí.

–Tonterías. Tú eres la estrella del espectáculo, no lo olvides. No me he desgastado los dedos para que te pongas en segundo término después de Jeffry Collins.

–Jeffry piensa que es él quien los atrae.

–Bueno, déjalo. Nadie más lo cree. Veamos ese botón. Ah, esto será rápido de arreglar para esta noche.

–Ay, esta noche... Todo de nuevo esta noche. Detesto las sesiones de tarde.

–Bueno, Noelle está aquí para irse a casa con nosotros.

–Qué bien, cariño mío. ¿Has pasado una tarde agradable?

–Ssí... estupenda.

–¡Qué bien que hayas venido!

–Sería mejor que nos pusiéramos en marcha –dijo Martha–. No olvides que hay espectáculo esta noche.

–No me lo recuerdes –suspiró mi madre.

Había una o dos personas en la puerta de actores que esperaban para ver a Désirée. Ella era todo sonrisas e intercambió algunas palabras con sus admiradores.

Thomas la ayudó a subir al carruaje. Martha y yo nos instalamos junto a ella. Agitó la mano alegremente saludando a la pequeña multitud, y cuando ya nos habíamos alejado se reclinó hacia atrás y cerró los ojos.

–¿Has comprado algo bonito? –me preguntó.

–No... no compré nada.

Estaba a punto de contarle mi encuentro con Roderick Claverham pero me contuve. No estaba muy segura de qué le había parecido que lo trajera a casa. Se había reído sin darle importancia, pero me imaginaba que había encontrado violenta la situación.

Ella había vivido toda su vida libre de convencionalismos y había dado mucho a los demás. Había escogido vivir como le daba la gana y yo la había oído decir que: «Si no haces daño a nadie, ¿qué mal hay en ello?».

Mientras lady Constance no supiera nada sobre la especial amistad entre su marido y la famosa actriz, ¿qué importaba? A los moralistas les importaba mucho, pero Désirée jamás se había contado entre ellos. «Vive y deja vivir –solía decir–. Ése es mi lema.» Pero cuando las dos vidas de Charlie, la secreta y la convencional, se tocaban, tal vez llegaba el momento de detenerse a reflexionar.

Me sentía insegura, de modo que no dije nada acerca de mi encuentro con Roderick.

Le pedí que me contara algo sobre la actuación de esa tarde, lo cual ella siempre estaba dispuesta a hacer. Finalmente entramos en nuestra calle y el caballo levantó las orejas como siempre, cosa que nos divertía, y se habría lanzado al galope si Thomas no lo hubiera frenado.

–Este tesoro sabe que está en casa –comentó mi madre–. ¿No es encantador?

Estábamos a punto de llegar cuando ocurrió. La chica debió colocarse justo delante del caballo. Creo que Thomas giró violentamente para evitarla, y poco después allí estaba ella, tirada en el suelo.

Thomas había frenado de golpe y saltado. Nosotras le seguimos.

–¡Cielo santo! –exclamó mi madre–. Está herida.

–Se lanzó bajo las patas de *Ranger* –dijo Thomas levantándola del suelo.

–¿Se ha hecho mucho daño? –preguntó ansiosamente mi madre.

–No lo sé, señora. Pero no lo creo.

–Éntrala en casa –ordenó mi madre–. Llamaremos al médico.

Thomas llevó a la joven a la casa y la depositó en la cama de uno de los dos dormitorios para huéspedes. La señora Crimp y Carrie subieron corriendo.

–¿Qué ha ocurrido? –exclamó la señora Crimp–. ¿Un accidente? ¡Dios mío! ¿Adónde va el mundo, Dios mío?

–Señora Crimp, necesitamos un médico –dijo mi madre–. Thomas, será mejor que vaya usted. Tome el carruaje y traiga al doctor Green. Pobre niña. Está muy pálida. Esperemos que no sea nada grave.

–Por el aspecto que tiene podrías derribarla con una pluma, no digamos con un caballo –comentó la señora Crimp.

–Pobre niña –volvió a decir mi madre.

Le puso la mano sobre la frente y le apartó el cabello de la cara.

–Tan joven –añadió.

–Creo que una bebida caliente le vendría bien –sugerí yo–. Con bastante azúcar.

La chica abrió los ojos y miró a Désirée. Vi esa expresión que había visto tantas veces y me sentí orgullosa de que, hasta en un momento así, la chica fuera consciente de la presencia de mi madre. Entonces la reconocí. Era la misma chica que había visto en la calle aquella noche en que volvíamos del estreno.

De modo que... había venido en realidad para ver a Désirée. Era otra de esas jóvenes apasionadas por el teatro, muy probablemente adoraba a la famosa actriz y soñaba en ser como ella.

–Creo que es una de tus admiradoras –dije a mi madre–. La he visto antes fuera, esperando para poder verte.

Hasta en momentos como ése le complacía el aprecio del público.

Llegó el té caliente y mi madre sostuvo la taza mientras la chica bebía.

–Eso es –dijo Désirée–. Así está mejor. Muy pronto llegará el médico. Él verá si hay alguna lesión.

La chica medio se incorporó y mi madre le dijo tranquilizadora:

–Échese. Va a descansar aquí hasta que se encuentre bien para marcharse. Se sentirá muy débil, sabe.

–Estoy... estoy bien –dijo la joven.

–No, no lo está... al menos para marcharse. Tiene que quedarse aquí hasta que nosotros le digamos que puede irse. ¿Hay alguien a quien quisiera enviar algún mensaje, alguien que pudiera estar nervioso por usted?

Ella negó con la cabeza y dijo con un hilo de voz bastante revelador:

–No... no hay nadie.

Le temblaron los labios y yo vi la profunda compasión en los ojos de mi madre.

–¿Cómo se llama? –preguntó mi madre.

–Lisa Fennell.

–Bueno, Lisa Fennell, se va a quedar aquí al menos por esta noche –replicó mi madre–. Pero primero tenemos que esperar al doctor.

–No creo que se haya hecho mucho daño –dijo Martha–. Es la conmoción. Eso es lo que es. Y tú tienes que actuar esta noche. Sabes lo ajetreados que son los días en que hay sesión de tarde. Deberían abolir las sesiones de tarde, si me pidieran la opinión.

–Nadie te está pidiendo la opinión, Martha, y sabes muy bien cuán necesario es recoger cada penique del público si hemos de continuar.

–Yo creo que podríamos pasar sin sesión de tarde –insistió Martha.

–Piensa en toda la gente que sólo puede salir medio día a la semana.

–Estoy pensando en nosotras, cariños míos.

–Nuestro deber en la vida es pensar en los demás... sobre todo en el teatro.

–No puedo decir que lo haya notado.

La chica que estaba en la cama escuchaba con avidez. Llegué a la conclusión de que no se había hecho mucho daño.

El doctor lo confirmó.

–Sólo tiene unos pocos hematomas –nos comunicó después–. Está muy asustada, por supuesto. Se encontrará bien en un par de días.

–He decidido que pase aquí la noche –dijo mi madre.

–Buena idea. ¿Qué hay de su familia?

–Por lo visto, no tiene.

–Bueno, en ese caso será mejor que se quede aquí. Le daré un sedante suave que le asegurará una buena noche de sueño. Dénselo cuando esté preparándose para dormir. Hasta entonces, que descanse.

–Y ahora –dijo Martha–, será mejor que nos preparemos o vamos a decepcionar al público. Ellos vienen a ver a madame Désirée y no a la suplente Janet Dare.

–Pobre Janet –dijo mi madre–. Le encantaría tener la oportunidad de demostrar lo que sabe hacer.

–Todos sabemos lo que sabe hacer y eso no sería suficientemente bueno.

Cuando mi madre se hubo marchado al teatro, fui a ver a nuestra invitada. Me senté junto a su cama.

–Han sido tan amables conmigo –dijo.

–Es lo menos que podíamos hacer. ¿Cómo sucedió?

–Fue por mi culpa. No tuve cuidado. Estaba tan impaciente, me hacía tanta ilusión... Y no me di cuenta de que el carruaje aún no se había detenido. He admirado mucho a Désirée. He visto tres veces *La condesa Maud*... en el gallinero, por supuesto. No podría pagar algo mejor. Es tan desesperante cuando tienes delante a alguien grande e importante. Ella es maravillosa.

–Mucha gente piensa así.

–Lo sé. Está en la cumbre, ¿verdad? Y usted es su hija. ¡Qué maravilloso para usted!

–Cuénteme algo sobre usted. ¿Qué hace?

–Nada por el momento.

–¿Desea ser actriz? –sugerí.

–Lo ha adivinado.

–Bueno, hay muchas que lo desean. Muchísimas personas, sabe usted, ven a mi madre en el escenario y creen que es una vida maravillosa. En realidad es un trabajo tremendamente duro. No es fácil, ¿sabe?

–Soy consciente de eso. Yo soy diferente a esas personas. Siempre he deseado trabajar en el teatro.

La miré con tristeza.

–Sé actuar, sé cantar, sé bailar –dijo con seriedad–. Se lo digo, sé hacerlo.

–¿Qué ha hecho en ese aspecto?

–He estado en un escenario. He cantado y bailado.

–¿Dónde?

–Teatro de aficionados. Yo era la actriz principal en nuestra compañía.

–No es lo mismo –dije amablemente–. Todo eso no cuenta mucho para los profesionales. ¿Qué edad tiene? Perdone, no debería haberle preguntado eso. Estoy actuando como si fuera un agente.

–Quiero que sea como un agente. Me doy cuenta de

que usted sabe muchísimo de todo esto debido a su madre. Tengo diecisiete años. Pensé que ya no podía esperar más.

–¿Cuánto tiempo lleva en Londres?

–Tres meses.

–¿Y qué ha hecho?

–Tratar de encontrar un agente.

–¿Sin suerte?

–No les interesa. Siempre me dicen que no tengo experiencia. Ni siquiera me permiten mostrarles lo que sé hacer.

–¿De dónde es?

–De un lugar llamado Waddington. Es sólo una pequeña aldea. Nadie ha oído hablar de ella, fuera de los que viven allí. No queda lejos de Hereford. Allí no tenía ninguna oportunidad, por supuesto. Todo lo que podía hacer era cantar en el coro de la iglesia, y en los conciertos yo era el número estrella.

–Comprendo.

–Y cuando vi a su madre en *La condesa Maud* deseé ser como ella. Es maravillosa. Una siente cómo el público está por ella durante todo el espectáculo.

–Así que abandonó su casa cerca de Hereford. ¿Y su familia?

–Ahora no tengo familia... ni casa. Mi padre llevaba en arrendamiento una pequeña granja y allí vivíamos bastante bien hasta que él murió. Mi madre ya había muerto, cuando yo tenía cinco años... no la recuerdo mucho. Yo llevaba la casa y hacía algún trabajo en la granja.

–Comprendo. Y todo ese tiempo deseaba ser actriz. ¿Lo sabía su padre?

–Ah, sí, pero él pensaba que sólo era un sueño. Se sentía muy orgulloso de mí cuando yo cantaba en los conciertos. Se sentaba en primera fila, con sus ojos fijos en mí en todo momento. Él lo comprendía, pero era del tipo de hombre que dice que no puede ser y se resigna. Yo no soy así. Tengo que intentar hacerlo realidad.

–Ésa es la única forma, naturalmente. Mi madre tuvo que luchar muchísimo.

–Así me lo imaginé. No podía haber llegado a tal perfección con facilidad. Cuando mi padre murió decidí probar suerte. Jamás me lo perdonaría, si no lo hiciera. Mi padre tuvo un infarto. Lo cuidé durante seis meses hasta que murió. Vendí todo lo que tenía y me vine a Londres.

–Y después de haber estado aquí tres meses, está en el mismo sitio que al llegar.

–Sólo que bastante más pobre.

–Me temo que su historia es bastante habitual. Son tantas las personas con ambiciones y tan pocas las que triunfan...

–Lo sé. Pero lo voy a intentar. ¿Cómo lo logró su madre?: luchando por abrirse camino. Y eso es lo que voy a hacer yo.

–Sé cómo se siente –dije yo–, pero ahora debería descansar. Creo que debería tomarse el sedante que dejó el doctor y dormir. Pero primero tiene que comer algo. Estoy segura de que eso es lo que necesita. Entonces tal vez le vendrá el sueño.

–Es muy amable.

La dejé y bajé a la cocina. Allí querían saber todo lo que había sucedido y escucharon con avidez.

–La señorita Daisy Ray es muy buena –dijo la señora Crimp–. Parecía estar fuera de sí al pensar que su carruaje había atropellado a la pobre chica.

–Puede quedarse tranquila de que hará todo lo que esté en su mano por asistirla –dije–. ¿Podría enviarle algo para comer?

–¿Un muslo de pollo o algo así? ¿Tal vez un poco de sopa?

–Eso me parece muy bien, señora Crimp.

–Yo me encargo.

–Yo se lo subiré –se ofreció Jane.

Volví a ver a Lisa Fennell y le dije que dentro de un momento le traerían algo para comer. Jane se lo llevó y se la quedó observando con interés. Deseaba conversar. Las dos tenían algo en común: ambas aspiraban a alcanzar la misma fama que disfrutaba Désirée.

–Eso es muy de la señorita Daisy Ray –dijo Jane–. Siempre es así.

Jane se marchó y Lisa Fennell comió con apetito. Me pregunté si tendría suficiente para comer. Me la imaginé tratando de arreglárselas para que le alcanzase el dinero, porque estaba segura de que no sería mucho. En todo momento preguntándose cuánto le iba a durar, esperanzada a veces, desesperada otras. ¡Pobre chica!

Le di el sedante.

–Esto la hará dormir –dije–. El doctor ha dicho que es lo que necesita. Por la mañana se sentirá mejor.

Me senté junto a ella durante un rato hasta que la vi adormecerse. No pasó mucho tiempo hasta que se quedó dormida del todo. Entonces, salí silenciosamente de la habitación.

Me quedé esperando a que mi madre llegara del teatro, porque sabía que desearía saber qué había ocurrido con Lisa Fennell. Siempre se quedaba media hora en el salón, para calmarse después de la sesión de noche, decía. Martha solía ir a la cocina a buscar algo para beber. Un vaso de leche caliente o de cerveza suave, lo que le apeteciera. Decía que la ayudaba a relajarse.

Siempre me daba cuenta por su estado de ánimo de cómo había ido la actuación. Esa noche noté que había ido bien.

–¿Cómo está la chica? –preguntó–. ¿Cómo dijo que se llamaba?

–Lisa Fennell. Está durmiendo. Cenó muy bien y le di el tranquilizante. Después de eso se durmió casi enseguida. La fui a ver hace una hora más o menos. No me oyó. Se pondrá bien.

–Espero que no se haya hecho mucho daño.

–Por supuesto que no –dijo Martha.

–Nunca se sabe. Estas cosas no siempre se notan al

comienzo. Pueden aparecer después. Y fue nuestro coche.

–Ella se lanzó debajo –insistió Martha.

–Gracias a Dios que no íbamos rápido.

–He hablado con ella –dije–. Desea ser actriz.

Martha chasqueó la lengua y miró hacia el techo.

–Pobre chica –dijo mi madre–. ¿Ha hecho algo?

–Teatro de aficionados –dije.

–¡Dios nos proteja! –murmuró Martha–. Y cree que con eso ya es otra Désirée.

–No exactamente... ella encuentra maravillosa a Désirée. Sólo desea tener una oportunidad para hacer algo parecido.

Les dije lo que Lisa me había contado.

–Lo mejor que puede hacer –dijo Martha–, es hacer sus maletas y volver, buscar a algún granjero que se case con ella y dedicarse a ordeñar vacas.

–¿Cómo lo sabes? –preguntó mi madre–. Podría tener talento. Al menos tuvo la determinación de venir a Londres.

–La determinación no es talento, como ya deberías saber.

–Es uno de los ingredientes necesarios para el éxito.

–Es pan sin levadura. Nunca logras que suba.

–¿Desde cuándo eres experta en artes culinarias?

–Llevo el tiempo suficiente en el teatro para saber algo acerca del tema. Y por cada una que llega a la cima hay diez mil intentándolo.

–Algunas lo logramos. ¿Por qué no esta chica? Pienso que por lo menos tiene que tener una oportunidad. Ha hecho algo en su pueblo.

–El público de pueblo no es el público de Londres.

–Ya lo creo que no. Imagino que no hay que descartar a la chica antes de que tenga una oportunidad de demostrar lo que sabe hacer.

–Así que ahora vas a ver si puedes darle una oportunidad, ¿verdad? Como a las otras que has tratado de ayudar. Y qué gratitud has recibido, ¿eh? Algunas han tenido la cara de culparte porque se pensaban que les iban a ofrecer el éxito en bandeja, y al no recibirlo te acusaron de haberlo impedido. Dios nos libre de más tonterías como ésa.

–Creo que todo el mundo debería tener una oportunidad –insistió mi madre.

–Se las arregló para venir a Londres –intervine yo–. Tiene el temple necesario y yo te he oído decir que eso es muy importante para alcanzar un objetivo.

–Podríamos al menos ver de lo que es capaz –dijo mi madre.

–Antes de organizar el Acto de la Buena Samaritana, no olvides que tienes seis sesiones de noche a la semana, más las dos de tarde.

–Lo tendré presente –dijo mi madre–. Pero sigo pensando que todo el mundo debería tener una oportunidad. –Bostezó–. Esta noche ha ido bien. Pensé que nos iban a tener allí hasta la mañana con todas las veces que tuvimos que salir al escenario. Es fabuloso cuando se ponen de pie para vitorear. Al parecer *Maud* va a estar en cartelera durante mucho tiempo.

–Y al parecer es hora de que te vayas a la cama –repuso Martha con aspereza.

–Lo sé –repuso mi madre–. No me podré levantar por la mañana.

Me levanté de repente y la besé. Pensé en lo buena que era, en su bondad. Realmente se preocupaba por la chica. En medio de todo su éxito, su primer pensamiento había sido para ella, y yo sabía que haría todo lo que estuviera en su mano para ayudarla.

La virtud definitiva, pensé, es querer a los demás.

Lisa Fennell llevaba con nosotras algo más de una semana. Mi madre la había escuchado cantar. En su opinión tenía bastante buena voz. No había nada que unas pocas clases no pudieran corregir. Bailando tampoco lo hacía mal. Se decidió que iría a clases con un profesor de canto que Désirée conocía.

Désirée era capaz de entusiasmarse locamente con un proyecto. Según Martha, era una buena samaritana por naturaleza, y con frecuencia perdía el mundo de vista por sus patitos feos. Era su carruaje el que había atropellado a la chica, insistía ella, y lo correcto era tratar de compensar a esa pobre joven que había sufrido tanto. Lisa no tenía dinero, estaba luchando, y a mi madre le parecía lo más natural del mundo cobijarla bajo sus alas.

Lisa se iba a quedar con nosotras durante un tiempo hasta que estuviera satisfactoriamente «colocada».

Habíamos hecho traer sus escasas pertenencias del lugar donde se alojaba, cuya pobreza nos había impresionado tanto a Désirée como a mí. Yo compartía los sentimientos de mi madre respecto a Lisa y estaba tan deseosa como ella de ayudarla. Ambas sentíamos profunda lástima por aquella chica.

Después de unas tres clases con el profesor de canto, mi madre nos comentó a Martha y a mí:

–No veo por qué Dolly no podría darle un puesto en el grupo de coristas. Se ve algo ralo, siempre me lo ha parecido.

–¡Ralo! –chilló Martha–. ¿De qué hablas?

–Las chicas deberían estar más juntas en ese número cuando ponen las manos en los hombros de las otras y hacen esa levantada de piernas. A algunas les cuesta llegar a las otras y esto estropea el efecto.

–Tonterías –dijo Martha–. Es uno de los mejores números de baile.

–Podría ser mejor. ¿No te parece, Noelle?

Yo no me había fijado en que las chicas tuvieran dificultad al estirar los brazos pero tenía que estar de acuerdo con mi madre.

–Sí –dije–. Les iría bien una chica más.

–Hablaré con Dolly –dijo mi madre.

–Se pondrá furioso –replicó Martha.

Yo estaba presente cuando mi madre se lo dijo a Dolly.

–No quiero a Martha aquí –había dicho–. Ella se pondrá de su lado. Pero tú sí, quédate, Noelle. Te tiene un afecto especial y respeta tu juventud. No se saldrá de sus casillas si estás presente.

Así que me quedé.

–Dolly –dijo mi madre–, creo que la fila de coristas está algo rala.

–¿Rala? –exclamó Dolly.

–Eso creo.

–Mientras no sea más que una de tus imaginaciones.

–Conozco a una chica –continuó–. Lo hace bien. Sería un maravilloso comienzo para ella y además fue mi carruaje. Estaba pensando: si pudiéramos meterla en el grupo de coristas, sería estupendo para mí y es justo lo que ella necesita.

–No estoy en este negocio para meter gente en el coro sólo porque se metieron bajo las patas de tu caballo.

–Es una pobre chica, Dolly. Escucha, por favor.

–No, si de lo que vas a hablar es de meter a una de tus protegidas en mi coro.

–¡Tu coro! ¿Quién ha hecho del espectáculo lo que es? ¡Yo!

–Con algo de ayuda mía y de otros. Los actores y actrices siempre tienen ideas exageradas acerca de su importancia.

–Dolly, no eres tan tonto como te gusta hacerme creer. Podríamos poner a otra chica en el coro. Sabes que sí.

–No –dijo Dolly con firmeza.

–Dolly, te lo estoy pidiendo.

–Me doy perfecta cuenta de eso. Tienes esas estrafalarias ideas de ayudar a la gente que te viene con cuentos de infortunio. Es muy propio de ti. No es la primera vez. Dale un trabajo a esta chica y tendrás a miles llamando a tu puerta. Las tendrás a miles bajo las ruedas de tu coche. No habrá sitio para los actores principales.

–Dolly, sólo te estoy pidiendo una.

–Mira, ya estoy harto de tus limosnas. Hazlas si crees que es tu deber, pero no te metas en mis negocios.

–A veces te odio, Dolly. Estás muy seguro de ti mismo. ¿No ves que me haces sufrir? Vas a estropear mi actuación de esta noche.

Dolly adoptó una de sus posturas teatrales, con la mano sobre la frente y arrugas de desesperación en el rostro.

–Lo que tengo que sufrir, Dios Todopoderoso, que has tenido a bien castigarme. ¿Qué he hecho yo para tener que aguantar a esta mujer? ¿Cómo puedo soportar este tormento? Está decidida a arruinarme. Planea mi destrucción. Desea arruinar la obra a la que he dado todo cuanto poseo. Desea llenar mi escenario con cientos de coristas afectadas e imbéciles.

–¡Calla! –dijo mi madre–. ¿Quién ha hablado de cientos? Te lo he repetido, es sólo una. Y si estás arruinado, señor Dollington, será por tu propia mano. Ahora me estás poniendo enferma, demasiado enferma para continuar esta noche. Tendrás que poner a Janet Dare. Verás cómo le gusta eso al público. A ella no le importará actuar con un coro lamentablemente ralo porque el señor Dollington, que se imagina ser Garrik y Kean, los dos en uno, tiene miedo de gastar unos cuantos peniques más en un espectáculo por el que otros trabajarían hasta morir por hacerlo continuar. Vamos, Noelle, necesito que me pongas una de esas compresas con agua de colonia en la frente. Ya presiento un espantoso dolor de cabeza.

Me había cogido de la mano y avanzaba hacia la puerta.

–De acuerdo. No te prometo nada, tenlo presente, pero le echaré un vistazo a la chica.

Mi madre era todo sonrisas. El dolor de cabeza se había evaporado.

–Dolly, cariño –dijo–. Sabía que lo harías.

Y así fue como Lisa Fennell cantó para Dolly acompañada al piano por George Garland, el pianista de mi madre. Yo estaba allí con Martha.

–Es bueno tener público –había dicho mi madre.

Lisa cantó «En qué puedo servirla, señora», y fue una buena imitación de mi madre. Dolly gruñó y le pidió que hiciera algunos pasos de baile, lo cual hizo. Dolly volvió a gruñir pero no quiso dar su veredicto inmediatamente.

–Es sólo para salvar la cara –me susurró mi madre–. Bien, dejémosle. Todo va a ir bien.

Ese mismo día, más tarde, Dolly mandó recado de que Lisa Fennell podía comenzar en el coro el lunes siguiente. Deseaba que mientras tanto adquiriera un poco de práctica en el baile.

Lisa se encontraba en estado de éxtasis.

–No lo puedo creer. De verdad, no puedo creerlo –repetía–. Pensar que estoy en el espectáculo con la gran Désirée.

No estaba menos encantada mi madre.

–Sé que vas a triunfar –le dijo mi madre–. Tienes el impulso y el deseo. Eso es lo que se necesita.

–Y pensar que si no hubiera sido atropellada y casi hubiera muerto...

–Así es la vida, querida –dijo mi madre–. Sucede algo horrible y al final resulta ser para bien.

Lisa se integró en el coro; estaba claro que adoraba a mi madre.

–Te imita la voz –le dije–, camina como tú, con ese balanceo especial. Eres su modelo... su ideal.

–Está loca por el teatro, eso es todo. Yo ya he llegado y ella está haciendo el camino.

–Te está muy agradecida. Le has dado una oportunidad.

–Bueno, no podrán decir que no tiene experiencia después de esto.

–He estado buscando alojamiento –me dijo Lisa un día–. Deseo encontrar un lugar cerca del teatro. De otra forma es imposible. Todo es terriblemente caro. Pero supongo que me las arreglaré. Tu madre ha sido maravillosa. Me parece que no debo abusar más tiempo de su hospitalidad.

Le conté aquello a mi madre.

–Supongo que desea independencia. A la gente le gusta tener su propia casa. Dolly es un poco tacaño, dice que no puede pagarles salarios excesivos a las coristas. Si no les gusta lo que reciben siempre pueden ir a otra parte.

–Dijo algo de que los alojamientos eran caros.

–Aquí no tiene problemas, ¿verdad?

–Creo que no. Es callada y servicial y se lleva bien con todos.

–Bueno, díselo. Dile que se puede quedar si lo desea. Hay una habitación en el ático... A menos que tenga algún escrúpulo. Esa habitación nunca se ha utilizado y puede sentirse a sus anchas allí.

Cuando se lo dije vi que la alegría iluminaba su rostro.

–No es sólo tener que coger algo que en realidad no puedo pagar, es estar aquí... cerca de tu madre, justo en el centro de todo.

–Mi madre dice que puedes estar como en tu casa allí arriba.

–No sé qué decir. Nunca nadie ha sido tan bueno conmigo en mi vida. Désirée es un ángel.

–Es una persona maravillosa. Creo que son muchas las personas que lo han descubierto.

Cuando fue a agradecérselo a Désirée, ésta le dijo:

–Encontrarás alguna forma de pagármelo si lo deseas. No es que desee que me lo pagues. Te lo aseguro, querida, es un placer tan grande para mí como para ti verte hacer el trabajo en el que estás. Lo conseguirás y yo seré la primera en felicitarte.

–Sé que de no ser por usted, esto nunca habría ocurrido.

–Ah, siempre hay formas, querida.

Las cosas volvieron a la rutina. Yo no veía mucho a

Lisa Fennell. Pienso que temía mostrarse como una intrusa. Tenía la gran habitación del ático, cuyo techo se inclinaba a ambos lados, y allí vivía en sosegada felicidad. Solía cantar canciones de *La condesa Maud* y con frecuencia yo pensaba que era mi madre la que cantaba.

Habían pasado tres meses desde el estreno de *La condesa Maud* y la gente continuaba acudiendo en tropel a verla. Algunas personas asistían más de una vez. Eso era señal de éxito.

Lisa solía venir a casa después del teatro con mi madre y Martha. Yo creo que Martha no estaba muy contenta con lo sucedido. Era muy posesiva respecto a mi madre y estoy convencida de que lamentaba su interés por Lisa.

Lisa se daba cuenta de ello y ponía todo su esfuerzo en no molestar. De hecho, a mí me parecía que se daba cuenta de muchas cosas y que andaba con pies de plomo, aterrada por la idea de ofender a alguien. Se lo comenté a mi madre y ella dijo:

–Sí, es posible. La pobre chica está deseosa de conservar su trabajo. No desea molestar a nadie. Sé exactamente cómo se siente. Tenemos que tratar de hacerle las cosas fáciles.

Entonces sucedió algo de gran importancia. Janet Dare tuvo un accidente. Una tarde que andaba de compras por Regent Street, resbaló en la acera y se partió la pierna por dos sitios. Pasaría un buen tiempo antes de que pudiera volver al trabajo.

Janet actuaba en el coro y, a la vez, era suplente, y la fila de coristas quedaba ahora tal como estaba antes de que se integrara Lisa. Podían pasar así, pero una suplente, aunque afortunadamente rara vez se la necesitaba, era imprescindible.

Vi el brillo en los ojos de Lisa. Se acercó a mi madre primero:

–Sé las canciones. Sé los pasos de baile... y he observado cada una de sus actuaciones.

–Lo sé –dijo mi madre–. Serías perfecta para el puesto. Pero no puedo hablar por Dolly. Si yo se lo sugiero, seguro que pondrá objeciones.

–Pero lo sé hacer tan bien. Practicaría... ensayaría...

–Lo sé, querida. Eres la persona indicada. Déjamelo a mí. Veré qué puedo hacer.

Dolly se mostró sorprendentemente conforme. Creo que debió de haberse dado cuenta de que Lisa Fennell era la mejor elección. Mi madre era su modelo y se sabía las canciones.

No puso objeciones y todo quedó arreglado.

Además de tener su lugar entre las coristas, Lisa Fennell sería la suplente de Désirée.

La suplente

Había visto a Roderick Claverham en una o dos ocasiones. Los encuentros nunca eran planeados. Tenían lugar los días en que había sesión de tarde. Yo salía de casa al poco rato de haberse marchado mi madre y él estaba esperándome en la calle. Siempre había algún elemento de emoción porque yo vivía con la duda de si estaría allí. De todas formas, estaba casi segura de que así sería.

Preferíamos que las cosas fueran de esa forma, porque ambos teníamos la sensación de que los encuentros tenían que ser algo así como un secreto, en vista de la relación de nuestros padres.

Sin embargo, yo disfrutaba muchísimo de esos encuentros. Caminábamos bastante, tomábamos el té en nuestro pequeño salón, después él me acompañaba al teatro, y yo volvía a casa en compañía de mi madre, Martha y Lisa.

A veces caminábamos desde Piccadilly hasta Green Park. Allí nos sentábamos a contemplar a la gente que pasaba y a los niños que daban de comer a los patos.

Yo ya conocía muchas cosas acerca de su casa, las suficientes para hacerme una imagen bastante clara de ella. Él me hablaba sobre las personas interesantes que habían visitado Leverson Manor desde el descubrimiento de las ruinas romanas. Y, naturalmente, yo hablaba de mí.

Sabía que ésta era una etapa intermedia. No podíamos continuar viéndonos así. En cierta forma parecía casi furtivo, ya que no le había hablado a mi madre sobre nuestra amistad, lo cual era muy raro, pues hasta ese momento siempre había sido totalmente franca con ella. Y suponía que él no le decía nada a su padre.

Tenía razón al decirme a mí misma que las cosas no seguirían así: yo deseaba que viniera a conocer a mi madre, y él deseaba que yo visitara su casa de Kent. Tenía muchísimos deseos de hacerlo, y una ardiente curiosidad por conocer a lady Constance, aun más que por ver las ruinas romanas.

Era martes y mi madre estaba pasando la tarde con su modista. Deseaba algunos vestidos nuevos para la comedia. El espectáculo necesitaba algo de lustre, en su opinión.

Yo le había dicho a Roderick que estaría libre ese día y él inmediatamente contestó que teníamos que vernos. Hicimos nuestro paseo acostumbrado a Green Park y allí nos encontrábamos sentados cuando Roderick dijo de repente:

–¿Qué vamos a hacer, Noelle?

–¿Hacer?

–Quiero decir, ¿cuánto tiempo más vamos a seguir viéndonos así? Tú no se lo has dicho a tu madre, ¿verdad? Yo no le he mencionado nuestros encuentros a mi padre. Es bastante raro. ¿Por qué lo hacemos?

–Creo que ambos pensamos que resultaría embarazoso para ellos.

–Sí, creo que lo sería para mi padre.

–Supongo que mi madre no se siente violenta con tanta facilidad. Ella pensaría que es lo más normal. En realidad no sé qué decir al respecto.

–Bueno, hemos evitado decirlo. Es absurdo en realidad. Eso no es asunto nuestro.

–Es sólo que tu madre no sabe nada acerca de esta... amistad entre tu padre y mi madre, y si lo supiera, ciertamente no la aprobaría.

–Estoy seguro de que no, y mi padre no querría que lo supiera.

–Y a causa de esto, tú y yo estamos atrapados en este secreto.

–Yo debería poder visitar tu casa abiertamente. Deseo

que vengas a Leverson Manor. Después de todo, somos muy buenos amigos. Al menos, así lo espero.

–Yo también.

–Bueno, ya somos dos los que lo creemos, por tanto es así. ¿Qué vamos a hacer al respecto, Noelle?

–La verdad es que no lo sé.

–Verás... tú y yo... bueno...

–¡Caramba! ¡Noelle!

Di un salto de sorpresa. Lisa Fennell caminaba en nuestra dirección. Sentí que me sonrojaba. Sus ojos claros observaban a Roderick con curiosidad.

–Permíteme que os presente –dije yo–. Éste es Roderick Claverham, hijo del señor Charlie Claverham.

–Oh, encantada de conocerle.

–Y ésta es Lisa Fennell. Actúa en la comedia... *La condesa Maud*... sabes.

–Salí a tomar aire –dijo ella–. Tratando de relajarme para la sesión de la noche. ¡Qué hermoso día!, ¿verdad? Me encantan los parques de Londres. ¿Puedo sentarme con vosotros?

–Por favor –dijo Roderick.

Ella se sentó al otro lado de él.

–No recuerdo haberle visto en la casa –dijo Lisa.

–No –repuso Roderick–. Una vez estuve allí, hace un tiempo.

–Creo que fue antes de que llegaras tú, Lisa –dije yo.

–¿Le ha contado Noelle cómo llegué? –preguntó Lisa.

–Sí. Lo ha mencionado.

–¿No fue maravilloso? Como un cuento de hadas. Podría haber muerto en el accidente, ¿sabe?

–El carruaje no iba a mucha velocidad –dije yo.

–Y allí comenzó todo. Désirée, la famosa actriz... ha sido tan buena conmigo –le tembló algo la voz–. Es la persona más maravillosa del mundo.

–Sí. He oído que es muy bondadosa.

–¿Vive usted en Londres?

–Mi casa está en el campo, pero tenemos una pequeña casa en Londres. Es muy práctica, porque mi padre necesita estar aquí bastante a menudo por trabajo. Así es más cómodo.

–Ya lo creo que debe serlo. Me encanta Londres. Tan antiguo... y moderno al mismo tiempo. ¡Qué combinación! ¿No lo encuentra fascinante?

Roderick dijo que sí.

–El señor Claverham tiene algo muy antiguo en su propia casa –le dije a Lisa–. Han encontrado ruinas de un poblado romano en el terreno.

–¡Es magnífico! –exclamó Lisa. Se volvió hacia Roderick–. Cuénteme algo más.

Yo escuché, pensando vagamente en lo que Roderick estaba diciendo cuando ella nos interrumpió. Me parecía importante. Qué lástima que hubiera aparecido Lisa en ese momento.

Ella le escuchaba, animándole a que le contara más, totalmente inconsciente de que su intrusión había estropeado nuestro *tête-a-tête.* Roderick era demasiado educado como para demostrar la decepción que estoy segura compartía conmigo.

–Bueno –dije yo finalmente–, tengo que marcharme.

–Yo también –hizo eco Lisa–. No tenía idea de que fuera tan tarde.

–Entonces, vámonos –dije.

Volvimos juntos a casa. Roderick se despidió y se marchó.

–¡Qué joven tan encantador! –exclamó Lisa cuando entramos en casa. Sus ojos resplandecían de placer–. Y pensar que Charlie tiene un hijo así y lo mantiene escondido.

Mi madre regresó al poco rato. Había tenido una gratificante sesión con la modista y deseaba contármela. Iba a cambiar el vestido azul del primer acto por uno de color malva intenso y el del último acto iba a ser rojo.

–Esos colores destacan más. Además, le darán un aire nuevo al espectáculo. Nos vendrá bien a todos. Nos estamos oxidando un poco. ¿Qué opinas tú? Pasé a ver a Janet Dare. ¡Pobrecilla! Está fuera de sí. Lo único que desea es volver. Si dependiera de ella, no estaría mucho más tiempo así.

Pensé que debería decirle a mi madre que había estado con Roderick. Lisa podría mencionar que le había visto y parecería raro que yo no hubiera hablado de ello.

Cuando nos quedamos solas dije, tratando de parecer despreocupada:

–Por cierto, ¿recuerdas a Roderick Claverham, el hijo de Charlie? Estuvo aquí una vez.

–Ah, sí, por supuesto. ¡Qué joven más agradable!

–Le he visto... una o dos veces. Nos hemos encontrado casualmente.

–¿Ah, sí? ¡Qué interesante!

–De hecho, estuve con él hoy. Lisa estuvo con nosotros.

–Ah, Lisa. Justamente pensé en ella cuando me encontraba con Janet Dare. Está entusiasmada por tener el puesto en el coro y el de suplente.

–Te está eternamente agradecida. Después de todo, tú se lo conseguiste, ¿verdad?

–No podría haberlo hecho si ella no tuviera talento.

–Trata de ser exactamente como tú.

–Piensa en representar *La condesa Maud,* ésa es la razón. Dios no lo quiera, podría tener que hacerlo algún día. Dios mío, se va a subir por las paredes cuando vuelva Janet. La pobre chica ya se ve como suplente.

Yo, mientras tanto, pensaba que no había necesidad de tener ningún escrúpulo por ver a Roderick. Mi madre no estaba muy interesada, ni yo me sentía perturbada en lo más mínimo por su relación con Charlie.

Pocos días después, Jane entró en mi habitación y me dijo que mi madre deseaba verme, y que debía ir a verla de inmediato:

–¿Pasa algo, Jane? –pregunté.

–No tiene muy buen aspecto, señorita Noelle.

Me apresuré a ir a su habitación y nada más entrar me sentí sobrecogida por el temor. Su aspecto era muy diferente al habitual.

–Me he sentido muy mal –dijo–. Debe de haber sido el pescado que comí anoche. Pero fue después del almuerzo cuando comencé a notarlo. Me siento mareada y descompuesta.

–Es mejor que te acuestes.

–He estado acostada. Lo más horrible es que creo que no podré actuar esta noche.

–Ciertamente no puedes si estás como ahora. Creo que debo llamar al doctor Green.

–Oh, no. No es necesario. Sólo es algo que he comido. Ya se me pasará. Creo que es mejor que hagas llegar un recado a Dolly, aunque... sólo en caso de necesidad... no creo que haga falta... pero debemos estar preparados.

–Thomas puede ir inmediatamente –dije.

A la media hora Dolly estaba en la casa en un estado de gran agitación.

–¿Qué ha ocurrido? ¿Es algo que ha comido? Oh, Dios Todopoderoso, ¿qué he hecho yo para merecer esto?

–Corta el dramatismo, Dolly. No es el momento. Si no puedo salir a escena esta noche, tenemos que hacer lo evidente... y deberíamos ocuparnos de ello de inmediato... sólo en caso de que sea necesario..., lo cual podría no ser, pero tenemos que estar preparados. Lisa tendrá que ocupar mi puesto.

–¡Esa aficionada!

–No es sólo una aficionada. No lo hace mal, en realidad. Tú mismo lo has dicho, Dolly, aunque haya sido como tratar de sacar agua de una piedra lograr que lo admitieras.

–Hablas como si esto no tuviera ninguna importancia. Déjame que te diga una cosa: es un desastre, una calamidad. Tendré que aplacar a toda esa gente que ha pagado para ver a Désirée, no a una aficionadilla del campo.

–Cualquiera creería que es la primera vez que tienes que poner a una suplente. No es nada. Déjate de histrionismos y recupera el sentido común. Tienes que ponerte al trabajo, Dolly. Por supuesto, puede que me ponga bien. Quedan unas cuantas horas, pero de momento...

–¿Está aquí la chica? –preguntó Dolly.

–Sí –contesté yo–. ¿Le digo que venga?

–Inmediatamente.

Fui a la habitación de Lisa. Parecía expectante.

–Mi madre no se encuentra bien –dije–. Ha estado vomitando y se siente mareada. Dolly está aquí. Ella cree que no podrá actuar esta noche.

Se me quedó mirando. Trataba de ocultar su alegría pero yo la vi en sus ojos. Era natural. Lo comprendí.

–¿Se encuentra... muy mal?

–No, es sólo un trastorno biliar. Está acostada. Se marea cuando se levanta. No creo que se encuentre bien para actuar esta noche. Tienes que bajar enseguida. Dolly no para de ir de un lado a otro como un animal enjaulado y mi madre está tratando de tranquilizarle.

–Debe de estar furioso.

–Bueno, ya lo conoces.

–No confía en que yo lo pueda hacer.

–Debe confiar –le contesté yo–. En primer lugar, no te habría dado el puesto si no creyera que podías hacerlo en caso de emergencia.

–Y tu pobre madre. ¡Qué horrible!

–No creo que sea muy grave. Dice que probablemente comió algo que le sentó mal. Más vale que te des prisa pues, cuanto más hagas esperar a Dolly, más furioso estará.

Lisa se apresuró a bajar y yo me fui a mi habitación.

Ésta sería la oportunidad de Lisa. Lo natural era que ése fuera el pensamiento más importante en su mente.

Mi madre se sentía algo mejor, pero no lo suficiente como para actuar esa noche. Yo deseaba quedarme a acompañarla, pero ella dijo que debería ir al teatro para animar a Lisa.

–Pobre niña. Sé muy bien lo que va a tener que pasar. Tiene los nervios templados, sin duda. Y los necesitará esta noche.

–Se lo toma muy en serio.

–Correcto. Hay que tomárselo en serio y poner todo lo que tienes dentro para triunfar en esta profesión, te lo puedo asegurar. Aunque no debería confiarse demasiado, y no creo que lo haga. Tiene que sentir esa horrible sensación de que le van a fallar las notas altas y de que va a caer de bruces en el suelo en lugar de caer en los brazos del novio. Tiene que haber una mezcla de temor y confianza, y eso no es fácil de conseguir. No lo sabré yo... Pero es una gran oportunidad para ella. Si lo hace bien, estará bien con Dolly. Si fracasa, será corista durante el resto de su vida. Deseémosle que tenga éxito. Se sabe las canciones, se sabe los bailes. La parte más difícil es ese giro al final del primer acto. Una o dos veces casi lo he hecho mal.

Así que fui al teatro y me senté, temblando por ella.

El telón estaba a punto de levantarse. Contemplé al público desde el palco que compartía con Robert Bouchère. Durante esos pocos minutos éramos las únicas personas del público que sabíamos lo que iba a pasar.

Dolly levantó la cortina y se paró delante de nosotros.

–Señoras y señores, con gran pesar tengo que comunicarles que Désirée se encuentra indispuesta y no podrá estar con ustedes esta noche.

Se oyó una exclamación que recorrió la platea y subió por el primer piso hasta la galería. Miré a mi alrededor, temerosa. Toda esa gente había pagado para ver a Désirée.

–Acabo de estar con Désirée antes de venir al teatro –continuó Dolly–. Está desolada por la decepción que les habrá causado. Me ha suplicado que les pida que la perdonen y en particular les ruega a ustedes, su querido público, que den a Lisa Fennell la oportunidad de demostrar su valía. Désirée tiene fe absoluta en Lisa, y estoy convencido de que después de la actuación de esta noche, ustedes compartirán esa fe. Sé cuánto quieren todos a Désirée, pero no querrán que esté aquí cuando tiene que estar en la cama. Les envía su amor. Ella les echa de menos como ustedes a ella, pero espera fervientemente que le darán a Lisa la oportunidad y no quedarán defraudados.

Se levantó el telón. El coro de apertura había comenzado y allí estaba Lisa haciendo una buena imitación de Désirée en «¿En qué puedo servirla, señora?».

Fue una buena actuación. Yo la seguí en cada movimiento, observando los escollos, como el giro rápido al final del primer acto. El público aplaudió. Algunos debían de haber comprendido la prueba terrible que estaba pasando la pobre chica, habían dejado de lado la desilusión de no ver a Désirée y animaban a la principiante.

–Todo irá bien, ¿verdad? –dije a Robert.

–Es tan parecida... –contestó–. Una copia exacta, ¿verdad? Es como ver una sombra de Désirée, ¿sabes?

–Sé lo que quieres decir –repuse–. Pero yo creo que el público no está descontento.

–Oh, no, no. Pero no olvidan que han pagado para ver a Désirée: es una lástima que Lisa tenga que suplir a Désirée. Si fuera alguna otra, alguien no tan... ¿cómo diría?... Tan ella misma, tan distinguida, sería mejor. Lo hace bien esta chica, pero no es Désirée.

Yo entendía lo que quería decir. Copiaba demasiado fielmente a Désirée, ocultando su propia personalidad en el intento. Si hubiera tratado de presentarse como ella misma y no como una desvaída sombra de Désirée, habría causado más impacto. Así, era Désirée sin aquel encanto inimitable, aquel carisma avasallador.

Volvimos a casa en el carruaje con Martha y Lisa. Ésta se encontraba agotada pero contenta. El público había aplaudido fuertemente al final y alguien de la platea gritó:

–¡Bien hecho!

–Estaba la prensa –dijo Lisa–. Ay, me pregunto qué dirán.

Yo me sentía protectora hacia ella. Pensé que le estaba dando demasiada importancia a aquello. Aparecerían algunas líneas en la prensa: pero habría mucho más interés en la indisposición de Désirée que en la intervención de Lisa en *La condesa Maud.*

Evidentemente, Lisa pensaba que saltar la brecha y escuchar a alguien de la platea gritar «¡Bien hecho!» iba a conmover el mundo teatral.

Mi madre nos esperaba. Se encontraba bastante mejor y deseaba escuchar todo lo sucedido. ¿Cómo había reaccionado el público? ¿Cómo se las había arreglado Lisa con aquella escena al final del primer acto? ¿Le habían salido bien las notas altas en la canción «Te amaría igual aunque fueras una dependienta»? ¿Y habían ido acordes sus pasos con los del novio?

Todo había salido mejor de lo que se había atrevido a esperar, le aseguró Lisa.

–Ahora dormiré tranquila –repuso mi madre–. Mi querida niña, estoy segura de que eres muy buena. Y ¿qué ha dicho Dolly?

–Gruñó –contestó Lisa.

–¿Qué tipo de gruñido? Siempre conocemos su estado de humor por la naturaleza de sus gruñidos.

–Gruñidos de alivio –dije yo.

–Gracias a Dios. Tiene que haber estado contento o ya estaría aquí dando sus patadas en el suelo.

–Tenemos que ir a acostarnos –dije yo–. Lisa está agotada. –Me volví a mi madre–. Y tú eres una inválida. Buenas noches, queridísima madre.

–Buenas noches, ángel mío.

Nos besamos mientras Lisa nos observaba; luego ella se le acercó y la abrazó.

–Gracias –dijo–, gracias. Se lo debo todo.

–Le debes esta noche a algún pescado en mal estado, querida, no a mí –dijo mi madre.

Todas nos reímos y mi madre añadió:

–Me alegro por ti, querida mía. Fue una oportunidad y tú estabas preparada para aprovecharla. Ésa es la forma de hacerlo.

–Lamento que fuera porque usted estaba enferma –dijo Lisa compungida.

–Ah, vamos. Aprovecha tus oportunidades y agradece siempre que vengan.

Y con ese comentario nos fuimos a nuestras respectivas habitaciones.

No apareció gran cosa en los diarios de la mañana siguiente, sólo la noticia de la enfermedad de Désirée y de que una recién llegada había ocupado su puesto. No venía ningún comentario sobre la actuación.

Dolly vino a casa, y yo estaba ansiosa por escuchar su veredicto.

–Hizo todos los movimientos –dijo–. Pero no es Désirée, eso te lo puedo decir.

–El público aplaudió –dije yo.

–Siempre lo hacen cuando actúa una nueva. Incluso el público tiene sus momentos sentimentales.

–Así que tú crees que eso fue todo.

Él asintió y se volvió a mi madre.

–En cuanto a ti, señora, ten cuidado con lo que comes en el futuro. Que esto no vuelva a suceder. El público no lo aguantará. *Maud* acabará en una semana si esto pasa otra vez.

Así pues, pensé yo, aquél era el final del pequeño triunfo de Lisa.

Estaba sentada en el parque con Roderick. Había pasado una semana desde que Lisa Fennell había reemplazado a mi madre en *La condesa Maud,* y le estaba contando el acontecimiento a Roderick.

–Supongo que ese tipo de cosas sucede a menudo en el teatro –dijo.

–Sí, es bastante frecuente. De todos modos se produce una gran consternación cuando la actriz principal no puede salir a escena.

–Esa chica tuvo la valentía de ponerse frente a un público que evidentemente prefería a otra persona.

–Lisa estaba exultante. Hizo lo posible por mostrar preocupación por mi madre, y ciertamente estaba preocupada, pero no podía disimular su alegría. Al fin y al cabo sólo fue un trastorno biliar... incómodo en el momento, pero pasó pronto. Como puedes imaginar, se armó un tremendo revuelo. Dolly, es decir, Donald Dollington, se encargó de ello. Creo que en el fondo disfruta con las crisis. Le dan ocasión de desplegar su talento dramático.

–¿Cómo fue el espectáculo?

–Bastante bien. Creo que Lisa demostró ser bastante capaz. Lógicamente, hay ese algo especial que tiene mi madre. Es algo más que cantar y bailar. Es personalidad.

–La chica parece tener una personalidad agradable.

–No es lo mismo. Fue una lástima que Lisa tuviera que suplir a alguien como mi madre.

–Estábamos hablando el otro día, ¿lo recuerdas?... cuando llegó ella.

–Lo recuerdo.

–Sobre esta... situación. ¿Qué vamos a hacer, Noelle?

–Serías muy bienvenido en mi casa, lo sabes. Le conté a mi madre que nos habíamos visto y, por lo que parece, no pensó que hubiera nada extraordinario en ello.

–Es una situación ridícula. Sólo porque tu madre y mi padre han tenido una especie de amistad romántica, tú y yo nos sentimos intranquilos por encontrarnos.

–Pero nos encontramos. Tal vez sea sólo una impresión nuestra y nos estamos imaginando algo que no existe.

–Mi padre se sintió incómodo cuando yo aparecí en tu casa. En realidad jamás me ha dicho nada al respecto, lo cual es bastante extraño. Tengo la sensación de que desea mantener la amistad con tu madre aparte de su vida de hogar.

–Eso significa, naturalmente, que fue una amistad algo especial.

–¿Qué hay de tu padre? Debe de haber muerto hace mucho tiempo.

–No estoy segura. Mi madre no habla mucho de él. Deja muy claro que no desea hacerlo. Todo lo que está dispuesta a decir es que era un hombre muy distinguido, alguien de quien puedo estar orgullosa.

–¿Nunca ha dicho cuándo o cómo murió?

–No. Désirée sabe ser muy firme cuando lo desea, aunque la mayor parte del tiempo sea tan alegre y llana. Ha dejado bien claro que no desea hablar de él. A veces me pregunto si se habrán separado. Verás, ella tenía una enorme ambición por triunfar en el teatro. Puede que haya tenido algo que ver con eso. A veces pienso si tal vez él está aún vivo y si lo veré algún día. Pero, ciertamente, ella ha dejado claro que no desea hablar de él.

–Y entonces... –dijo él asintiendo–, por supuesto... sólo tiene amigos... como mi padre.

–Hay un francés también. Viene y va igual que tu padre. Ambos han estado yendo y viniendo desde que tengo uso de razón. Siempre he sabido que son sus amigos especiales.

–Por supuesto, ella es muy atractiva y no vive exactamente de forma convencional en ningún sentido.

–Ah, sí. Ella no se conforma con las reglas de la sociedad. Estoy segura de que comprende que tu madre y la esposa de Robert... supongo que tiene esposa, como la mayoría de los hombres... Estoy segura de que entiende que ellas no aprobarían su amistad con ellos. Diría entonces: bueno, mejor que no lo sepan. Respetaría sus puntos de vista y no querría alterar sus vidas de ninguna manera. Jamás exige nada de sus amigos. Los quiere... verás, es su forma de vida.

–Todo eso lo entiendo, pero pienso en cómo nos afecta a nosotros.

–Bueno, nadie ha sugerido que no debamos vernos. Tendremos que ver qué sucede.

Roderick no quedó muy satisfecho, y yo pensé que esta conversación era una comprobación del modo en que progresaba nuestra amistad. Ya no éramos simples conocidos.

Charlamos acerca de otras cosas, pero yo sabía que en el fondo de su mente pensaba que la relación entre nuestros padres nos ponía en una situación que a él le gustaría cambiar.

Cuando llegué a casa me encontré con una desagradable sorpresa. Mi madre estaba en cama con otro trastorno similar al que ya había sufrido. Dolly ya estaba allí, en la habitación de mi madre. Ella estaba postrada y muy pálida.

–Ah, aquí está Noelle –dijo–. Gracias a Dios que estas aquí, cariño. Me siento mejor cuando te tengo a mi lado. Es otro de esos ataques tontos. Algo que he comido otra vez.

Yo la miré preocupada. No podía ser eso. Tenía que ser otra cosa... algo grave. Sentí que me invadía una terrible ansiedad. Siempre la había visto tan joven, tan llena de vitalidad.

–Creo que tenemos que llamar al doctor –dijo Martha.

–No, no –exclamó mi madre–. Es mi estúpida digestión. Comí demasiado en el almuerzo. Bueno, ya he aprendido la lección.

Lisa estaba allí, nerviosa, sobre ascuas. Parecía como si estuviera tratando de tranquilizarse.

–Si mañana no estoy mejor iré al médico –dijo mi madre–. Lo importante ahora es la sesión de esta noche.

Dolly hizo una repetición de su anterior actuación, reprochando al Todopoderoso, preguntándole qué había hecho él para merecer esto. *La condesa Maud* estaba destinada a permanecer un tiempo récord en cartelera. ¿Por qué ciertos poderes extraños se obstinaban en estropear eso? Désirée era la condesa Maud, y he aquí que nuevamente, casi sin previo aviso, tendría que poner a la suplente. ¿En qué pensaba el Cielo? Sin ni siquiera un intervalo decente, ya volvíamos a las andadas.

–Será mejor que bajemos al mundo real, ¿eh? –dijo Martha–. Veamos lo que tenemos que hacer.

Sucedió igual que la vez anterior. Actuó Lisa. Yo no estuve allí, pero supe que había mejorado su actuación. No fue una imitación tan descarada de Désirée. Pero el público se mostró poco entusiasta. ¿Qué otra cosa cabía esperar? Habían ido a ver a Désirée y les habían dado a Lisa Fennell.

La vi después del espectáculo. Estaba agotada y menos contenta que la vez anterior.

–Logré hacerlo –dijo casi con rabia–. Pero una necesita práctica. Si pudiera hacerlo durante una semana lo haría perfecto.

–Lo haces muy bien, teniendo en cuenta el escaso tiempo de preparación. Ni siquiera tienes mucha práctica en el teatro profesional. Ha sido muy notable y ellos lo comprenden. No lo dicen así, pero lo comprenden. Ya sabes cómo es Dolly, a veces hasta se mofa de mi madre.

Sentía lástima por Lisa. Se había esforzado y lo había hecho muy bien. Lo único que sucedía era que no podía compararse con Désirée. Yo dudaba de que hubiera alguna actriz en Londres que pudiera haberlo hecho.

A la mañana siguiente, a pesar de las protestas de mi madre, llamamos al doctor. Martha dijo que era demasiada coincidencia que hubiera comido algo en mal estado en dos ocasiones tan seguidas. Nadie más tenía síntomas. Era mejor que viniera el médico.

Mi madre estaba completamente restablecida y se disculpó con el doctor Green cuando éste llegó.

–En realidad no era necesaria su visita –le dijo–. Es esta gente que insistió en que viniera. El problema es que comí algo que me sentó mal y me sentí mareada y biliosa, así que no pude ir al teatro anoche.

–Y lo mismo sucedió hace una semana, doctor –añadió Martha.

Me pareció que el doctor se ponía algo serio entonces. Me hicieron salir de la habitación. Martha se quedó.

No pasó mucho rato cuando salió el doctor. Escuché a Martha hablando con él mientras lo acompañaba a la puerta. Me precipité hacia la habitación de mi madre. Ella me miró triunfante.

–Te lo dije. No me pasa nada. Fue algo que comí.

–¿Qué? ¿Dos veces?

–Sí, dos veces. Puede ocurrir, sabes. No es tan difícil de comprender.

–Pero ¿estás segura?

–Absolutamente. Estoy perfectamente bien en todas mis extremidades.

–Bueno, no había dudas sobre tus extremidades.

–No... de verdad, no hay nada. Es natural sentirse algo mareada cuando hay un trastorno biliar. Creo que será mejor que me busque uno de esos catadores, esos que solían tener los reyes y reinas antiguamente. No se lo digas a Dolly porque sería capaz de nombrar a una de las chicas del coro jefa de catadores. El hecho es que no me ocurre nada. Pero en el futuro deberé vigilar lo que como.

Martha entró en la habitación. Se la veía inmensamente aliviada.

–Estaba bien –dijo mi madre–. No me queríais creer, ¿verdad?

–Bueno, agradezcamos a nuestras estrellas que todo vaya bien. Dolly llegará muy pronto.

–Sí, se pondrá furioso conmigo por estropearle su espectáculo dos veces por una insignificancia.

–Estará tremendamente aliviado y agradecido de que no sea nada grave. Dios mío, me tenías asustada.

–Te asustas con mucha facilidad, Martha.

–Daba la impresión de que había algo de qué asustarse. Si te ocurriera algo...

–Sería el fin de *La condesa Maud,* al parecer.

–Sería el fin de mucho más que eso. No sé qué haría sin ti.

Lisa se reunió con nosotros en el parque. Nos había encontrado por casualidad, dijo. Me pregunté si no me habría seguido. Se había mostrado muy interesada por Roderick.

Me daba pena Lisa. Yo entendía su necesidad de compañía. Estaba flotando entre la euforia y la desesperación. Era el día siguiente a su aparición como *Maud.* Los diarios habían reseñado su actuación:

> Otra desilusión para aquellos que se reunieron para ver a la incomparable Désirée y se encontraron con que una vez más no pudo aparecer en escena. Se nos informó de que un trastorno biliar obligó a Désirée a guardar cama y no poder actuar sobre las tablas. En su lugar actuó su suplente, la señorita Lisa Fennell, joven bailarina que habitualmente forma parte del coro. La señorita Fennell se esforzó muchísimo. Consiguió arreglárselas, vacilando en algunos de los intrincados pasos de baile, pero en general estuvo bastante correcta. A este ritmo la pobre *Maud* sólo puede trotar. Es un espectáculo poco convincente y necesita una personalidad como la de Désirée para mantenerse. Si la actriz adquiere la costumbre de tomarse noches libres, *La condesa Maud* no aguantará otro mes en cartel.

Era un desdichado comentario, que condenaba a la pobre Lisa con tan débil elogio.

–No está mal, querida –dijo mi madre–, no está nada mal. Tendrías que haber visto los comentarios con los que me encontré al comienzo. Habrías pensado que lo mejor que podía hacer era recoger mis cosas y volver a casa. Son así, querida, todos estos críticos. No saben hacerlo ellos y no les gusta que lo hagan otros. No tienes que darles importancia. La mayoría daría sus orejas por estar en el teatro. Eso es lo que yo siempre he dicho, y si alguien entiende de esto, soy yo.

Lisa se dejaba convencer. Alguien que estaba esperando a la puerta del teatro le pidió un autógrafo y eso le levantó considerablemente el ánimo.

Como la vez anterior, la prensa estaba más interesada en la ausencia de Désirée que en la presencia de Lisa; un trastorno biliar habría pasado como algo que le puede suceder a cualquiera, pero dos despertaron sospechas. Hubo insinuaciones. ¿Podría ser que la indisposición de Désirée se debiera a la inclinación a tomar un poquitín demasiado de su bebida favorita?

Aquello llenó de indignación y resentimiento a mi madre y a Dolly; incluso llegaron a amenazar con tomar medidas contra el periodista responsable. Pero después de un rato se calmaron.

–¿Qué se le va a hacer? –dijo mi madre–. Hay que aceptar las cosas.

Aparte de eso, al parecer la prensa había decidido que no era mayor noticia el hecho de que una suplente reemplazara a una famosa actriz una o dos noches.

Como era algo tan reciente, ese día en el parque la actuación de Lisa durante la obligada ausencia de mi madre fue el principal tema de conversación. Roderick la escuchaba amablemente mientras ella lo relataba todo.

«Pobre Lisa», pensé. Supuse que hablar de ello era como un bálsamo para su espíritu herido. Ella estaba explicándole esa especie de terror paralizante que sentía al levantarse el telón.

–Sé todos los números... todos los pasos. Los he observado desde la fila del coro siempre que estamos en escena, y las coristas estamos casi en todo momento en *La condesa Maud*... y sin embargo estoy siempre repitiendo: «¿Recordaré esto? ¿Cuál es la primera frase?». Te chocan las rodillas. Estás convencida de que no saldrán las palabras.

–Mi madre siempre dice que es necesario estar nerviosa para hacer una buena interpretación –intervine yo–, y evidentemente la tuya lo fue, Lisa.

–Espero que sí. Pero nadie se fijó...

–Dolly sí. Estaba contento contigo, de verdad. Yo me di cuenta.

–Dijo que el espectáculo se acabará si Désirée tiene más trastornos biliares.

–Por supuesto que no se acabará, y ella no volverá a tenerlos. Faltar una o dos noches sólo hace que la gente esté más deseosa de verla.

Me volví a Roderick.

–Perdona que continuemos hablando de esto. Era importante para Lisa.

–Lo comprendo –dijo él–. Ojalá yo hubiera estado allí –le dijo a ella.

–Me alegro de que no estuviera. Preferiría que me viera cuando tenga algo más de práctica.

–Espero que no tengas que practicar más con *Maud* –dije yo de inmediato–. Sólo sería el caso si mi madre tuviera más trastornos y todos estaríamos muy preocupados si así fuera.

–Oh, no quise decir eso. Por supuesto que no. Estuve preocupadísima cuando tuvo el segundo... Pero por supuesto, sólo fue una coincidencia, como dijo el doctor. Puede suceder.

–Tal vez –sugirió Roderick–, podría conseguir el papel principal en otra obra, después de lo que ha hecho en ésta. Tiene que ser muy difícil cuando a uno lo llaman así, de improviso. Todo el mundo tiene que saberlo.

–Eso forma parte del puesto de suplente. Tengo que estar agradecida por haber tenido un comienzo. Es muy difícil conseguir cosas sin amigos.

–Bueno, ahora tiene amigos –dijo Roderick.

Ella pareció comprender que habíamos estado hablando demasiado de sus asuntos y dijo rápidamente.

–Cuéntenos más cosas sobre los maravillosos hallazgos en su terreno. ¡Cómo me gustaría verlos!

Y así continuamos conversando y yo me sentí ligeramente resentida, porque una vez más se había inmiscuido en mi encuentro con Roderick.

Acompañé a mi madre a hacerle una visita a Janet Dare. Vivía en una pequeña casa en Islington, que compartía con una amiga. Se mostró encantada de vernos. Lo primero que dijo fue:

–¡Mirad! ¡Sin muletas!

–¡Maravilloso, Janet! –exclamó mi madre–. ¿Cuándo vuelves?

–Primero tengo que hacer algo de ejercicio. Es por el baile, ¿sabes? Me llevará algún tiempo. Si no fuera por ello, podría volver dentro de una semana. Espero que todo vaya bien y que el señor Dollington lo comprenda.

–Por supuesto que lo comprende.

–Ha sido maravilloso por su parte continuar pagándome mi salario. No sé qué habría hecho de otra forma.

Yo sabía por qué. Había escuchado a mi madre discutir con él. Dolly decía que la compañía no podía permitirse pagar a una chica que no estaba trabajando, sobre todo teniendo en cuenta que había tenido que subirle el sueldo a Lisa Fennell por haber ocupado el puesto de suplente.

–No seas mezquino, Dolly –había recriminado mi madre–. ¿De qué va a vivir la pobre chica si no le pagas su sueldo?

–De lo que vive cuando está sin trabajo, supongo –contestó Dolly.

–Eres cruel, Dolly.

–Désirée, esto es un negocio. Tengo que conseguir

que el espectáculo tenga beneficios o nos quedaremos sin trabajo.

Finalmente habían llegado a un acuerdo. La compañía pagaría la mitad de su sueldo a Janet y el resto lo pondría mi madre. Sólo que Janet no debía saberlo, porque se sentiría violenta si se enterara. Yo deseaba decírselo, porque siempre quería que la gente supiera lo buena que era mi madre. Ella, que me conocía bien, se dio cuenta y me lanzó una rápida mirada de advertencia.

–Me han dicho que debo esperar unas dos semanas más antes de comenzar a practicar. Calculo que pasará un mes antes de poder volver. Al principio tendré las piernas rígidas.

–No necesitas esforzarte. Lisa Fennell lo hace bastante bien.

–La chica nueva. ¡Qué oportunidad para ella! Salir dos veces.

–Debido a mi estúpida digestión.

–Lo leí en los diarios. No ha sido exactamente la fama de la noche a la mañana, ¿verdad? –dijo con un leve dejo de satisfacción.

–Eso es más que nada un sueño romántico, y tú lo sabes.

–Pero ha sucedido. Aunque no a Lisa.

–No lleva mucho tiempo en el teatro –le dije yo, defendiéndola–. De verdad, lo hizo bastante bien.

–Bastante bien es una forma educada de decir que no lo hizo lo suficientemente bien –dijo Janet–. Me imagino que yo los habría hecho levantarse.

–Veo que he sido algo negligente –dijo mi madre riendo–. Debería haber tenido más trastornos biliares.

–¡Oh, no... no! –exclamó Janet–. No he querido decir eso. Me horroricé cuando lo supe.

–Está bien querida, lo comprendo. Es muy natural: lo que a uno cura, es veneno para otro, como dicen. Bueno, ciertamente fue veneno esta vez. Sin embargo tendré más cuidado en el futuro. Y no debes preocuparte. Tendrás un nombre algún día. Es un nombre lo que deseas. Es divertido lo que hace un nombre: la gente tiene esa forma de pensar... piensan que vales si se les ha dicho que vales. Y cuanto más se les dice más lo creen. La idea se les mete en la cabeza antes de que se den cuenta.

Cuando nos fuimos mi madre comentó apenada:

–¡Pobre chica! Esto es horrible para ella. Espero que vuelva a bailar pronto.

Lisa se mostró muy interesada cuando supo que habíamos ido a ver a Janet Dare.

–Pasará algún tiempo antes de que vuelva a bailar –le dije yo.

–Debe de ser terrible para Janet. Sé cómo debe sentirse.

–Ella cree que será dentro de un mes. Mi madre cree que unas seis semanas. Si sólo se tratara de cantar estaría perfectamente bien. Lo difícil es el baile.

–Roderick Claverham no viene muy a menudo al teatro, ¿verdad?

–No. Sólo viene a la ciudad ocasionalmente. Se encarga de la propiedad de la familia.

–Me imagino que ha de ser enorme.

–Nunca he estado allí, pero por lo que cuenta supongo que es grande.

–Debe de ser maravillosa. Charlie... su padre... es un hombre tan encantador. ¿Cómo es su madre?

–No la conozco.

–No –sonrió con aire furtivo–. Supongo que las familias no se conocerán. Lo que quiero decir es... Charlie viene aquí cuando está en Londres, y viene a Londres con mucha frecuencia, y eso que posee aquella hacienda en el campo.

Ciertamente Lisa tenía suficiente mundo como para comprender la situación. La devoción de Charlie hacia mi madre era evidente. Eran como una pareja casada pero no en el primer ardor de la pasión, sino cuando ya han alcanzado ese feliz estado de comprensión y profundo afecto, como si se hubieran instalado en una amistad gratificante y sobria, satisfecha y sin exigencias.

Lisa continuó hablando de los Claverham y me encontré contándole lo que sabía sobre la mansión de Kent y sobre lady Constance. Ella escuchaba con avidez.

–Y tú –afirmó– eres muy amiga de Roderick Claverham.

–Nos hemos visto unas cuantas veces.

–Y sin embargo él no viene por la casa.

–Bueno, podría venir. Mi madre estaría encantada de verlo.

–Pero no viene. Se las arregla para verte fuera.

–Ah, bueno... sencillamente nos encontramos.

–Lo sé. –Parecía divertida–. Viene bastante a Londres ahora, ¿verdad?

–La gente suele hacerlo, ¿no? Les gusta el campo, pero es agradable alejarse de él de tanto en tanto.

–Es como su padre –dijo Lisa sonriendo para sí–. ¿Cuánto tiempo va a quedarse en Londres?

–No lo sé.

–Pensé que había dicho algo de permanecer aquí hasta el fin de semana.

–Ah, sí, lo recuerdo. Estás muy interesada en él.

–Me interesa todo el mundo y él es muy interesante. También lo es su padre... y Désirée y tú... Siempre me han interesado las personas que me rodean, ¿a ti no?

–Supongo que sí.

Pero me dio la impresión de que Lisa estaba especialmente interesada en Roderick Claverham.

Y volvió a ocurrir. Eran alrededor de las tres de la tarde. Mi madre estaba descansando, como solía hacerlo, preparándose para la representación de la noche. Fui a verla.

Estaba echada en la cama y en el momento en que entré me di cuenta de que algo iba mal.

–¿Qué pasa? –pregunté.

–Tengo esa sensación de malestar que me viene.

–¡Oh, no! –grité mientras me invadía el temor.

–Se me pasará. Cuando te ha sucedido algo así me imagino que se repite. Eso es todo. Imaginaciones.

–Quédate acostada y tal vez se te pase.

–Eso espero, cariño. Creo que igual podrían ser nervios. Esta exasperante condesa ha formado parte de mi vida durante demasiado tiempo.

–Oh, todavía no lleva tanto tiempo.

–Suelo ponerme así después de pasar una época de nervios. Me paso el día pensando en algo nuevo. Soy inquieta por naturaleza. Todo irá bien. ¿Deseabas algo? ¿Por eso has venido?

–No, nada especial. Sólo deseaba ver si estabas dormida. ¿Te sientes mejor?

–La verdad es que no, querida. Me temo que no hay duda de que es esa tontería de nuevo.

–¿Quieres que llame al doctor?

–No, no. Sólo dirá que es algo que he comido.

–¿Qué has comido?

–No mucho desde la cena de anoche y de la leche que suelo tomar después del teatro. Sólo tomé café y tostadas para desayunar y algo de pescado para el almuerzo.

–¿Pescado otra vez?

–Como pescado con frecuencia.

–Es muy extraño. Estoy preocupada por ti.

–Ay, cariño mío, no debes preocuparte. Me pondré bien. Fuerte como un caballo, ésa soy yo.

–¿Y esos trastornos? Están ocurriendo demasiado a menudo.

–Cariño, creo que no hay nada que hacer. Habrá que avisar a Dolly.

Ahora yo estaba francamente preocupada. Era la tercera vez en un período bastante corto. Había que hacer algo.

Dolly estaba desesperado. Ya lo había sufrido dos veces, y ocurría de nuevo. Parecía como si se estuviera convirtiendo en costumbre.

A las cinco de la tarde mi madre estaba segura de que no podría actuar esa noche. Dolly estaba ya verdaderamente frenético. ¿Qué iba a decir el público esta vez? La gente pensaría que no valía la pena reservar entradas. Nunca sabías lo que ibas a ver. La prensa tendría su diversión. Ya habían sugerido que los problemas de Désirée se debían al alcohol. Ese tipo de cosas no le hacían ningún bien a una actriz ante su público. ¿Quién iba a creer en estos trastornos biliares?

Ése era el problema. Yo tampoco creía en ellos. Tenía un miedo terrible de que se debieran a otra causa, no a haber comido algo que le sentara mal.

Martha era de la misma opinión. Desvió la mirada y murmuró algo para sí misma

–Mañana –dijo– buscaré otra opinión. Estoy harta de ese doctor Green.

La preocupación inmediata era la sesión de la noche. Lisa estaba nerviosísima. Como todas las actrices en su misma situación, ella había esperado alcanzar la fama de la noche a la mañana. Apenas había logrado nada. Yo no estaba muy segura de si sus actuaciones le habían hecho más daño que bien. Pero ella siempre se mostraba esperanzada. Ése iba a ser su tercer intento y yo sabía que pasaba el tiempo practicando el papel principal.

–Ve al teatro esta noche –me dijo mi madre–. Creo que a Lisa la ayuda saber que estás allí. Robert está en la ciudad. Él irá contigo.

Yo no deseaba que ella se diera cuenta de lo preocupada que estaba por ella, de modo que accedí. Al día siguiente, Martha y yo nos pondríamos juntas a la tarea y decidiríamos lo que había de hacerse. Buscaríamos un especialista para descubrir si había algo grave.

Un poco antes de que Lisa se marchara hacia el teatro hablé un momento con ella. Estaba pálida y tensa.

–He hecho algo muy atrevido –me dijo–. No sé qué me impulsó a hacerlo. Le escribí una nota a Roderick Claverham pidiéndole que fuera al teatro esta noche en que interpreto el papel principal.

Me quedé pasmada.

–¿Qué va a pensar? –continuó ella–. Probablemente no vendrá.

–¿Por qué lo has hecho? –le pregunté.

–No sé, tuve la sensación de que necesitaba todos los conocidos posibles entre el público.

–Lo harás bien –dije–. Me pregunto si vendrá.

–Él dijo que lamentaba haberse perdido mi actuación anterior.

La verdad es que yo no podía prestar más atención aparte de lo que le pasaba a mi madre. Deseaba poder hablar con Martha al respecto. Charlie no estaba en Londres en esos momentos; él se habría mostrado muy atento y nos habría ayudado a encontrar al especialista adecuado. Porque teníamos que ir a un especialista. Martha lo tenía muy claro... y yo también.

Me alegré de la presencia de Robert esa noche. Era su costumbre reservar un palco para toda la temporada que duraran los espectáculos de mi madre, de modo que pudiéramos utilizarlo siempre que deseáramos. Era algo muy práctico.

Robert estaba muy preocupado por mi madre, y yo sabía que podía hablar con él con la misma franqueza que con Charlie.

–Es muy inquietante –dijo.

Le dije que íbamos a insistir en que viera a un especialista al día siguiente. Nos parecía que el doctor Green no era lo suficientemente bueno.

–¿Crees que puede ser algo realmente malo?

–Bueno, ya ha ocurrido tres veces, y muy seguidas. Tiene que sentirse muy mal para faltar a una actuación de la noche. Esto no puede continuar. Pensamos que tal vez pudiera haber una razón... algún mal... interno.

–Ella siempre está tan... ¿cómo lo diría? Tan llena de ánimo.

–Saludable, vital –añadí yo–. Yo quería quedarme con ella, pero no quiso oírlo siquiera. Me dijo que Lisa necesitaría mi apoyo.

–Eso es lo que me dijo a mí también. Mi querida Désirée, siempre pensando en los demás.

–Sí, y estoy tremendamente inquieta por ella.

Él me cogió la mano y me la apretó.

–Haremos algo –prometió.

Miré hacia abajo. En la décima fila de platea vi a Roderick. Él miró hacia el palco y nos saludamos. Así que al fin había venido a ver a Lisa.

Me preguntaba qué sucedería cuando Dolly saliera al escenario a recitar su discurso. El público escuchó pasmado, luego comenzaron los murmullos. Dolly parecía emocionado, con su mano en la frente, en una postura de profunda tristeza. Los encaró valientemente.

–Désirée está desolada. Confía en que la perdonen. Créanme, si estuviera en forma para actuar en este escenario, lo habría hecho.

Una o dos personas se levantaron y se marcharon. Agitados, esperamos si otros seguirían su estela. Hubo unos momentos de nervios y luego se sosegaron. Habían venido a ver un espectáculo. Era una salida nocturna y aunque no era lo que esperaban, se quedarían.

Subió el telón; cantaron las coristas. Se apartaron y allí estaba Lisa: «¿En qué puedo servirla, señora?». Estaba dándolo todo. A mí me pareció que lo hacía bien.

«Que les guste», rogué.

Dolly entró silenciosamente al palco y se sentó, observando más al público que el escenario. Pasado un rato la tensión cedió. No iba a ser tan malo. Incluso noté que Dolly se relajaba algo, pero continuaba vigilante, alerta.

En el intermedio nos dejó.

–Va bien, ¿eh? –comentó Robert–. ¿No está mal? La chica no es Désirée... pero lo hace bien, ¿eh?

–Sí –dije yo–. Es la tercera vez que lo hace, y cada vez mejor.

–Es una prueba para ella.

Se abrió la puerta y se asomó Roderick.

–Hola –exclamé–. Te he visto en la platea. Robert, te presento a Roderick Claverham, el hijo de Charlie. Roderick, monsieur Robert Bouchère.

Ambos intercambiaron saludos de cortesía.

–Qué amable has sido al venir –dije–. Lisa estará contenta.

–¿Cómo está tu madre?

–Sufre otro de esos horribles trastornos. Queremos que la vea un especialista. Martha va a insistir y yo estoy de acuerdo con ella. No puede continuar así. ¿Estás disfrutando?

–Mucho. Estoy algo lejos del escenario pero fue el mejor asiento que pude conseguir así tan de improviso.

–Éste es el palco de monsieur Bouchère –dije mirando a Robert–. Nos permite amablemente usarlo.

–Quédese con nosotros –dijo inmediatamente Robert–. Aquí tiene una buena visión del escenario, excepto esa esquina, la derecha. Pero rara vez tiene importancia.

–Muy amable. Estaré encantado.

–¿Vas a estar mucho tiempo en Londres? –pregunté a Roderick.

–No, mis visitas son breves. Hay mucho que hacer en la hacienda.

–¿Y tu padre?

–Está en Leverson Manor. Creo que muy pronto vendrá a Londres.

Se oyó el timbre, el telón estaba a punto de alzarse.

Observé con interés cómo contemplaba Roderick a Lisa.

–Lo está haciendo bien –dije–. Estoy contenta.

Él asintió.

Cayó el telón final. Lisa recibió el aplauso con evidente gratitud. Éste no duró mucho. Si hubiera estado allí mi madre la habrían llamado a salir una y otra vez.

Fui a su camerino a felicitarla. Estaba medio alegre, medio temerosa y tenía un aspecto frágil y vulnerable. Sentí pena por ella y presentí que Roderick también. Su gran oportunidad no le había deparado el éxito que ella esperaba.

–¿Tal vez podrían acompañarme a cenar fuera –dijo Roderick–, usted, Noelle y monsieur Bouchère?

–Tenéis que disculparme –dijo Robert.

Yo añadí que deseaba volver a casa inmediatamente para ver cómo estaba mi madre.

Hubo una expresión de desilusión en el rostro de Lisa. Roderick también parecía desilusionado.

–¿Por qué no vais vosotros dos? –dijo Robert–. Le irá bien, señorita Fennell... sentarse a cenar y, como dicen ustedes, relajarse, liberar la tensión. Lo que ha hecho esta noche ha sido agotador, ¿verdad? Sí, le hará bien sentarse, conversar, reír, olvidar. Yo llevaré a Noelle a casa.

–Thomas estará allí con el carruaje para llevarnos a Martha y a mí –dije yo.

–Entonces iremos en el carruaje los tres y dejaremos a estos dos que vayan a cenar.

Roderick miraba expectante a Lisa. Yo me dije a mí misma que estaba sugiriendo que le gustaría ir a casa a ver cómo estaba mi madre, pero Lisa parecía muy deprimida; Robert tenía razón al decir que necesitaba relajarse. En cuanto a Roderick, tras haber formulado la invitación, no podía retirarla. De modo que decidimos que Roderick y Lisa fueran a cenar mientras el resto nos volvíamos a casa.

Cuando llegamos, Robert dijo que esperaría para saber noticias de mi madre. Tan pronto entramos en casa Martha y yo nos dirigimos a su habitación.

Martha golpeó la puerta. No hubo respuesta.

–Duerme –me susurró–. Buena señal.

Abrió la puerta y se asomó. La luz de la luna me reveló que mi madre no estaba en la cama.

Rápidamente entramos en la habitación. Y entonces la vimos. Estaba tendida en el suelo y noté que tenía la cabeza en una posición muy poco natural. Entonces vi que había sangre en su rostro.

Corrí y me arrodillé junto a ella. Estaba extraña... no era ella misma.

La llamé angustiada. No se movió, no contestó, y un terrible instinto me dijo que nunca jamás volvería a hablarme.

Cuando mi pensamiento retrocede a la noche que siguió, todo es una maraña de impresiones. Está el recuerdo de todo el personal de la casa reunido en esa habitación. Robert entre ellos. Todos estaban horrorizados, incapaces de aceptar lo terrible que había ocurrido.

Llegó el doctor Green.

–Debe de haberse caído –dijo– y se hirió la frente con el borde de esa cómoda.

La llevaron al hospital, pero todos ya suponíamos que no se podía hacer nada.

La habíamos perdido. Yo trataba de pensar cómo sería la vida sin ella, sin volver a escuchar su voz nuevamente, su risa, su alegría, su despreocupada aceptación de la vida. Todo eso había desaparecido... nos había sido arrebatado en unas pocas horas.

Al principio no me era posible aceptarlo. Dudaba de ser capaz de hacerlo. La vida nunca sería igual. Sencillamente no podía imaginármela sin ella, no lo podía soportar. Ella había sido el centro de mi vida, y ahora se había ido, en una noche.

¿Por qué no había estado yo allí? La podría haber cogido antes de que cayera. Podría haberla salvado. Mientras yo me encontraba en el teatro, completamente inconsciente, charlando con Roderick, Lisa y Robert... había sucedido aquello. Se había ido para siempre.

Era pasada la medianoche cuando llegó Lisa. Estaba emocionada y alegre. Ciertamente había disfrutado de la noche con Roderick. Me echó una mirada y preguntó:

–¿Qué ha pasado? ¿Algo va mal?

–Mi madre ha muerto –dije yo.

Se puso pálida y se me quedó mirando.

–Se levantó de la cama. Debe de haberle venido un mareo. Se cayó. Se hirió y... y... eso la mató.

–No –dijo Lisa–. Oh, no...

Entonces se desmayó.

Cuando se recobró empezó a repetir:

–No, no puede ser. Se pondrá mejor, ¿verdad? No se puede morir... sólo por haberse caído.

No contesté. Sencillamente me volví. Ella me cogió por el brazo. Había angustia en su rostro. Realmente había querido a mi madre. Por supuesto que sí: todo el mundo la había querido. En lo más profundo de mi ser yo había pensado que Lisa estaba demasiado preocupada por su propio éxito, por su oportunidad de mostrar al mundo lo que sabía hacer. Era natural. Pero realmente había querido a mi madre. Parecía aturdida.

La acompañé a su habitación y le pedí a la señora Crimp que le llevara una bebida caliente. Ésta se sintió contenta de tener algo que hacer.

–No puedo creerlo –repetía–. ¿Qué vamos a hacer sin ella?

Yo no podía responder a esa pregunta. La casa estaba paralizada por la conmoción. Ya no era el hogar que yo había conocido.

Los diarios se llenaron de artículos sobre Désirée.

«Una de nuestras más grandes artistas de la comedia musical, Désirée revolucionó el género y conquistó el favor del público. Era demasiado joven para morir.» Nos había sido arrebatada en lo mejor de su vida. Iba a ser añorada con tristeza. Aparecían las listas de todas las comedias en las que había actuado. Se imprimían recortes de periódicos.

Había periodistas que deseaban entrevistarnos. Le preguntaron la opinión a Jane.

–Era una señora encantadora –dijo Jane.

–Es raro encontrar a alguien así –dijo la señora Crimp–. Jamás habrá otra como ella.

A Lisa la entrevistaron más que a nadie. Al fin y al cabo era su suplente.

–Se lo debo todo a ella. Fue maravillosa conmigo. Me dio la primera oportunidad.

Yo leía los artículos una y otra vez. Los periódicos estaban empapados con mis lágrimas. Deseaba leer las notas laudatorias. A veces sonreía, recordando lo que ella había dicho sobre alguno de sus papeles. Luego me volvía a invadir la tristeza. No podía librarme de los recuerdos. Volvían a raudales; como aquel día cuando era una niña y entré en una habitación: «¿Es esto una fiesta?», y la gente se reía asustándome un poco, hasta que ella me cogía en sus amorosos brazos.

La gente la había querido, pero nadie como yo. Yo era quien más cerca de ella había estado; mi pérdida era mayor que la de los demás.

Charlie estaba destrozado, Robert se sentía muy desgraciado, Dolly estaba abatido. El teatro cerró durante una semana como homenaje a Désirée. «¿Y ahora qué?», preguntaba Dolly. Era dudoso que *La condesa Maud* pudiera continuar. Dolly estaba realmente afligido pero, como al resto de nosotros, lo que realmente le dolía era la pérdida de Désirée. Igual que todos nosotros, la había querido.

Después supimos que, a causa de lo repentino de su muerte, tendría que haber una investigación.

Fue una experiencia terrible.

Estábamos todos: los criados, Martha, Lisa, Charlie,

Robert y Dolly. Lisa estaba sentada a mi lado, tensa y nerviosa.

No había ninguna duda sobre la causa de la muerte de mi madre: se debió a una caída que le provocó rotura de cuello, y otras múltiples lesiones que le habían ocasionado la muerte instantánea; pero el hecho de que el doctor Green informara de que había tenido trastornos biliares que se habían producido en rápida sucesión, y para los cuales la única explicación era que se debían a alimentos que había comido, hacía necesaria una investigación post mórtem.

Los médicos presentaron pruebas. Se habían descubierto restos de veneno en el estómago. Aunque el veneno no era responsable directo de su muerte, sí que era el causante del malestar y el consiguiente mareo que la habían hecho caer.

Hablaron de *Euphorbia Lathyris* y entonces comencé a comprender por qué habían enviado a unos hombres a examinar el jardín. Los médicos explicaron que se referían a la planta euforbiácea conocida vulgarmente como tártago. En el momento en que ocurrió la muerte habría estado en flor y habría contribuido a ella. Esta planta segrega una sustancia lechosa irritante que actúa como fuerte purgante. Las consecuencias de ingerirla podían ser vómitos y diarrea, y en algunos casos podía producir mareos.

Resultaba evidente que la difunta había sido víctima de este envenenamiento, y como en el jardín había un arbusto de tártago, lo más probable era que proviniera de allí. Tal vez ella ignoraba la desagradable propiedad de esta planta y la había tocado en esas ocasiones, después de lo cual había enfermado.

Todos estábamos sorprendidos. Mi madre jamás había manifestado ningún interés por el jardín, un patio pequeño situado detrás de la cocina con algunos arbustos, uno de los cuales evidentemente era ese tártago.

No me la podía imaginar bajando al jardín, y en caso de que lo hubiera hecho, menos aún fijarse en las plantas; pero la hipótesis era que en esas ocasiones en que sufrió los trastornos había estado en contacto con el tártago.

Había un banco en el jardín. La señora Crimp la había visto sentada allí una o dos veces, aunque no recientemente. El tártago estaba cerca del banco. La conclusión fue que de alguna forma se las había arreglado para ensuciarse las manos con el jugo venenoso y éste había llegado hasta su comida.

Para algunos podría parecer una explicación plausible. Para mí, que la conocía tan bien, no. Se dio a entender que algunas personas eran más susceptibles que otras al veneno. Se supuso que la difunta podía haberse encontrado entre ellas. Pero la muerte no se debió al veneno. Fue la caída lo que la produjo.

El veredicto fue «Muerte accidental».

Así acabó todo. Ella se había ido para siempre. Un futuro vacío y sin sentido se presentaba ante mí.

«¿Y ahora qué? –me preguntaba–. ¿Qué haré?» No lo sabía, y no me preocupaba demasiado. Sólo podía pensar en que ella se había ido para siempre.

Pasaron los días. Días tristes y sin sentido. Todavía me encontraba demasiado paralizada como para comprender la situación y darme cuenta del drástico cambio en mi vida.

Charlie y Robert fueron una ayuda maravillosa. Los veía cada día. Para hacerme sentir segura, no dejaban de repetir que eran amigos míos y que se ocuparían de mí. Dolly estaba completamente desolado y no sólo porque *La condesa Maud* tendría que retirarse del cartel, pues sin Désirée la obra no tenía sentido. Lisa estaba muy enferma. Permanecía en su habitación y al parecer deseaba estar sola.

Me enteré de mi situación económica. Mi madre había ganado una considerable cantidad de dinero mientras trabajaba, pero había gastado en abundancia, y la vida de una actriz, aunque fuera una actriz de éxito, tiene siempre sus períodos improductivos. Había vivido de acuerdo a sus ingresos y cuando se pagaran todas las deudas, quedaría sólo un poco para mí. Si se invertía con prudencia, me rentaría unos pequeños ingresos, lo suficiente para vivir modestamente. La casa era mía, pero no podía mantener a los criados.

Mi primer pensamiento fue para los Crimp. Junto con Jane y Carrie, ellos habían formado parte de mi vida. Matty había estado haciendo planes para retirarse porque, como decía, yo ya no necesitaría una institutriz durante mucho más tiempo.

Entonces Robert dijo que él me compraría la casa. Necesitaba una casa en Londres. Ya estaba cansado de alojarse en hoteles. Conservaría a los criados y, por supuesto, yo debía considerarla como mi casa todo el tiempo que deseara.

–No necesitas la casa en realidad, Robert –dije yo–. Sólo la vas a comprar porque sabes lo preocupados que estamos todos.

–No, no –insistió–. Es cierto que necesito una casa. ¿Para qué voy a buscar cuando está aquí? Es su casa. Pienso que eso es lo que ella desearía. Hablaba tanto de ti. Me pidió que te cuidara si alguna vez era necesario, ¿lo comprendes?

Por supuesto que lo comprendía. Él la había amado. Lo hacía por ella.

Por otra parte, estaba Lisa.

–No hay que molestarla –dijo–. Está muy alterada. Estaba tan agradecida a Désirée... Su aflicción es enorme. No, ella debe quedarse... si ése es su deseo. No la molestaremos.

La señora Crimp comentó que ella siempre había sabido que *Monseuer* Róber era una excelente persona y que, aunque fuera extranjero, era todo un caballero. Ella y el señor Crimp lo cuidarían. No podían ocultar su alivio al ver que su futuro estaba asegurado.

Luego estaba Martha. Ya había hablado con Lottie Langdon, que siempre había deseado que trabajara para ella, y había ido en una o dos ocasiones a tratar de quitársela a Désirée.

–No podría quedarme aquí –dijo–. Demasiados recuerdos. Estuvimos juntas demasiado tiempo. Pero ahora que se ha ido no sirve de nada querer que vuelva porque no volverá. Tengo que repetírmelo a cada momento. Sé lo que diría si estuviera aquí, Dios la bendiga: «Sé sensata, Martha. Yo me he ido y tú todavía estás aquí. Tienes que continuar. Fue estupendo mientras duró, pero se ha acabado. Eres muy valorada en tu profesión y Lottie Langdon siempre te ha querido con ella. Siempre ha dicho que eres la mejor». Eso es lo que habría dicho. Charlie velará por ti. Ella siempre decía que Charlie era el primero. Él era el de más confianza, a pesar de esa dragona con la que se casó. Robert mantendrá esta casa, por ella... y siempre será un hogar para ti. No conozco a nadie que haya sido tan amada como ella. Y se lo merecía, ciertamente que se lo merecía. No me puedo quedar aquí. Es mejor que me vaya... y rápido. En cuanto a ti, Noelle, deberías hacer lo mismo... aunque sea por un tiempo. Si hay algo que yo pueda hacer... Pero creo que Charlie desea hablar contigo.

Tenía razón. Ese mismo día, Charlie se me acercó y me dijo:

–Tengo que hablar seriamente contigo, Noelle.

Fuimos al salón y allí me dijo:

–Como sabes, tu madre y yo éramos grandes amigos.

–Lo sé.

–La amistad duró muchos años. La conocía mejor que nadie. Y la amaba profundamente, Noelle.

Yo hice un gesto de asentimiento.

–Querida mía, querida niña, tú siempre ocupaste el primer lugar en su corazón. Era una mujer maravillosa, nada convencional, sí... no siempre actuaba de una forma aceptable para la sociedad... Pero ¿qué es eso comparado con un corazón tan amable, tan cariñoso?

Hizo una pausa, demasiado emocionado para continuar. Yo esperé, compartiendo sus sentimientos.

–Ella me pidió que cuidara de ti –continuó–. Me dijo: «Si yo me fuera y Noelle necesitara a alguien, me gustaría que fueras tú, Charlie». Eso es lo que dijo. Y no es sólo por eso. Te tengo mucho cariño, Noelle.

–Siempre has sido maravilloso conmigo, Charlie, siempre... tú y Robert.

–Hay demasiados recuerdos aquí, Noelle. He estado hablando con Martha. Los dos coincidimos en que deberías marcharte. Es necesario. Aquí estás demasiado cerca. Yo sé que nunca la olvidarás, pero tienes que intentarlo.

–No servirá de nada. Nunca la olvidaré.

–Todo dolor, por profundo que sea, se suaviza con el tiempo. Quiero que vengas a Leverson Manor. Deseo tenerte allí, bajo mi cuidado.

Me quedé mirándolo sorprendida.

–Pero... jamás he estado allí, ni yo ni mi madre. Era algo... aparte. Siempre lo supimos. Tu esposa no me querrá allí.

–Lo quiero así, es mi casa. Le prometí a Désirée que velaría por ti. Estoy resuelto a mantener mi promesa.

–No puedes hacer eso, Charlie. Nuestras dos familias siempre se han mantenido separadas.

–Ahora es distinto. Te voy a llevar a Leverson. Debes venir. Piénsalo.

Lo pensé. Parecía increíble. Ir allí... después de todos estos años. Era imposible. Pero Charlie estaba decidido.

Durante un breve período estuve pensando en algo diferente a la pérdida de mi madre. Dejar esta casa de recuerdos... Ver a Roderick, pensé con repentino placer. Verle a menudo, conocer la propiedad y saber algo de esas fabulosas ruinas que habían encontrado en ella. Por primera vez desde que vi a mi madre muerta en el suelo de su habitación pensaba en otra cosa, y el telón de melancolía y tristeza se levantaba lentamente.

Charlie Claverham se marchó a casa ese día, me imagino que a preparar a su familia para mi posible llegada. No podía creer que la formidable lady Constance me fuera a dejar jamás entrar en su casa. Pero también era la casa de Charlie, y yo había visto lo decidido que estaba. Había sentido mucho cariño por mi madre, y ahora ese cariño se dirigía hacia mí. La perspectiva de ver a Roderick más a menudo me impulsó a aceptar de buen grado lo que iba a ser una situación extremadamente embarazosa. Tenía que pensar en el futuro. Debía seguir el ejemplo de Martha, que con gran sentido común opinaba correctamente que cuando una situación se hace insoportable, hay que alejarse de ella, y cuanto antes, mejor.

Iba a tener una pequeña renta. Gracias a la generosidad de Robert, tendría un techo donde cobijarme. ¿Qué hacían las mujeres en mi posición? Las mujeres educadas pero con escasos medios poseían sólo dos caminos: hacerse institutriz o dama de compañía. Yo no me veía de ninguna de las dos formas. Las institutrices normalmente procedían de familias muy respetables; con frecuencia eran hijas de párrocos; damas que se veían ante la necesidad de ganarse la vida. La hija de una famosa actriz de comedia musical no encajaba muy bien allí.

De modo que... tenía que pensar en la proposición de Charlie.

Era, al fin y al cabo, lo que mi madre había deseado, y ella deseaba lo mejor para mí. Necesitaba tiempo para pensar. Por otro lado, tenía que alejarme de ese laberinto de aflicción en el que me hallaba atrapada.

Charlie me dio un tiempo para reflexionar y a los pocos días volvió.

–¿Estás lista para venir este fin de semana? –preguntó.

–Pero...

–Nada de peros –dijo con firmeza–. Vendrás.

–Tu familia...

–Mi familia estará allí para darte la bienvenida –repuso de modo tajante.

Y así fue como llegué a Leverson Manor.

KENT

Leverson Manor

Yo había esperado encontrar una agradable casa señorial, pero cuando vi Leverson Manor quedé absolutamente maravillada. Cuando el carruaje que nos había venido a buscar a la estación se aproximó a la casa, vi que ésta dominaba todo el paisaje con su torre y puertas almenadas.

Estaba demasiado aturdida entonces para darme cuenta de los detalles, pero después, cuando me fijé en la arquitectura, fui capaz de apreciar las intrincadas cornisas, los remates y los vestigios de las distintas modas que se habían impuesto a lo largo de los siglos.

En ese momento tenía un aire desafiante; era una fortaleza preparada para defenderse contra cualquier contendiente. No era solamente un edificio de piedra, sino algo con vida propia. Durante cuatro siglos había sido testigo de todo: nacimientos, muertes, comedias y tragedias. Ahora yo iba a formar parte de esa casa, al menos durante un tiempo. Me pregunté qué destino tendría reservado para mí.

Al pasar bajo las puertas y entrar en el patio adoquinado, me sentí invadida por la inquietud y el temor. Tuve la sensación de que la casa misma me observaba, me medía y me despreciaba como a un ser perteneciente a un mundo ajeno, una extraña que no sabía nada de la vida, aparte de lo que había aprendido de las calles bulliciosas de Londres y del mundo más bien artificial de los círculos teatrales. Yo no era una visita corriente. Cada vez dudaba más de la prudencia de haber ido a ese lugar.

Cuando descendimos del carruaje, Charlie Claverham me colocó una mano en el brazo con gesto tranquilizador y entonces me di cuenta de que percibía claramente mi aprensión.

–Vamos –dijo con un tono que pretendía ser animado. Abrió la pesada puerta tachonada de hierro y entramos al vestíbulo.

Allí sí que sentí que había entrado realmente en la Edad Media. Paseé la mirada por las vigas del techo, por las paredes encaladas de las cuales colgaban espadas, pistolas, escudos y trabucos. En un extremo del vestíbulo había dos banderas cruzadas: la de Inglaterra y lo que supuse era el emblema familiar. Junto a una escalera, cual centinela, había una armadura. El suelo estaba embaldosado y nuestros pasos resonaban. En un extremo había un hogar redondo y abierto, junto al cual me imaginé que, después de comer en la gran mesa refectorio del centro de la sala, la familia se reuniría.

En las ventanas, dos de las cuales eran vidrieras, se veían las armas de la familia, recuerdo de su participación en batallas famosas. La luz tamizada que entraba por esas ventanas daba al lugar una atmósfera misteriosa.

Volví a repetirme que no debería haber venido. Tenía la ridícula sensación de que la casa me decía que me fuera. Yo no pertenecía a ese lugar lleno de tradiciones. Tuve el impulso de salir corriendo hacia la estación y volverme a Londres lo más rápido posible.

Entonces se abrió una puerta en lo alto de una escalera que salía del lado derecho del estrado.

–¡Noelle, qué alegría verte!

Roderick bajó a toda prisa a recibirme. Me cogió las manos.

–¡Qué bien que ya estés aquí!

Charlie observaba benevolente, y sentí que algunos de mis temores se evaporaban.

–Por lo visto vosotros dos ya os conocíais –dijo.

–Nos hemos encontrado una o dos veces por la calle –expliqué yo.

–Sentí mucho lo de tu madre –dijo Roderick.

–Era necesario que Noelle se alejara de allí –dijo Charlie.

–Aquí descubrirás algunas cosas interesantes –dijo Roderick.

–Creo que la casa es extraordinaria. Jamás había visto una casa como ésta.

–Ah, no hay otra igual, ¿verdad? –repuso Roderick riendo y mirando a su padre–. Al menos eso es lo que nos gusta creer.

–Estamos orgullosos de ella –dijo Charlie–. Aunque me temo que, al haber vivido toda la vida aquí, estamos acostumbrados. Nos gusta ver cómo sorprende a la gente, ¿verdad, Roderick?

–Claro que sí. En realidad la casa es algo así como un híbrido. Es lo que sucede con estas mansiones antiguas. Con los años necesitan reformas y uno puede ver cómo cambian las modas.

–Eso la hace más interesante ¿no?

La tristeza se iba disipando y me sentía mucho más animada. Después de todo había hecho bien en venir. Estaba Roderick... y Charlie. Ellos me ayudarían, y me protegerían si hacía falta.

–¿Dónde está tu madre? –preguntó entonces Charlie a Roderick.

–En el salón.

Mi repentina sensación de alivio se evaporó. Supuse que lady Constance había aceptado mi visita sólo porque se había visto obligada.

–Será mejor que subamos, entonces –dijo Charlie.

Subimos las escaleras que conducían a la puerta por donde había salido Roderick. Atravesamos varias habitaciones, decoradas con arcos, subimos y bajamos escaleras, pasamos junto a magníficos tapices y retratos que colgaban de las paredes, aunque yo apenas los vi. Después de lo que me pareció una eternidad, llegamos por fin al salón.

Charlie abrió la puerta y entramos. La sala estaba decorada con gruesos cortinajes en las ventanas, y el suelo era de madera brillante, cubierto de alfombras y tapices.

Los zócalos estaban recubiertos de lino. Y allí, sentada en un sillón semejante a un trono, estaba la mujer que muchas veces me había imaginado pero nunca visto: lady Constance.

Avanzamos hacia ella y Charlie dijo:

–Constance, ésta es la señorita Noelle Tremaston. Noelle, ésta es mi esposa.

No se incorporó. Levantó unos impertinentes y me examinó de arriba abajo, en un gesto destinado a recordarme mi insignificancia. Aunque me dolió un poco, me quedé allí de pie, sin moverme. Había en ella algo que exigía homenaje.

–Buenos días, señorita Tremaston –dijo–. Se ha preparado una habitación para usted y una de las criadas puede acompañarla. Estoy segura de que necesitará recuperarse del viaje.

–Buenos días, lady Constance –repuse yo–. Gracias. En realidad, no ha sido un viaje muy largo.

Ella agitó los impertinentes y apuntó en dirección a una silla, indicando que podía sentarme.

–Por lo que sé, ha venido de Londres –dijo.

–Sí, así es.

–A mí no me gusta ese lugar. Demasiado ruido... demasiada gente, y algunas personas resultan de lo más desagradables.

–Muchísima gente encuentra Londres fascinante, madre –intervino Roderick–, y personas desagradables las hay en todas partes.

–Puede que sea así –replicó ella–, pero en Londres todo es a gran escala, y eso significa que allí hay más. –Se volvió hacia mí–. Por lo que me han dicho, su madre estaba relacionada con el teatro. –Había un cierto disgusto en su voz–. Encontrará que esto es muy diferente. En el campo vivimos con mucho sosiego.

–Encuentro muy interesante la casa –dije.

–Muy amable de su parte, señorita...

–Para nosotros es Noelle –dijo Charlie con voz firme.

–Sé que ha habido algunos hallazgos maravillosos en su hacienda –dije yo.

–Noelle desea visitar las ruinas romanas –añadió Roderick.

–Mmm –murmuró lady Constance–. Pero ahora deseará ver su habitación. Toca el timbre, por favor, Roderick. –Roderick obedeció y al momento apareció una criada–. Lleve a la señorita... Tremaston a su habitación, Gertie –dijo lady Constance–. Y encárguese de que no le falte de nada.

–Sí, señora –dijo Gertie.

Seguí a Gertie fuera de la sala mientras Roderick me sonreía tranquilizador y Charlie con algo de aprensión. Subimos y bajamos más escaleras y pasamos por más habitaciones.

–Ésta es la habitación roja, señorita –dijo Gertie cuando llegamos a nuestro destino–. Es para usted. Verá, todo es rojo: cortinas rojas, rojas alfombras, rojo en la cama y rojo hasta en las sombras. –Ahogó una risita celebrando la rima, que debía ser una manera de dar la bienvenida a los ocupantes de la habitación–. Está la habitación azul, la habitación blanca... pero ésas no se usan mucho. Al principio se perderá en esta casa, es un laberinto, pero pronto se acostumbrará. Han subido su equipaje, así que puede sacar sus cosas. ¿Necesita ayuda? ¿No? Bueno, todo lo que tiene que hacer es llamar si lo necesita. Allí hay agua caliente y aquí hay toallas. Dentro de media hora más o menos vendré a buscarla para acompañarla al comedor. A la señora no le gusta que nadie se retrase.

Cuando se hubo marchado, me senté en la cama. Era una cama con dosel, de un siglo de antigüedad al menos. Toqué las cortinas rojas y sentí que crecía mi inquietud.

Lady Constance se mostraba hostil. No es que me extrañara, pero en ese momento eché mucho de menos a mi madre. Pensé en las calles de Londres; en los carruajes que llevaban y traían a la gente de los teatros; en Désirée, risueña, libre, llena de alegría. No era extraño que Charlie se hubiera volcado en ella, ya que era todo lo que lady Constance no era. Me sentía perdida en un mundo extraño. Todo había cambiado. En vez del amor y el consuelo de Désirée, la vida me ofrecía la frialdad y el desdén de lady Constance. Sentí deseos de llorar desconsoladamente.

Entonces recordé que Roderick estaba en la casa. Él y Charlie deseaban mi felicidad. No estaba sola.

Me lavé y me cambié. Estaba preparada para enfrentarme a lady Constance.

Durante los primeros días en Leverson Manor hubo ocasiones en que me dije que debía marcharme. Únicamente la insistencia de Charlie y Roderick en que me quedara me hicieron recapacitar. Muy pronto me di cuenta de que lady Constance sólo toleraba mi presencia porque no podía hacer otra cosa.

Aquí vi a un nuevo Charlie. Yo le había creído dócil y acomodaticio, pero en Leverson Manor era el cabeza de familia y, por formidable que fuera lady Constance, le había hecho entender que él era el señor del castillo. También comprendí lo profundo que había sido su amor por mi madre. Sabía que sin ella se sentía perdido y solo, un sentimiento que ambos compartíamos. Calladamente me suplicaba que no me fuera. Désirée había deseado que estuviéramos juntos si se presentaba una ocasión como ésta. Ahora que se había presentado, él iba a cuidar de mí, y el hecho de poder hacerlo le reportaba un cierto consuelo.

Además estaba Roderick. No puedo negar que era motivo de gran alegría. Al igual que su padre, estaba resuelto a que me quedara, a que dejara atrás el recuerdo de aquella época feliz y despreocupada que yo había creído que duraría para siempre. Herida y sola como estaba, me sentía agradecida por aquel intermedio que me ofrecían antes de afrontar la soledad de la vida sin Désirée.

De vez en cuando recordaba que debía considerar mi situación. Tal vez me convendría realizar algún trabajo. Podría ser incluso necesario que lo hiciera. Mientras tanto, iban pasando los días. Había aprendido a reprimir mi dolor; Charlie y Roderick me ayudaban a hacerlo.

A veces tenía la sensación de que Désirée velaba por mí y me animaba a quedarme con Charlie. Casi podía escuchar su voz que me decía: «Trata de interesarte por algo, cariño. Tal vez nos reunamos algún día. Nunca pensé mucho en estas cosas, pero hay veces en que hay que afrontarlas, y tal vez obtengas algo de consuelo si crees que volveremos a vernos. Ten paciencia. Tienes que continuar viviendo. Yo confío en Charlie y deseo que cuide de ti».

Roderick sugirió que debería aprender a montar a caballo.

–Es muy necesario en el campo –dijo.

Las clases de equitación fueron un éxito. Roderick era un buen profesor y tenía paciencia. Comencé a encontrar muy estimulante el ejercicio y progresaba con tanta rapidez que lograba olvidar a mi madre durante varias horas seguidas.

–Dentro de una semana más o menos ya serás una buena jinete, Noelle –me dijo Roderick–. Entonces podremos cabalgar por el campo. Hay muchísimas cosas que te gustará ver.

Se mostraba tan contento que yo tenía que responderle mostrando alegría, pero debo decir que de verdad me animaba comprobar mis aptitudes para montar a caballo. Era estupendo poder olvidarme de aquella negra desolación aunque fuera por unas pocas horas.

Una de las primeras cosas que Roderick deseaba hacer era enseñarme las ruinas romanas.

El campo era muy llano alrededor de Leverson. Desde la ventana de mi habitación podía ver cómo el terreno se extendía casi hasta el mar. Roderick me había explicado que en la época de la invasión romana, el mar probablemente llegaba a unos cuatrocientos metros de la casa. Ahora la distancia entre la casa y el mar casi era de dos kilómetros y medio.

Cuando me llevó a inspeccionar los descubrimientos, Roderick rebosaba entusiasmo.

–Siempre he deseado enseñarte esto. ¿Recuerdas? –me preguntó.

Por supuesto que lo recordaba, y el recuerdo me entristeció. Habíamos hablado de ello durante nuestros encuentros secretos. En aquel momento habíamos deseado poder reunirnos en sociedad. El deseo se había cumplido, pero ¡a qué precio!

Roderick notó de inmediato mi tristeza y lamentó habérmelo recordado.

–No pasa nada –dije–. Sí, tenía muchas ganas de verlas. Lo que explicabas era tan interesante.

–Ha sido uno de los descubrimientos más importantes del país. Esto era una especie de centro de aprovisionamiento, pero tiene que haber habido una persona muy importante a cargo de las operaciones, y su villa debía estar cerca. Ves los mosaicos: preciosos, blancos y rojos; tiza para el blanco, arenisca para el rojo. Todo tan ingenioso... y moderno en cierta forma. Fue una tragedia que se desintegrara el Imperio Romano. Si no hubiera desaparecido, no habríamos entrado en la Edad Media. –Se rió–. Perdona. No paro de hablar de todo esto. Me entusiasma, ¿sabes?

–Ya me lo figuro, y me gusta escucharlo. ¿Es una casita de campo aquello?

–No exactamente. Es el dominio de Fiona, su taller.

–¿Fiona?

–Fiona Vance. La conocerás. Probablemente está allí ahora, trabajando como siempre. Te lo explicaré: me has preguntado si era una casa de campo y en cierto modo, lo es. De hecho, en el pasado, lo fue. Luego se abandonó y nadie volvió a acordarse de ella. Estaba aislada y se caía a pedazos. Llegamos a pensar en derribarla. Entonces fue cuando se produjo el descubrimiento; la casa estaba justo en el centro. Cuando comenzaron las excavaciones y empezaron a encontrar todo tipo de cerámicas, armas y cosas así, se hizo necesario trabajar en ellas. Y entonces llegó Fiona.

–¿Qué es lo que hace exactamente?

–Trabajar sin descando. Dedicación completa. Verás, la mayor parte de los artefactos se encuentran en fragmentos. Hay que armarlos, como un rompecabezas. Sólo pueden hacerlo los expertos. Trozos de madera, de metal, de cerámica... Todo necesita un tratamiento diferente. Sin un conocimiento experto, se perdería mucho.

–¿Y Fiona es una experta?

–Sí, lo es. Vive con su abuela, la señora Carling, que es una anciana algo peculiar. Algunas personas supersticiosas dirían que es una bruja. No desean ofenderla, temerosas de que les eche mal de ojo, ya sabes, ese tipo de cosas. La anciana adora a Fiona. La ha cuidado desde que sus padres murieron. El carruaje en el que viajaban volcó y murieron los dos, cuando la pequeña tenía un año más o menos. Fiona es muy distinta a su abuela. Pero ya lo comprobarás tú misma.

–Parece muy interesante... y la abuela también.

–Encontrarás muchas cosas interesantes aquí, Noelle.

–Tú y tu padre sois muy buenos conmigo.

Él notó que me temblaba la voz y dijo rápidamente:

–Vamos a enseñarte todo lo que ofrece este lugar. Queremos que seas feliz aquí. Sé lo difícil que es ahora, pero verás cómo las cosas mejoran.

–Cuéntame más cosas de Fiona.

–Bueno, todo comenzó cuando ella encontró unas monedas en su jardín. Se armó un gran revuelo con eso. Era un indicio de lo que podía haber aquí, en el umbral mismo de nuestra puerta. Sir Harry Harcourt... ¿has oído hablar de él? Es uno de nuestros mejores arqueólogos.

No hace mucho estuvo en Egipto e hizo descubrimientos fantásticos. Tienes que haber oído hablar de él.

–Sí. Conozco su nombre.

–Bueno, pues vino personalmente a ver el jardín de la señora Carling, y me imagino que quedó impresionado por Fiona. En ese tiempo ella tenía unos dieciséis años y él le ofreció trabajo en una de sus empresas. La anciana señora Carling no quería que fuera, pero Fiona estaba decidida. Además, suponía una oportunidad maravillosa. Fiona quedó entusiasmada y resultó ser muy trabajadora. Así pues, cuando ocurrió todo esto, la enviaron aquí a encargarse de los trocitos que iban saliendo a la luz en cantidades bastante grandes una vez que comenzaron a excavar. La señora Carling está encantada porque vuelve a tener a su nieta, y Fiona también está contenta. Es muy buena chica y no quiere disgustar a su abuela. Y así Fiona puede hacer el trabajo que le gusta sin sentir remordimientos, ya que el taller queda a dos pasos de la casa de la señora Carling.

–Tengo muchas ganas de conocerla.

–Primero te voy a enseñar nuestro mayor hallazgo y luego iremos a ver a Fiona. Allí, mira. Ve con cuidado, hay baches en el suelo. Mejor será que te cojas de mi brazo.

Así lo hice y él me apretó la mano.

–Cuidado. Esto es parte de la villa. Este enlosado de mosaico es uno de los mejor conservados de la Britania romana. Y esto es lo que considero más importante de todo. Revela lo civilizados que eran los romanos. Ten cuidado aquí. Fiona está pensando en cercar algunas partes.

–¿Viene mucha gente a visitar esto?

–De vez en cuando. Sobre todo cuando hay algún nuevo descubrimiento y aparece en los periódicos. Lo que quiero mostrarte son los baños. En una época en que la limpieza no era demasiado importante, los romanos eran muy exigentes al respecto. Estos baños han aparecido en condiciones casi perfectas. Hay tres depósitos de agua: el *tepidarium,* de agua tibia, el *caldarium,* de agua caliente y el *frigidarium,* de agua fría, en el cual se sumergían al final. Muy espartana, esta gente. Mira, puedes ver la profundidad que tenían. No te acerques demasiado. No sería muy agradable caerse dentro. Sir Harry Harcourt estaba absolutamente entusiasmado. De tanto en tanto vienen grupos deseosos de explorar más. El yacimiento ha cambiado las cosas en Leverson. Nos ha dado algo de notoriedad en los ambientes arqueológicos. De modo que tienes que perdonarme si el entusiasmo puede conmigo.

–Es fascinante, me encanta oír hablar de ello.

–Oirás muchas cosas, puedes estar segura. Ah, ¡mira! Allí está Fiona. Nos ha oído acercarnos, supongo.

Una chica había salido de la casita. Llevaba una bata verde que hacía juego con sus ojos y resaltaba el color rubio de su cabello. Su rostro se iluminó de alegría al ver a Roderick y luego me miró a mí con curiosidad que trataba en vano de reprimir.

–Fiona –dijo Roderick–. Justamente venía hablando de ti.

–¡Huy, Dios! –exclamó ella con fingida consternación.

–Ensalzando tus virtudes, naturalmente. Ésta es la señorita Noelle Tremaston, se aloja con nosotros.

–Buenas tardes –dijo ella–. Sabía que estaba aquí. Las noticias viajan rápido en este lugar.

Roderick se rió.

–La señorita Tremaston... Noelle..., ya sabe quién eres: la señorita Fiona Vance, nuestra experta en arqueología.

–Me halagas –dijo Fiona–. Apenas soy una aficionada.

–Ah, vamos, eso es excesiva modestia. Tendrías que ver el trabajo que ha hecho con algunos de nuestros hallazgos. Nos estamos haciendo una idea de los objetos de adorno y vasijas que se usaban en este emplazamiento gracias al esmerado trabajo de Fiona. ¿Nos invitas a entrar, Fiona?

–Estaba deseosa de que lo sugirierais.

–Entremos, entonces –dijo Roderick–. La señorita Tremaston desea ver alguna de las maravillas que has hecho.

–Lo único que he hecho –dijo ella sonriéndome– ha sido reconstruir lo que ya existía. En este momento iba a preparar una taza de café. ¿Os apetece?

–Encantados –respondió Roderick por los dos y yo asentí de inmediato.

La casita había sido convertida en taller. Habían hecho una habitación de dos. Habían instalado bancos y éstos estaban llenos de objetos sueltos y herramientas diversas, algunas de las cuales en ese momento no reconocí como herramientas, pero que posteriormente aprendería que eran fuelles para soplar y quitar la tierra suelta, cribas y cedazos metálicos de agujero ancho, cucharas, varillas de acero para clavar en el suelo llamadas sondas, y cepillos de todos los tamaños. Había recipientes de todo tipo, gomas de pegar y botellas con diferentes soluciones. En el centro de la habitación había una estufa-hornillo sobre la cual descansaba un cazo con agua caliente.

La habitación tenía un pequeño anexo, que servía de cocina. Allí había un fregadero y un grifo, un viejo hornillo y un armario, del cual Fiona sacó tazas y una cafetera. Había cuatro sillas pequeñas con respaldo de mimbre, en las que nos invitó a sentarnos, mientras ella iba a la cocina a preparar el café.

Roderick me contó que no habían tenido que hacer muchos cambios en la casa. La escalera que se encontraba junto a la vieja cocina conducía a dos habitaciones en el piso superior, los dormitorios, y éstos se habían dejado tal como estaban.

–Allí es donde reposa Fiona cuando está cansada.

–¡Eso no es verdad! –gritó Fiona desde la cocina–. Nunca me canso durante el día. Me traigo un bocadillo la mayoría de los días y me preparo café. A veces los llevo arriba sólo para tenerlos lejos de todo este embrollo y del olor de algunos productos que tengo que usar.

Trajo las tazas de café en una bandeja.

–¿Vas a estar mucho tiempo en Leverson? –me preguntó.

Yo dudé un poco y Roderick contestó:

–Estamos tratando de convencerla para que se quede.

–Eres de Londres, ¿no es así?

–Sí.

–Me atrevo a decir que encontrarás un poco aburrido todo esto.

–¡Qué vergüenza, Fiona! –exclamó Roderick–. Con todo esto en la puerta de casa. Le acabo de mostrar los baños.

–Son maravillosos, ¿verdad? –le brillaron los ojos.

–Nunca había visto nada igual –le dije yo.

–Muy pocas personas lo han visto... en esas condiciones. ¿Verdad, Roderick?

–Fíjate lo orgullosa que está. Fiona, eres peor que yo.

Intercambiaron miradas y yo me pregunté qué tipo de relación habría entre ellos. Era evidente que él le tenía cariño y ella... bueno, tal vez era demasiado pronto para decirlo, pero me imaginé que también sentía cariño por él.

Ella seguía hablando. Hablaba sobre el jarrón que estaba reconstruyendo.

–Es poco usual –estaba diciendo–. Todavía faltan muchas partes. Es decepcionante.

–Hay un dibujo absolutamente único en él.

–Sí, eso es lo desesperante. –Se encogió de hombros y me sonrió–. Bueno, todo eso forma parte del trabajo –continuó–. Con frecuencia hay algo que podría hacerse a la perfección... pero faltan las partes esenciales.

–El café está delicioso –dije.

–Gracias. Espero que pases a verme siempre que andes cerca de aquí.

–¿No interrumpiré tu trabajo?

–De ninguna manera.

–A Fiona le encanta hablar de su trabajo, ¿verdad, Fiona?

–Supongo. Y por cierto, he hecho un dibujo de ese jarrón... como me imagino que debería quedar si se pudiera completar. Por supuesto, hasta el momento sólo tenemos fragmentos. Lo tengo en casa. Ven a verlo cuando pases por allí.

–Iré –dijo Roderick.

Se me ocurrió que así como yo me preguntaba acerca de ella, ella podría tener pensamientos similares respecto a mí. Podría estar preguntándose qué grado de amistad había entre Roderick y yo. Me observaba con mucha atención. No de forma hostil, pero sí con curiosidad. Se había mostrado encantadora y acogedora conmigo. Se me ocurrió pensar que podría estar enamorada de Roderick.

Al regresar a la casa señorial, mientras conversábamos sobre lo que habíamos visto esa mañana, yo caminaba preocupada pensando en mis sentimientos por Roderick.

Pese a lo inquieta que me sentía, me involucraba cada vez más en la vida de Leverson Manor. Mis sentimientos no sólo eran encontrados, sino que pasaban de un extremo al otro. Cada vez me sentía más interesada por la casa. Unas veces parecía acogerme y otras, rechazarme. En una ocasión me perdí. Era muy fácil hacerlo durante los primeros días. Había muchas puertas y con suma facilidad se podía confundir la puerta que se buscaba por otra y encontrarse en una parte inexplorada de la mansión.

Sucedió durante mi primera semana en la casa. Salí de la habitación y seguí un corredor que debía llevarme a la escalera. Cuando me di cuenta del error, traté de volver atrás. Me sentía segura de que iba en la dirección correcta y que, a su debido tiempo, me encontraría en el vestíbulo.

Sin embargo, me encontré en una parte de la casa que nunca había visto antes. Entré en una habitación que tenía varias ventanas en un lado, y retratos en la pared opuesta. La luz entraba con fuerza, porque era temprano. De hecho, iba a desayunar. La habitación daba al este. El silencio era muy profundo, como siempre cuando estaba sola en la casa. Era algo desconcertante. En un rincón había una mesa y junto a ella un tapiz enmarcado, aunque estaba sin terminar. En otro rincón había una rueca.

Miré a mi alrededor. Supuse que ésta era una de las partes más antiguas de la casa. Traté de ignorar la sensación de que me observaban. Era de lo más extraña. Debería haber intentado volver sobre mis pasos de inmediato, pero algo en el lugar me retenía.

Miré los cuadros de la pared. Había unos seis con marcos muy adornados, y los personajes llevaban vestimentas de varias épocas pasadas. Los miré detenidamente; Leverson y Claverham, supuse. Los ojos de algunos parecían mirarme directamente, y eso me hizo sentir nerviosa. Mientras los contemplaba, sus expresiones parecieron cambiar y mirarme con desprecio, desconfianza y disgusto.

Desde mi llegada me había vuelto cada vez más propensa a imaginarme cosas. La causa era que, a pesar de la bienvenida de Charlie y Roderick, en el fondo sabía que no debería estar allí. Me preguntaba cómo habría sido la vida de mi madre si se hubiera casado con Charlie e ido a vivir allí. La casa habría sido diferente. Ella habría disuelto ese aura de formalidad. Habría dejado atrás el pasado inmediatamente.

Me acerqué al tapiz sin acabar. Al instante reconocí la casa, en todo su esplendor. Vi también el escudo de armas bordado en tonos azules, rojos y oro.

Sentí el susurro de un frufrú detrás de mí y no pude

evitar dar un respingo de culpabilidad. Lady Constance había entrado silenciosamente en la habitación y me estaba observando.

–¿Está interesada en mi trabajo, señorita Tremaston?

–Oh, sí... es absolutamente maravilloso.

–¿Sabe algo de confección de tapices?

–Jamás he hecho ninguno.

–Ésta es la casa, como puede ver. La casa es muy importante para mí.

–Lo sé. Es un lugar magnífico.

Se me había acercado y me estaba observando con suma atención.

–Desde que llegué a este lugar he hecho todo lo que ha estado en mis manos para mantener los valores legados por nuestros antepasados.

–Estoy convencida de ello.

–Estoy resuelta a que nada los altere.

–Sí –dije–. Sería una lástima si algo se alterara.

–¿Estaba usted... eh... buscaba algo?

–Oh, no, no. Me perdí.

–Es fácil perderse cuando uno no está acostumbrado... –se le quebró la voz.

Sentí que me recorría un ligero temblor, y la imperiosa necesidad de volverme y echar a correr directamente fuera de la casa.

–Iba a tomar el desayuno –dije débilmente.

–Ah, sí. Vuelva por donde ha venido. Al final del pasillo encontrará la escalera. Ésta la llevará al vestíbulo. La sala del desayuno está a la derecha.

–Ahora me doy cuenta por dónde debería haber ido. Gracias.

Me sentí aliviada por poder escapar. Ella me había querido decir que me fuera, que éste no era mi lugar. Ese mensaje estaba en cada gesto, en cada inflexión de la voz. Tenía que irme, pronto.

Pero más tarde, ese mismo día, durante la clase de equitación en la explanada, me di cuenta de lo feliz que se sentía Roderick por mi presencia en la casa y entonces deseé quedarme.

Muy pronto volvió mi inseguridad. Podría irme a Londres. Robert había insistido en que podía usar la casa siempre que quisiera. Deseaba que yo la considerara como propia. Era lo que mi madre habría deseado, y al igual que Charlie, para él era un consuelo cumplir los deseos de Désirée.

Vivía un período de espera. Debía resignarme con serenidad a lo que el destino me tuviera reservado. Las clases de equitación con Roderick y nuestro común entusiasmo por las ruinas romanas me hacían sentir más feliz de lo que hubiera imaginado. Me estaba haciendo amiga de Fiona y a veces, cuando Roderick estaba ocupado, iba sola a verla. Fiona me enseñó a limpiar la cerámica con un cepillo blando para quitarle la tierra. Mientras lo hacía, me imaginaba a la gente que había empleado esos utensilios en su vida diaria. Descubrí la fascinación de investigar y ahondar en la recreación del pasado. Era una forma maravillosa de escapar del presente.

Intentaba evitar a lady Constance, aunque en realidad no coincidíamos demasiado. Solía bajar a cenar, pero las demás comidas las tomaba en su habitación. En estas ocasiones yo me sentaba junto a Charlie y él hablaba conmigo, protegiéndome, podría decirse, de los apenas disimulados dardos de lady Constance. No es que ella me prestara mucha atención. Su estrategia era tratarme con frialdad, como a una invitada cuya estancia se esperaba que fuera corta. Nadie más parecía notarlo, pero para mí la implicación era obvia.

Había hecho amistad con Gertie, la criada a quien habían encargado cuidar de mí. Me llevaba agua caliente por la mañana y por la noche y me limpiaba la habitación. Era una chica de unos diecisiete años que había comenzado a servir en la familia a los doce. Yo le caía bien, tal vez porque era menos formal que la mayoría de los invitados que visitaban Leverson Manor. Me encantaba conversar con ella. Sabía que yo era la hija de Désirée y esto la impresionaba muchísimo.

–Una vez vi a Désirée –me contó–. Hace unos años, cuando se casó mi hermana. Él estaba bien colocado... su chico... tenía dos puestos en Paddington, en el mercado, berberechos y mejillones. Le iba muy bien el negocio. Cuando estaban de novios nos llevó a mi hermana y a mí al teatro. Fue fantástico. Nos dijo: «Os llevaré a ver a la gran Désirée. Eso es lo que hace todo Londres». Fuimos a verla en *La gitanilla.*

Cerré los ojos. Lo recordaba tan bien, las habituales discusiones: mi madre que se negaba a usar algunos de los vestidos, Dolly que se marchaba con un portazo sin que nadie le rogara que se quedara, para luego volver y hacer algunas concesiones sobre el vestuario. La añoranza por el tiempo pasado se me hizo casi insoportable.

–Estaba maravillosa –continuó Gertie, que no sabía nada de todo aquello–. Llevaba unos enormes pendientes de oro en las orejas... y la forma en que bailaba con lord James: daban vueltas por todo el escenario. Era fantástico.

–La recuerdo muy bien –dije.

–Y ahora usted está aquí, señorita. Es fabuloso.

Me di cuenta de que mi parentesco con Désirée influía muchísimo en la atracción que ella sentía por mí, y en cierta forma creo que esto la hacía ser más franca conmigo de lo que hubiera sido con cualquier otra persona. Me contó que lady Constance era «algo arpía».

–Todo tiene que estar exactamente como ella quiere. Si no, te manda llamar a su presencia. Avisa una vez, pero a la siguiente te puede despedir. Siempre se refiere a una cosa: «trad-no-sé-qué».

–¿Tradición? –sugerí.

–Eso mismo, señorita, eso. Todo en la casa tiene que ser igual, correcto, como en épocas pasadas.

–Ya me lo imagino.

–Sabe ser muy dura con la gente. Lo que le pasó a Emmy Gentle...

–¿Una de las criadas?

–Sí –asintió Gertie con la cabeza–. Era algo desmandada. Más aficionada a los hombres que al trabajo de la casa. Le gustaba divertirse con todo ser con pantalones que se le pusiera por delante. Y siempre rompiendo cosas. A veces una podía encubrirla, pero cuando fue el turno de la preciosa vajilla... La advirtieron una vez, dos veces. Volvió a suceder una tercera vez. Y sí, la despidieron. No es fácil encontrar otro lugar; no, sin referencias. Emmy no logró encontrar nada. Entonces se lanzó a la mala vida.

–¿A la mala vida?

–Bueno, sí. Así es como lo llaman. Tendría que haberla visto. Iba toda engalanada. Tenía un vestido de seda de verdad. Decía que eso era mejor que ser esclava de lady Constance. Pero eso le da una idea... hay que tener cuidado con la señora.

Me contó la historia de su familia: eran ocho en su casa, pero sólo dos tenían edad de trabajar. Les enviaba dinero. No mucho, pero era algo. Gertie me había hecho comprender que ella, al igual que la mayoría de los criados, le tenía terror a lady Constance. El caso de Emmy Gentle les había servido de lección.

–A la señora no le gusta nada que la señorita Vance vea tanto al señorito Roderick –continuó Gertie.

–¿No? ¿Por qué?

–Bueno, tiene miedo, ¿no? Al fin y al cabo, ¿quién es ella? Esa abuela vieja es una bruja, dicen. Emmy Gentle fue a verla una vez que estaba en dificultades. Emmy siempre contaba que le había hecho un «gran favor». Ah, la señorita Fiona es toda una dama. Recibió buena educación, dicen. La vieja señora Carling se encargó de ello. Ella quiere lo mejor para su nieta. Entonces conoció a ese sir Harry no sé qué más. Él le enseñó sobre esas cosas antiguas romanas y le dio trabajo. Ella se fue y luego volvió. Bueno, es toda una dama, pero no es del tipo que lady Constance desearía para el señorito Roderick.

–¿Y... ehh... el señorito Roderick?

–Yo creo que él hará lo que le parezca. Él y el señor son personas que hacen su propia voluntad en las cosas que les importan, aunque son bastante blandos en algunas otras. Se parecen. Pero me imagino que, llegado el momento, el señorito Roderick decidirá sin ayuda de su madre. En todo caso, seguro que se va a armar la gorda si lo hace. Pero ya veremos. Ella desea una verdadera dama para él. Alguien con un gran título. Bueno, ella es en realidad lady Constance... y no le gusta que nadie lo olvide.

–Sí, tal como dices, será el señorito Roderick quien deba decidir.

–Sí, pero allí está esa vieja señora Carling. Es de aquellas que consiguen lo que quieren. Y dicen que tiene poderes...

Me quedé callada, dudando de la prudencia de hablar de estas cosas con una criada de la casa en que era una invitada. Comenté lo interesantes que eran las ruinas romanas descubiertas en el terreno de Leverson. Pero para Gertie el pasado no tenía el mismo interés que el presente inmediato, por lo cual la conversación se acabó. La dejé para que pudiera continuar con su trabajo.

Un día fui a visitar a Fiona al taller, pero en su lugar encontré a una mujer desconocida. Inmediatamente supuse que se trataba de la señora Carling de quien tanto había oído hablar.

Era realmente especial. Alta y erguida, llevaba el cabello, oscuro y abundante, recogido en trenzas enrolladas alrededor de la cabeza; de sus orejas colgaban unos enormes pendientes antillanos. Pero lo que me llamó la atención enseguida fueron sus ojos, vivos y penetrantes. Eran luminosos y daban la sensación de que veían algo que los demás no podíamos ver. Cuando los clavó en mí, me sentí intranquila, porque me dio la impresión de que intentaba leerme la mente.

–Usted es la señora Carling, seguro –dije–. He oído hablar mucho de usted. Yo soy Noelle Tremaston.

–Por supuesto. Yo también he oído hablar mucho de usted. Estoy encantada de conocerla por fin. ¿Qué le parece esta parte del país?

–Es muy interesante, en especial los descubrimientos.

Ella asintió.

–Fiona no está –dijo–. Alguien encontró algo en un jardín. Ha tenido que ir a comprobar si es antiguo o moderno. Le sorprendería saber la cantidad de gente que ha creído haber encontrado algo de valor desde que comenzó todo esto.

–Supongo que es inevitable, y nunca se sabe si va a ser algo de verdadera importancia.

–Siéntese, por favor. ¿Le apetece un café?

–No gracias. Acabo de almorzar.

–Fiona no puede tardar mucho. Hace más de una hora que salió.

Me senté.

–Está totalmente dedicada a esto –dijo.

–Comprendo lo absorbente que puede ser.

–Mmm... Ella y Roderick Claverham... son un par de entusiastas –dijo, mirándome con inquietud.

–Lo sé.

–Y usted, querida mía. Sé que ha sufrido una terrible pérdida. –Me quedé callada y ella continuó–: Perdóneme. No debería haberlo mencionado. Pero... me doy cuenta. Tal vez haya oído algo acerca de mí.

Asentí.

–Fiona le tiene mucho cariño. Me gustaría ayudarla.

–Gracias, pero no hay nada que nadie pueda hacer. Simplemente ha sucedido.

–Lo sé, querida, pero usted es joven. Si en cualquier

momento pudiera ayudarla... No sé si lo sabe, pero se me ha concedido un cierto don.

Me estaba poniendo nerviosa porque al hablar me miraba fijamente.

–Sí, lo he oído.

–Yo he sufrido lo mío, así que la entiendo muy bien –continuó–. Perdí a mi hija cuando tenía sólo veintidós años. Ella era mi vida. Después me hice cargo de Fiona y ella fue mi consuelo. Siempre hay consuelos en la vida, querida mía.

–Intento recordarlo.

–Yo conocía a su madre, por supuesto. Sé que era una persona maravillosa además de famosa. Sé lo que se siente cuando uno pierde repentinamente a un ser querido. De todo se puede sacar algo bueno, incluso de un sufrimiento así. Nos ayuda a comprender el sufrimiento de los demás. Sólo quería que lo supiera.

–Gracias. Es usted muy amable.

–Tiene que venir a verme uno de estos días. Tal vez la podría ayudar de alguna manera.

–Muy amable de su parte.

–Prométame que vendrá.

–Gracias. Lo haré.

–He dicho lo que tenía que decir y ya es suficiente. Cuénteme algo sobre usted. Dígame qué piensa de todo este revuelo por los hallazgos. Los Claverham son gente encantadora, ¿verdad? El señor y el hijo quiero decir. No podríamos tener mejores terratenientes que ellos en la región. Una familia tan maravillosa, que se remonta a lo largo de siglos. Roderick va a ser igual que su padre. Eso es lo que se necesita aquí. Estoy segura de que la tratan muy bien.

–Sí, son muy buenos.

–¿Y la señora? –me preguntó con una mirada algo pícara.

Me quedé algo parada por la sorpresa y ella se echó a reír.

–Tiene ideas grandiosas sobre ciertas cosas. Pero el señor Claverham es un hombre bondadoso y su hijo Roderick salió a él.

De pronto pareció cambiar de actitud. Tal vez se le ocurrió que se mostraba un poco demasiado franca con una persona a la que acababa de conocer, y comenzó a hablar del pueblo y del cambio que había significado el descubrimiento de las ruinas, de lo feliz que estaba de que Fiona hubiera encontrado un trabajo que le gustaba tan cerca de su casa, un trabajo tan absorbente y que podía compartir con Roderick. Habló de la gente del pueblo y de cómo había logrado curar ciertos males, porque tenía un jardín en donde cultivaba plantas medicinales, cuyas propiedades beneficiosas podía utilizar gracias a sus conocimientos especiales.

–Hay algunos que me llaman bruja –me explicó–. Hace no muchos años me habrían quemado en la hoguera. Piense en todas las mujeres buenas que corrieron esa suerte. Debe saber que hay brujas blancas además de las de la otra clase. Las brujas blancas no hacen otra cosa que el bien. Yo soy de esa clase... si le apetece llamarme bruja. Deseo ayudar a la gente. Deseo ayudarla a usted.

Me sentí aliviada al escuchar ruido de cascos de caballo. La señora Carling se incorporó y se acercó a la ventana.

–Es Fiona –dijo.

A los pocos minutos, Fiona entró en la casa.

–Ah, Noelle. Qué alegría verte. Has conocido a mi abuela.

–Nos hemos entendido muy bien –dijo la señora Carling.

–He tenido que ir a la casa Jasmine –me explicó Fiona–. Ya sabes que encontraron unos fragmentos de vajilla en su jardín. Alguien debe de haber tirado una vieja jarra para la leche hace unos años –sonrió con algo de tristeza–. De vez en cuando ocurre eso. Pero naturalmente, tenemos que echar una mirada a todo. No podemos permitirnos que algo se nos pase.

–Por supuesto que no –dije yo.

–Bueno, me alegro de que mi abuela te haya atendido. Gracias, abuela.

Me pareció que se sentía algo inquieta, y después de haber conocido a la abuela, lo comprendía.

–Seguro que te apetece beber algo, Fiona –dijo la señora Carling.

–Oh, ya lo creo.

Cuando la señora Carling nos dejó para preparar el café, Fiona me dirigió una mirada casi interrogante. Yo sabía que se estaba preguntando qué me habría dicho su abuela. Le conté que habíamos tenido una charla muy interesante y pareció aliviada.

Estábamos tomando café cuando llegó Roderick. Nos contó que había ido a ver a uno de sus inquilinos y que al volver y pasar junto a la casa no había resistido el deseo de hacer una visita. Parecía encantado de verme allí. Yo sabía que se sentía feliz de que Fiona y yo nos lleváramos tan bien. Fiona le explicó su visita a la casa Jasmine para ver una jarra para la leche. Roderick se echó a reír.

–¿Otra? –dijo–. Bueno, sin duda habrá muchas más.

–El problema es que nunca se puede estar segura.

–No se ha de dejar ni una sola piedra sin remover –citó Roderick–. ¿Quién sabe? Podrías encontrar el hallazgo del siglo. ¿Cómo va ese jarrón?

–Muy lento. Me están llegando tantos trozos de cosas diversas que no sé cómo ponerlas todas en este lugar.

–Tendrás que usar una habitación de la casa.

–A lo mejor la necesitaré.

–¿Por qué no? Hay mucho espacio. Todo lo que tienes que hacer es decirlo.

–Lo tendré presente –dijo Fiona.

–Bueno, ciertamente tiene poco espacio aquí –dijo la señora Carling sonriendo amorosamente a su nieta.

Cuando Roderick y yo salíamos para volver juntos a la casa, la señora Carling me tomó la mano y me miró con seriedad.

–Realmente quiero que venga a verme –dijo.

–Gracias. Me encantará.

–Prométamelo, por favor.

–Vendré.

–Creo que lo encontrará... útil.

Nos despedimos, y cuando habíamos dejado la casa Roderick me preguntó:

–¿Qué te ha parecido la señora?

–Es muy especial.

–¡Especial! Algunas personas piensan que está loca.

–Dijo que unos doscientos años atrás podrían haberla quemado por bruja.

–Suerte que no naciera entonces.

–Creo que adora a Fiona.

–De eso no cabe la menor duda. Fiona es admirable. Ciertamente, no se parece a su abuela. Tiene los pies bien puestos en el suelo. Es maravillosa con su abuela, aunque a veces le resulta un trago bastante duro.

Llegamos a la casa. Yo entré mientras Roderick llevaba los caballos al establo.

Tenía noticias de Lisa Fennell. Me escribió:

Querida Noelle:

No te he escrito antes porque he estado enferma. Aún estoy en la casa. Monsieur Bouchère ha dicho que puedo quedarme hasta que encuentre algo que me convenga. La señora Crimp se ha portado como un ángel. No sé qué habría hecho sin ella, y, por supuesto, sin la hospitalidad de monsieur Bouchère.

La muerte de tu madre fue una conmoción terrible. La quería mucho. Su maravillosa comprensión y ayuda significaron mucho para mí. Jamás olvidaré cómo me ayudó. Fue la persona más maravillosa que jamás he conocido.

Que haya muerto así, en la cumbre de su carrera, y tan de repente, realmente me ha dejado abatida. Yo estaba algo resfriada entonces. Con la impresión se agravó y enfermé de verdad.

No puedo dejar de pensar en ella y en lo que todos hemos perdido, incluido el teatro, que jamás volverá a ser lo mismo sin ella. Me he sentido muy deprimida, muy desgraciada. Ella había entrado en mi vida como un ángel de misericordia... Sólo para ser arrancada de ella. Me sentí culpable, porque yo estaba ocupando su lugar cuando sucedió.

Ahora estoy recuperada. Me voy a entregar a mi trabajo. He tenido mucha suerte. El señor Dollington me ha dado un papel en su nuevo espectáculo, *Trapos y harapos.* El estreno será dentro de unas semanas. En qué teatro, aún no lo sé muy bien. Estamos ensayando como locos, te lo puedes imaginar. Lottie Langdon hará el papel principal.

El señor Dollington está muy triste. Algo se ha apagado en él.

Pero todos tenemos que continuar, ¿verdad?

Espero que vengas a ver la comedia. Tal vez podrías persuadir al señor Claverham para que venga contigo. Me agradaría mucho volver a verte.

Con todo mi cariño,

LISA FENNELL

De nuevo volvieron los dolorosos recuerdos. Lisa bajo las patas del caballo, su entrada en la casa. La preocupación de Désirée, su insistencia para que Dolly le diera un puesto en el coro.

Siempre sería así.

Transcurrieron unos días y aún no había tomado una decisión respecto a mi futuro. Unas veces deseaba quedarme en Leverson Manor, pero otras sentía la necesidad de marcharme. El motivo principal era, lógicamente, lady Constance. Durante la cena, a menudo la sorprendía mirándome, y me producía una sensación extraña. Una vez, conversando con Roderick en el jardín, levanté la vista hacia la casa y vi una sombra en una ventana. Sabía que era lady Constance, pude notar su hostilidad. Pero siempre que hablaba de marcharme, Roderick y Charlie no querían ni escucharme.

Muy pronto tendría una entrevista con el abogado que llevaba los asuntos de mi madre, y cuando él me dijera exactamente cuál era mi situación, haría planes.

La finca mantenía muy ocupados a Charlie y a Roderick. Era muy extensa y generalmente estaban todo el día fuera.

–Cuando adquieras algo más de práctica –me decía Roderick–, podrás salir a caballo conmigo y conocer la propiedad y a algunos de los inquilinos. Creo que te gustará.

Hablaba como si fuera a quedarme definitivamente en Leverson Manor, y su seguridad sólo servía para aumentar mis dudas.

Mi amistad con Fiona progresaba con rapidez. A ella le interesaba el mundo del teatro y hablábamos muchísimo mientras bebíamos tazas y tazas de café. Era un consuelo hablar de Désirée con alguien que no la había conocido. Le contaba las comedias y la manera en que ella trabajaba. A veces era capaz de sonreír recordando las noches de estreno, la tensión previa y el alivio cuando ya había pasado, la gente que acudía al teatro, los dramas, los triunfos.

Ella, a su vez, me hablaba de su vida, de lo buena que había sido su abuela con ella.

–A veces –me contó–, temo que nunca podré recompensarla. Gastó en mi educación más de lo que podía permitirse. A veces temo que me ha convertido en el centro de su vida y que la decepcionaré. Nunca me lo ha dicho, pero creo que preferiría que yo no tuviera tanto interés en todo esto. Un día me dijo: «Te haces mayor, Fiona. Deseo lo mejor para ti. Tu madre, mi hija, lo era todo para mí y cuando murió yo me habría quedado sin nada en absoluto si ella no te hubiera dejado para que te cuidara». Poco tiempo después de eso, encontré las monedas en el jardín y todo cambió. Ella me dio a entender que fue ella quien me condujo hacia las monedas. Tenía la premonición de que estaban en el jardín y que yo debía encontrarlas: eso cambiaría mi vida, me conduciría a mi destino. Bueno, las monedas despertaron el interés de sir Harry Harcourt, y él me dio una oportunidad. Mi abuela cree que tiene dones especiales y naturalmente desea utilizarlos para conseguir lo mejor para mí.

–¿Y eso qué es?

–Supongo que la mayoría de la gente piensa que lo mejor es un buen matrimonio para sus hijos. Desean seguridad mediante lo que ellos llaman un buen matrimonio. Yo creo que mi vida podría ser muy feliz si siguiera trabajando aquí. Pero probablemente mi abuela no estaría de acuerdo. Y tu madre, supongo que había planeado algo así para ti.

–Supongo que ella habría deseado que me casara llegado el momento. Pero lo que yo quería era estar con ella y que las cosas continuaran como siempre. Me imagino que ella deseaba lo mismo. Y entonces, de pronto, todo acabó.

–Mira, ¿quieres ver cómo va el trabajo con el jarrón? ¿Crees que alguna vez podré completarlo?

Miré los trozos con los que estaba trabajando y los comparé con los dibujos que había hecho de cómo se imaginaba que sería el jarrón una vez recompuesto.

Le conté que su abuela me había invitado a visitarla.

–Sí, la oí cuando te lo decía. Se interesa mucho por las personas que vienen aquí, y está especialmente interesada en ti.

–Debido a mi madre –dije.

Todo parecía recordármela y llevarme de vuelta a ella, y sentí que en cualquier momento mi dolor me desbordaría.

Fiona lo comprendió y cambió de tema.

La tarde siguiente me dirigí a la casa de la señora Carling. La encontré con facilidad. Era una casa de campo grande, rodeada de arbustos. Había una puerta y un corto camino de entrada hasta ella. Estaba muy silenciosa. Hice una pausa y me pregunté si realmente quería entrar. Había algo inquietante en la naturaleza de la mujer y en su forma inquisitiva de mirarme. Vi algunas plantas que no conocía en el jardín que había al lado de la casa. Hierbas, supuse. ¿Preparaba tal vez brebajes que daba a las personas con problemas, como Emmy Gentle?

La puerta estaba cubierta por una enredadera que se extendía también a las ventanas. Pensé en Hansel y Gretel en la casa de la bruja.

«¿Vendría alguna vez aquí Roderick?», pensé. Estaba claro que quería mucho a Fiona, pero también notaba su afecto por mí. Era bondadoso por naturaleza y considerado con todo el mundo. Le salía de dentro. Pensé que sería poco prudente imaginarme que sentía algo especial por mí simplemente porque era amable conmigo.

Llamé a la puerta con la aldaba y oí resonar el ruido a través de la casa. Me quedé esperando. Sería agradable que Fiona estuviera allí, y que Roderick pasara y se reuniera con nosotras.

Se abrió la puerta. La señora Carling estaba frente a mí, sonriendo encantada. Llevaba un vestido muy largo y suelto con un estampado a imitación de la piel de un tigre; los pendientes se balancearon cuando estiró la mano para saludarme.

–¡Adelante! –exclamó–. Adelante. Estoy muy contenta de que haya decidido venir. Tuve la impresión de que dudaba.

–Oh, no. Deseaba venir.

–Entremos entonces. Sé que vamos a pasar una tarde muy agradable. Me hacía tanta ilusión que viniera, desde el momento en que nos conocimos. Esto es más acogedor que esa habitación de Fiona, con todos esos fragmentos, cepillos y cosas. Siempre le digo a Fiona que jugar con las cosas que usaba la gente hace tanto tiempo es como molestar a los muertos.

–Yo creo que se sentirían complacidos de que estemos tan interesados en ellos... si pudieran saberlo –dije.

–Puede ser, puede ser. Tomará una taza de té, ¿verdad? Tengo agua hirviendo en la tetera.

–Gracias.

–Le diré a Kitty que la traiga. Es mi criada.

Nos encontrábamos en una habitación que tenía dos ventanas pequeñas con cristales emplomados. Dos gruesas cortinas oscurecían la habitación. El mobiliario también era opresivo. Había varios cuadros en las paredes. En uno de ellos se veía la lapidación de un santo. En otro había una mujer amarrada a un madero con las manos juntas en actitud de oración. Estaba de pie sobre el agua lo que sugería claramente que cuando subiera la marea quedaría sumergida. *Mártir cristiana,* rezaba el título. Había otro cuadro con un gato negro de ojos verdes. La pintura era luminosa y de lo más efectiva, por lo que el animal, de aspecto misterioso, parecía vivo.

Sentí una sensación de ahogo; deseaba que apareciera Fiona, pero supuse que a esa hora estaría trabajando.

La señora Carling se sentó frente a mí.

–Debo explicarle algo sobre Kitty –dijo–. Es algo retrasada. Vino aquí un día para que la ayudara. Había oído decir que yo curaba a la gente de ciertos males. Me interesé por ella; no había tenido muchas oportunidades en la vida y pensé que un poco de atención le haría bien. Sólo sabía tartamudear cuando llegó aquí... pero ha mejorado. Pertenece a una familia muy numerosa. El padre trabajaba en las minas, sus hermanos fueron a trabajar con el padre y las hermanas entraron a servir. Nadie quiso emplear a Kitty. En casa no la querían, así que vino aquí y yo le di trabajo. Le he enseñado todo lo que he podido. Es una buena chica. Me está muy agradecida.

–Qué amable de su parte.

–Me gusta ayudar a la gente –sonrió bondadosa–. Algunas personas hemos recibido dones especiales y tenemos que usarlos. Si no lo haces, te los pueden quitar.

Al cabo de un momento entró Kitty con el té. Era joven, de unos dieciséis años, calculé. Sus suaves modales revelaban a una chica insegura y deseosa de agradar.

La señora Carling le indicó dónde tenía que dejar la bandeja. Kitty la colocó y me miró tímidamente. Yo le sonreí y ella me devolvió la sonrisa, que le iluminó la cara. Sentí simpatía por la señora Carling, que había ayudado a la pobre niña.

–Buena chica –dijo la señora Carling dándole una palmadita en el hombro. Cuando Kitty se retiró añadió–: Pobre chica. Desea tanto hacerlo bien. Bien, ahora dígame, ¿cómo le gusta el té?

Conversamos mientras tomábamos el té y pastelitos. Le pregunté cuánto tiempo había vivido allí.

–Llegué aquí con Fiona –me contó–. Fue cuando fallecieron sus padres y quedó a mi cargo. Así que éste ha sido nuestro hogar durante todos estos años. La única vez que he estado sola fue cuando estuvo en el colegio y después, por supuesto, cuando fue a trabajar con sir Harry Harcourt. Ha sido una bendición que volviera aquí por el trabajo.

–Debió de sentirse triste cuando ella se fue.

–Ay, sí. Pero era lo mejor para ella y yo sabía que volvería. Así que fui capaz de sobrellevar la separación.

–Debe de ser muy interesante saber esas cosas.

–Nada está totalmente prefijado en la vida. El desastre puede amenazar nuestras vidas, pero hay formas de evitarlo.

–¿Quiere decir que depende de la persona verse envuelta o no en la tragedia?

–Sólo quiero decir que hay ocasiones en que se puede evitar.

–Así pues, las cosas no están destinadas a suceder.

–No exactamente. Puede que estén en nuestro camino, pero si lo sabemos, podemos evitar que sucedan.

–Qué interesante.

–Es sólo uno de esos dones con los que uno nace. Usted, mi querida señorita Tremaston, está en estos momentos en un punto decisivo de su vida, eso lo percibo.

«Sabe que mi madre ha muerto y debe de haber oído lo unidas que estábamos», pensé. Probablemente supone que no debe de haber mucho dinero. Es una suposición natural.

–Es muy posible que yo pueda ayudarla –continuó.

–Yo creo que es un asunto que evolucionará de forma natural.

–Puede ser. Pero insisto en querer ayudarla.

–Es usted muy amable.

–Estamos en el mundo para ayudarnos mutuamente. Hemos sido divinamente dotados para ese propósito y no debemos olvidarlo. Mi querida señorita Tremaston, yo sé que usted necesita ayuda. Por ese motivo estaba tan deseosa de que viniera a verme. Usted necesita ayuda... urgentemente. Cuando acabemos de tomar el té, la llevaré a mi despacho. He visto a muchas personas allí, y creo que les ha hecho bien. Estoy convencida de que ahora puedo ayudarla a usted.

Yo me sentía fascinada y repelida al mismo tiempo. Creía notar algo falso en ella y sin embargo casi creía en sus poderes.

Dejamos la bandeja del té y me condujo por una corta escalera hasta una habitación con ventanas igualmente emplomadas y con el mismo tipo de cortinas tupidas, aunque al estar algo más alta tenía un poco más de luz. Lo primero que vi fue una mesa cubierta con un tapete verde; sobre un pedestal de madera había una gran bola de cristal.

La señora Carling se detuvo junto a mí.

–Será mejor que se siente aquí. Yo me sentaré enfrente.

Me senté.

–Deme la mano. –Me sostuvo la mano encima de la mesa–. Ahh, siento cómo me vienen las ondas. Estamos en sintonía. Querida mía, estoy segura de que voy a poder ayudarla.

Su respiración era pesada y rompía la armonía. Yo mantenía los ojos fijos en la bola de cristal.

–Oh, ahora lo veo. Mi querida niña, está muy cerca. Hay una amenaza... Oh, sí, allí está. Imposible no verla... La siento, está muy cerca... Oh, muy cerca. Cuánto me alegra haberme decidido a hablarle. Oh, sí... sí... Era el momento.

Yo la observaba mientras ponía las manos sobre la bola y miraba dentro.

–Peligro –murmuró–. Peligro.

–¿Dónde? –pregunté–. ¿De qué?

–No lo veo muy claro. Está allí: vago, amenazante. No... no lo veo bien. Pero sé que está allí.

–¿Quiere decir en Leverson Manor?

–Enemigos –dijo asintiendo–. Están al acecho. Vigilando... esperando. Oh, sí... esto es un aviso. No hay tiempo que perder. Debe marcharse. Pronto... será demasiado tarde.

–Pero ¿cuál es el peligro?

–Está allí... flotando encima de usted. Veo una nube negra. Es mala. No le puedo decir nada más, sólo que está allí, cerca. Se acerca más y más. Está casi encima. Está aquí, en este lugar. Allí es donde le espera el peligro. Debe marcharse de aquí. No debe demorarse. Aún está a tiempo.

Se echó atrás en la silla respirando pesadamente.

–No más –murmuró–. No más... Es suficiente.

Se inclinó una vez más y miró dentro de la bola.

–Se ha ido –dijo–. No hay nada más. Ha tenido su advertencia. Eso es suficiente. –Respiraba entrecortadamente–. Siempre es así –murmuró–. Es agotador.

–¿Quiere decir que usted me vio amenazada... en ese trozo de cristal? Entonces debe haber visto quién...

–Está mas allá de nuestro entendimiento –dijo negando con la cabeza–. Veo símbolos. Presiento que usted está en peligro. Acaba de sufrir una gran pérdida, está sola, confundida. Eso lo supe la primera vez que la vi. Y supe también que había alguna amenaza. Está en aguas peligrosas. Eso es todo lo que puedo decirle. Puede evitar ese peligro marchándose de este lugar. Sólo podría suceder aquí.

–¿Debo volver a la casa y decirles que usted me ha aconsejado que me marche?

–Se reirían –dijo sonriendo levemente–. Lady Constance cree que es ella quien rige el Universo, no Dios Todopoderoso. Los caminos de Dios son misteriosos y un libro cerrado para personas como ella. No les diga que me ha visto. Haga la maleta. Dé alguna excusa si debe hacerlo, pero no les diga que lo ha sabido por mí. No la entenderán.

Yo me levanté insegura. La experiencia me había impresionado profundamente, aun cuando yo tendía a ser escéptica. Esa oscura habitación me parecía siniestra y mi extraña compañera casi me convencía de que estaba en presencia de lo sobrenatural.

Incluso entonces sentí que se estaba tomando la decisión por mí. Se me ocurrió la idea de que tal vez estaba recibiendo orientación de mi madre. Si le fuera posible volver para ayudarme, sabía que lo haría. Luego mis pensamientos se volvieron a lady Constance. Sabía que me odiaba y deseaba que me fuera.

–Veo que está afligida –dijo la señora Carling–. No se angustie, querida mía. Ha recibido su advertencia. Usted y yo hemos sido reunidas con un objetivo. Vuelva a Londres sin tardanza y en poco tiempo sabrá lo que tiene que hacer. Éste no es el lugar para usted. Eso está muy claro. El peligro está aquí.

–Me siento insegura. Si por lo menos mi madre estuviera aquí... pero claro, si estuviera, nada de esto habría surgido.

–No sirve de nada decir «sí», querida. La vida continúa. Lo que ha de ser será.

–Entonces tal vez no puedo evitar esta... calamidad que me espera.

–Puede, claro que puede. Esto está en la raíz de todo. Por ese motivo yo sabía que tenía que verla. Tenía que mirar su futuro. Tenía que ser. Lo presentí en el momento en que la vi... No: antes, cuando supe que estaba aquí. Vuelva, haga sus maletas, váyase mientras hay tiempo.

–Tengo que pensarlo –murmuré.

–Su destino está en sus manos –dijo sonriéndome con resignación–. Así es con todos nosotros.

Sentí que tenía que alejarme.

–Gracias, señora Carling –dije–, por todo lo que ha hecho por ayudarme.

–Tenía que hacerlo. Era mi deber. La mejor recompensa que puede ofrecerme es alejarse del peligro.

A medida que me alejaba de la casa iba perdiendo fuerza la sensación de que había vislumbrado algo del futuro. El aire fresco me devolvió a la normalidad.

¿Cómo me había dejado embaucar, aunque fuera momentáneamente, por una actuación teatral? ¿No iba a saber yo cuándo una persona estaba representando un papel? Bueno, naturalmente había una cierta atmósfera en la casa. Había hostilidad hacia mí en la casa señorial. Quizá debía marcharme. Evidentemente, mi presencia ofendía a lady Constance.

La señora Carling tenía razón en una cosa: debía marcharme de Leverson Manor, pero no porque hubiera un peligro inminente. Con seguridad, la señora Carling había estado interpretando un papel, igual como había visto hacer a mi madre tantas veces. Hay un cierto poder en tener un conocimiento que otros no tienen. La señora Carling ciertamente estaba convencida de que tenía ese poder.

Me dirigí directamente a mi habitación. Mi problema comenzaba a resolverse solo. Encaré los hechos. Era rechazada en ciertas partes de Leverson Manor y bienvenida en otras. Pero la señora Carling tenía razón. Tenía que marcharme.

Esa noche, sin embargo, al encontrarme con Charlie y Roderick, comprendí que no podía anunciarles mi próxima partida sin otra excusa que la de que una anciana, que posiblemente estaba algo desequilibrada, había leído mi destino en una bola de cristal.

Pasé una mala noche y desperté con el convencimiento de que debía encontrar una excusa adecuada, y que sería Charlie a quien se la daría. Él tenía que comprender la aversión que lady Constance sentía hacia mí, y posiblemente tenía algún sentimiento de culpa por haberme traído a la casa. Si le decía a Roderick que tenía la intención de irme, él encontraría todo tipo de razones para que no me fuera. Charlie tenía que darse cuenta de la situación, y tal vez estar de acuerdo en que, por mucho que deseara cumplir los deseos de mi madre, traerme a su casa no era la mejor forma de hacerlo.

Al despertar por la mañana me acerqué, como hacía normalmente, a la ventana a contemplar los jardines, cuyo esplendor brillaba con más magnificencia a esa hora del día. Fue una casualidad, porque a la primera persona que vi fue a Charlie, sentado en el sillón de mimbre en el césped, y estaba solo.

Era el momento adecuado. Me lavé y vestí apresuradamente, con la esperanza de que estuviera allí todavía cuando estuviera lista para bajar. Afortunadamente, allí estaba.

–Buenos días –me saludó alegremente al salir yo de la casa y acercarme a él–. Una mañana gloriosa –dijo.

–Charlie –le dije yo–. Tengo que hablar contigo.

–Siéntate. –Me miró preocupado–. ¿Pasa algo?

–Sí. Tengo que marcharme, Charlie. No puedo quedarme aquí.

Se quedó callado durante un momento. Luego preguntó:

–¿Es... mi esposa?

–Bueno, sí. Ella no me quiere aquí.

–Cambiará.

–No creo que cambie. Después de todo, es pedirle demasiado.

Se quedó pensativo durante un rato.

–Se acostumbrará a tenerte por aquí –dijo con más esperanza que convicción.

–No, Charlie, no se acostumbrará. Y he decidido que debo marcharme.

–¿Adónde? ¿Y qué harás?

–Tengo que decidirlo. El golpe vino demasiado de repente. Era lo último que podía esperarme. Ella se encontraba tan bien, con tanta vitalidad... Y luego, irse así.

Me tomó la mano y me la apretó. Lo comprendía; él sentía lo mismo.

–¿Qué puedo hacer, Charlie? –pregunté.

–Siempre tendrás tu hogar aquí. Yo le prometí...

–Lo sé. Pero ella sería la primera en entender que tengo que irme, y cuanto antes, mejor.

–¿A Londres?

–Sólo al principio. Pensé que podría conseguir alguna ocupación.

–¿Ocupación? ¿Qué tipo de ocupación?

–Institutriz. Dama de compañía. Eso es lo que hace la mayoría de la gente cuando se encuentran en estas situaciones.

–Eso no te iría bien, Noelle. Tú tienes el espíritu independiente de tu madre.

–Un espíritu independiente está muy bien, si tienes los medios para mantenerlo. Sé más o menos cuál es mi situación. Tendré que reflexionar.

–Mi querida Noelle, no hay ninguna necesidad de pensarlo. Te voy a asignar una pensión.

–Gracias, Charlie, pero no podría aceptarla. Deseo asentarme sobre mis propios pies. Cuando los abogados tengan estudiadas las cosas en detalle, sabré exactamente cuál es mi situación y qué puedo hacer. Muy pronto iré a Mason, Mason & Crevitt, y todo quedará claro. Mientras tanto, tengo que volver a Londres. Robert me permitirá quedarme en la casa durante un tiempo.

–Robert compró la casa para que siempre fuera un hogar para ti... de la forma que siempre lo ha sido.

–No puedo aceptar eso de él, como no puedo aceptar una pensión tuya. Mi situación económica no es tan mala. Comparada con algunas personas, seré rica. Charlie, tengo que marcharme.

–He jurado cuidar de ti, Noelle. Se lo prometí a tu madre. Ella me hizo jurarlo.

–Sí, yo sé que se lo prometiste, pero ella no previó las dificultades. Y.. lo he decidido.

Él suspiró y dijo:

–Muy pronto tengo que ir al extranjero por cuestiones de trabajo. Probablemente pasado mañana. Estaré fuera varias semanas. Prométeme que no te irás hasta que yo vuelva.

Casi podía escuchar la voz de la señora Carling: «Debe marcharse inmediatamente». Parecía lejos de la realidad. Allí fuera, con el aire fresco de la mañana, podía entender que era ridículo dejarse influir por una anciana con una bola de cristal. Sonaba a melodrama teatral. Estaba segura de que Charlie se habría reído con desdén si se lo hubiera contado.

–Está decidido, entonces –dijo Charlie–. Te diré lo que haremos, Noelle. ¿Qué te parece si vas a visitar a tu abogado ahora? Podrías hacer el viaje a Londres conmigo y alojarte en nuestra casa, o en tu antiguo hogar. No necesitas estar más de una o dos noches. Oirás lo que el abogado tenga que decirte y lo hablaremos cuando regrese. ¿Qué te parece?

–Sí, me parece sensato.

–No tienes por qué precipitarte. Estás conmocionada todavía, Noelle. Todos lo estamos. Fue repentino y ella significaba mucho para nosotros. No podemos pensar con claridad. Quiero que sepas que estás bajo mi techo.

Eso es lo que ella deseaba. No quiero que estés en Londres, sola. Decidido entonces, ¿eh? Tú y yo iremos a Londres. Yo partiré inmediatamente hacia el continente. Tú te quedas allí uno o dos días y luego vuelves aquí. Te prometo que cuando regrese a Leverson hablaremos detenidamente sobre todo esto.

–Sí –dije–. Me parece una buena idea.

Me sentí aliviada. A pesar de la hostilidad de lady Constance, de la advertencia de la señora Carling y de la sensación de que no debía quedarme allí, no deseaba abandonar Leverson.

Fuego y lluvia

Charlie y yo llegamos a Londres al atardecer. Me sentí muy conmovida al estar de regreso, y las imágenes conocidas me producían encontrados sentimientos de placer y dolor. En todas partes había muchas cosas que me la hacían recordar. Charlie y yo hablamos muy poco, pero ambos comprendíamos nuestras sensaciones, porque las compartíamos.

Me alojé en su casa de Londres. Podría haber ido a mi antiguo hogar, pero pensé que eso habría sido demasiado doloroso en esos momentos, y había una especie de anonimato en la casa de Charlie, algo impersonal que me venía muy bien.

Al día siguiente Charlie se marchó al continente y yo hice mi visita a Mason, Mason & Crevitt. El resultado de la entrevista fue la seguridad de que el capital dejado por mi madre me proporcionaría una pequeña renta, suficiente para vivir con sencillez, de modo que no había necesidad inmediata de pensar en aumentarlo. La situación era más o menos como me la había imaginado. Si hubiera habido alguna necesidad urgente, habría tenido que ponerme manos a la obra. Casi deseé que la situación hubiera sido algo más drástica.

Resolví que no regresaría todavía a Leverson.

Era inevitable hacer una visita a mi antiguo hogar. Había pasado junto a la casa resistiendo el impulso de llamar a la puerta. Recordaba demasiadas cosas, incluso en la calle. Allí estaba el lugar donde había caído Lisa Fennell frente al carruaje, entrando así en nuestras vidas. Allí estaba la ventana desde donde solía esperar a que mi madre regresara del teatro. Entonces me pareció que no podría soportar entrar.

Pero al día siguiente la necesidad de ir fue demasiado fuerte para resistirla. Llamé a la puerta.

Jane abrió. Se me quedó mirando durante un segundo y una gran sonrisa le iluminó el rostro.

–¡Señorita Noelle!

–Sí, Jane –dije–. Soy yo.

–Pero pase. Avisaré a la señora Crimp.

–Pasaba por aquí –comencé–, y...

Pero ya no me escuchaba. Echó a correr por el vestíbulo y yo la seguí.

–¡Señora Crimp! ¡Señora Crimp! Mire quién está aquí.

Y allí estaba la señora Crimp, con el rostro arrugado por la emoción. Se precipitó hacia mí y me estrechó entre sus brazos.

–Oh, señora Crimp –murmuré con voz temblorosa.

–¡Vaya! –exclamó la señora Crimp–. Qué alegría verla, señorita Noelle.

–Ayer pasé por aquí, pero no fui capaz...

–Lo sé, lo sé. Vamos, entre. Ay, señorita Noelle, lo vuelve a traer todo, sí. –Sacó un pañuelo y se enjugó los ojos. Se irguió y dijo con tono enérgico–: Mejor que venga a mi habitación. Deseo saber cómo le va.

–¿Y cómo le va a usted, señora Crimp?

–Ah... no es lo mismo. «Cuidadores», le digo al señor Crimp, «eso es lo que somos». Cuando pienso en los viejos tiempos... puedo decirle, me podría sentar y echar unas buenas lágrimas.

Sentí que la cara se me descomponía de dolor y ella continuó:

–Lo estamos pasando mal. Bueno, es que no había nadie como ella. Nunca la hubo ni nunca la habrá. Ella era única. Pero se ha ido y tenemos que tratar de olvidar. Aunque... no sé qué daría yo por tenerla de vuelta. Venga a mi habitación y charlaremos un poco. Jane, dile a Carrie que suba un poco de ese vino especial y las galletas. Preparé una hornada esta mañana.

«No debería haber venido», pensé. Era demasiado doloroso. Todas las partes de la casa me recordaban a ella.

Nos sentamos en su habitación y ella dijo:

–¿Cómo le va con el señor Charlie?

–Oh, es una casa muy hermosa, pero no estoy segura de que vaya a quedarme allí. Tengo que hacer planes.

–Nosotros esperábamos que volviera.

–Ésta no es mi casa ahora, señora Crimp.

–Bueno, a *Monseuer* Róber no le importaría. Es un caballero muy fácil de llevar. No viene mucho. Es un arreglo algo raro. Henos aquí, un mayordomo cualificado y un ama de llaves, y no hay nadie a quien servir. Diferente de los viejos tiempos. Dios mío, las idas y venidas de entonces. Ahora *Monseuer* Róber se asoma un rato y eso es todo. Nos da plena libertad para llevar la casa. Creo que él se alegraría mucho si usted volviera, señorita Noelle. Estuvo aquí hace dos semanas. Deseaba saber si usted había regresado. Yo pienso que le gustaría que aprovechara usted la casa. Al parecer, esa señorita Fennell se ha adueñado de la casa.

–¿Le va bien?

–Está en esa *Trapos y harapos.* No lo hace mal, dicen... pero tampoco les está yendo tan bien. ¿Cómo les podría ir bien sin...? La señorita Fennell está muy satisfecha de ella misma. A menudo la escucho practicar las canciones. Siempre está diciendo que va a buscar una casa propia, pero supongo que ésta le va bien y es gratis... así que quién la va a criticar. Nos gusta tener a alguien en casa. La alegra un poco. A *Monseuer* Róber no le importa. Creo que prefiere que haya alguien aquí de los viejos tiempos.

–¿Está aquí ahora la señorita Fennell?

–No. Ha salido. Le encantará saber que usted ha vuelto. Yo había pensado que se alojaría aquí. Le tendría la habitación preparada en un santiamén; todo está igual en la casa. No se han tocado sus habitaciones. *Monseuer* Róber no quiso que se cambiara nada allí. Cuando viene, suele ir a la habitación de su madre y se queda allí un buen rato. Realmente me preocupa. La quería mucho.

–Lo sé.

–¿Usted no piensa volver aquí?

–Mis planes son inciertos por el momento.

–Nos gustaría tenerla aquí –dijo tristemente–. Se lo decía el otro día al señor Crimp, le dije: «Si la señorita Noelle volviera, todo sería como en los viejos tiempos».

–La gente no puede volver, señora Crimp.

–Eso es una verdad como un templo. El señor Crimp y yo nos deprimimos a veces pensando en los viejos tiempos. Siempre pasaba algo. El señor Charlie y el señor Róber, y todos los demás, entrando y saliendo, y en cuanto a ese Dolly... Era un hombre divertido. Luego estaba Martha Gee. Era una vieja arpía, sí que lo era.

Bebí un vaso de vino y la felicité por las galletas; sabía cuánto le agradaba recibir cumplidos.

–Es igual que en los viejos tiempos, sentada aquí hablando con usted, señorita Noelle –dijo–. Tendrá que hablar un poco con Jane y Carrie. Ya no tenemos el carruaje. No hay para qué. Somos pocos en la casa. *Monseuer* Róber estaría contento si volviera. Tenemos entendido que él compró la casa para que usted la usara. Ahora parece como si lo hubiera hecho para esa señorita Fennell. Eso está muy bien, pero ella no es de la familia, ¿verdad? El señor Crimp y yo... siempre tuvimos la esperanza de que usted volviera.

Había un tono de súplica en su voz y yo dije:

–No le puedo decir nada por el momento, señora Crimp. Tengo que ver cómo evolucionan las cosas.

–Le gusta estar en el campo con la familia del señor Charlie, ¿verdad?

–Bueno, verá, no es mi casa...

–Estaría mejor con nosotros. Ah, ya sé que todo esto le trae recuerdos. Cada día recuerdo algo y digo, esto ella lo hacía así o asá. No hay forma de olvidarlo. Pero no me gustaría irme. Me gusta estar en la vieja casa, aun cuando sea tan diferente sin ella.

–Comprendo lo que quiere decir. Me encanta estar aquí... y por otro lado están todos los recuerdos.

Nos quedamos en silencio pensando en ella; pasado un rato, dije que tenía que marcharme.

–Hable con Jane y Carrie un momentito. ¿Le gustaría ver sus habitaciones? Tal vez no. Tal vez después. Como le he dicho, se mantienen tal como estaban. Órdenes de *Monseuer* Róber. Cuando viene, sube allí. Incluso duerme en su habitación a veces. Es un hombre raro ese *Monseuer* Róber. Bueno, es un extranjero. No es como el señor Charlie. Uno sabe qué tierra pisa con él.

Conversé un rato con Jane y me sentí agradecida, porque, al igual que la señora Crimp, demostró que estaba encantada de verme.

¡Qué diferentes de lady Constance!

Tal vez debería volver, por un tiempo al menos. ¿Me ayudaría a solucionar mi vida volver a esa casa donde su presencia lo impregnaba todo de un modo tan poderoso?

Me armé de valor para ir a sus habitaciones. Estaban exactamente igual como las había dejado. Su ropa colgada en los armarios. Aún podía oler su perfume. Era como si quisiera quedarse, reacio a abandonar la habitación.

En aquellas estancias pude sentir que la tenía cerca, mirándome, cuidándome, tratando de guiarme por el camino correcto.

Era ya tarde cuando volví a la casa de Charlie. Me sentía algo confortada, aunque agotada emocionalmente.

No llevaba ni media hora en la casa cuando me dijeron que tenía una visita en el salón. Bajé. Era Lisa Fennell. Tenía muy buen aspecto. Me tomó ambas manos y me las besó.

–Me dijeron que habías vuelto –dijo.

–Fue muy agradable verlas.

–Ojalá hubiera estado en casa. Tan pronto lo supe, vine aquí. No me puedo entretener. Tengo que ir al teatro, pero tenía que verte primero. ¿Cuánto tiempo estarás en Londres?

–Sólo estaré un día o dos, pero es posible que me quede más tiempo.

–Oh, debes quedarte. Noelle, ¿cómo te encuentras... realmente?

–Estoy bien, gracias. ¿Y tú?

–Bien. Ha sido horrible... No consigo olvidar. Estás mejor con Charlie.

–Él va a estar fuera unas pocas semanas.

–¿Y que hay de...?

–¿Roderick? Ah, él está en Leverson Manor, naturalmente. Es una finca muy grande. Roderick y Charlie tienen que pasar mucho tiempo en ella.

–Me lo imagino. Supongo que tú y Roderick os veis muchísimo.

–Sí, me ha enseñado a montar a caballo. Dice que pronto lo haré muy bien.

–Debe de ser muy interesante. Y Charlie, por supuesto, es un muy buen hombre. ¿Y su esposa?

–Ah, sí, lady Constance.

–Supongo que te llevas bien con ella.

–Es algo formal.

Ella asintió, captando el sentido de mis palabras.

–Pero dime, Lisa –dije rápidamente–, ¿cómo te va?

–No me quejo. Es bueno tener trabajo.

–Sí, lo sé, en *Trapos y harapos*. ¿De qué tipo de espectáculo se trata?

–Lo habitual: canciones y bailes.

–¿Y todo va bien?

–No del todo mal. En primera fila de coristas, y ¿qué te parece? Dolly me ha puesto de suplente de Lottie Langdon.

–Qué bien, ¿verdad?

–Ya lo creo. Jamás dejaré de estarle agradecida. Se lo debo todo a tu madre.

–Bueno, ella consiguió que Dolly te diera un papel.

–Fue maravillosa.

Durante un rato ninguna de las dos habló.

–Tenemos que intentar olvidar el pasado –dije yo finalmente.

–No es fácil. –Sonrió tratando de dar una nota de alegría–. Tienes que venir a ver *Trapos y harapos* mientras estés aquí.

–Me gustaría.

–De momento tenemos todas las localidades vendidas. Pero Lottie no es...

–No. Nadie será como ella.

–Te podría conseguir un buen sitio para pasado mañana. Dolly se encargaría.

Vacilé. Sería una excusa para quedarme. Había una sola razón para desear volver a Leverson, y ésa era ver a Roderick, a quien, advertí, echaba mucho más de menos de lo que habría imaginado.

–Sería fantástico, Lisa –me apresuré a decir–. Me hará mucha ilusión verte.

–Hecho, entonces. Te espero pasado mañana por la noche.

Roderick vino a Londres. Me estaba preparando para salir, cuando llamaron a la puerta.

–Adelante –grité.

Allí estaba Roderick.

Mi alegría debió de haber resultado evidente. Me tomó las manos riendo.

–Se me ocurrió venir a hacerte una visita –dijo–. Hace mucho tiempo que no te veo.

–Tres días.

–Parecía más tiempo. ¿Cuándo vuelves?

–Ehh... no estoy segura.

–Pensé que sólo habías venido para entrevistarte con el abogado. Seguro que ya lo has hecho, ¿verdad? Me pareció que era mejor venir a ver qué te retenía.

–Oh, Roderick, qué encantador eres.

–Sólo soy sincero. Te echábamos de menos.

«¿Te echábamos?, ¿lady Constance?»

–Roderick –dije–. Debes comprender que no puedo seguir abusando de la hospitalidad de tu familia.

–¡Qué tontería! Mi padre se enfadaría si te oyera decir eso.

–¿Y tu madre?

–Bueno, ya lo aceptará con el tiempo.

Suspiré. A mí no me lo parecía. Al mismo tiempo me sentí complacida de que él deseara tanto mi regreso, que no le diera importancia a los obstáculos. Me habría gustado hablar seriamente con él acerca de mi situación, pero era un tema demasiado delicado para discutirlo con ligereza.

–¿Cómo fue la entrevista? Provechosa, espero.

–Como esperaba. Tengo suficiente para vivir... muy modestamente... de modo que eso me da tiempo para decidir lo que puedo hacer sin tomar decisiones precipitadas.

Se quedó pensativo y pensé que iba a decir algo pero al parecer cambió de opinión. Después de una pausa preguntó:

–¿Qué más has estado haciendo?

–¿Recuerdas a Lisa Fennell?

–Por supuesto. Era la suplente.

–Exacto. La he visto. Aún vive en la casa. Robert ha dicho que puede quedarse hasta que encuentre algún sitio para vivir. Ahora actúa en un espectáculo llamado *Trapos y harapos.* Voy a ir a verla esta noche.

–¿Sola?

–Eso no importa. Conozco a gente de la compañía. Dolly estará allí, naturalmente. Él me traerá a casa.

–Creo que necesitas escolta. Yo te acompañaré.

–¿Sí? ¿Te gustaría?

–Nada me gustaría más. Iré inmediatamente a buscar las localidades.

Me iba sintiendo más feliz.

–No será necesario. Lisa está en el coro. Me dijo algo sobre las localidades. Debo avisarle de que seremos dos.

–Va a ser una noche muy interesante –comentó él.

Fue maravilloso estar con él. Almorzamos cerca de Hyde Park y después fuimos a dar un paseo por el parque y nos sentamos junto al río Serpentine. Durante ese tiempo me convenció de que volviera con él al día siguiente. Tengo que confesar que necesité muy poca persuasión. Mi visita a Londres me había demostrado que la ciudad estaba llena de punzantes recuerdos de los que no podía escapar.

Además, estaba encarando mis verdaderos sentimientos hacia Roderick. En su compañía me sentía más feliz de lo que había creído posible tras la muerte de mi madre. Comenzaba a pensar que sería él quien me compensaría por lo que había perdido.

Durante ese día fui casi feliz, como con Désirée.

Lisa le había dicho a Dolly que yo iba a ir a ver el espectáculo con un amigo, y él había buscado localidades en platea. Sabía que iba a ser una experiencia emocional dura ir al teatro donde mi madre había actuado por última vez, así que traté de armarme de valor.

Cuando se alzó el telón, reconocí inmediatamente a Lisa. La observé con atención. Destacaba por su actuación. Cantaba con brío y bailaba con desenfado. No me sorprendía que Dolly la hubiera escogido como suplente de Lottie Langdon. Lottie era una actriz muy profesional, pero le faltaba el carisma que había caracterizado la personalidad de mi madre.

La obra era bastante frívola, aunque no más que *La condesa Maud,* pero le faltaba chispa, lo cual quería decir que le faltaba Désirée.

Dolly se nos acercó en el descanso. Deseaba saber cómo me iba, y me miró con tal ternura que sentí una ráfaga de emoción.

–Si hay algo que necesites, ya sabes...

–Oh, Dolly. Lo sé –dije.

–¡Muy bien! ¿Qué te parece la comedia?

Roderick se unió a mí para decir que estaba muy bien.

–No está mal –dijo Dolly–. Si estuviera... –suspiró con tristeza.

–¿Qué tal lo hace Lisa Fennell? –le pregunté.

–No está mal –repitió–. Nada mal en realidad. Muestra entusiasmo, tengo que reconocerlo... y ésa es la mitad de la batalla. No es Désirée, por supuesto, pero ¿quién podría serlo?

Nos quedamos en silencio unos instantes, pensando en ella.

–Me gustaría ver a Lisa después del espectáculo –dije.

–Ve a los camerinos. Allí la verás. Es el segundo camerino de las coristas. Conoces el camino.

–Y muy bien.

–¿Vas a estar mucho tiempo en Londres?

–No –contestó Roderick–. Volvemos mañana.

–¿Charlie está bien?

–Sí. Ahora está en el continente. Estará fuera unas semanas, probablemente.

–Bueno, debo dejaros. Seguro que habrá algún drama entre bastidores. Jamás he sabido de una obra en que no los haya. Te veré pronto, Noelle. Sabes que siempre habrá un asiento para ti en todos mis espectáculos.

–Gracias, Dolly.

Me besó y se marchó. Después del espectáculo fuimos al camerino de las coristas y buscamos a Lisa. Estuvo encantada de vernos.

–Tiene que venir a cenar con nosotros, Lisa –dijo Roderick.

–Sería maravilloso –contestó ella con el rostro iluminado por el placer–. ¿Me dais unos minutos para cambiarme?

Mientras la esperábamos conversamos con el portero, que estaba contentísimo de verme.

–Parece que haya pasado una eternidad desde que solía venir aquí –me dijo–. Las cosas han cambiado. Désirée era maravillosa. Siempre una palabra de ánimo y una sonrisa. No es lo mismo sin ella.

«Todo y todos aquí me la recuerdan», pensé.

Esa noche Lisa se mostró muy animada durante la cena. Estaba entusiasmada por su carrera, que progresaba muy bien.

–Por supuesto, sólo estoy en el coro –explicó–. Pero eso va a cambiar. El hecho de que Dolly me haya puesto de suplente de Lottie lo demuestra. Lo que espero es la oportunidad de demostrar lo que sé hacer.

No pude dejar de pensar en su oportunidad, que había surgido a raíz de la enfermedad de mi madre... esa ligera indisposición que la había llevado a la muerte.

–Algún día se presentará tu ocasión –dijo Roderick–. Lo grande en la vida es estar preparados cuando se presenta.

–Eso es verdad, lo sé. Estaré preparada. Me gustaría estar en algo mejor que *Trapos y harapos.*

–Lo estará –profetizó Roderick.

–Ahora cuénteme cosas sobre usted –dijo ella sonriéndole– y sobre ese maravilloso lugar donde estuvieron los romanos.

–Noelle está muy interesada en ello.

–Sí –añadí yo–. Es absolutamente fascinante. Me han permitido colaborar limpiando algunos de los fragmentos de cerámica y cosas que han encontrado.

–¡Qué maravilla! Me encantaría verlo.

–Tiene que venir algún día –dijo Roderick.

No pude evitar preguntarme cuál sería la reacción de lady Constance si tuviera que enfrentarse a una bailarina del coro de *Trapos y harapos.* Este pensamiento me deprimió, recordándome mi propio recibimiento en su casa.

Yo estaba algo callada y Roderick, siempre rápido en captar los sentimientos de los demás, comprendió que el teatro me había traído recuerdos. Era demasiado pronto para haber vuelto. Lejos de Londres sería más fácil olvidar el pasado. Hacía lo correcto al volver a Leverson con Roderick... al menos por un tiempo.

Lady Constance me recibió con frialdad, arreglándoselas para darme a entender que se sentía decepcionada y que había esperado que me quedara en Londres. Gertie se mostró encantada de verme. Ella me puso al corriente de los últimos acontecimientos.

–Ha hecho bastante mal tiempo. Comenzó a llover el día que usted se marchó y desde entonces casi no ha parado. Se desbordó el río y ha habido problemas cerca de ese sitio romano. Es lógico, con todas esas excavaciones. Luego Grace se cayó por la escalera y se hizo daño en el tobillo.

Grace era una de las criadas y se encargaba de las habitaciones de lady Constance. Era mayor que el resto del personal y servía en la casa desde los trece años.

–Espero que no sea nada grave –dije.

–Bueno, tiene que guardar cama. No tiene que apoyar el pie en el suelo, eso dice el doctor. Lady Constance fue quien lo llamó. Ahora me toca a mí hacer las habitaciones de la señora. –Hizo una mueca.

–¿Y eso no te agrada, Gertie?

–Usted sabe cómo es la señora. Es muy especial. Prefiero atenderla a usted, señorita.

–Gracias, Gertie, pero supongo que Grace mejorará pronto.

–No veo el momento de que vuelva.

Fui a ver a Fiona. Me recibió con cariño y me contó lo de las inundaciones y los corrimientos de tierras.

–Sucedió cerca del mosaico –explicó–. Yo me entusiasmé cuando ocurrió, pensando que algo quedaría al descubierto. Es posible que pronto se empiece a investigar, pero la tierra está demasiado empapada por el momento. Tan pronto se seque, se pondrán a trabajar allí.

–¿Crees que descubrirán algo más?

–Cabe la posibilidad. Tendremos que esperar para ver. Mientras tanto, echa una mirada a este jarrón. Fíjate en los intrincados grabados. Lo estoy pasando muy bien restaurándolo.

Estaba enseñándomelo cuando llegó la señora Carling. Vi un cierto reproche en la mirada que me dirigió, que significaba que se sentía desilusionada conmigo por no haber seguido su consejo de permanecer lejos.

–La señorita Tremaston ha estado en Londres –dijo Fiona–. Ella y Roderick volvieron ayer.

–Viajaron juntos, ¿verdad?

–Sí –repuse yo–. Él fue a Londres mientras yo estaba allí, así que... volvimos juntos.

–Londres debió de parecerle fabuloso... después de esto –dijo la señora Carling.

–Oh, Kent es muy agradable. Y todo esto –dije indicando con la mano hacia el lugar del yacimiento– lo encuentro de lo más impresionante.

Ella me dirigió una mirada penetrante. Fiona dijo:

–Prepararé café.

–Yo lo haré –intervino la señora Carling–. Tú continúa mostrándole esas cosas a la señorita Tremaston.

Mientras bebíamos el café, era consciente de que la atención de la señora Carling estaba centrada en mí. Supuse que se sentía verdaderamente dolida y algo enfadada porque no había seguido su consejo.

Era media mañana. Roderick había salido temprano con su agente por asuntos de la finca y yo estaba pensando qué podría hacer. Me habría gustado salir a cabalgar por algún sitio: tal vez hacia el mar, o por alguna de las pequeñas aldeas de los alrededores, pero todavía no tenía la pericia suficiente para salir sola. Esperaba tenerla muy pronto.

Decidí dar un paseo e ir a ver a Fiona, lo cual ya se estaba convirtiendo en una costumbre. Me parecía que a ella le agradaba mi compañía y sin duda disfrutaba hablando sobre los artefactos y sus métodos para tratarlos.

Bajaba las escaleras más allá de las habitaciones ocupadas por lady Constance, cuando vi una de las puertas abiertas. Gertie debió de haber escuchado mis pasos porque salió.

–Señorita –susurró–. Tengo que mostrarle esto... lo que he encontrado. –Se llevó el dedo a los labios y añadió–: Entre.

Yo dudé. Era el dormitorio de lady Constance, donde Gertie trabajaba desde el accidente de Grace.

–Debe verlo –continuó Gertie–. Le interesará muchísimo.

Yo aún no me atrevía.

–Mire... se lo enseñaré...

Entró en la habitación. Yo me quedé parada en la puerta. La vi dirigirse a la cómoda; abrió un cajón y sacó un libro. Era bastante grande: una especie de álbum de recortes. Lo abrió sobre la cómoda y me miró por encima del hombro con aire de complicidad, indicándome con un gesto que me acercara.

Debería haber rehusado y lo sabía, pero actué movida por el impulso y entré de puntillas en la habitación.

Gertie me señaló el libro abierto. Me aproximé y lancé una exclamación de sorpresa porque vi una foto de mi madre allí. Recordaba muy bien esa foto. Se la tomaron cuando actuaba en *Dulce Lavanda;* reconocí el vestido, de crinolina color lavanda. En el cuello llevaba una cinta de terciopelo malva con brillantes en la parte de delante.

Entonces no fui capaz de retenerme. Me acerqué más. «Désirée, la señorita Lavanda, domina el escenario

–leí–. Su presencia, llena de vida y brillo, es capaz de iluminar incluso esta aburrida obra.»

Se me llenaron los ojos de lágrimas y durante unos segundos no me sorprendió el hecho de que una fotografía de mi madre estuviera en un álbum de recortes que debía de pertenecer a lady Constance.

–Todo el álbum es de ella, señorita –decía Gertie–. Mire.

Volvió una página. Había fotografías de mi madre... algunas con otros actores y actrices. «Désirée en *Flor de la Pasión*»; «Désirée en *Rosas rojas para May*». Todos los recortes eran sobre ella. «Désirée, exquisita como siempre, añadió chispa a las viejas y cansinas canciones»; «*La chica del campo:* poquita cosa, pero Désirée en todo su esplendor».

El álbum estaba lleno de recortes como éstos. Alguien se había tomado el trabajo de recortarlos y pegarlos.

Yo estaba totalmente absorta. Una vez más mi memoria me traicionaba. De pronto me sentí presa del pánico y me recorrió un escalofrío. Supe instintivamente, antes de darme la vuelta, que me estaban observando.

Lady Constance estaba de pie en la puerta. Avanzó hacia nosotras y sus ojos se dirigieron al álbum.

–Me preguntaba a qué se debía su presencia en mi habitación –me dijo en tono glacial.

–Oh... –tartamudeé–. Pasaba por aquí y me detuve a hablar con Gertie.

Gertie estaba temblando. Con gesto nervioso cerró el álbum y lo volvió a colocar en el cajón abierto del que lo había sacado.

–Pensé que habrías terminado al menos hace diez minutos –le dijo lady Constance a Gertie–. Grace jamás tardaba tanto.

Murmuré algo acerca de salir. Ella me hizo un gesto afirmativo con la cabeza y yo, abrumada por la vergüenza y la culpa, escapé.

Me sentía tan confusa que salí de la casa. Un poco de

aire fresco me vendría bien. ¡Qué situación más embarazosa! ¿Cómo podía haber sido tan estúpida? Haberme rebajado a fisgonear en sus secretos.

En mi mente no cabía la menor duda de que era ella quien había recortado esas fotografías, había pegado los recortes en el álbum, los había leído, había sufrido y se había sentido torturada por ellos.

Yo no era la única que había conocido los profundos sentimientos de Charlie por mi madre. Lady Constance también.

Gertie estaba muy asustada. Me dijo que esta vez la había hecho buena. Ahora estaba esperando a que cayera el golpe.

–No dijo mucho –continuó–. Pero si las miradas matasen, habría caído fulminada al suelo. Sólo sé que me vigilará todo el tiempo... en busca de algo que poder reprocharme. Sé que sólo está esperando para atacar... y no sé qué haré, señorita, de verdad que no lo sé. Verá, ¿cómo voy a conseguir otro puesto? Es lógico, ella no me dará ninguna referencia, ¿verdad? Y allí están todos en casa, demasiado pequeños para salir a ganarse la vida. ¿Se da cuenta, señorita?

Yo me daba cuenta y lo lamentaba terriblemente por ella.

También me daba lástima lady Constance, porque comprendía lo que la había hecho ser como era. No podía dejar de pensar cómo se habría sentido todos esos años. Tenía que haber amado a Charlie. Yo lo había notado. Charlie y Roderick lo eran todo para ella. Y a lo largo de todos esos años ella había sido consciente de la adoración de Charlie por Désirée. Naturalmente, había querido saber todo lo posible sobre su rival. Había hecho un álbum sobre su carrera. Era muy triste. Pobre lady Constance. Y pobre Gertie.

Tres días después tuvo lugar un accidente con el busto de la escalera. El busto representaba a uno de los miembros de la familia vestido con uniforme de general. Estaba colocado sobre un pedestal de caoba tallado, y presidía el rellano entre el segundo y el tercer tramo de la escalera.

Una de las obligaciones de Gertie era limpiar las escaleras. Yo la había escuchado referirse al busto como «el viejo del gorro y las patillas». Las patillas estaban esculpidas con maestría y el sombrero en punta y el uniforme sugerían un general poderoso y de gran dignidad.

–Me pone los pelos de punta –decía Gertie–. Siempre me parece que me está vigilando a ver si limpio bien los rincones y que está a punto de despedirme. Ayer se tambaleó. Esa cosa no es lo bastante fuerte para él. Es demasiado grandioso para ese aparato.

Cuando me acerqué a la escalera, Gertie estaba junto al busto con un plumero en la mano.

–Hola, señorita –saludó–. ¿Va a salir?

–Sí.

–¿A ver a la señorita Vance, supongo? A usted le gustan esas cosas que han encontrado, ¿verdad?

–Sí, me gustan.

Ella me miraba sonriendo como con indulgencia. Se acercó un poco al busto y, al hacerlo, perdió el equilibrio y se agarró al pedestal en busca de apoyo. La figura se balanceó durante una fracción de segundo y luego cayó con estruendo al suelo. Yo salté hacia atrás, porque era una escultura pesada. Me quedé mirando horrorizada. Gertie estaba completamente abatida.

–¡Dios me asista! Esto es el fin –murmuró.

Posiblemente las dos nos fijamos al mismo tiempo en que la punta de la nariz del general estaba en la alfombra junto a un trozo de oreja. Me pasó por la mente el frívolo pensamiento de que el general nunca volvería a ser el mismo.

Mi poca seriedad se evaporó cuando miré el rostro de la pobre Gertie, que estaba aterrada y desesperada por la angustia. Me sentí avergonzada por haberme divertido siquiera por un instante. Tomé una repentina decisión.

–Diré que fui yo –le dije a Gertie–. Diré que pasaba y perdí algo el equilibrio, y que rocé el pedestal y la figura se vino abajo enseguida.

–Oh, señorita –la esperanza brillaba en la cara de Gertie–, usted no puede hacer eso.

–Sí que puedo.

–La señora se pondrá furiosa.

–Tendrá que aceptarlo.

–Usted ya no le cae bien, señorita, no mejor de lo que le caigo yo.

–Pero tú perderías el empleo. En cuanto a mí... bueno, no le puedo caer peor, y si me dice que me vaya, me puedo ir. Es diferente.

–El señor no la va a dejar irse. Tampoco el señorito Roderick. Ellos la quieren mucho. Y ella les hace caso.

–Déjamelo a mí, Gertie.

–¡Ay, señorita, es maravillosa!

–Es preferible que vaya a verla inmediatamente.

Subí la escalera con decisión. Gertie me miraba con una especie de adoración en los ojos.

Llamé a la puerta de la sala de estar de lady Constance.

–Adelante.

Entré.

–Buenas tardes –dijo con frialdad.

–Buenas tardes –contesté–. Me temo que ha ocurrido un accidente.

Ella levantó las cejas.

–Lo siento mucho –continué–. Pasaba junto al busto que está en la escalera, debo de haberlo rozado y se cayó del pedestal. Mucho me temo que ha quedado dañado.

–El busto. ¿Quiere decir el general?

–Sí –dije–. El busto que está en el rellano.

–Es mejor que vaya a ver el daño que ha sufrido.

La seguí por la escalera y al hacerlo vi que Gertie se

alejaba rápidamente. Lady Constance miró desolada la estatua.

–¡Dios mío! –exclamó–. Ha estado en la familia desde que lo esculpieron.

–Me es imposible decirle cuánto lo siento.

Ella estaba contemplando la nariz del general.

–¡Qué desgracia!

Yo me sentía bastante humillada, pero en todo momento pensé en Gertie que estaba salvada, al menos por un tiempo.

Después de aquello, era muy consciente de que tenía a lady Constance constantemente sobre mí. Parecía estarme vigilando en todo momento. Aunque no se habló más del busto roto, éste estaba siempre presente en nuestras mentes. Pensé que ella se recreaba contemplando mi confusión, a la espera de que cometiera otro fallo, algo que hiciera imposible prolongar mi estancia allí.

Me prometí que, tan pronto como regresara Charlie, le diría que tenía que marcharme. Pero le había prometido quedarme hasta su regreso, de modo que tenía que esperar. También podía volver a Londres para una visita breve, pero la verdad era que no me apetecía. No sabía qué era peor, si quedarme allí bajo la mirada resentida de lady Constance, o volver a los eternos recuerdos de Londres.

Vivía en un mundo de desesperación en el que el único rayo de esperanza era Roderick. Sabía que en realidad me quedaba por él.

Pronto comencé a obsesionarme con lady Constance. Tenía pesadillas que me aterraban. En una, ella se acercaba a mi cama y me ofrecía un vaso de vino envenenado. Desperté gritando: «¡No... no!».

A la luz del día podía reírme de mí misma. «Has sufrido un gran golpe –razonaba–, mayor de lo que supones; no eres tú misma. Naturalmente, lady Constance no quiere que estés aquí. Fue un error por parte de Charlie traerte, y cuando te diste cuenta de la situación, deberías haberte retirado elegantemente, aunque eso significara hacer sufrir a Charlie. Y admítelo, no querías marcharte. Todo porque necesitabas afecto y consuelo, y Charlie, el gran amigo de tu madre, era el más capacitado para dártelo. Además, estaba Roderick. Pero por todo eso, has tenido que aceptar la enemistad de lady Constance.»

La situación era francamente incómoda. Y por si fuera poco, había dejado que la vaga advertencia de la señora Carling me acobardara. Cuando salía al aire libre pensaba en ella como una inofensiva anciana a la que le gustaba imaginarse que era vidente. No me haría ningún daño escucharla y complacerla cuando estaba con ella. Pero a medianoche, después de un sueño aterrador, me parecía un personaje imponente, y me decía que debería hacer caso de sus profecías sobre los males que me amenazaban. Eso me impedía dejar de pensar en el odio que estaba segura que lady Constance sentía hacia mí.

Cuando reflexionaba sobre el asunto con tranquilidad, me decía que estaba especialmente sensible: el hecho de que hubiera vivido una tragedia terrible no significaba que otras personas estuvieran al acecho para hacerme daño. Debía esperar pacientemente el regreso de Charlie y entonces haría planes. Mientras tanto, tenía que olvidar la mala voluntad que abrigaba lady Constance contra mí y las advertencias místicas de una anciana fantasiosa.

En un rincón de mi mente palpitaba el problema de mis sentimientos por Roderick. Me estaba enamorando de él, y estaba segura de que él tenía un sentimiento especial hacia mí.

Una mañana entró Gertie en mi cuarto muy exaltada. Colocó el agua caliente y se volvió hacia mí.

–¿Sabe señorita? Durante la noche hubo un incendio. ¿Qué le parece? Fue en la casita, ¿sabe? Aquella donde trabaja la señorita Vance.

–¡Qué terrible! –exclamé incorporándome en la cama–. ¿Ha causado mucho daño?

–No... casi nada. Gracias a la lluvia, dicen. Ha llovido a mares toda la noche. Debe de haber comenzado a llover justo después del incendio. El granjero Merritt pasó por allí anoche en su carreta, vio salir humo y dio la alarma. Y luego, claro, la lluvia fue torrencial, así que no hubo tantos daños como hubiera podido.

–Dios mío. ¿Qué va a hacer ahora la señorita Vance?

–No fue tan terrible, dicen. Pero da que pensar. Menos mal que no había nadie allí.

Todo el mundo comentaba el incendio. Vi a Roderick en el desayuno. Ya había estado allí para ver la situación.

–Son las habitaciones de arriba –dijo–. Fue una suerte esa lluvia torrencial, y por supuesto, que Tom Merritt pasara justo por ese camino. Volvía tarde a casa con su esposa. Habían ido a visitar a unos amigos y tomaron el atajo por las ruinas. Pudo dar la alarma y pronto lo controlaron.

–Pobre Fiona.

–Ella estará allí esta mañana. ¿Me acompañas a verla? Iré dentro de un momento.

Dije que me encantaría.

–Me pregunto cómo puede haber comenzado un incendio en un lugar así –comentó cuando íbamos de camino.

–¿No creerás...?

–¿Que fue deliberado? Cielo santo, no. ¿Para qué iba a provocarlo nadie?

–Hay personas que tienen ideas raras, como molestar a los muertos y cosas así.

–No conozco a nadie –dijo riendo– que tenga tanta consideración por los romanos.

–Bueno, debe de haber un motivo.

–¿Hubo rayos anoche? Puede haber caído un rayo en la casa.

–Es una posibilidad.

Fiona ya estaba allí. Estaba muy afligida.

–¿Cómo puede haber sucedido? –exclamó–. No logro comprenderlo.

–No te preocupes, Fiona –dijo Roderick–. ¿Qué daños hay?

–Las habitaciones de arriba están hechas un desastre. Habrá que hacer algo respecto al techo. Afortunadamente todo está bien aquí abajo.

–¿Todos los artefactos en perfecto orden?

–Así parece... tal como estaban.

–Gracias a Dios –dijo Roderick–. Vamos a echar una mirada arriba.

Subimos la escalera. Había una cama en cada habitación. Estaban empapadas Por una parte del techo podíamos ver el cielo.

–Eso se puede arreglar hoy mismo –dijo Roderick–, preferentemente antes de que vuelva a llover.

–Tenemos que dar gracias a la lluvia.

–Y a Tom Merritt –añadió Roderick.

–Habría sido una desgracia si hubiera habido daños en toda la casa.

Se oyeron pasos en la escalera y todos miramos hacia la puerta. Allí estaba la señora Carling.

–He venido a ver los daños –dijo–. Dios mío. No podrás trabajar aquí, Fiona.

–Abajo está todo bien. Casi no parece que haya habido un incendio.

–Esto necesitará mucho trabajo de reparación –dijo la señora Carling frunciendo los labios.

–En realidad no es tanto el estropicio cuando lo evalúas –dijo Roderick.

–De todas formas...

–Vamos abajo a echar una mirada –continuó Roderick comenzando a bajar.

Nos quedamos de pie en la habitación donde trabajaba Fiona.

–¿Ves como no hay nada que haya sufrido daños aquí

abajo? –dijo Fiona a su abuela–. Afortunadamente, el granjero Merritt lo vio a tiempo y después llovió.

–Hacía años que no veía una lluvia así –comentó la señora Carling.

–La Providencia vela por nosotros –dijo Fiona con tono ligero–. Habría sido una tragedia haber perdido algo de aquí.

–Oh, a veces del mal resulta un bien –dijo la señora Carling con la vista fija hacia delante como mirando al futuro.

Fiona le echó una rápida mirada.

–Bueno –continuó su abuela–. Podrías haber tenido un lugar mejor para trabajar.

–Pero si éste es ideal –protestó Fiona–. Está en el mismo yacimiento. Lo tengo todo al alcance de la mano. No podría ser mejor.

–Sabes que siempre te podría encontrar espacio en la casa –dijo Roderick.

–Ves, Fiona –exclamó la señora Carling–. Eso sería muy agradable.

–Agradable para ti –dijo Fiona–, y gracias por sugerirlo. Pero es mejor aquí. Verás, no hay nada como estar en el corazón de las cosas, como si dijéramos.

–Ahí queda mi oferta –dijo Roderick–. Al fin y al cabo, todo está en Leverson.

–Estoy perfectamente aquí –insistió Fiona–. Y no llevará mucho tiempo arreglar el techo.

–Hoy lo repararé –le aseguró Roderick–. Y luego, naturalmente, habrá que sacar las cosas que hay allí. ¿Qué deseas en su lugar?

–Sólo unas pocas cosas. Una o dos sillas... una mesa. Algunas de las cosas que hay podrían servir.

–Bueno, lo solucionaremos. ¿Estás segura de que no puedo tentarte a venir a la casa grande?

La señora Carling contemplaba fijamente a su nieta.

–Sería estupendo –dijo aquélla, mimosa y tentadora.

–Me lo imagino –dijo con firmeza Fiona–. Pero aquí estoy perfectamente bien.

La señora Carling frunció los labios. Durante un momento su expresión era casi maligna. Me di cuenta de que estaba muy molesta con Fiona. De pronto dijo que tenía que marcharse y se fue precipitadamente.

–Pobre abuela –comentó Fiona–. Siempre ha pensado que no debería trabajar en este lugar. Dice que es como una chabola.

–Bueno –dijo Roderick–, la oferta sigue en pie. Te buscaría una habitación muy cómoda.

–Lo sé. Pero lo entiendes, ¿verdad? No sería lo mismo. Quiero estar aquí... cerca de todo.

–Por supuesto –contestó Roderick.

–Cuando esté todo arreglado quedará tan bien como siempre.

–Voy a encargarme de las reparaciones. Tenemos que arreglar el techo. Da la impresión de que pronto lloverá otra vez, así que es urgente.

Cuando Roderick se hubo marchado y nos quedamos solas, Fiona dijo:

–La idea de tener una habitación en la casa grande no me atrae en lo más mínimo.

–¿No? ¿No estarías más cómoda?

–Decididamente no. A lady Constance no le gustaría. De hecho, no me tiene mucho aprecio.

–A mí tampoco.

–Claro que no. No le gusta que ninguna joven que no sea de su elección sea amiga de su hijo.

–Comprendo.

–Tú y yo pertenecemos a esa categoría. Cree que tenemos intenciones hacia Roderick y a él le reserva para cosas más elevadas. Es muy divertido. Haría cualquier cosa para impedir que viera a Roderick. Imagínate cómo sería si yo viviera allí. Ya es suficientemente malo tenerme aquí. Estoy segura de que ella preferiría que nunca se hubieran descubierto las ruinas.

Aquello me levantó un poco el ánimo. Era un consuelo encontrar a alguien que se encontraba en la misma situación que yo, aunque yo suponía que su resentimiento hacia mí venía de antes, de la relación de Charlie con mi madre.

–¿Así que no quieres tener una habitación en la casa por eso?

–Bueno, si pensara que era mejor para el trabajo, aguantaría la desaprobación de lady Constance. Pero no creo que lo sea, y es verdad que considero que éste es el mejor lugar para trabajar.

«Su trabajo –pensé–, era más importante para ella que la presencia de Roderick» ese pensamiento me causó cierto placer y alivio.

El misterio de cómo había comenzado el incendio fue el principal tema de conversación en los alrededores durante varios días. Se ofrecían varias teorías; la favorita era que algún vagabundo había entrado en la casa y había prendido fuego. Algunos preguntaban para qué iba a querer quemar un lugar que le servía de refugio. La respuesta era que había encendido la pipa y así había comenzado; luego no pudo controlarlo y salió huyendo.

Gertie me contaba lo que se decía. Ella pensaba, y ésa era la opinión general, que la señorita Vance debería tener una habitación en la casa señorial. Habían oído decir al señorito Roderick que eso era lo que haría la señorita Vance, al menos mientras se reparaba la casita.

–Pobre señorita Fiona –dijo Gertie–. Una dama tan simpática... una verdadera dama. Nunca se da aires. Lleva una vida regular con su vieja abuela.

–Ella nunca se queja.

–Ah, no. Nunca diría nada malo sobre su abuela. Pero es muy rara esa señora Carling.

–Yo creo que la fama es infundada.

–Ah, sí. Bueno, es buena con las chicas con problemas. Esas cosas que cultiva en el jardín hacen maravillas, y adivina el futuro, según algunos. Pueden ir a verla y ella ve lo que va a suceder. Ella dice lo que has de hacer y lo que sucederá si no lo haces.

–¿Y tú crees en eso? ¿Qué pruebas tienes?

–Bueno, hay quien dice que las tiene. Pero es rara. Hace cosas extrañas. Sale a caminar por la noche.

–¿Cómo lo sabes?

Gertie se quedó callada un rato y luego dijo:

–Bueno, se lo diré, señorita. Es esa pequeña Kitty.

–¿Su criada?

–Sí, señorita. Me da mucha pena. Está medio loca de miedo la pobre. Yo me he hecho amiga de ella. Hace algún tiempo iba a casa llevando la compra y se le rompió el asa de la bolsa. Allí se quedó todo, desparramado por todas partes. Ella se quedó quieta, a punto de echarse a llorar. Yo le dije «Vamos, que no es el fin del mundo». Le recogí las cosas y las coloqué en la bolsa. Le hice un nudo al asa para que pudiera llevar la bolsa. No se lo creerá, señorita Noelle. Habría pensado que yo le había salvado la vida. Me miró como si yo fuera algo así como un dios. A una no deja de gustarle una cosa así. En cuanto a ella, es como una niñita desamparada. Nunca ha tenido una oportunidad. Esa familia suya no la quería. La trataban muy mal, y todo porque era algo corta de entendederas. Entonces se fue a casa de la vieja señora Carling y es como una esclava para ella. Le tomé cariño a la pobre Kitty. Supongo que fue porque pensó que yo era maravillosa.

–Creo que eres sabia en muchos aspectos, Gertie –dije yo riendo.

–Bueno, gracias, señorita. Estuve hablando con Kitty. Le dije que siempre podía venir a verme y yo le echaría una mano si tenía algún problema. Si usted la hubiera visto. Su cara... Me hizo sentir que yo era algo.

–Oh, Gertie, es que lo eres. De verdad lo eres.

–Ah, bueno, tengo la cabeza bien amueblada, señorita. La veo de cuando en cuando. Siempre corre hacia mí. Me cuenta cosas. Se le escapan, sabe. Ella encuentra que la señorita Fiona es una santa con todo lo que tiene que aguantar. En cuanto a la anciana, hace cosas raras a veces, y la señorita Fiona trata de aparentar que todo es normal. A mí me parece que la señora Carling amaña las cosas para hacer que se cumplan sus profecías.

–¿Qué quieres decir?

–Yo creo que a veces da un empujoncito a las cosas para que pasen como ella quiere.

–Supongo que cuando haces una profecía procuras asegurarte de que hay posibilidades de que ocurran.

–Bueno, es una manera de verlo. Es una lástima que la señorita Fiona no venga aquí a hacer su trabajo, estaría mejor que en esa vieja casa. La señora Carling estaba enfadada porque la señorita Fiona no aceptó una habitación aquí cuando se le ofreció. Se pasa el día dale que dale con eso, hasta que la señorita Fiona pierde la paciencia. Pero sigue: «Después de todo lo que he hecho por ti», y ese tipo de cosas. Y esto le molesta de verdad a la señorita Fiona. La señora Carling dice que cuando uno no aprovecha la oportunidad que le dan, se está buscando problemas. Eso no puede acabar bien. Por supuesto, no es mucho lo que se puede saber con Kitty. Yo voy reuniendo retazos de cosas y me hago una idea. De todas formas, no creo que la señorita Fiona lo pase muy bien con todo eso.

Descenso al peligro

Durante los días siguientes llovió con mucha fuerza. Roderick nos contó que el agua estaba haciendo estragos en la tierra. El hecho de que a lo largo de siglos hubiera sido ganada al mar, significaba que era tierra blanda y en algunos sitios propensa a ser pantanosa; en uno o dos lugares había peligro de hundimiento.

–Hemos tenido este problema antes –dijo–. Suele suceder después de un tiempo así. Hemos de estar atentos.

–¿Qué se puede hacer? –pregunté.

–Lo más importante es mantener a la gente lejos del lugar hasta que hayamos hecho algo para reafirmarlo. La excavación no ha sido precisamente una ayuda, la verdad. Cuando regrese mi padre tendremos que hablar sobre el asunto. Mientras tanto, estamos colocando letreros de advertencia en los sitios que nos parecen más vulnerables.

Esa noche hablamos del tema durante la cena.

–No puede faltar mucho para que llegue tu padre –dijo lady Constance.

–No, ya falta poco. En la casita de campo había más desperfectos de lo que pensamos al principio. Realmente, creo que la señorita Vance tendría que venir aquí durante un tiempo. Estaría mucho más cómoda que allí con todos los trabajadores.

–Depende de ella –dijo cortante lady Constance–. Tú le has ofrecido habitación aquí, ¿verdad?

–Sí.

–Y ella no quiere aceptarla. Yo diría que eso pone punto final al asunto.

–Creo –dijo Roderick mirando resueltamente a su madre– que si ella no quiere venir es por ti.

–¿Por mí? ¿Qué tengo yo que ver en esto?

–Tú eres la señora de la casa. Si demuestras claramente que no deseas que esté aquí, ella no vendrá a gusto, ¿verdad?

Lady Constance me miró con expresión de culpabilidad y yo la compadecí.

–Tengo entendido que la señorita Vance prefiere trabajar cerca de las ruinas –intervine.

–Eso es lo que dice ella –repuso Roderick–, pero estoy convencido, madre, de que si tú la invitaras vendría, aunque fuera mientras duraran las reparaciones.

–¿Eso es lo que pretendes que haga?

–No como imposición, pero me agradaría que lo hicieras.

–No veo por qué. Mis deseos no tienen nada que ver con el asunto.

–Pues yo creo que sí. Mira, la señorita Vance estará muy incómoda mientras estén los hombres allí limpiando y reparando la casita. Si tú la invitaras a venir aquí durante ese tiempo, estoy seguro de que aceptaría.

–Pero ella ya ha rehusado.

–Porque cree que tú no quieres que esté aquí. Además, ella no sabía que el trastorno iba a ser tan grande. Ciertamente le molestará para el trabajo.

–Muy bien. Hablaré con ella.

–¿Lo harás? –La alegría de Roderick era evidente.

–Ya que te parece que debería hacerlo y me culpas por la apurada situación de esa joven, hablaré con ella. Iré a verla esta tarde.

Yo estaba sorprendida y Roderick también. Él estaba encantado, en realidad. Me pareció interesante ver cómo lady Constance disfrutaba al sentir la aprobación de su hijo. No había duda de su cariño por él. Roderick y su marido eran sus dos amores. Recordé el álbum de recortes y cómo había seguido la trayectoria de mi madre sabiendo el amor que Charlie sentía por ella y pude imaginarme cuánto habría sufrido. Su resentimiento conmigo era totalmente comprensible; por parte de Charlie era bastante insensible haberme llevado allí.

Existía otro motivo también por el cual debía marcharme lo más pronto posible. Yo entendía la frialdad de lady Constance hacia Fiona. En realidad, había muchísimas cosas que empezaba a comprender acerca de lady Constance. Mi actitud hacia ella estaba cambiando. Podía compadecerla, podía disculpar su resentimiento porque conocía la razón. Ella, tan orgullosa, había sido humillada amargamente; ella, tan resuelta a ser fuerte, a gobernar su casa y planear lo mejor para su marido y su hijo, era vulnerable.

Al día siguiente Roderick salió temprano. Continuó lloviendo durante toda la mañana y despejó después del almuerzo, que tomamos en nuestras habitaciones.

Me preguntaba qué le diría lady Constance a Fiona y cuál sería la respuesta de ésta. Fiona sabía ser rotunda. El resultado me interesaba bastante, porque en cierto modo el caso de Fiona no era muy diferente del mío.

Yo solía hacer una visita a Fiona por la tarde. Tenía muchos deseos de saber el resultado de la entrevista, de modo que retrasé mi visita.

Había visto salir a lady Constance después del almuerzo. Tomó el camino corto desde la casa hasta las ruinas. Salió muy decidida, como si fuera a entrar en batalla. Llevaba un paraguas negro. En ese momento no llovía, pero podía hacerlo más tarde.

Supuse que la entrevista sería breve. Ya me enteraría de todo por Fiona. Pasó una hora mientras, sentada junto a mi ventana, esperaba el regreso de lady Constance. Me sorprendió que tardara tanto. La caminata hasta allí llevaría unos quince minutos de ida y otros tantos de vuelta. Había pasado una hora. ¿De qué podían estar hablando todo ese tiempo? ¿Tal vez había regresado y yo no la había visto? No lo creía. Podría ser que hubiera ido después a otro sitio. Era poco probable, pero no imposible.

Pasada media hora, decidí ir a ver a Fiona. Lady Constance ya se habría marchado y, si por casualidad aún estaba allí, tendría que inventarme alguna disculpa y marcharme.

Me puse ropa de salir y zapatos sólidos para caminar y cogí el paraguas.

El día estaba triste y el campo tenía un aspecto desolado. Todo estaba mojado y había humedad en el ambiente. No había casi viento, y el cielo estaba cubierto de nubes bajas, negras y amenazadoras. Cuando me acercaba a las ruinas, comenzó a llover. Abrí el paraguas y tomé el sendero que llevaba a la casita. Se veía distinta: había trozos de tierra suelta diseminados por los alrededores. «Las fuertes lluvias los habrían removido», pensé.

Eché una mirada a los baños y al suelo de mosaico. Estaban como siempre. Entonces fue demasiado tarde. Vi el hoyo abierto ante mí. Traté de detenerme en seco, pero al hacerlo el terreno cedió, tropecé y caí hacia delante, el paraguas salió volando y sentí que caía a la oscuridad.

Durante unos segundos me sentí aturdida y confusa y luego comprendí lo que sucedía. Éste era uno de los lugares a los que se había referido Roderick. El suelo cedía bajo mis pies, me cubría los ojos. Los cerré durante unos segundos. Traté de agarrarme a algo, pero la tierra mojada se escapaba de mis manos.

La caída no fue rápida. La tierra que cedía bajo mi peso la frenaba. De pronto dejé de caer. Abrí los ojos. No podía ver mucho, pero el agujero por donde había caído estaba aún allí y dejaba entrar algo de luz.

Me encontraba de pie sobre algo duro. Sentí un ligero alivio al ver que mi caída había cesado.

Logré agacharme y tocar con la mano la superficie que me había detenido. Era lisa y parecía ser piedra. Continuaban cayendo terrones de tierra encima de mí y de la especie de repisa en donde me encontraba. Oía el sonido de la tierra al caer, cada vez con menos fuerza hasta detenerse. Vi que el hoyo por el cual había caído continuaba abierto y seguía entrando luz por él.

Sentí un inmenso alivio. Al menos no estaba totalmente enterrada. Alguien vendría, pero ¿quién? Descubrirían que la tierra se había desmoronado, pero ¿cuánto tiempo estaría allí?

Comprobé que era imposible intentar trepar. No había nada a qué agarrarse, fuera de tierra mojada suelta. Entonces comencé a asustarme. Escuché algo. Un lamento:

–Auxilio... socorro...

–¡Hola! –exclamé–. ¡Hola!

–Aquí... aquí...

Reconocí la voz de lady Constance. Como un relámpago, un pensamiento acudió a mi mente. Le había ocurrido lo mismo. Había venido a ver a Fiona igual que yo. Seguramente tomó el mismo sendero.

–Lady Constance –murmuré.

–Noelle. ¿Dónde... dónde estás?

–Me caí...

–Como yo. ¿Puedes moverte? Yo... no me atrevo. Podría...

No era necesario explicarlo. Ella estaba en la misma situación. Por el momento estábamos a salvo. Pero ¿cómo saber si el más ligero movimiento no iba a hacer que la tierra cayera sobre nosotras, enterrándonos vivas?

Mis ojos se habían acostumbrado gradualmente a la oscuridad. Por lo visto estaba sobre una especie de suelo de piedra. Me hallaba cubierta de tierra. Logré ver algo oscuro... una forma que se movía ligeramente. Lady Constance.

–¿Puede moverse muy lentamente... así? –dije–. Al parecer estamos en una especie de cueva. Hay más luz donde estoy yo. El agujero aún se ve arriba. No me atrevo a moverme porque la tierra está muy suelta, pero parece que hay algo así como un techo.

Ella comenzó a gatear hacia mí. Hubo un ruido de tierra que caía. Retuve la respiración. Me aterraba la idea de que la tierra cayera y nos enterrara.

–Espere... espere –dije.

Ella obedeció y todo permaneció en silencio.

–Inténtelo de nuevo –dije.

Ahora estaba más cerca. Lograba distinguirla vagamente. Estiró la mano y me tocó el brazo. Yo le cogí la mano y noté que su alivio era igual al mío.

–¿Qué... qué podemos hacer? –susurró.

–Tal vez venga alguien a rescatarnos –dije.

Ella no dijo nada.

–¿Se encuentra bien? –pregunté.

–Me duele el pie. Me alegro de que estés aquí. No debería alegrarme, lo sé, pero estamos las dos.

–Lo comprendo –dije–. Yo también me alegro de que usted esté aquí.

Estuvimos calladas durante un rato y luego ella dijo:

–Puede que esto sea nuestro fin.

–No lo sé.

–¿Qué puede suceder?

–Nos echarán en falta. Cuando llegue Roderick, alguien vendrá a buscarnos. Tenemos que estar muy quietas. No debemos hacer ningún movimiento. Cuando nos echen en falta vendrán a rescatarnos.

–Estás tratando de tranquilizarme.

–Y a mí misma.

Se echó a reír y yo reí con ella. Fue una risa sin alegría, tal vez una defensa contra el destino.

–Es extraño –dijo– que tú y yo estemos aquí.

–Muy extraño.

–Hace bien hablar, ¿verdad? Me siento mucho mejor ahora. Pensé que iba a morir sola. Estaba muy asustada.

–Siempre es bueno compartir las cosas, supongo... incluso esto.

–Es una ayuda. ¿De verdad crees que saldremos de ésta?

–No lo sé. Creo que es posible que tengamos una oportunidad. Alguien podría pasar.

–Podrían caer con nosotras.

–Podrían ver a tiempo lo que ha ocurrido. Buscarían ayuda.

–¿Y si gritamos?

–¿Nos oirían?

–Si nosotros los oyéramos, ellos podrían también. Hay un agujero allí. Se ve la luz del día.

–Mientras esté allí hay esperanzas.

–Eres una chica sensata –dijo–. Me temo que no me he portado muy bien contigo.

–Ah... no pasa nada. Lo comprendo.

–¿Quieres decir lo de Charlie y tu madre?

–Sí.

Estuvimos calladas unos momentos. Ella seguía cogida de mi mano. Creo que tenía miedo de que algo pudiera separarnos. Yo también me sentía confortada por su cercanía.

–Hablemos –dijo–. Me siento mejor hablando. Sé lo que sucedió con el busto.

–¿El busto?

–En la escalera. Sé que fue Gertie quien lo rompió y tú te echaste la culpa.

–¿Cómo?

–Yo estaba mirando desde el rellano de arriba. Lo vi todo. ¿Por qué lo hiciste?

–Gertie estaba aterrorizada, creía que la despediría. Ella envía dinero a su familia y tenía miedo de que usted la echara y de que no le diera ninguna referencia. Me pareció que era lo más sencillo.

–Comprendo. Fue una buena acción.

–No fue gran cosa. Yo me iba a marchar pronto. Me pareció mejor que usted pensara que había sido yo.

–¿Cómo sabías todo eso sobre Gertie?

–Solemos hablar. Ella me cuenta cosas de su familia.

–¿Tú hablas así... con los sirvientes?

–Supongo que eso la escandaliza. Yo me crié de una forma muy distinta... donde las diferencias de clases no son ni mucho menos tan importantes como las relaciones humanas. Las personas eran personas en nuestra casa, no sirvientes y señores.

–Era Désirée, ¿verdad?

–Sí. Ella era así, amable y amistosa con todo el mundo.

–Y tú has salido a ella.

–No. Me temo que sólo ha habido una Désirée.

Silencio de nuevo. Pensé que era una lástima que el tema de mi madre surgiera en un momento como ése. Pero ella aún seguía cogida de mi mano. No era bueno estar calladas. El silencio nos hacía terriblemente conscientes de nuestra desesperada situación.

–No tenía ni idea de que supiera usted lo del busto –dije.

–Te estaba vigilando.

–¿A mí?

–Sí, a ti.

–Ya me lo parecía.

–¿Sí? No lo demostrabas. No puedes imaginarte lo contenta que estoy de que hayas caído aquí conmigo. Soy una mujer muy egoísta.

–No... no. Lo comprendo. Yo también me alegro de que usted esté aquí.

Se rió y se acercó más.

–Es extraño, ¿verdad? Tenemos que seguir hablando, ¿verdad? Cuando hablamos parece que el miedo disminuye... pero sigue allí. Creo que vamos a morir.

–Yo creo que hay bastantes posibilidades de que nos rescaten.

–Lo dices para tranquilizarme.

–Como le dije, también lo digo para tranquilizarme a mí misma.

–¿Tienes miedo de morir?

–Nunca lo había pensado hasta ahora. Parece que uno nace con la idea de que va a vivir eternamente. Uno no se puede imaginar el mundo sin uno mismo.

–Eso se llama egoísmo, ¿verdad?

–Sí, supongo que sí.

–¿Así que nunca has tenido miedo hasta ahora?

–Así es. Ahora tengo miedo. Sé que en cualquier momento puede caer la tierra y enterrarnos.

–Quedaremos enterradas juntas. ¿Te consuela eso?

–Sí.

–A mí también me consuela. Es raro que encuentre consuelo en ti, con lo que me molestó tu llegada a Leverson.

–Lo siento. Nunca debería haber venido.

–Ahora me alegro de que lo hayas hecho.

–Porque si no –reí yo–, no me habría reunido con usted aquí.

–Sí... exacto. –Rió conmigo. Luego añadió–: Bueno, hay algo más. Estamos en esta extraña situación y aquí abajo nos estamos conociendo mutuamente más de lo que jamás lo habríamos hecho en una atmósfera de seguridad.

–Eso se debe a que estamos afrontando una posible muerte. Eso acerca a las personas.

–Sigamos hablando –dijo.

–Estoy escuchando también –dije–. Si oímos algo arriba, tenemos que estar preparadas para gritar... para hacerles saber que estamos aquí.

–Sí. ¿Los oiremos?

–No lo sé. Yo creo que sí, tal vez.

–Pero sigamos hablando... en voz baja. No soporto el silencio.

–¿Está cómoda?

–Me duele el pie.

–Me imagino que tiene una torcedura.

–Sí. Es poca cosa cuando puede que una esté frente a la muerte.

–No piense en eso.

–Trato de no hacerlo. Encontraste mi álbum de recortes. Lo viste con Gertie.

–Lo siento. Ella me invitó a entrar y cuando lo vi no pude resistirme.

–¿Qué pensaste?

–Pensé que era muy triste.

–¿Por qué?

–Porque comprendí cómo se debe de haber sentido usted todos esos años.

–Yo sabía todas las obras en que ella actuaba... lo que decían de ella. Lo entendí todo. Él estaba loco por ella.

–No era el único.

–Tiene que haber sido una persona maravillosa.

–Para mí era la persona más maravillosa del mundo.

–¿Era una buena madre?

–La mejor.

–Eso parece inverosímil. ¡Una mujer así! ¿Qué podía saber sobre criar hijos?

–Sabía sobre el amor.

Nuevo silencio. Me di cuenta de que estaba llorando silenciosamente.

–Cuéntame más sobre ella.

De modo que se lo conté. Le conté cómo llegaba Dolly con sus planes, cómo discutían y se insultaban. Le conté sobre todos los dramas, los cambios de último minuto, los nervios de las noches de estreno.

Aquello parecía irreal. Sentada con lady Constance en un agujero oscuro hablando de mi madre. Pero nos hizo bien a las dos, y en esos momentos ambas estábamos inundadas de gratitud hacia la otra por el simple hecho de estar allí también.

Pensé que, si finalmente lográbamos salir de allí, seríamos amigas. No podíamos seguir como antes después de eso. Cada una había mostrado demasiado de su interior a la otra. Qué cosa más extraña que en esa situación de pesadilla, de la cual ambas dudábamos de salir con vida, lady Constance y yo nos hubiéramos hecho amigas.

Por mi reloj comprobé que ya habían pasado dos horas. Prestábamos atención por si escuchábamos algún ruido arriba, pero no oíamos nada. Temía la llegada de la noche, porque eso significaría que no habría esperanzas de rescate hasta la mañana siguiente.

Roderick regresaría a la casa. Rápidamente se daría cuenta de que no estábamos... ni su madre ni yo. ¿Dónde iría a buscarnos? ¿Sería posible que llegara a este lugar?

–¿Cuánto tiempo llevamos aquí? –murmuró lady Constance.

–Hace más de dos horas desde que nos encontramos.

–Yo estaba aquí desde antes. Me pareció mucho tiempo. Ésa fue la peor parte.

–Debe de haber sido más de una hora. Yo la vi cuando salió de la casa; sabía adónde iba, ya que lo había dicho. No debió de pasar mucho rato hasta que se cayó.

–Estar aquí abajo... sola. Fue terrible.

–Qué suerte hemos tenido de aterrizar en esta piedra. No sé qué será. Parece una especie de alféizar. Es muy sólido... Y el agujero allí arriba; creo que eso nos ha salvado. Qué será, me pregunto.

–No me gustaría haber caído en tierra blanda. Una no se siente segura.

–Eso es lo que quiero decir. Hemos tenido suerte de tocar fondo aquí.

–Esperemos que nuestra suerte continúe.

Ella necesitaba hablar. No podía soportar el silencio. Me contó historias sobre su juventud en la grandeza de su hogar ancestral, donde siempre hubo escasez de dinero. Charlie, por supuesto, era muy rico. No era su igual en cuanto a posición social, pero la familia lo aceptó. Él era amable y atento, y por lo tanto se concertó el matrimonio.

–Pero, verás, yo amaba a Charlie –continuó–. Era el hombre más bueno que jamás haya conocido. Era diferente a los demás. Me casé con Charlie porque mi familia lo deseaba, pero me enamoré de él. Más que cualquier otra cosa, deseaba que él me amara. Él me amaba, hasta cierto punto... Pero claro, por supuesto, estaba Désirée.

–Estoy segura de que ella se habría afligido si hubiera sabido que le causaba a usted sufrimiento. Nunca quiso herir a nadie. Para ella la vida era algo alegre. Tenía muchos amigos. Era muy alegre. ¿Comprende?

–No es fácil. Charlie era mi marido... y ella no tenía ningún marido.

–Mi padre murió hace mucho tiempo. Yo no llegué a conocerlo.

–Comprendo. Y después de eso ella pensó que los maridos de las demás estaban a su disposición.

–Désirée jamás pensó así. Ella nunca eligió a nadie. Ellos iban en su busca. Todos eran amigos. La vida era para disfrutarla. Ésa era su filosofía. Deseaba disfrutarla y que todos los que la rodeaban la disfrutaran con ella.

–Qué importaba el sufrimiento que causara.

–Ella no lo sabía. Si lo hubiera sabido, habría enviado a Charlie de vuelta a casa, diciéndole que fuera un buen marido.

–Pero la vida no es así. Debe de haber sido muy hermosa.

–Lo era, pero tenía algo más que belleza. ¿Le duele hablar de todo esto?

–Deseo saber. Ahora la puedo ver con más claridad que nunca. Yo solía imaginármela como una sirena malvada.

–Sirena sí, pero jamás malvada. Nunca le hubiera hecho daño a usted voluntariamente. A veces se me ocurre que intentaba creer que todo el mundo veía la vida igual que ella. Escuche...

Nos quedamos en silencio forzando los oídos. No oímos nada.

–Me pareció escuchar una voz –dije, y nos quedamos calladas, escuchando.

–Ah... ahí otra vez.

–Gritemos –exclamé–. ¡Hola! ¡Hola! ¡Aquí abajo!

Lady Constance gritó conmigo. No se oía nada mientras esperábamos casi sin respirar.

–Creo que hay alguien allí –susurré–. Deben andar buscándonos.

Nos volvimos y nos abrazamos, aliviadas. Creo que estábamos al borde de las lágrimas. Nos quedamos sentadas abrazadas, tensas, escuchando. No se oía nada. Nuestra desilusión era enorme.

–Gritemos de nuevo –dije y exclamé–: ¡Estamos aquí, estamos aquí abajo!

Entonces escuché una voz. Era Roderick:

–¿Me oís? ¿Me oís?

–Sí, sí.

–No os mováis. Esperad. Ahora vamos.

Había una sombra oscura arriba. Había alguien allí.

–Noelle... madre.

–Estamos aquí –grité–. Estamos aquí... juntas.

–Gracias a Dios. No os mováis por nada del mundo. Puede ser peligroso.

Hubo una pausa que se nos hizo larguísima, pero que no pudo durar más de cinco minutos. Entonces, nuevamente apareció Roderick. Tenía que haber más personas con él, porque se oían varias voces.

–Estamos bajando cuerdas –gritó Roderick–. Ataos con ellas a la cintura. Vamos a subiros.

Estábamos con los ojos fijos en la abertura y vimos descender las cuerdas. Yo las cogí. Primero ayudé a lady Constance a atarse una a la cintura. Luego hice lo mismo conmigo.

–¿Estáis preparadas? –gritó Roderick.

–Usted tiene que subir primero –dije a lady Constance.

–Supón que cae más tierra.

–Estoy atada a la cuerda. No me pasará nada.

–Noelle, Noelle. –Era Roderick.

–Aquí estoy –contesté.

–Vamos a comenzar ahora. Os vamos a subir a las dos juntas. Abrazaos bien y comprobad que las cuerdas estén firmemente atadas. Preparadas... ¡Ahora!

Rodeándonos ambas con los brazos, lentamente nos izaron hacia la superficie. Mientras subíamos, la tierra se desmoronaba a nuestro paso. Escuché las piedras que caían sobre la repisa donde habíamos estado. Cada vez estábamos más y más cerca de la salida. Luego, el aire fresco nos envolvió, y ya estábamos en tierra firme. El aire me pareció embriagador. Y lo más maravilloso de todo; Roderick estaba allí, rodeándonos con sus brazos.

–Nos habéis dado un susto de muerte –dijo con la voz tensa por la emoción.

Nos quitaron las cuerdas. Lady Constance no se podía tener en pie y la llevaron al carruaje que estaba esperándonos. De mis ropas caía tierra y me tambaleé; habría caído al suelo si Roderick no me hubiera sujetado. Me apretó fuertemente.

–Es maravilloso, maravilloso, que estés a salvo –dijo–. Oh, Noelle... cuando vi que no estabas...

–Presentí que vendrías. En todo momento lo pensé. Eso me libró de la desesperación.

Me abrazó fuertemente durante unos segundos y me sentí más feliz en ese momento que en todo el tiempo desde la muerte de mi madre.

–Te amo, Noelle –exclamó–. Jamás volverás a alejarte de mí.

–No deseo alejarme jamás.

Permanecimos juntos unos segundos.

–Ya hablaremos –dijo–. Primero tenemos que llevaros a las dos a casa... y ver que no os hayáis hecho ningún daño. Mi querida Noelle, gracias a Dios que te encontré.

Subí al carruaje. Lady Constance estaba echada con los ojos cerrados. Estaba casi irreconocible; tenía la cara y la ropa manchadas de barro y el pelo revuelto, perdida su austera pulcritud. De pronto comprendí cuál debía ser mi aspecto cuando Roderick me dijo que me amaba.

Lady Constance abrió los ojos y me sonrió. Todo el calor y amistad que había sentido cuando estábamos en peligro seguían allí.

Fue una experiencia increíble. Había tenido que rozar el desastre para descubrir que podía haber una vida feliz para mí. Me sentía como si estuviera viviendo un sueño del cual despertaría en cualquier momento.

El resto de aquella noche es algo borroso. Estaba más conmocionada de lo que me daba cuenta. Me llevaron a mi habitación, donde lo primero que hice fue quitarme toda la ropa y meterme en la bañera antes de que llegara el doctor.

Me quedé sorprendida por la cantidad de tierra que se desprendía de mí. Tenía tierra en los bolsillos del abrigo, en los zapatos, en todas partes.

Me sumergí en la pequeña bañera y se llevaron mis ropas sucias.

Estaba en cama cuando el doctor me visitó; dijo que no tenía ningún hueso roto, aunque sí muchas magulladuras. Como había sufrido una tremenda conmoción, debía tomar algo caliente y luego un calmante que dejaría para mí. Después tendría que ver si estaba lo suficientemente bien para levantarme a la mañana siguiente. En cuanto a lady Constance, se había torcido el tobillo, sufría una conmoción aguda y debería guardar cama hasta que el doctor volviera a visitarla.

Me sentí contenta de seguir sus instrucciones. No deseaba pensar en esa experiencia; no podía hacerlo sin recordar esos aterradores momentos en que había caído y había creído que la tierra me iba a enterrar viva. Deseaba pensar en Roderick cuando me rodeó con sus brazos, demostrándome tan claramente lo feliz que se sentía porque yo estaba a salvo. Deseaba pensar en él cuando me dijo que me amaba. También deseaba recordar lo que lady Constance y yo habíamos hablado en esos momentos de revelación. Eso era suficiente para una noche.

Dormí profundamente y a la mañana siguiente desperté como nueva. Ardía de impaciencia por ver a Roderick y a lady Constance.

Me tumbé en la cama saboreando la comodidad de las sábanas y suaves almohadas.

Recorrí la vista por la habitación y miré por la ventana. Todo me parecía hermoso y magnífico mientras recordaba cómo había pensado que jamás volvería a ver nada de esto. Qué suerte habíamos tenido de ser descubiertas tan pronto... porque fue relativamente pronto. Podríamos estar todavía allí. Me estremecí ante aquel pensamiento.

Me pregunté si debería levantarme, cómo sería ver a Roderick nuevamente. Después de su declaración, todo sería diferente entre nosotros. En una o dos ocasiones yo había pensado que estaba a punto de decirme que me amaba, pero no lo había hecho, y eso había creado dudas en mi mente. El día anterior había sido un momento de especial emoción y las palabras se habían escapado.

Estaba contenta. Me sentía gozosa, llena de esperanzas en un futuro antes lleno de temores y dudas. Había valido la pena haber sido casi enterrada viva para escuchar esas palabras.

La puerta de mi habitación se abrió lentamente y entró Gertie. Parecía exaltada y expectante.

–Sólo he venido a ver si estaba despierta, señorita –me dijo–. Y si se le ofrecía algo. Pensé que era mejor no golpear, porque eso la habría despertado si aún estaba durmiendo.

–Gracias, Gertie. Estoy despierta.

Se acercó a la cama con los ojos muy abiertos, mirándome como si yo fuera una persona diferente a la que había sido antes.

–Estoy muy contenta de que esté a salvo, señorita.

–Gracias, Gertie.

–Y en cierto modo se debió a mí. Fue algo horroroso; pensar que, si yo no hubiera podido... Bueno, señorita, me es imposible decirle lo contenta que estoy de haber sido yo la que... Después de todo lo que usted ha hecho por mí, fui capaz de hacer algo por usted.

–¿Qué quieres decir, Gertie?

–Bueno, fue ella, ¿sabe?... Kitty. Vino aquí... a verme. ¡Estaba trastornada! Ella lo sabía, ¿sabe? Ahora está aquí... no quiere volver. Me imagino que podría haber un trabajo aquí para ella. El señorito Roderick dijo que había que darle una habitación. Y la señora no dirá que no, viendo que fue ella quien la salvó también.

–No entiendo nada de lo que estás diciendo, Gertie.

–Bueno, fue ella la que vino aquí. En un estado terrible. No sabía qué hacer, así que acudió a mí. Ya le conté cómo nos llevábamos, después de que la ayudé con la bolsa y ella me miró como a alguien especial. Así que, como estaba asustada, acudió a mí. Me dijo que la vieja señora Carling había quitado el letrero.

–¿Qué letrero?

–El que advertía a la gente de no usar el sendero.

–¿Había un letrero?

–Cuando usted estuvo allí no, porque ella lo había quitado, ¿sabe? Actuó con maldad, desde luego. Kitty supone que fue para que usted cayera. La señora Carling sabía que usted iba casi todas las tardes a ver a la señorita Vance, y supuso que ayer también iría. Y usted fue, tal como lo había planeado.

–Gertie, no me lo puedo creer. ¿La señora Carling quitó el letrero para que yo cayera?

Gertie asintió con aire de enterada.

–Ha estado mal de la cabeza estas últimas semanas. Lo han pasado muy mal con ella. Incendió la casita porque deseaba que la señorita Vance viniera aquí a trabajar.

–¡Incendió la casita!

–Deseaba al señorito Roderick para Fiona –explicó Gertie convencida–. Andaba por ahí hablando sola y Kitty lo oyó. Deseaba que la señorita Vance viniera aquí y que usted se fuera. Creo que eso es todo, en resumidas cuentas.

–No puede ser cierto.

–Bueno, entonces ¿por qué quitó el letrero? Kitty la vio salir la noche del incendio y sabe que llevaba parafina. Y después la vio quitar el letrero. Salió y esperó allí. La vio caer a usted. No vio a lady Constance, pero a usted sí. No sabía qué debía hacer. Después de un rato decidió venir a verme. Casi me caigo patas arriba. Enseguida di la noticia. Buscaron al señorito Roderick inmediatamente y él reunió a los hombres, con cuerdas y cosas. Así las sacaron. Pero Kitty tenía miedo de volver a casa de la señora Carling después de lo que había hecho. Por eso está aquí. Está en mi habitación. Tengo que estar repitiéndole que todo va bien y que hizo una buena acción al delatar a su antigua ama. Le digo que no tiene que preocuparse en volver con la señora Carling nunca más. Yo la cuidaré.

–Oh, Gertie...

Se precipitó hacia mí y me echó los brazos al cuello. Permanecimos abrazadas durante un rato.

–Estoy tan contenta de que se encuentre a salvo, señorita, que estoy olvidando el lugar que me corresponde. Yo ayudé a traerla de vuelta. Ahora, ¿desea comer algo? ¿Un poco de café... tostadas?

–Perfecto, Gertie, y agua caliente. Tengo muchas ganas de levantarme.

–Yo me encargo –dijo.

Me eché en la cama, asombradísima por lo que acababa de oír y preguntándome si era realmente posible que fuera cierto.

Rápidamente me lavé, me vestí y tomé un ligero desayuno. Tengo que admitir que me sentía algo mareada, pero eso se debía a todo lo que había sucedido en tan corto tiempo y no a un trastorno físico.

Mi mente era una maraña de recuerdos: esos horrorosos momentos cuando iba cayendo por el agujero, mi conversación con lady Constance, el rescate, todo lo que había contado Gertie, y dominándolo todo, las palabras de Roderick diciéndome que me amaba.

Más que ninguna otra cosa, deseaba ver a Roderick.

Cuando estaba lista para bajar, me acerqué a la ventana y allí estaba él, sentado en el sillón de mimbre, mirando hacia mi ventana. Me vio inmediatamente.

–Ahora bajo –grité.

Salí corriendo de la habitación y bajé las escaleras a toda prisa. Él venía a mi encuentro con largas zancadas y cogió mi mano entre las suyas.

–Noelle... ¿cómo te encuentras esta mañana? ¡Qué maravilloso verte! He estado sentado allí... esperando... ya que Gertie me dijo que te ibas a levantar.

–Deseaba hablar contigo.

–Y yo contigo. ¿Has dormido bien?

–No me enteré de nada desde que tomé el calmante que me dio el doctor, y desperté cuando ya entraba el sol por mi ventana.

–He tenido pesadillas, soñaba que no podíamos sacarte.

–Bueno, olvídalas porque estoy aquí.

–Y siempre vas a estar, Noelle. Sentémonos aquí a conversar. Te amo, Noelle, te amo tanto. Llevo mucho tiempo deseando decírtelo. Pensé que era demasiado pronto: tu madre murió hace poco, y sabía que tu dolor aún estaba latente. Temía que no pudieras pensar en otra cosa. Me dije a mí mismo que debía esperar hasta que estuvieras algo más recuperada. Pero ayer me salió. No pude evitarlo.

–Me alegro.

–¿Significa eso que tú también me amas?

Yo asentí y él me rodeó con su brazo y me estrechó con fuerza.

–No necesitaremos un noviazgo largo –dijo–. Mi padre estará contento. Lo considerará como una forma de retenerte aquí.

–Me siento muy feliz de pronto –dije–. Pensaba que nunca me volvería a sentir así. Todo me parecía sombrío. No me gustó mi estancia en Londres. Había demasiados recuerdos de ella... y estaba lejos de ti. Entonces fuiste tú y se hizo soportable. Me preguntaba qué debería hacer, y ahora tengo esta oportunidad de ser feliz nuevamente.

–Seguro que lo seremos.

–¿Cómo está tu madre? ¿Has sabido algo de ella esta mañana?

–Aún duerme. Está muy conmocionada. Necesitará mucho reposo.

–Ella tiene otros planes para ti.

–Ah –dijo y se echó a reír–. Matrimonio. Ya lo aceptará cuando vea que es inevitable. No pienses en los obstáculos. No va a haber ninguno, y si lo hay, lo superaremos pronto.

–No puedo dejar de pensar en ello.

Me besó dulcemente el cabello. «¿Cómo podía sentirme tan feliz así de repente?», pensé. Ayer era todo tan diferente. Me parecía estar en otro mundo. Y todo porque casi perdí la vida. Los pajarillos cantaban con más alegría; la hierba brillaba con las gotitas del rocío matinal; las flores estaban más fragantes y sus colores se mostraban más vivos por la reciente lluvia: todo el mundo se veía más hermoso porque yo era feliz.

Durante un momento permanecimos callados. Creo que él, al igual que yo, estaba saboreando la belleza de la naturaleza que nos rodeaba, mientras ambos pensábamos en el futuro que sería nuestro.

–Gertie me ha contado una extraña historia esta mañana –dije finalmente.

–Sí. Sobre Kitty, la criada, y la señora Carling.

–¿Es verdad entonces?

–¿Que quitó el letrero? Por lo visto sí. Tom Merritt lo había puesto por la mañana, junto con otros cuatro o cinco en los lugares que consideraba peligrosos. Eran para advertir a la gente que no utilizara esos caminos hasta que alguien se pusiera a trabajar para comprobar su seguridad.

–Gertie dice que Kitty vio a la señora Carling quitar el letrero y que no sabía qué hacer al respecto.

–Sí, así es. Ciertamente lo había quitado. Kitty la vio. La señora Carling sabía y también Kitty, que tú ibas frecuentemente a la casita por las tardes. Así que Kitty esperó y te vio caer. No sabía qué debía hacer, pero finalmente se lo contó a Gertie. Gracias a Dios que lo hizo. Al final te habríamos encontrado, pero nos ayudó a llegar allí más rápido.

–¿Estás seguro de que la señora Carling quitó el letrero?

–Está loca, ya lo sabes. Lo sospechábamos desde hace algún tiempo. Fiona estaba preocupada por su extraño comportamiento, que iba a peor. Fiona lo ha pasado terriblemente mal cuidándola. Ahora la han llevado a un hospital para enfermos mentales. La sorprendieron pegando fuego a la casa nuevamente. Gracias a Dios que esa criada finalmente tuvo la sensatez de acudir a Gertie. Eso nos ayudó a encontraros sin tardanza. No puedo dejar de pensar en lo que podría haber sucedido. Era tan fácil que hubierais...

–Tuvimos la suerte de aterrizar en una especie de alféizar.

–¿Alféizar?

–Era algo así como piedra. De otra manera habríamos continuado cayendo. La tierra está muy mojada y blanda. Estoy contenta de haber estado cerca de tu madre. Deseo verla tan pronto como se me permita. ¿Crees que podré?

–Por supuesto. Iremos juntos y le diremos...

–Oh, no. No debe tener otra conmoción tan pronto, Roderick. ¿Me lo dejas a mí... por un tiempo? Me parece que es posible que yo se lo pueda explicar.

–¿No crees que sería mejor que se lo dijera yo?

–Es lo que yo habría pensado, pero después de ayer, bueno, estuvimos juntas allí abajo todo ese tiempo, sin saber si saldríamos de allí alguna vez. Ese tipo de cosas te cambian. Creo que tiene que haber afectado igual a tu madre...

–Si a ti te parece lo mejor...

–Quizá me equivoco. Aquí en la casa las cosas se ven de otra manera... Al menos de modo distinto que estando en ese húmedo agujero que puede caérsete encima en cualquier momento.

–Todo irá bien. Cuando vea lo feliz que se sentirá mi padre...

Yo no estaba muy segura, pero no podía dejar que nada enturbiara mi felicidad en ese momento. Deseaba saborear cada minuto. Nada podía interponerse en mi felicidad.

Esa mañana vino el médico. Me visitó en mi habitación y me dijo que estaba recuperada de la conmoción. Las magulladuras desaparecerían a su debido tiempo y ciertamente no tenía ningún hueso roto, lo cual era una suerte. Había sido afortunada al ser rescatada relativamente tan rápido. Me recomendó no hacer esfuerzos ni cansarme, y que debía recordar que había pasado por una experiencia muy dura. Aparte de eso, podía llevar una vida normal.

Con lady Constance estuvo más tiempo. Ella también había salido del accidente con bastante suerte. Tenía que hacer reposo, sin duda debido al esguince del tobillo, y tenía que quedarse en su habitación por un tiempo. El doctor esperaba que muy pronto se recuperase plenamente.

Cuando le pregunté si podía verla, dijo:

–Naturalmente. Le hará bien charlar un poco. Ella no desea que se la considere una inválida. Hay que recordar, sin embargo, que una impresión como ésa puede tener efectos que no son visibles de inmediato.

De modo que fui a ver a lady Constance. Estaba sentada en la cama con un aspecto muy distinto al que tenía la última vez que la vi. Llevaba el pelo primorosamente peinado hacia atrás y recogido en un moño sobre la cabeza. Vestía un salto de cama azul celeste. Al entrar en la habitación tuve la sensación de que había dejado muy atrás a mi compañera de infortunio para volver a convertirse en la conocida y formidable señora de la casa, que tanto intimidaba a Gertie y, tengo que confesarlo, a mí misma.

Me acerqué a la cama. Me di cuenta de que estaba tratando de levantar una barrera entre nosotras, esforzándose por recuperar esa altanera arrogancia que había sido su escudo.

–¿Cómo estás, Noelle? –preguntó fríamente.

–Algo alterada todavía, y me duele el tobillo. Por lo demás, aparte del cansancio, me encuentro bien.

Sostuvo mi mirada durante un momento. Me imaginé que estaba recordando y lamentando aquellas confidencias. ¿Estaba dudando si las podía ignorar y olvidar? No. Eso era casi imposible. ¿Podían ignorarse considerándolas sólo como divagaciones histéricas de una persona que está cara a cara con una posible muerte? Ella era una mujer orgullosa, y ahora que había vuelto a la seguridad de la vida cotidiana, recordaría y volvería a sentir las afrentas y humillaciones que había sufrido a causa del encaprichamiento de su marido por otra mujer.

–Fue una experiencia horrible la que pasamos... –comenzó, hizo una pausa y añadió–: juntas.

–Fue un consuelo tener a alguien con quien compartirla –dije yo.

–Un consuelo, ciertamente.

Vi que le corrían lágrimas por las mejillas y supe que la batalla consigo misma ya estaba a punto de terminar. Con decisión me acerqué a su cama y le cogí las manos.

–Realmente fue una prueba terrible –repetí–, y sin embargo no puedo lamentar totalmente que haya sucedido.

Ella se quedó callada.

–Poder hablar las dos... –continué–, comprender...

–Lo sé –dijo ella emocionada–. Lo sé...

Comprendí que me tocaba a mí tomar la iniciativa. A ella su orgullo se lo impedía.

–Espero –dije– que ahora que hemos descubierto la amistad, no vayamos a perderla.

–Yo también lo espero –dijo en voz baja apretándome la mano.

Habían caído las barreras. Fue como si volviéramos a estar en ese horrible y oscuro agujero. Sacó un pañuelo de debajo de la almohada y se limpió los ojos.

–Soy una tonta –dijo.

–Oh, no... no.

–Sí, mi querida Noelle. Siempre vamos a recordar lo que pasamos juntas pero, tal como tú dices, en todo hay algo bueno. Y esto nos ha hecho amigas.

–Temía que hubiera sido sólo algo momentáneo, que no durara.

–Se hizo demasiado firme para eso, incluso en ese corto rato. Pero no fue exactamente tan repentino. Yo siempre te he admirado, igual que la admiraba a ella.

–Empezaremos de cero –dije–. El resto queda en el pasado. Es el presente lo que importa. Me siento más feliz y esperanzada ahora.

Ella no me preguntó por qué y, debido supongo a que no deseaba demostrar más emociones, cambió de tema:

–Sabes que esa loca quitó el letrero con la advertencia.

–Sí.

–Se la han llevado. Fue ella quien prendió fuego a la casa. ¡Qué peligrosa era esa mujer!

–Sí –contesté–. Fue una suerte que Kitty, su criada, viera lo que había hecho.

–La pobre chica es algo retrasada.

–Pero lo suficientemente consciente como para decirle a Gertie lo que había visto.

–No puede volver allí, por supuesto. Se quedará aquí. ¿Qué va a hacer Fiona Vance ahora, me pregunto?

–Para ella será un alivio, supongo, saber que su abuela está atendida. Me imagino que era una dura prueba para ella, tiene que haberlo sido últimamente. Nunca lo mencionó ni se lamentó.

–Supongo que se hará algún arreglo.

Nos quedamos en silencio durante un rato y luego lady Constance dijo:

–Mi marido estará en casa muy pronto, imagino.

Yo tomé una rápida decisión.

–Lady Constance –dije–, hay algo que deseo decirle. No sé cómo se lo va a tomar usted. Si no se lo digo yo ahora, lo hará Roderick. Pero si a usted le va a molestar...

–Creo que sé de qué se trata –dijo ella–. Roderick desea casarse contigo. Es eso, ¿verdad?

Yo asentí.

–Y –continuó– tú deseas casarte con él. Lo he visto venir.

–¿Y usted, lady Constance? –Ella se encogió de hombros y yo continué–: Sé que usted esperaba que su hijo se casara con alguien muy diferente a mí. Sé que usted deseaba lo mejor del mundo para él...

Ella no contestó inmediatamente. Cuando habló, fue casi como si estuviera hablando consigo misma.

–No soy una mujer muy feliz. Durante años he meditado tristemente. Todos esos años, mi marido estaba con ella. Ella era todo lo que yo no era, el tipo de persona con la cual un hombre puede sentirse en paz, feliz, el tipo de persona que no impone exigencias. Ahora comprendo que eso era algo que yo hacía constantemente, tratando de hacer que la gente fuera lo que no era... que fueran como yo quería que fueran. Perseguí las cosas equivocadas en la vida. Cuando estábamos en ese hoyo oscuro vi cosas que jamás antes había visto. Fue como si una luz hubiera iluminado el pasado, y comencé a preguntarme cuánto de lo que había ocurrido no sería debido a mí misma. Si hubiera sido diferente: amorosa, alegre, sin dar tanta importancia a las cosas materiales... tal vez habría sido diferente. Percibí claramente tu cariño por Gertie, tu amor por tu madre... Empecé a ver que había juzgado equivocadamente, concedido demasiada importancia a los aspectos menos importantes de la vida. Vi lo estúpida que había sido al no quererte porque eras la hija de tu madre, porque no tenías un linaje tan grandioso como el mío. Noelle, siempre te estaré agradecida. Seré muy feliz de que continúe nuestra amistad durante toda nuestra vida y espero que nunca te marches de esta casa.

No pude contenerme. La rodeé con mis brazos y nos quedamos abrazadas durante un rato.

–Soy muy feliz –dije–. No me había sentido tan feliz desde antes de perder a mi madre.

Conmoción

Roderick y yo vivíamos en estado de éxtasis. Era maravilloso disfrutar de la aprobación de lady Constance. A pesar de su agotamiento, que era grande, parecía haber rejuvenecido y mostraba mucho interés por nuestros planes. Jamás la había visto tan animada. El cambio había sido repentino y había momentos en que yo pensaba que iba a volver a ser la antigua lady Constance, cuando veía algún indicio de esos modales fríos y distantes con los sirvientes pero, incluso con ellos, sus modales se habían suavizado. Yo estaba segura de que ellos lo notaban.

Siempre se mostraba cariñosa y acogedora conmigo. A veces resultaba difícil creer que eso fuera a durar, pero yo estaba comenzando a aceptarlo y estaba segura de que ella solamente tenía que mirar hacia atrás y recordar esos momentos que pasamos juntas, tan cargados de emoción, para comprender lo feliz que podía ser con su recién descubierta comprensión de los demás y de sí misma.

Fui a ver a Fiona, por un camino diferente, pues el sendero estaba ahora cercado y había hombres trabajando allí.

Fiona me recibió con mucho cariño.

–¡Mi querida Noelle, qué cosa más espantosa! Qué alivio ver que te encuentras bien. Estoy encantada. En cierto modo me culpo a mí misma. Yo sabía que se estaba poniendo cada vez más rara. No quería que la gente lo supiera, pensé que sería capaz de controlarla.

–No debes hablar así. Hiciste lo que pudiste. No tenía idea de que estuviera tan mal.

–Estaba obsesionada. Debería haber estado más alerta. No se me ocurrió pensar que había sido ella quien prendiera fuego a esta casa, aunque había tenido indicios...

–¿Qué fue lo que la llevó a hacerlo?

–Tomemos café. Hablaremos luego.

–Encantada.

Fiona entró a su pequeña cocina.

–¿Cómo te las arreglas con las reparaciones de arriba? –pregunté.

–Todo vuelve a la normalidad poco a poco. ¡Qué alegría verte aquí! Gracias a Dios, Kitty lo vio.

–Gertie es una muchacha estupenda. Fue muy buena al hacerse amiga de Kitty.

–Me alegra que Kitty esté en Leverson. Allí estará mejor. Verás, ella tenía la idea de que mi abuela la había salvado. También es verdad que la acogió cuando la pobre chica estaba desesperada. Kitty pensaba que tenía que servirla sin condiciones. En la casa grande tendrá un ambiente más sano.

–Y Gertie no la perderá de vista.

Volvió con el café.

–Ahora podemos hablar –dijo–. Sí, mi abuela deseaba que me casara con Roderick. Ésa era la raíz del problema.

–Ah –dije yo.

–He sabido lo vuestro –sonrió–. ¡Felicidades! Ya lo veía venir, por supuesto, pero lo más maravilloso es que lady Constance lo ha aceptado y está contenta.

–¡Cómo vuelan las noticias!

–Como te decía, mi abuela tenía ciertas obsesiones y ésta era una de ellas. Pensó que si la casa se hacía inhabitable yo tendría que trasladarme a trabajar a una habitación en la casa grande, lo cual me pondría en contacto más íntimo con Roderick. De ahí el incendio. Entonces previó un obstáculo en ti. Inmediatamente vio cómo estaban las cosas entre tú y Roderick.

–¿Cómo lo supo?

Fiona me miró con una sonrisa indulgente.

–Era algo evidente, ¿sabes?

–Rara vez nos vio juntos.

–Con una fue suficiente. Y entonces quiso quitarte de en medio.

–Ella me advirtió de que aquí me amenazaba un peligro.

–Sí, quería que te marcharas.

–Ahora lo comprendo.

–Entonces, como no te fuiste, ella buscó el modo de convencerte.

–Corría un riesgo. Podría haber caído otra persona en la trampa... de hecho, lady Constance cayó antes que yo.

–En realidad, ella no pensaba como la gente normal. Estaba dispuesta a correr el riesgo para deshacerse de ti y, desde su punto de vista, dio resultado.

–Debe de tener la mente muy alterada.

–Pobre abuelita. Después de la muerte de mi madre se puso muy rara. Tuvo que ingresar en el hospital. Pero se recuperó y yo me fui a vivir con ella. Cuidarme a mí la ayudó, al parecer. Bueno, claro, ella siempre creía en sus poderes especiales y esas cosas, pero eso no interfería demasiado en mi vida. Se ocupaba de mí con todo su cariño. Cuando yo crecí y comencé a interesarme por la arqueología, todo volvió a comenzar. Estaba obsesionada por mi futuro. Deseaba para mí un matrimonio perfecto, y Roderick fue el elegido. Había descubierto que yo me carteaba con un estudiante al que conocí cuando trabajaba con sir Harry Harcourt. Estudia arqueología. Nos fuimos conociendo y nos mantenemos en contacto. Es una amistad muy firme.

–Cuánto me alegro.

–Así que ya ves –dijo ruborizándose un poco–, los sueños de mi abuela son sólo suyos.

–Pobre señora. ¿Sabe lo que ha sucedido?

–Creo que no. La última vez que la vi hablaba de mi madre como si acabara de morir. Así que me di cuenta de que su mente había vuelto a esos años.

–Espero que se recupere.

–Creo que tendrá que pasar una buena temporada en el hospital.

–¿Y tú te las arreglas bien sin Kitty?

–Ah, sí. Viene la señora Heather y limpia la casa. Cada tarde me prepara la comida para que, como dice ella, coma algo caliente por lo menos una vez al día. Así que, ya ves, estoy muy bien. De hecho, es un alivio saber que mi abuela está recibiendo el mejor cuidado posible.

–Fue una experiencia terrible –dije–, tanto para mí como para lady Constance. Pero en cierto modo esto parece haber allanado muchas dificultades.

Llamaron a la puerta. Fiona fue a abrir. Era uno de los trabajadores.

–Hay algo allí abajo, señorita –dijo–. Sabe... donde cedió el sendero. Es piedra o algo así.

–Debe de ser la repisa donde aterrizamos –exclamé yo exaltadísima.

–Excavamos un poco, señorita –continuó el hombre–. Parece una especie de piedra romana.

Eso fue el comienzo. Habían estado excavando durante unos días y el júbilo fue enorme cuando se descubrió que la piedra donde habíamos caído lady Constance y yo formaba parte del suelo de lo que podía ser un templo. La existencia de este templo pudo haber sido la razón de que nuestra caída no hubiera sido más profunda, e hizo también más fácil el rescate. De hecho, muy bien podía habernos salvado la vida.

Fiona y Roderick se encontraban en un estado de gran excitación que yo compartía hasta cierto punto. Esto añadía un nuevo entusiasmo a los días; yo iba al yacimiento con Roderick, a observar. Habían acudido varias personas del mundo de la arqueología a inspeccionar los hallazgos y ahora se estaban llevando a cabo algunos trabajos. La suposición era que el templo era una prolongación de la villa y que esto podía dar lugar a nuevas e interesantes revelaciones. Cada día aparecía algo nuevo. Encontraron parte de una estatua delante de lo que era un altar. Y había restos de un tridente y partes de lo que podía ser un delfín. El nuevo descubrimiento recibió el nombre de templo de Neptuno.

En medio de todo este entusiasmo regresó Charlie.

Quedó encantado al enterarse del descubrimiento y yo esperaba con ilusión el momento de anunciarle nuestra boda.

El recuerdo de esa noche está muy fresco en mi memoria. Estábamos cenando y el tema de conversación principal era el templo.

–Lo cual significa –dijo Roderick– que nuestro yacimiento podría resultar ser el más interesante del país.

–Bien podría ser –dijo Charlie–. ¿Cómo descubrieron lo que había allí abajo?

–Pero claro, si no lo sabes –dijo lady Constance–. Hubo un accidente.

Charlie nos miró a cada uno con preocupación.

–Un accidente –repitió.

–Pero ya pasó todo –dijo lady Constance–. Y todo esto ha salido de allí. Si no nos hubiéramos caído, Neptuno y su templo no habrían visto jamás la luz del mundo moderno.

Le contamos brevemente lo ocurrido. Charlie parecía consternado.

–Cuántas cosas han ocurrido en mi ausencia –dijo–. Gracias a Dios que estáis todos bien.

–El templo fue muy útil –expliqué–. Verás, caímos dentro de él, lo cual probablemente nos salvó de ser enterradas vivas.

–Hay algo más –dijo Roderick. Me miraba a mí sonriendo.

–¿Sí? –preguntó Charlie.

–Noelle y yo hemos decidido... bueno: nos vamos a casar.

Yo estaba observando atentamente a Charlie. Vi que su rostro se ponía rígido por un momento; luego pasó por él una expresión de consternación. Esto me sorprendió. Había esperado que se sintiera contento. Inmediatamente pensé que estaba preocupado por lady Constance. Deseé decirle que no tenía por qué preocuparse.

–Ah –dijo y sonrió, pero yo noté que era una sonrisa forzada–. Comprendo.

–No queremos que haya ningún retraso –intervino lady Constance.

–Pareces... contenta –dijo Charlie.

–Lo estoy –repuso con firmeza lady Constance–. Y mucho.

–Ya... ya lo veo –dijo Charlie.

Estaba sonriendo. Por supuesto que estaba contento. Después de todo, ¿por qué no iba a estarlo?

Eran alrededor de las diez de la mañana. Yo me estaba preparando para salir con Roderick. Íbamos a ir en primer lugar a ver el templo.

En aquel momento, llamaron a la puerta; era Gertie.

–El señor Claverham desea que vaya a su estudio, señorita –dijo.

–¿Ahora?

–Sí, señorita. Dijo ahora.

Bajé inmediatamente. Me sorprendí al ver que Roderick también estaba allí.

–Entra, Noelle –dijo Charlie–. Cierra la puerta. Tengo algo que deciros... Me temo que esto va a ser un golpe terrible para los dos. La culpa es mía. Debería haber previsto que esto sucediera. Me he pasado toda la noche reflexionando sobre el asunto, pensando en la mejor forma de actuar, y he llegado a la conclusión de que lo único que puedo hacer es deciros la verdad. Tenéis que saberla. El matrimonio entre vosotros dos no es posible. Tú, Noelle, eres hija mía. Roderick es tu hermano.

PARÍS

La Maison Grise

Iba sentada en el tren que me llevaba a Londres, aún tambaleándome por el terrible golpe. Cuando Charlie nos lo dijo, los dos nos quedamos demasiado asombrados para comprenderlo. Con unas pocas palabras había echado por tierra nuestros sueños; todo el mundo se hacía añicos a nuestro alrededor. Nuestras vidas estaban en ruinas.

No sé cómo sobreviví durante los días siguientes. Hablábamos. ¿Estaba seguro Charlie? Siempre lo había sabido, decía él. No había secretos entre mi madre y él.

–No deberíais haberos conocido jamás –dijo–. Yo debería haber tenido mejor criterio y no traerte aquí. La culpa es mía. Pensaba que Roderick se casaría con Fiona Vance. Me parecía que tenían muchos intereses en común. Désirée se sentiría muy mal si supiera lo ocurrido. Lo último que deseaba era hacer daño a nadie, y menos a ti, Noelle. Te quería más que a nada en el mundo. Siempre deseó lo mejor para ti.

La situación no tenía salida. Dondequiera que miráramos, nos dábamos cara a cara con lo imposible. Entonces comprendí que sólo había una cosa que podía hacer y ésa era marcharme.

Pero ¿adónde podía ir? ¿Qué podía hacer? Estaba perdida.

Estaba mi antigua casa, que ahora era de Robert Bouchère. Podía ir allí por un tiempo. Él me había dicho que la considerara como mi casa. Podía quedarme allí mientras intentaba darle algún sentido a mi vida, para comenzar de nuevo, para tratar de construir algo a partir de las ruinas.

–Tienes que permitirme que cuide de ti, Noelle –me

dijo Charlie–. En vista de nuestra relación, es correcto que lo haga. Tienes que recibir una pensión.

Yo no le escuchaba. Sólo era capaz de pensar: «Siempre he deseado conocer a mi padre. Oh, Charlie, ¿por qué tenías que ser tú?».

El pobre Charlie estaba muy abatido. Su infidelidad hacia su esposa siempre había pesado mucho en su conciencia, y ahora esto. Los pecados de los padres recaían sobre los hijos. Sus dos hijos, Roderick y yo, teníamos que pagar las consecuencias de su pecado.

Se sentía un hombre muy infeliz, tanto como nosotros.

Escribí a la señora Crimp diciéndole que iría a la casa para hacer planes. ¿Qué planes?, me preguntaba.

No puedo soportar hablar más sobre ese período de mi vida. Incluso ahora deseo borrarlo de mi mente. La muerte de mi querida madre, seguida tan pronto por esta negra tragedia, me desbordaba. Sólo deseaba irme a mi antigua habitación y encerrarme en ella a implorar la fuerza y la voluntad necesarias para recoger los fragmentos de mi vida y tratar de reconstruir algo con ellos.

Paseé por las calles que había recorrido con ella cuando veníamos del teatro, de vuelta a casa, la casa de los recuerdos. Durante un corto tiempo creí que había logrado escapar del atenazante pasado, sólo para descubrir que había tropezado con una segunda tragedia tan grande como la primera.

Sabía que debía dejar de pensar en mis desgracias. La autocompasión jamás ha ayudado a nadie. Tenía que obligarme a mirar a mi alrededor, encontrar interés por algo, cualquier cosa que me sacara de la melancolía en que había caído.

La señora Crimp me recibió con mucho cariño.

–Estoy muy contenta de verla, señorita Noelle, y también lo estará el señor Crimp. Su habitación está lista y puede cenar cuando lo desee.

–No tengo hambre, señora Crimp, gracias.

–¿Algo en una bandeja, quizá? ¿Algo que pueda servirse en su habitación?

–Eso me parece fabuloso.

Lisa Fennell apareció bajando las escaleras. Corrió a abrazarme.

–¡Qué ilusión cuando la señora Crimp me contó que venías! –exclamó–. ¿Cómo estás, Noelle? –Me miraba con inquietud.

–Ah... muy bien –contesté–. ¿Y tú?

–Muy bien. Vamos a tu habitación. La señora Crimp dice que está lista.

Me iba observando con atención y cuando llegamos a mi habitación dijo:

–Mi pobre Noelle. Ha sucedido algo terrible, ¿verdad? ¿Charlie?

Negué con la cabeza.

–¿Lady Constance ha puesto problemas?

–No... no. –Dudé. Pero «tendrá que saberlo», pensé. Es mejor decírselo ahora mismo–. Roderick y yo íbamos a casarnos. –Ella abrió mucho los ojos y a mí me temblaron los labios–. Pero es mi hermano, Lisa. Mi medio hermano. Charlie es mi padre.

Se quedó con la boca abierta.

–Ay, mi pobre, pobre Noelle. Entonces, por eso has vuelto.

Asentí con la cabeza, pues no podía hablar.

–Ya veo. ¡Qué cosa más horrible! Supongo que podría haberlo adivinado.

–Sí... supongo. Yo pensaba que sólo eran muy buenos amigos. Muy ingenuo por mi parte, supongo.

–¿Qué vas a hacer?

–No lo sé. Aparte de marcharme, no se me ocurre nada. Tendré que pensar adónde ir.

–¿Y Roderick? –preguntó Lisa.

–Ambos estábamos aturdidos. Todo iba tan bien. Lady Constance estaba conforme... Y entonces llegó Charlie y nos lo dijo... y todo se vino abajo. Oh, Lisa, no puedo soportarlo. Mi madre y ahora esto...

Lisa asintió con la cabeza y se le llenaron los ojos de lágrimas.

–¡Es terrible! –dijo.

–Y ahora, cuando pensaba que volvería a ser feliz, sucede esto.

–Tienes que dejar de pensar en ello, Noelle. Tienes que encontrar algún interés...

–Lo sé. Cuéntame, Lisa, ¿cómo te van las cosas?

–Tengo trabajo, y creo que ahora Dolly me considera como a una de sus regulares. Lottie Langdon estuvo ausente una noche y tuve la oportunidad de hacer el papel principal. Tuve una buena acogida del público. Lottie no es tan difícil de suplir como tu madre. Creo que lo hice bastante bien, en realidad. Todo ayuda. Estoy segura de que Dolly me dará un papel la próxima vez. *Trapos y harapos* no puede durar mucho y él ya está pensando en algo. Bueno, Dolly siempre está pensando en algo.

–Me alegro de que te vayan bien las cosas.

–Tienes que venir a ver el espectáculo nuevamente. Ha mejorado desde que tú lo viste. Pero supongo que ya se va a acabar.

Sabía que había hecho bien en venir a Londres. Sentí que aquí la influencia de la primera tragedia se superponía a la más reciente. Pero había aprendido a vivir sin mi madre; incluso había estado considerando una vida feliz. Ahora tenía que aprender a vivir sin ninguna de las dos personas a quienes más había amado en el mundo.

Todo el mundo me ayudó muchísimo. Dolly vino a verme. Se había enterado de lo sucedido por Lisa y se mostró muy comprensivo, increíblemente amable. Tenía que hacerle saber si deseaba ir al teatro. Aunque no fuera su espectáculo el que deseara ver, él se encargaría de buscarme una buena localidad y de que estuviera bien atendida. La camaradería reinaba entre la gente de teatro, y la hija de Désirée sería bien recibida en todas partes.

Pasaron los días. Simple existencia, no podía llamarla de otra forma. Cada mañana me despertaba con una nube de depresión sobre mí y pasaba el día en vacía desesperación. Lisa pensaba que debería buscar algún tipo de ocupación.

–El trabajo es lo mejor en casos como éste –decía.

Pensé si debería ir a un hospital. Allí habría algún tipo de trabajo voluntario que yo pudiera hacer, suponía. En opinión de Lisa, sería algo deprimente, y eso era lo último que yo necesitaba. ¿Tal vez podía ayudar a Dolly?

–¿De qué serviría yo en el teatro? –preguntaba.

Vino a verme Martha. Lisa le había contado el motivo de mi regreso. Martha estaba profundamente conmovida.

–Se le habría roto el corazón si hubiera sabido el problema que te había causado. Siempre pensé que había algo especial entre ella y Charlie. Él te quería mucho también. Y para ella, eras la niña de sus ojos. Habría hecho cualquier cosa por ti. Qué vueltas da la vida, ¿eh? Y era en ti en quien pensaba siempre. Siempre estaba «¿Qué es lo mejor para Noelle?». «Haces un dios de esa niña», le decía yo. «Tienes que pensar en ti misma.» Y ahora, con todo esto, bueno, supongo que debe de estar llorando a mares en el cielo, si está mirando y viendo lo sucedido. ¿Qué vas a hacer respecto a eso, cariño?

–Tendría que irme inmediatamente de aquí. Tengo que hacer algo, Martha. ¿Qué hacen las personas como yo cuando están en esta situación? Sólo hay dos caminos, como digo siempre: institutriz de algún niñito malhumorado, o dama de compañía de alguna anciana exigente.

–No te imagino en ninguno de los dos casos.

–No lo sé. Sería distinto. Podría ser algo elegante también, ya que no dependería totalmente de mi salario, como tienen que hacer la mayoría de las personas pobres. Tendría cierta independencia.

–No lo pensarás en serio, ¿verdad?

–El problema es que no pienso nada en serio. Voy a la deriva.

Eso era exactamente lo que hacía: y habría continuado así de no ser por la llegada de Robert Bouchère.

Robert se mostró sorprendido y contento al encontrarme en la casa, pero cuando se dio cuenta de lo infeliz que me sentía yo, su dolor y consuelo fueron inmensos.

–Debes contármelo todo –me dijo–. Dime qué sucedió exactamente.

Se lo conté. Se quedó profundamente impresionado.

–¿Tú no lo sabías?

–No. No se me ocurrió pensarlo.

–¿Alguna vez quisiste saber algo de tu padre?

–Sí.

–¿Y se lo preguntaste a tu madre?

–Sí. Ella siempre se mostraba evasiva. Sólo me decía que era un hombre bueno. Bien... Charlie es un hombre bueno.

–Su amistad con ella se remonta a mucho tiempo.

–Sí, lo sé. Quizá debí haberlo adivinado.

–Él insistió en llevarte a su casa.

–Ahora comprendo por qué. Me temo que he sido muy inocente, muy ingenua. Yo pensaba que sólo eran buenos amigos. Yo pensaba que, como yo le conocía tan bien y le quería tanto... ella me lo habría dicho.

–Mi querida Noelle, has sufrido dos golpes muy grandes. Estás confundida. Y lo mejor que puedes hacer son planes. Debes tomar medidas. Creo que te convendría alejarte de aquí.

–¿Dónde podría ir?

–Tal como hizo Charlie, le prometí a tu madre que cuidaría de ti si se presentaba la ocasión, y en este momento me necesitas. ¿Por qué no te vienes a Francia conmigo, a mi casa? Por lo menos mientras te tomas tiempo para decidir sobre tu futuro. Estarías en un nuevo lugar.

Todo sería diferente. Podrías comenzar de nuevo, forjarte una nueva vida. Yo creo que aquí no te resultará fácil. Aquí recuerdas demasiadas cosas. Ella aún está aquí, en esta casa. ¿Sientes su presencia?

–Has dejado sus habitaciones tal como estaban –dije–. ¿Cómo podrían cambiar? Todo aquí me recuerda a mi madre y a ti también.

–Por eso mismo tienes que marcharte. Estás alimentando tu aflicción, *chère* Noelle. Eso no es bueno. Debes alejarte, dejarla atrás.

–Alejarme... –dije francamente–. Irme inmediatamente. Nunca me has contado muchas cosas sobre tu casa, Robert.

–¿Tal vez te interesaría descubrirlo?

–¿Me... querrían ellos allí?

–¿Quienes? Están mi hermana, mi sobrina nieta... y alguna que otra visita de mi sobrino, el hijo de mi hermana.

–Pensé que tendrías esposa.

–Hace ocho años que murió. Y bien ¿qué dices?

–No había pensado en dejar el país.

–Es mejor hacerlo. Así te alejas totalmente. Todo será distinto en Francia. Comenzarás una vida totalmente nueva. ¿Quién sabe? Tal vez sea lo mejor para ti.

–Robert, eres muy bueno conmigo.

–¿Y por qué no? Le prometí a ella que si Charlie no estaba aquí, yo me... ¿cómo decís vosotros? ¿Me pondría en su piel?

–Sí, Robert. Que ocuparías su lugar. Qué bueno eres por preocuparte como lo haces.

–Querida mía, yo te tengo mucho cariño. Tu madre me era muy querida. Yo sé cómo se preocupaba por ti. Me hizo prometer que te cuidaría, pero lo haría igualmente con mucho gusto. ¿Qué me dices?

–Tengo que meditarlo. Había pensado tratar de encontrar algún trabajo, tal vez en algún hospital, donde pudiera hacer algo por la gente enferma.

Movió la cabeza.

–Eres tú la que necesita que te cuiden. Ven conmigo.

–¿Pensarás que soy una ingrata si te digo que me gustaría reflexionar sobre tu proposición?

–Te daré un día –dijo agitando la mano–. Dos días, pero debes venir conmigo. Te hará bien, te lo prometo, empezarás una nueva vida, conocerás nuevas personas, un nuevo país... Esto se borrará.

–Gracias, Robert, gracias. Lo pensaré muy en serio. Puede que tengas razón. Pero necesito ordenar mis pensamientos. Dame tiempo, por favor.

–Te lo doy –dijo sonriendo.

Me encontraba en un mar de dudas. Desde que Robert hiciera su sugerencia, había comenzado a despertar mi interés y la melancolía había cedido un poco. Sabía que cometía un error al sumergirme en el dolor como lo estaba haciendo aquí. Tenía que seguir adelante. Debía dejar de pensar en lo que podría haber sido y aceptar el hecho de que jamás habría una vida con Roderick. Tenía que continuar, y allí estaba Robert lanzándome un salvavidas.

Se portó muy bien conmigo durante esos días. Yo sabía que estaba deseoso de que me fuera con él. Deseaba cumplir ese deber por ser yo la hija de la mujer a quien tanto había querido. Su deseo de cuidar de mí era tan serio como había sido el de Charlie.

Esta vez yo tenía que ser más prudente. Debía saber lo que iba a hacer. Por lo menos, Robert no tenía una esposa que estuviera resentida por su amistad con mi madre. Pero seguía sintiéndome insegura. Me preguntaba si no sería mejor, después de todo, quedarme en Londres y buscar algún trabajo.

–Robert –dije–, háblame de tu hogar.

–En realidad tengo una casa en París –me dijo–, pero mi hogar queda a unos ocho o nueve kilómetros de la ciudad.

–¿En el campo?
–Es una casa antigua muy agradable –dijo asintiendo–. Milagrosamente sobrevivió a la revolución y la familia ha vivido allí durante siglos.
–¿Una casa solariega, supongo?
–Bueno, la Maison Grise podría ajustarse a esa descripción.
–¿Maison Grise? ¿La Casa Gris?
–Sí. Construida con esa piedra gris que se mantiene allí donde la ponen... aunque haya viento o tormenta.
–¿Y tu familia?
–No somos muchos ahora. Está mi hermana Angèle. Ella ha vivido siempre allí. Las hijas suelen quedarse, incluso después de casarse. Cuando Angèle se casó con Henri du Carron, él ayudaba a llevar la propiedad. Era un buen arreglo. Yo tenía negocios en París y él estaba allí para velar por las cosas.
–¿Y murió?
–Sí. Bastante joven. De un ataque al corazón. Fue muy triste. Gérard sólo tenía diecisiete años cuando sucedió.
–¿Gérard?
–El hijo de mi hermana... mi sobrino. Él heredará la Maison Grise cuando yo muera.
–¿No tienes hijos?
–No, desgraciadamente.
–No has dicho nada de tu esposa.
–La perdí hace ocho años. Durante unos años fue una inválida.
–De modo que en la Maison Grise sólo están tu hermana y su hijo.
–Gérard está allí muy pocas veces. Tiene un estudio en París. Es pintor. Mi hermana lleva la casa y está Marie-Christine.
–Has hablado de una sobrina nieta..., ¿es ella?
–Sí. Es mi sobrina nieta e hija de Gérard.
–Entonces Gérard está casado.

–Es viudo. Fue una tragedia. Hace tres años que murió su esposa. Marie-Christine tiene ahora... doce años, creo.

–Así pues, tu familia consta de tu hermana Angèle, que es madame du Carron, y su nieta Marie-Christine. ¿Ella vive allí siempre, o vive con su padre?

–Lo visita de vez en cuando, pero la Maison Grise es su hogar. Naturalmente, mi hermana cuida de ella.

–Entonces es una familia pequeña. ¿Crees que les importará que yo esté allá?

–Estoy seguro de que estarán encantadas.

Pensé seriamente en ir. Al parecer no había ninguna complicación, de modo que decidí visitar la Maison Grise, y fue un consuelo descubrir que la decisión me había levantado el ánimo considerablemente.

Nuestra travesía por mar fue muy tranquila. Al llegar tomamos el tren hacia París, donde nos esperaba el coche de la familia. Era un vehículo engorroso, con las armas de los Bouchère en el costado. Me presentaron a Jacques, el conductor, y después de cargar el equipaje, emprendimos la marcha.

Robert me hablaba de cosas triviales y al pasar por París me señaló algunos puntos interesantes. Yo estaba aturdida, ya que era mi primera visita a esa ciudad de la que tanto había oído hablar. Algo vi de los amplios bulevares, puentes y jardines, y algo oí de las explicaciones de Robert, pero estaba demasiado preocupada por lo que encontraría en la Maison Grise para que la ciudad me causara mucha impresión. Eso era algo que podía descubrir después.

–Prepárate para un viaje largo –dijo Robert cuando salimos de la ciudad–. Vamos hacia el sur. Éste es el camino hacia Niza y Cannes pero eso queda muy lejos. Francia es un país grande.

Me acomodé en el asiento escuchando el cloc-cloc de los cascos de los caballos.

–Da la impresión de que conocieran el camino –comenté.

–Pues claro que lo conocen. Lo han hecho muchas veces. Estos son los caballos que suelo usar para este trayecto: *Cástor* y *Pólux,* los gemelos celestiales. Los nombres, siento decírtelo, no son demasiado apropiados. Estos dos distan mucho de ser celestiales. Pero siempre podemos fiarnos de que nos lleven a casa. Verás cómo alzan las orejas y apresuran el paso cuando estemos a un kilómetro de la casa.

Me dio la impresión de que Robert estaba algo nervioso. Parecía esforzarse por hacer la conversación agradable. Ya era tarde cuando llegamos a la casa. Entramos por una avenida de árboles y avanzamos más de medio kilómetro antes de divisarla. El nombre era apropiado, porque ciertamente era gris, pero el verdor del follaje le quitaba el aspecto sombrío que habría tenido de otro modo. En ambos extremos había torres cilíndricas, bien llamadas «pimenteros», tan características de la arquitectura francesa. Delante de la casa había varios escalones de piedra que conducían a una terraza; eso le daba un delicioso toque hogareño y suavizaba el efecto de la dura piedra gris.

Una vez en la casa, aparecieron dos mozos. Robert descendió primero y me ayudó después a mí. Uno de los mozos nos preguntó si habíamos tenido buen viaje.

–Sí, gracias –dijo Robert–. Ésta es mademoiselle Tremaston. Tenemos que buscarle un buen caballo para que monte mientras esté aquí.

El mozo habló en francés muy rápido.

–Dice que él estará allí para ayudarte a escoger. Mañana te llevaré a los establos y te equiparemos.

Me invadió una terrible sensación de pérdida al recordar mis clases de equitación con Roderick. Me entraron unos deseos locos de encontrarme de nuevo en Leverson. Sabía que jamás lo olvidaría. ¿Por qué había pensado que podría, por el simple hecho de alejarme?

–Quiero mostrarte algunas de nuestras aldeas –estaba

diciendo Robert–. Las encontrarás interesantes. Son muy distintas a las de Inglaterra.

–Me hace mucha ilusión –dije.

Me tomó del brazo y subimos los escalones de la terraza. Me fijé en que los arbustos plantados en tiestos blancos estaban muy bien cuidados. Se lo comenté a Robert.

–Eso es obra de Angèle –dijo él–. Ella dice que la casa tiene un aspecto poco acogedor y que estas plantas lo disipan. Tal vez tenga razón.

–Me imagino que sí.

Estábamos ante una puerta de hierro tachonada con clavos. De pronto se abrió y apareció un criado.

–Ah, buenos días, Georges –dijo Robert–. Ya estamos aquí. Ésta es mademoiselle Tremaston.

Georges era un hombre bajito de pelo oscuro y brillante y ojos vivos. Me miró atentamente y se inclinó. Presentí que era una familia algo formal.

Entré en el vestíbulo. Al fondo había una escalera a cuyo pie se encontraba una mujer. Se acercó a saludarme e inmediatamente supe que era madame du Carron, Angèle, porque se parecía lo suficiente a Robert como para adivinar que era su hermana.

–Bienvenida, mademoiselle Tremaston. –Hablaba en inglés con marcado acento francés–. Me alegro mucho de que haya venido.

Me cogió las manos e inmediatamente pensé en lo distinto que había sido el recibimiento de lady Constance. Me lo reproché. Tenía que dejar de estar continuamente recordando.

–Soy feliz de estar aquí –dije.

–¿Habéis tenido buen viaje? –dijo mirándome a mí y luego a Robert–. Bienvenidos a la Maison Grise. Qué alegría verte, Robert. Es agotador, ¿verdad... ese viaje? La Mancha, como llamáis al canal, puede ser un monstruo.

–Esta vez fue un monstruo muy benigno –contesté en tono ligero–, lo cual fue una suerte.

–Pero es un viaje largo. ¿Qué le apetece? Ir a su habitación, tal vez beber algo ¿café?, ¿un vaso de vino?

Dije que me gustaría ir primero a mi habitación y lavarme.

–Eso será lo mejor. ¡Berthe! –llamó.

Berthe tenía que haber estado muy cerca, porque apareció de inmediato.

–Ésta es Berthe. Ella la atenderá. Berthe: agua caliente para mademoiselle.

–*Certainement,* madame. –Berthe me miró, sonrió levemente en mi dirección e hizo una ligera reverencia.

–Por aquí –dijo Angèle–. Cuando esté lista, podremos conversar largamente. Tenemos que conocernos, ¿verdad? Eso si mi inglés nos lo permite. ¿Habla usted algo de francés?

–Algo. Creo que tal vez su inglés sea más de fiar.

Se echó a reír y yo presentí que ése era un buen comienzo. Me condujeron a mi habitación. Me pareció oscura hasta que Angèle abrió las persianas. Entonces entró la luz y pude ver lo agradable que era. La alfombra y las cortinas eran de un tono rosa pálido; el mobiliario era delicado y tuve la sensación de haber retrocedido unos cien años en el tiempo, porque el lugar tenía un elegante ambiente dieciochesco. En una de las paredes había un tapiz delicado, una encantadora reproducción de *La niña en el columpio* de Fragonard. Me salió una exclamación de alegría.

–¿Le gusta? –preguntó Angèle.

–Lo encuentro encantador.

–Entonces me alegro. Robert dice que es muy importante que se sienta... ¿cómo es «*comme chez vous*»?

–Como en casa. Es usted muy amable.

–Robert me ha contado lo que le ha sucedido. Deseamos ayudarla.

–Le estoy muy agradecida.

–Permítame que le enseñe esto.

Se dirigió hacia un extremo de la habitación y descorrió una cortina que dejó al descubierto un rincón en el que había un gran armario y una mesa con un aguamanil y una jofaina. En el suelo había una bañera de cintura.

–La llamamos *ruelle*.

–Muy necesaria –dije–. Muchas gracias.

Me cogió la mano y me la apretó. Luego se alejó un poco y me pareció algo avergonzada por haber demostrado tal emoción.

–Berthe traerá el agua caliente –dijo con ligereza–. Aquí está su equipaje. Tal vez le vendría bien bajar dentro de ¿una hora, digamos? Yo vendré a buscarla. ¿Es mucho tiempo?

–Creo que estará bien, gracias.

En ese momento entró Berthe con el agua caliente.

–¿Necesita ayuda para deshacer el equipaje?

–No gracias, puedo arreglármelas.

–¿Dentro de una hora entonces?

–Sí, por favor.

Me quedé sola. Qué diferencia con la acogida en Leverson Manor. Tenía que dejar de pensar en Leverson. Estaba muy lejos, fuera de mi vida. Tenía que estarlo. Habría sido mucho mejor si no la hubiera conocido jamás; si no hubiera conocido a Roderick.

Traté de concentrarme en mi nuevo entorno. Era interesantísimo. Deseaba saber más sobre la vida de Robert allí, sobre su hermana viuda y, por supuesto, la sobrina nieta y su padre.

Empezaba a pensar que había hecho bien en venir.

Deshice el equipaje; cuando acabé de bañarme y me hube puesto un vestido de seda azul, ya casi había transcurrido la hora. Me senté junto a la ventana que daba a una extensión de césped y a lo que parecía un pequeño bosque. Vi que los terrenos eran extensos.

Llamaron a la puerta. Era Angèle.

–¿He venido muy pronto?

–No, no. Estoy lista.

–Entonces, venga, por favor.

Robert nos estaba esperando; con él había una joven que supuse sería Marie-Christine.

–Espero que te haya gustado tu habitación.

–Es preciosa –dije y me volví hacia la chica.

–Ésta es Marie-Christine –dijo Robert.

–¿Cómo está usted? –dijo ella en inglés haciendo una pequeña reverencia que a mí me pareció encantadora.

–Encantada de conocerla –respondí.

Ella me miró con detenimiento.

–Me parece –dijo Robert– que Marie-Christine ha estado practicando su inglés para poder saludarte en tu propio idioma.

–¡Qué amable! –dije.

Ella continuó observándome y yo comencé a sentirme vagamente nerviosa ante tal escrutinio.

–La cena está servida –dijo Robert–. Seguro que tienes hambre. Yo estoy hambriento.

La verdad era que no tenía hambre; estaba demasiado interesada en mi nuevo entorno.

–Hoy cenaremos en el comedor pequeño –dijo Angèle–. Sólo estamos los cuatro, y es más apropiado.

El comedor pequeño, en realidad, no era nada pequeño, y estaba amueblado con la misma elegancia que había visto en el resto de la casa. Robert se sentó en un extremo de la mesa y Angèle en el otro. Yo me senté a la derecha de Robert y Marie-Christine a la izquierda. Había dos criados para atendernos, una especie de mayordomo supervisor y una camarera que servía los platos. Robert había dicho que eran pocos en la casa, pero por lo visto había numerosos sirvientes.

Mientras comíamos, Angèle me preguntó sobre mi hogar en Londres. Le dije que no tenía ningún hogar en Londres y Robert me lanzó una mirada de reproche.

–Sabes que la casa es para tu uso –dijo.

–Eres muy amable, Robert –le dije. Me volví a Angèle–. En realidad, he estado pasando un tiempo en el campo, con unos amigos. La verdad es que no sé muy bien qué voy a hacer.

–Estás de duelo, por supuesto –dijo Angèle–. Lo siento.

Se hizo un breve silencio. Yo lo rompí preguntando a Marie-Christine:

–¿Tienes institutriz?

–Huy, sí, mademoiselle Dupont –dijo con una pequeña mueca para indicar que mademoiselle Dupont era algo estricta.

–¿Te enseña inglés? –sonreí yo.

–Sí, pero no lo habla tan bien como tú.

Todo el mundo se echó a reír.

–Bueno, tal vez puedas aprender algo de mí mientras estoy aquí.

–Sí, por favor. Me apetece mucho.

–Marie-Christine no puede soportar no saberlo todo –dijo Angèle con indulgencia–. No le gusta estar... –hizo una pausa– fuera de nada. ¿No es cierto, Marie-Christine?

–Por supuesto.

–Bueno, ésa es la idea correcta si uno desea aprender –dije yo.

–¿Te gusta montar a caballo?

–Sí. No hace mucho que aprendí a montar. Cuando vivía en Londres no había muchas oportunidades.

–Te llevaré conmigo –me prometió–. Soy una amazona experimentada.

–Mi niña querida –protestó Angèle.

–Bueno, lo hago muy bien. Jacques lo ha dicho. Y tengo que decir la verdad, ¿no? Estará segura conmigo, mademoiselle Tremaston.

–Ya lo creo que lo estaré, y me hará mucha ilusión cabalgar contigo.

–Mañana entonces –dijo–. Tiene que ser por la tarde. Mademoiselle Dupont no me deja libre por la mañana.

–Me encantará.

Robert nos contemplaba bondadosamente. Evidentemente, estaba encantado de que me llevara bien con su familia. Y me sentí tranquilizada, porque por lo visto todos estaban resueltos a hacerme feliz. Esa noche, cuando me retiré a la elegancia de mi dormitorio dieciochesco, tuve la sensación de que había sido una buena idea venir a la Maison Grise.

A la mañana siguiente Berthe me trajo el agua caliente a las siete y media y me dijo que volvería con mi *petit déjeuner.*

Supuse que todos tomaban el desayuno en sus habitaciones. Los desayunos aquí no eran como la comida de casa, con un aparador lleno de exquisiteces, como riñones asados, huevos, beicon y pescado desmenuzado.

Mi francés era lo suficientemente bueno para entenderme con Berthe, y me propuse mejorarlo durante mi estancia en Francia.

Poco después llegó Berthe con una bandeja con pan caliente y crujiente, café y leche.

Me sorprendió, no sólo el apetito con que comí, sino también mi expectación ante las experiencias del día que me esperaba.

Encontré el camino hacia el vestíbulo y salí al jardín. El aire era fresco y el aroma de las flores lo inundaba todo. Me dirigí al estanque que había en el centro del parque, de cuyo césped surgían dos ninfas con los brazos entrelazados. Desde allí podía contemplar la casa. Observé las torres, las paredes grises y las ventanas con persianas. El sol iluminaba las piedras, arrancando destellos aquí y allá. El edificio era gris, amenazador en cierto modo, pero tenía una terraza con blancas macetas de arbustos floridos, además de la verde enredadera cuyas ramas se aferraban a la piedra gris como si estuvieran decididas a suavizarla.

–Buenos días. –Robert avanzaba hacia mí.

¡Qué bondadoso era! Tan ansioso por hacerme feliz.

Charlie también lo había sido, y esa bondad me había llevado a mi tremenda infelicidad. ¡Cómo deseaba volver a los viejos tiempos que yo había creído eternos!

–Espero que hayas dormido bien –dijo.

–Muy bien, de verdad. Mi habitación es preciosa. Me siento como madame de Pompadour.

–Huy... no tan grandioso. Pero deseamos que te sientas a gusto.

–Desde luego. Y si no lo estuviera, no sería por culpa tuya ni de tu hermana.

–Querida Noelle –dijo poniendo su mano sobre la mía–. Comprendo cómo te sientes. Vamos a intentar que dejes todo eso atrás. Es la única manera.

–Lo sé. Ojalá fuera tan fácil hacerlo como decirlo.

–Tiempo al tiempo. Angèle me ha dicho que te mostrará la casa esta mañana.

–Será muy interesante.

–Y esta tarde has prometido salir a cabalgar con Marie-Christine.

–Parece una chica encantadora.

–Creo entender que se muestra difícil a veces. Angèle la disculpa. Perdió a su madre y al ser criada con personas mayores... Mademoiselle es algo así como un dragón, creo. Pero vamos a los establos: quiero que escojas un buen caballo.

–¿Ahora? –pregunté.

–¿Por qué no?

Atravesamos el jardín en dirección a los establos. Jacques estaba allí.

–*Bonjour* –dijo.

Robert habló con él sobre el caballo. Jacques estaba preparado. Sacó una yegua color castaño, y su nombre le venía a la perfección: *Marrón.* Era dócil, dijo Jacques, no hacía travesuras. Le gustaba tener un jinete estable y agradable, y se podía confiar en ella.

–Me parece que tenemos el caballo adecuado para ti, Noelle –dijo Robert–. Al menos para el comienzo.

Explicó a Jacques que yo saldría esa tarde a cabalgar con mademoiselle Marie-Christine y que el caballo debería estar preparado.

–¿A qué hora? –preguntó Jacques.

–Bueno, el *déjeuner* es a la una. ¿Qué tal a las tres?

A Jacques le pareció muy bien.

Cuando dejamos los establos nos encontramos con Angèle.

–Deseo mostrarle la casa a Noelle –dijo–. Estas casas antiguas son algo sorprendentes. Te pierdes, pero se aprende muy pronto. Sólo al principio son algo complicadas.

Robert me dejó en manos de Angèle y comenzamos nuestro recorrido por la casa. Angèle me explicó que, al igual que muchas casas antiguas, la Maison Grise había sufrido reparaciones a lo largo de los años. Se habían hecho añadidos y embellecimientos, cosas que cambiaban el carácter a una casa. Ahora debía de ser muy distinta a cuando se construyó.

–Eso es lo que la hace tan interesante –comenté yo.

–Bueno... tal vez sí, en cierto modo. En este vestíbulo, verás, había un hogar en el centro de la habitación, un buen sitio para tener un hogar, porque la gente se sentaba alrededor.

–Pero peligroso –acoté yo.

–Como lo son todos los hogares, supongo. Ves, el humo salía por un agujero en el techo. Bueno, el techo se ha reparado tantas veces que ahora no se ve. Pero en el suelo sí se distingue el contorno.

–Sí, es verdad.

–Luego están las armas que se usaron en batallas. Éstos son recuerdos de la guerra de los Cien Años, cuando tu país luchó contra el mío. Y aquí están las armas de las guerras napoleónicas, cuando nuevamente fuimos enemigos.

–Espero que nunca lo volvamos a ser.

–Esperemos. Nuestro emperador está ansioso por tener relaciones amistosas con Inglaterra. Tenemos tratados comerciales y ese tipo de cosas. Además, están nuestros intereses en el canal de Suez. Así que esperemos que nunca volvamos a ir a la guerra.

–El emperador, por lo que creo, es muy popular aquí en Francia.

–Ah, sí, pero tiene sus enemigos. ¿Qué gobernante no los tiene? La emperatriz Eugenia es hermosa y encantadora. Hay un hijo y heredero. Así que, todo parece ir bien. Son elegantes y guapos, y dondequiera que vayan, la gente los aclama. A Robert y a mí nos invitan a veces a ciertos actos y hemos sido recibidos con la mayor amabilidad.

–Entonces parece que todo va bien.

–¿Quién puede saberlo? Nosotros recordamos que no hace mucho sufrimos una revolución. Eso es algo que un país no olvida fácilmente.

–Ahora no habría ningún motivo.

–La gente encuentra motivos –dijo ella discretamente–. Pero qué conversación más deprimente. Son todas esas armas. Le propondré a Robert que las quitemos y las reemplacemos por tapices. Son mucho más agradables. Bueno, éste es el gran vestíbulo y, aparte de haber quitado el hogar de en medio, se conserva casi igual a como ha sido durante los siglos.

–Es imponente.

–Bien, por allí quedan las cocinas. Eso lo dejaremos. Los sirvientes deben de estar allí.

Subimos las escaleras y me llevó a través de varias habitaciones. Todas estaban amuebladas en un estilo similar a la que yo ocupaba. En la mayoría las persianas estaban cerradas.

Subimos más escaleras y pasamos por una galería de la que colgaban varios retratos. Nos detuvimos a mirarlos y ella me señaló a miembros de la familia, entre ellos, Robert y ella misma.

–Éste es mi marido –dijo–. Y éste es Gérard.

Me detuve ante Gérard. Me interesaba muchísimo más porque estaba vivo y probablemente iba a conocerle.

Vestía abrigo oscuro con fular blanco; su pelo era casi negro y contrastaba con su piel clara. Sus ojos de color azul oscuro me recordaron a Marie-Christine. Era natural que hubiera un parecido, ¿acaso no era su hija? Sus ojos mostraban la misma inquietud que había detectado en los de ella; era como si ambos sobrellevaran una carga... atormentados, quizás.

–¿Te parece interesante mi hijo Gérard? –preguntó Angèle.

–Sí. Parece infeliz.

–Fue un error que se hiciera un retrato en esa época. Pero ya estaba todo acordado. Lo pintó Aristide Longére. ¿Te suena su nombre?

–No.

–Es uno de nuestros pintores de moda. Pues sí, fue un error que lo pintaran justo después de...

–¿Después de?

–Acababa de perder a su joven esposa. Fue un período terrible.

–Comprendo.

Seguimos avanzando.

–Éste es nuestro padre... mío y de Robert.

Mientras continuábamos por la galería no pude dejar de pensar en Gérard.

–Ésta lleva a la torre norte –dijo al encontrarnos ante una escalera de caracol–. Aquí están las habitaciones de Gérard cuando viene a la Maison Grise. Allí recibe la luz del norte, que es la que prefiere para su trabajo.

–¿Podemos entrar?

–Por supuesto.

Llegamos a una puerta en lo alto de la escalera. Ella la abrió y nos encontramos en una amplia habitación con varias ventanas. En un extremo había un caballete y lienzos apoyados contra la pared.

–Gérard trabaja principalmente en París –explicó Angèle–. De modo que no pasa mucho tiempo aquí. Cuando viene, tiene su torre. Tiene el dormitorio en otra habitación, allí arriba; por eso a la torre norte la llamamos su estudio.

–Usted debe de echarle de menos, si se pasa tanto tiempo en París.

–Es mejor para él –dijo encogiéndose de hombros–. Allí tiene a sus amigos artistas. Aquí, sus recuerdos.

–Su esposa tuvo que haber sido muy joven cuando murió.

–Eran muy jóvenes cuando se casaron –asintió–. Gérard tiene ahora treinta y dos años. Hace tres que murió ella. Marie-Christine tenía nueve entonces, así que Gérard debía de tener veinte cuando ella nació. Era demasiado joven. Ni Henri ni yo queríamos, pero... –se encogió de hombros–. Ahora tiene su trabajo, su vida en París. Es mejor así. Aquí no. Todo sucedió aquí.

Yo asentí. Era una experta en recuerdos.

Entonces vi el retrato. Adiviné quién era antes de preguntar. Era muy hermosa, en un sentido salvaje, gitano. Tenía el pelo castaño rojizo y ojos leonados claros. En su boca había una expresión voluntariosa, rebelde y en sus ojos una mirada maliciosa. Era muy atractiva.

–Ésa es Marianne –dijo Angèle.

–¿Marianne...?

–La esposa de Gérard. La madre de Marie-Christine.

–Es muy hermosa.

–Sí –dijo en voz baja Angèle.

¿Cómo murió?, me pregunté. Presentí que había algún misterio y por lo tanto eso era algo que todavía no podía preguntar. Me pareció que Angèle se estaba arrepintiendo de haberme llevado a la torre norte.

Continuó el recorrido de la casa. En la torre oeste estaba la sala de estudios.

–Será mejor que no interrumpamos a Marie-Christine en sus clases –dijo Angèle, aunque sin duda alguna a Marie-Christine no le iba a molestar.

Volvió a hablar de Gérard durante el recorrido.

–Supongo que algún día vendrá a vivir aquí –dijo–. Heredará todo, llegado el momento. Tal vez se vuelva a casar. Siempre tengo la esperanza de que lo haga.

Le dije lo interesante que encontraba la casa.

–Aunque –añadí– todavía me siento incapaz de orientarme.

–Todo llegará –dijo sonriendo.

La cabalgata con Marie-Christine esa tarde marcó el comienzo de nuestra amistad. Creo que su interés por mí era tan grande como el mío por ella. Ambas nos sentíamos frustradas por las dificultades del idioma y su determinación por superarlas era tan fuerte como la mía.

Me las arreglé para reunir algo de información. Me contó que montaba a caballo desde que tenía dos años, cuando tuvo su primer poni.

Yo le conté que había vivido en Londres y que no comencé hasta que fui a vivir al campo, y de eso no hacía mucho.

–¿Te enseñó alguien?

Nuevamente me invadió un terrible desconsuelo. Vi a Roderick con tanta claridad, llevando las riendas y animándome. Marie-Christine se dio cuenta enseguida de mi cambio de humor.

–¿Quién te enseñó? –preguntó.

–Un amigo, en la casa donde estaba.

–¿Era divertido?

–Sí... mucho.

–¿Sales a montar a caballo con tu amigo cuando estás en casa?

–No... no ahora.

Ella se quedó pensativa, buscando las palabras.

–¿Cómo es Londres?

–Es una ciudad muy grande.

–Como París.

–Todas las grandes ciudades son parecidas.

–Las pequeñas son bonitas. Villemere no queda muy lejos de aquí, a un kilómetro y medio. Hay un café donde venden unos maravillosos *gâteaux*, pasteles, como decís vosotros. Te sientas bajo los árboles, bebes café y te los comes. Puedes mirar a la gente si quieres.

–Eso me gustaría.

–Ojalá pudiéramos hablar con más facilidad. Cuando tienes que estar pensando en las palabras todo el tiempo, no puedes decir las cosas que importan. Tengo una idea, yo te enseñaré francés y tú me enseñarás inglés. Esto es demasiado lento.

–Me parece buena idea.

–Muy bien. Comencemos.

–Podemos hacerlo hablando. Podríamos leer juntas también. Eso nos servirá.

–Vamos. –Le brillaban los ojos–. Comencemos hoy.

–Tan pronto como podamos.

–Me fastidia esperar. Comencemos ahora.

Nos pasamos la tarde poniéndonos pruebas y corrigiéndonos cuando era necesario. Fue muy divertido y estimulante.

Fueron algunas de las horas más agradables que había pasado desde que Charlie pronunciara aquellas palabras que arruinaron mi felicidad.

Todos los días me reunía con Marie-Christine. Era sorprendentemente rápida para aprender cuando quería, y en tan sólo una semana ya había adquirido un buen dominio del idioma inglés. Mi progreso en francés era ligeramente más lento, pero la comunicación entre nosotras iba aumentando.

Yo ya había conocido a mademoiselle Dupont. Era de mediana edad, totalmente entregada a su profesión, respetuosa conmigo, y estaba encantada de que yo colaborara en mejorar el inglés de Marie-Christine. Por ese lado no había problemas. Además, tanto Robert como Angèle estaban contentos de la amistad entre nosotras y pienso que Robert se felicitaba de haber hecho lo correcto al traerme a Francia.

Era verdad que mi tristeza había cedido un poco. Continuaba pensando en Roderick cada día y sabía que mi corazón jamás le olvidaría, jamás dejaría de suspirar por lo que había perdido; pero al menos estaba encontrando un pequeño consuelo y le agradecía a Robert el haberme traído, a Angèle por ser tan comprensiva y tal vez más que a nadie, a Marie-Christine, que me ofrecía un nuevo interés.

Me sorprendía lo rápido que pasaba el tiempo. Marie-Christine había decidido convertirse, como decía ella, en mi *patronne*. Me llevaba al pueblecito de Villemere; nos sentábamos fuera del café y degustábamos los deliciosos *gâteaux* y café. Me presentó a la propietaria del local, madame Lebrun, señora bastante imponente que se sentaba detrás del mostrador y contaba con avidez los francos; también conocí a su pequeño y dócil marido, que se encargaba del horno, y a Lillie, la camarera, cuyo amado estaba en el mar. Descubrí que podía volver a reír cuando deambulábamos por los puestos el día de mercado, que en Villemere era los jueves. Me gustaba encontrar cosas de ocasión y me sentía triunfante cuando me aseguraba una. Marie-Christine conocía a muchísima gente. «*Bonjour, mademoiselle*», le decían cuando pasábamos. Marie-Christine me contó que todos estaban muy interesados por la *mademoiselle anglaise*.

Me sorprendía el interés que despertaba mi vida a mi alrededor, pero cuando veía a las esposas y maridos riendo juntos retornaba mi profunda melancolía. Ese íntimo compañerismo era algo que jamás conocería; pero al menos había veces en que sentía placer, aunque fuera pasajero.

Prácticamente todo se lo debía a Marie-Christine.

Leer juntas, conversar, nuestros paseos, su evidente interés por mí eran las grandes ayudas con que contaba. Ella no paraba de hablar. Siempre estaba haciendo preguntas. Deseaba saber de mi vida y se interesaba enormemente por la vida del teatro.

–Mademoiselle Dupont dice que me conviene aprender más sobre teatro inglés. Dice que vuestro Shakespeare es el poeta más grande que jamás ha existido. Debe de ser muy bueno, porque Dupont siempre decía que los franceses eran mejores que nadie. No sé si era Racine o Molière, alguien así.

–El mundo del teatro en que yo me movía no era del tipo que ganaría la aprobación de mademoiselle Dupont.

–Cuéntame.

De modo que yo le conté cosas sobre *La condesa Maud* y *Dulce Lavanda,* las canciones, los bailes, los vestidos, las noches de estreno, las peleas con Dolly; Marie-Christine me escuchaba como hipnotizada.

–Tu madre era adorable –exclamó–. ¿Murió?

–Sí.

–Era joven para morir, ¿verdad?

–Oh, sí.

–¿Por qué la gente hermosa tiene que morir joven? –Se quedó pensativa un momento–. Bueno, supongo que si fueran viejas ya no serían hermosas. Por eso debe ser que las personas hermosas mueran jóvenes.

Yo tenía una foto de mi madre que siempre llevaba conmigo. Se la mostré.

–Es preciosa –comentó–. No te pareces a ella.

–Gracias –dije riendo–. En realidad no podría haber nadie como ella.

–Las dos tuvimos madres hermosas, tú y yo, no de una belleza corriente, sino hermosas de verdad.

Me quedé en silencio pensando en Désirée, radiante después de un estreno, hablando sin parar, los fallos que podrían haber causado un desastre, el hombre de la primera fila que la estaba esperando en la puerta de salida de los actores cuando ella se deslizaba para marcharse. Recuerdos, recuerdos... Jamás podría escapar.

–Te entristece pensar en tu madre, ¿verdad?

–Sí, pero ella ya no está.

–Lo sé. Igual que la mía. Cuéntame, ¿cómo murió tu madre? Era muy joven, ¿verdad? Bueno, no era vieja. La mía tampoco lo era.

–Había estado enferma. Nada de gravedad, sólo algo que había comido. Los médicos dijeron que era una planta que crecía en nuestro jardín.

–¿Una planta venenosa?

–Sí. Una planta llamada tártago. Crece de modo silvestre. Si te manchas las manos con el jugo y luego te las llevas a la boca, te hace sentir mal.

–¡Qué terrible!

–No es nada grave. Sólo te hace sentir molestias. Te produce vómitos y mareos. Bueno, ella se sentía mareada. Se bajó de la cama y se cayó. Se golpeó la cabeza contra un mueble y se mató.

–Qué extraño, porque mi madre murió no por caerse contra una mesa, sino por caerse del caballo. Es algo parecido a tu madre, ¿verdad? Ambas eran jóvenes. Ambas eran hermosas. Tal vez por eso somos amigas.

–Yo creo que es por algo más que eso, Marie-Christine.

–Tú aún piensas mucho en tu madre, ¿verdad?

–Sí.

–Yo también en la mía. Pienso en ella muchísimo, y en la forma cómo murió.

–Marie-Christine, tenemos que tratar de olvidar.

–¿Cómo puede uno obligarse a olvidar?

–Supongo que mirando hacia delante y tratando de dejar atrás el pasado. Dejando de pensar en ello.

–Sí, pero ¿cómo?

Era buena pregunta. ¿Cómo olvida uno?

Llevaba cuatro semanas en la Maison Grise y no tenía el menor deseo de marcharme. No había hecho ningún progreso en cuanto a tomar una decisión acerca de mi futuro. Y comenzaba a recordarme que no podía continuar como huésped permanente en la casa, por muy hospitalarios que fueran mis anfitriones.

Robert iba a menudo a París por negocios bancarios. Allí tenía una pequeña casa y solía quedarse varios días cada vez. Tanto él como Angèle decían que yo debería ir a conocer la capital. Podría ir de compras y ver algunos monumentos.

Le pregunté a Robert si vería a su sobrino cuando estuviera allí.

–Lo dudo –dijo–. Se pasa trabajando la mayor parte del tiempo y me parece que no desea interrupciones. No creo que se dé cuenta de otra cosa en esos momentos, de modo que esperaré a que él me invite al estudio. Entonces puede que venga y se quede aquí una o dos semanas. Lo hace de vez en cuando. Eso le aleja de París durante un tiempo.

–Entonces ¿trabaja en la torre norte?

–Sí, exacto.

–Robert, ¿te has dado cuenta de que ya llevo un mes aquí?

–¿Y bien?

–No puedo continuar aceptando tu hospitalidad.

–Ese tipo de conversación me molesta. No estás recibiendo nada que nosotros no deseemos darte. Eres muy bienvenida aquí. Angèle dice que Marie-Christine te tiene mucho cariño. Desde que tú estás aquí está menos difícil. Mademoiselle Dupont dice que has hecho un excelente trabajo con su inglés, algo que ella jamás habría podido lograr. Así que, por favor, no vuelvas a hablar así. Y te sientes mejor, ¿verdad?

–Sí. Olvido a ratos; luego todo vuelve. Pero hay momentos en que soy feliz.

–Eso está bien. Sabía que hacías bien en venir aquí. Tendrías que haber venido desde el comienzo.

–Eres muy bueno conmigo, Robert. Sé lo que sentías por mi madre, pero eso no significa que tengas que extender tu cariño hasta mí.

–Te ruego que dejes de decir tonterías, Noelle, o me enfadaré de verdad, y no me gusta enfadarme. Háblame de Marie-Christine. ¿Cómo te las has arreglado para cambiarla?

–Considero que tuvimos un buen comienzo con lo del idioma.

–¿Y ahora salís cada día juntas a montar a caballo?

–Ella disfruta enseñándome la vida de aquí y yo le cuento cosas sobre mi infancia –hice una pausa y él asintió, comprendiendo que había algo más–. Eso le interesa.

–Entonces, por favor no hables de marcharte.

–No deseo marcharme, Robert.

–Eso es lo mejor que podía oír.

De modo que me tranquilicé con una sensación de seguridad. No era necesario tomar decisiones todavía.

Empezaba a darme cuenta de que no era fácil conocer a Marie-Christine. Tenía sus rachas, tan pronto estaba de un humor excelente, como al momento siguiente caía en la tristeza. Era este rasgo de su carácter lo que más me intrigaba en ella. Desde el comienzo de nuestra amistad presentí que había algún secreto que la inquietaba, pero sólo a veces.

–Marie-Christine –le dije una vez–, ¿pasa algo en tu mente?

Ella hizo como que no entendía, como solía hacer cuando yo le preguntaba algo que no deseaba contestar.

–¿En la mente? –dijo entonces–. ¿Qué es eso?

–Quiero decir, ¿hay algo que te preocupa?

–¿Qué me preocupa? Ah, sí, mademoiselle Dupont dice que soy terrible en matemáticas. Pronunció la palabra «terrible» a la francesa, arrastrándola para hacerla sonar espantosa.

–Yo creo –dije riéndome de ella– que es algo más importante que las matemáticas.

–Las matemáticas son de la mayor importancia, dice mademoiselle Dupont.

–Lo que quiero saber, Marie-Christine, es si hay algo que te preocupa especialmente, algo sobre lo cual tal vez te gustaría hablar.

–No me preocupa nada –respondió con firmeza–. Y en cuanto a esas estúpidas matemáticas, ¿a quién le importan?

Me quedó la duda. Pero comprendí. ¿Acaso no tenía yo penas secretas de las que no hablaba con nadie?

–Noelle, te voy a llevar a ver a mi tía Candice –me dijo un día.

Me quedé sorprendida porque jamás había oído a Robert ni a Angèle nombrar a esa persona.

–Candice es la hermana de mi madre –me dijo Marie-Christine mientras guiábamos nuestros caballos hacia el camino.

–¿Vive cerca de aquí?

–No muy lejos. Una media hora. Ella y mi madre eran gemelas.

–No viene a la Maison muy a menudo, ¿verdad?

–No. La abuela Angèle la ha invitado. También el tío abuelo Robert. Al menos solían invitarla. Ahora ya no. En realidad ella no quiere venir. Supongo que le recuerda todo y desea olvidar. Sea como fuere, no viene.

–Pero ¿tú la ves con frecuencia?

–No con mucha frecuencia. Aunque voy allí a veces. Creo que le recuerdo demasiado a mi madre, y a *tante* Candice no le gusta que se la recuerden.

–Nunca me habías hablado de tu tía.

–Bueno, no te lo puedo contar todo todavía. Tiene que pasar un tiempo.

Continuamos cabalgando; muy pronto tomamos una dirección que me resultaba nueva. Llegamos a un riachuelo.

–El molino no queda muy lejos de aquí –dijo Marie-Christine.

–¿El molino?

–El Moulin Carrefour. Así se llama la casa. Está situada en un cruce de caminos. De allí le viene el nombre. Ya no es un molino. Era mi bisabuelo el que era molinero.

–Se me está haciendo algo difícil seguirte. Podría ser útil que me explicaras un poco sobre la casa y las personas que me llevas a conocer.

–Te lo he dicho, te llevo a ver a mi tía Candice, y ella vive en Moulin Carrefour, el cual en su tiempo era un molino en un cruce de caminos.

–Eso ya lo he entendido, pero...

–Bueno, mi bisabuelo era el molinero, pero mi abuelo ganó muchísimo dinero en el juego o algo así, y dijo que no deseaba ser un molinero toda su vida. Así que cerró el molino y entró en la nobleza. Pero se deshonró al casarse con una gitana de ninguna parte. Ella tuvo dos hijas, Candice y Marianne. Marianne era la mujer más hermosa que haya existido. Fue a París y se hizo modelo de pintores. Se casó con mi padre y nací yo... Cuando tenía nueve años, ella murió. *Tante* Candice vivía en Carrefour con Nounou.

–¿Con quién?

–Con su vieja niñera, por supuesto. Nounou jamás abandonaría a Candice. También estará allí.

–¿Y Candice... no se casó?

–No. Ella y la vieja Nounou viven solas. No creo que puedan olvidar jamás a Marianne.

–Es extraño que no visiten la casa.

–No es nada extraño en realidad. No, cuando las conozcas. Candice no ha venido en los últimos tres años.

–Desde que murió su hermana.

–Sí. Vamos. Te mostraré el lugar donde murió mi madre. Es un lugar funesto. Otro jinete había muerto exactamente en el mismo lugar. Le llaman el *coin du diable.* ¿Sabes lo que significa?

–El Rincón del Diablo. Tiene que haber una causa para estos accidentes.

–Dicen que es porque la gente llega galopando por el campo y se olvidan que salen de repente al cruce de caminos y tienen que frenar en seco. Mira. Es aquí mismo.

Se había detenido de pronto y yo hice lo mismo. Contemplamos la extensión de hierba que se abría ante nuestros ojos. Allí estaba el cruce junto a un riachuelo que podría ser un afluente del río que pasaba cerca. Y allí estaba la casa del molino. El molino de viento se destacaba. Detrás de la casa había lo que supuse serían graneros. En la puerta del camino que llevaba a la casa estaban escritas las palabras MOULIN CARREFOUR.

–¿Nos espera tu tía? –pregunté.

–Oh, no. Vamos sólo a hacerle una visita.

–Podría ser que no deseara verme.

–Claro que sí. Y le gusta verme. A Nounou también.

Desmontó y yo la imité. Atamos nuestros caballos al poste de la puerta y subimos por el sendero cubierto de hierba.

Marie-Christine levantó la aldaba y la dejó caer con un ruido que resonó. Silencio. Me sentí algo intranquila. No nos esperaban. ¿Cómo había tenido Marie-Christine esta repentina idea de visitar a su tía?

Ya estaba pensando aliviada que no habría nadie en la casa, cuando la puerta se abrió y un rostro asomó. Pertenecía a una mujer de cabello cano que andaría cerca de los setenta años.

–Ah, Nounou –dijo Marie-Christine–. Hemos venido a veros. Ésta es mademoiselle Tremaston que ha venido de Inglaterra.

–¿Inglaterra?

La anciana me observaba con desconfianza y Marie-Christine continuó:

–El tío Robert era amigo de su madre, que era una famosa actriz.

La puerta se abrió completamente. Marie-Christine y yo entramos a un vestíbulo algo oscuro.

–Nounou, ¿está en casa *tante* Candice? –preguntó Marie-Christine.

–No, ha salido.

–¿A qué hora volverá?

–No lo sé seguro.

–Entonces hablaremos contigo, Nounou. ¿Cómo te encuentras?

–Me molesta el reuma. Creo que es mejor que subáis a mi habitación.

–Eso es, vamos. Quizá *tante* Candice no tarde mucho.

Subimos algunas escaleras y recorrimos un pasillo hasta llegar a una puerta que Nounou abrió. Entramos a la habitación y Nounou nos indicó con un gesto que nos sentáramos.

–Bueno, Marie-Christine –dijo–. Hace mucho tiempo que no vienes a vernos. Deberías venir más a menudo. Sabes que a mademoiselle Candice no le gusta ir a la Maison Grise.

–Iría si quisiera verme.

–Ella sabe que tú vienes aquí si deseas verla. ¿Está cómoda, señorita...?

–Tremaston –completó Marie-Christine.

Dije que estaba muy cómoda y le di las gracias.

–Le estoy enseñando a mademoiselle Tremaston el campo, lugares y personas interesantes y todo eso. Y tú y *tante* Candice formáis parte de ello.

–¿Qué le parece este lugar, mademoiselle?

–Lo encuentro todo muy interesante.

–Es un largo viaje venir desde Inglaterra. Yo no he salido de este lugar desde antes de que nacieran Marianne y Candice. Y de eso hace un buen tiempo.

–Nounou llegó aquí cuando nacieron ellas, ¿verdad, Nounou?

–Su madre murió al tenerlas, verá, y alguien tenía que cuidarlas.

–Era como si fueran propias, ¿verdad, Nounou?

–Sí, como mías.

Y allí se quedó sentada mirando al espacio, viéndose a sí misma, me imaginé, llegando a esta casa hacía todos esos años, para cuidar a las gemelas sin madre. Vio que yo la miraba y dijo como pidiendo disculpas:

–Una se encariña con los niños que cuida. Yo era la niñera de su padre. Era inteligente, sí que lo era. Yo lo consideraba como hijo mío. Su madre no le quería tanto. Era un buen muchacho. Tenía una especie de magia para hacer dinero. El molino no iba a ser lo suyo. Siempre se preocupó de mí. «Jamás te faltará nada mientras yo viva», solía decir. Entonces va y se casa con esa gitanilla. Él, que había sido tan listo toda su vida... ir y hacer eso. Luego se quedó con dos niñitas. Ella no estaba hecha para parir hijos. Algunas lo están, otras no. «Nounou», me dijo él, «tienes que volver.» Y allí estaba yo.

–Supongo que allí era donde usted deseaba estar –dije yo.

Marie-Christine sonreía dulcemente. Noté que estaba bastante complacida por el giro que tomaba la conversación. Me miraba con orgullo porque, supongo, Nounou había encontrado una oyente comprensiva.

–Todo me tocó a mí –decía ésta–. Eran mis niñas. Marianne... fue una belleza desde el principio. Nacida así. «Aquí tenemos un diablo», me decía yo. Todo el mundo le iba detrás cuando creció un poco. Si la hubiera visto habría comprendido por qué. Mademoiselle Candice también es muy guapa, pero no había forma de que pudiera hacer sombra a Marianne. Y luego, morir de esa manera.

Se quedó en silencio durante un rato y vi que las lágrimas le corrían por las mejillas.

–¿Cómo ha conseguido hacerme hablar así? –preguntó–. ¿Le apetece un vaso de vino? Marie-Christine, tú sabes dónde lo guardo. Saca un vaso para mademoiselle. No sé si tú... Tal vez con un poco de agua.

–No lo quiero con agua, Nounou. Lo tomaré tal cual –dijo Marie-Christine dignamente.

Sirvió el vino en vasos y nos los pasó, quedándose uno para ella. Nounou levantó el vaso hacia mí.

–Bienvenida a Francia, mademoiselle –dijo.

–Gracias.

–Espero que venga a vernos nuevamente. –Se limpió los ojos en los cuales aún había lágrimas–. Tiene que perdonarme –continuó–. A veces me dejo llevar por los recuerdos. Es triste perder a los que han significado tanto para nosotros.

–Lo sé –le dije.

–Uno se olvida de que sólo es importante para una. Esa niña era mi vida. Era tan hermosa... y pensar que se la llevaron. A veces es más de lo que puedo soportar.

–Lo comprendo muy bien.

–Ahora, cuénteme algo de usted.

–Estoy viviendo aquí por una temporada.

–Monsieur Bouchère era un gran amigo de su madre, por lo que me dice Marie-Christine.

–Sí –intervino Marie-Christine–. Cuando murió su madre, mademoiselle Tremaston vino aquí... para alejarse del lugar donde vivía. Está planeando qué hará.

–Espero que todo le vaya bien, querida. ¿Le gusta este vino? Lo hago yo misma. Francia es el país de los mejores vinos.

Era evidente que Nounou lamentaba su estallido y, habiendo traicionado sus emociones por la muerte de Marianne, intentaba ahora reconducir la conversación por vías más convencionales. Charlamos durante un rato sobre el vecindario y sobre las diferencias entre el estilo de vida francés y el inglés. En medio de esa charla llegó Candice.

La oímos llegar y Marie-Christine se puso en pie de un salto.

–*Tante* Candice, *tante* Candice... estoy aquí con Nounou. He traído a mademoiselle Tremaston para que la conozcas.

Candice entró en la habitación. Era alta, delgada y guapa, y me recordó ligeramente el retrato que yo había visto de su hermana gemela Marianne. El color del cabello era parecido al de la chica del cuadro pero más apagado; sus ojos eran más solemnes y carecían totalmente de esa expresión maliciosa que hacía a la otra tan llamativa. Era una pálida sombra de su hermana.

Parecía tener control sobre sí misma, y rápidamente se recobró de la sorpresa de ver a Marie-Christine con una visita. Me la presentaron.

–Sabía que estaba en la Maison Grise –dijo–. Es difícil guardar secretos en un pueblo. Marie-Christine cuida de usted, creo.

–Somos grandes amigas –declaró Marie-Christine–. Yo le enseño francés a mademoiselle Tremaston y ella me enseña inglés.

–Eso me parece muy buen arreglo. Creo que usted conoció a monsieur Bouchère en Londres.

–Sí, era amigo de mi madre.

–Su madre era una actriz muy famosa –añadió Marie-Christine.

–Eso he oído –dijo Candice–. Dígame, ¿le gusta Francia? Es muy distinta, supongo.

–Sí, lo es, y estoy disfrutando mucho.

–La Maison Grise es muy interesante, ¿verdad?

–Mucho.

–¿Ha estado ya en París?

–No, aún no.

–Irá, por supuesto.

–Espero hacerlo pronto. Hemos hablado de ello. Iremos de compras y espero ver el estudio del padre de Marie-Christine.

Su rostro se endureció visiblemente. «Tiene fuertes sentimientos contra él, pensé inmediatamente, y no puede ocultarlos al oír su nombre.»

–París es una ciudad muy interesante –comentó.

–Me hace mucha ilusión conocerla.

–¿Tiene intención de estar mucho tiempo en Francia?

–Sí, se va a quedar mucho tiempo –intervino Marie-Christine–. Tío Robert dice que debe considerar la Maison como su propia casa.

–Mis planes aún están por concretar –dije.

–Porque su madre, la famosa actriz, murió –explicó Marie-Christine.

–Lo siento –dijo Candice–. La muerte es algo devastador.

«El recuerdo de Marianne ronda esta casa –pensé–. Los sentimientos de Candice no son menos intensos que los de Nounou.»

–Esta casa era un viejo molino –dijo Candice con ligereza–. Debo mostrársela mientras está aquí. Sólo ha sido una vulgar vivienda desde los tiempos de mi abuelo, pero aún conserva algunas de las antiguas características.

–Me encantaría verla –dije.

–Entonces vamos ahora mismo. Luego vendremos a verte, Nounou.

Nounou hizo un gesto de asentimiento y salimos de su habitación.

–Éste siempre ha sido mi hogar –dijo Candice–. Una toma cariño a estas casas. Por supuesto, no conocí el molino en funcionamiento.

Me mostró la casa. Comparada con la Maison era pequeña, pero claro, cualquier casa lo era. Era cómoda y acogedora.

–En la planta de arriba viven los Grillon –me explicó–. Ellos se encargan de todo. Jean se ocupa del jardín y cuida de los caballos y el carruaje. Es un hombre muy útil en la casa. Sólo estamos las dos, y con ellos va muy bien. Nounou solía hacer algunos trabajos, pero ahora ya no está para muchas cosas. Me temo que vive y divaga sobre el pasado. Espero que no la haya aburrido.

–Le estaba hablando de mi madre a mademoiselle Tremaston –dijo Marie-Christine.

Noté una ligera expresión de fastidio en su rostro.

–Ah, sí –dijo–. Es una obsesión. Nunca ha logrado superar la muerte de mi hermana. Saca el tema constantemente, incluso ante personas a las que no les interesa para nada. La muerte repentina es un golpe terrible.

–Eso lo sé muy bien –le dije–. Mi madre murió inesperadamente siendo muy joven.

–Entonces comprenderá y perdonará a la pobre Nounou. Ésta era nuestra habitación, el cuarto de los niños. Nounou la limpia y la abrillanta ella misma. En realidad son sus dominios. Creo que a menudo se sienta aquí a recordar pequeñas anécdotas del pasado. No sé si eso le hace bien o mal.

–Supongo que obtiene algo de satisfacción con ello. Eso suele pasar con los recuerdos.

Vi las dos camitas, la cómoda, la ventana que daba al riachuelo y al molino.

–Es muy pintoresco –dije.

Salimos de la casa y atravesamos el jardín hacia el riachuelo.

–Cuando éramos niñas solíamos jugar en el molino –dijo Candice–. A Nounou le daba pánico. Siempre tenía miedo de que nos ocurriera algún accidente.

Regresamos a la casa pasando por el jardín. Nounou nos esperaba en el salón. Les agradecí la hospitalidad y les dije lo mucho que había disfrutado con la visita.

–Tienen que volver –dijo Candice.

Marie-Christine sonreía de satisfacción cuando montamos nuestros caballos y nos alejamos.

–Ya ves –dijo–. Has conocido a *tante* Candice y a Nounou.

–Ha sido una visita muy interesante y se mostraron muy amables.

–¿Y por qué no iban a hacerlo?

–A veces las visitas inesperadas no son muy bienvenidas.

–*Tante* Candice es la hermana de mi madre y yo soy

su sobrina. Nounou era su niñera. Eso significa que siempre estarán contentas de verme.

–No parece muy deseosa de ver a la familia en que entró tu madre por matrimonio, y de la que tú formas parte.

–Es que ella cree que mi padre es culpable de la muerte de mi madre.

–¡Culpa a tu padre! Pensé que había sido un accidente con el caballo.

–De todas maneras, lo culpa. Yo lo sé. Por ese motivo no viene a la Maison.

–¿Quién te ha dicho eso?

–Nadie. Sencillamente lo sé.

–Tienes una imaginación muy viva, Marie-Christine.

–Me decepcionas. Hablas igual que la vieja Dupont.

–Dime... –comencé. Pero el rostro de Marie-Christine había adoptado una expresión testaruda.

Ella cabalgó delante y finalmente llegamos a la Maison Grise. Había sido una tarde interesante y poco habitual. Le conté la visita a Angèle. Se quedó algo desconcertada.

–¡Marie-Christine te llevó allí! Qué chiquilla más traviesa. No tenemos mucho contacto con Candice. Es por ella. Por lo visto nunca desea vernos. Puede que los recuerdos sean demasiado dolorosos. Nuestras relaciones nunca fueron muy amistosas, aunque Marianne estaba todo el tiempo en el molino con su hermana y su niñera.

–Tiene que haber sido un golpe terrible para las dos.

–Has conocido a la niñera, ¿verdad? Adoraba a las dos niñas. Creo que el golpe fue demasiado para ella. Una de las criadas es amiga de Louise Grillon y de vez en cuando se filtra algún chisme. La anciana niñera quería especialmente a Marianne, y desde que ésta murió ya no es la misma. Eso según Louise Grillon. Gérard fue un tonto al casarse con esa chica. No fue exactamente lo que se dice un *mariage de convenance*. Todos nos sentimos muy decepcionados, pero él estaba loco por ella. ¡Una modelo de pintor! Bueno, tiene que haber sido muy atractiva.

–Parece serlo, por el retrato.

–Varios pintores la retrataron. La veían y deseaban pintarla. Está en varias galerías. El más famoso de los cuadros lo pintó un noruego, o podría ser sueco... escandinavo en todo caso. Lars Petersen. Pobre Gérard, creo que se molestó un poco. Naturalmente, él se creía más cualificado para pintar el cuadro más importante.

–Debió de haber sido extraordinaria para despertar tanta atención.

–Se la consideraba excepcionalmente hermosa.

–Usted debe de haberla conocido bien.

–Yo no diría eso. Ella y Gérard pasaban la mayor parte del tiempo en París.

–¿Y Marie-Christine estaba aquí?

–Sí. Éste parecía ser el lugar más adecuado para una niña. Yo he cuidado de ella siempre. Marianne no era muy maternal que digamos. Era excesivamente afectuosa a veces, y luego se olvidaba completamente de la niña.

–Comprendo.

–En realidad, las cosas fueron poco satisfactorias desde el comienzo. Aun cuando Marianne estaba aquí, pasaba más tiempo en el molino que en esta casa. Estaba muy unida a su hermana y, por supuesto, la niñera la animaba a que fuera allí. –Angèle se encogió de hombros–. Bueno, ya ha pasado todo.

–Y su hijo está en París la mayor parte del tiempo.

–Siempre fue así. El arte es su vida. Siempre lo he sabido. Nos habría gustado que fuera más convencional. Podría haberse dedicado a la banca con Robert, o estudiado derecho como su padre, y además, por supuesto, está la propiedad; no es muy grande, pero exige su tiempo. Pero él sabía lo que deseaba ser ya desde niño: pintar. Marie-Christine no debería haberte llevado a visitarlas así.

–Supongo que la idea se le ocurrió de improviso.

–Muchas de sus ideas le vienen de este modo.

–Bueno, se mostraron muy amables y nos han invitado a volver.

Angèle levantó los hombros en ese familiar gesto de resignación; me parece que sólo se sentía ligeramente descontenta de que yo las hubiera conocido.

A los pocos días sugirió que por fin deberíamos hacer una visita a París.

–Robert tiene una pequeña casa allí en la Rue de Merles –me dijo–. Hay un *concierge* con su esposa que viven en el sótano. Ellos cuidan la casa durante sus largas ausencias y lo atienden cuando está allí.

Me sentí entusiasmada e inmediatamente hice preparativos para la visita.

El retrato

Me fascinó París, esa ciudad de jardines y puentes, oscuros pasajes y amplios bulevares, cuya turbulenta historia parecía estar encerrada en sus antiguos edificios y monumentos.

Deseaba verlo todo, y tanto Robert como Angèle estaban encantados y orgullosos de mostrármelo.

Me quedé aturdida ante la majestad de Notre Dame. Rezumaba pasado. Robert comentó la tragedia que pudo haber supuesto que, durante la Revolución, las masas la hubieran destruido, como era su deseo.

–Afortunadamente llegó Napoleón al poder justo a tiempo para impedir que la destrozaran y vendieran –añadió con satisfacción–. Después Luis Felipe, antes de abdicar hace unos veinte años, hizo mucho por restaurar su antigua magnificencia.

Podría haberme pasado horas allí, asimilando la atmósfera de antigüedad, soñando con el pasado: con san Denís, el primer obispo que llegó a ser el santo patrono de Francia, con el padre Abelardo y su amor por Eloísa.

Caminamos sin descanso. Hay que caminar para ver París. Visitamos el Louvre; nos sentamos en los jardines de las Tullerías; pasamos horas en Les Halles; cruzamos el Pont Neuf, el más antiguo de todos los puentes, y me sentí fascinada y repelida al mismo tiempo ante los parapetos, cuyas máscaras grotescas quedarían para siempre en mi memoria.

Robert estaba muy interesado en la obra de Haussmann, que, según dijo, había cambiado la faz de París en los últimos años; había sido necesario este trabajo después del vandalismo de las masas durante la Revolución. Robert estaba visiblemente orgulloso de su ciudad y disfrutaba enseñándomela. Me fijé en cuánto le agradaba mi admiración, la cual no era fingida. Siempre me habían entusiasmado las grandes ciudades. Supongo que se debía a que había nacido y me había criado en una de las más grandes. Había amado Londres, pero mi deseo de volver allí quedaba empañado por mis constantes recuerdos. De París, en cambio, podía disfrutar sin reservas, desde Montmartre hasta la rue de Rivoli, desde Montparnasse hasta el Barrio Latino. Me podía deleitar en todo.

Volvíamos entusiasmados a la casa.

–No te cansas nunca –comentó Robert.

–Es que todo lo que veo me estimula.

–Sabía que tenías que venir a París –dijo Angèle–. Hemos esperado demasiado tiempo.

Marie-Christine estaba a mi lado constantemente. Sentía nacer un nuevo interés por la ciudad.

–Ya he visto casi todo esto antes –dijo–, pero contigo es como verlo por primera vez.

Llegó el día en que fuimos a ver a Gérard. Tal como lo suponía, vivía en el Barrio Latino. Cuando nos pusimos en marcha, me encontraba en un estado de gran expectación. Llevaba un tiempo esperando hacer esta visita y me preguntaba por qué se habría pospuesto en dos ocasiones.

Teníamos que llegar a las tres de la tarde. Me fijé en que tanto Robert como Angèle estaban algo tensos. A Marie-Christine también la noté distinta. Parecía algo lejana. ¿Por qué la perspectiva de una visita a Gérard los afectaba de esta forma a todos?, me pregunté.

Caminamos por el Boulevard Saint Germain pasando por la iglesia del mismo nombre. Yo sabía que había sido construida en el solar de una abadía benedictina en el siglo ocho, pero la iglesia actual, que ahora la reemplaza, sólo se remontaba al siglo trece.

El estudio quedaba en el ático de un alto edificio. Tuvimos que subir muchísimas escaleras para llegar. El último tramo nos llevó a una puerta en la que había una tarjeta con el nombre Gérard du Carron.

Robert llamó a la puerta y vino a abrirla un hombre, el propio Gérard. Lo reconocí inmediatamente por el cuadro que había visto en la galería.

–*Ma mère, mon oncle et ma fille!* –exclamó. Se volvió a mí y continuó en inglés–: Usted debe de ser mademoiselle Tremaston. Bienvenida a mi estudio.

Entramos en una gran habitación. Había varias ventanas abuhardilladas en el techo inclinado. En la habitación había un sofá, que probablemente servía de cama por la noche, algunas sillas, una mesa sobre la cual había un despliegue de tubos y pinceles, dos caballetes y lienzos apoyados contra la pared. La habitación de un pintor. Había puertas de cristal que daban a los balcones, y la vista de París era espectacular.

–Qué contento estoy de que hayáis venido a verme –dijo Gérard.

–Deseábamos venir antes –dijo Angèle–. Pensamos que estarías muy ocupado. ¿Cómo estás, Gérard?

–Muy bien, y veo que no hay necesidad de preguntaros a vosotros. Estáis radiantes. ¿Cómo está mi hija?

–Aprendiendo inglés –dijo Marie-Christine–. Ya lo sé hablar muy bien.

–Excelente.

–Noelle... Mademoiselle Tremaston me está enseñando. Yo le enseño francés a ella. Las dos hemos progresado mucho.

–Muy buena noticia –dijo él–. Gracias, mademoiselle Tremaston, por ser tan instructiva con mi hija.

–El provecho es mutuo –sonreí yo.

–Ya veo que han tenido mucho éxito. Su francés es encantador.

–Inequívocamente inglés –dije.

–Bueno, en eso radica precisamente el encanto. Ahora, mi querida familia, os ofreceré para beber. ¿Café?

–Y yo lo prepararé –dijo Angèle.

–*Chère maman,* no soy tan inútil como te imaginas, pero tal vez no deba dejar a mis invitados. De modo que si eres tan amable...

Angèle pasó por una puerta que yo había supuesto sería la cocina. A Robert y a mí nos ofreció sillas, mientras Marie-Christine se sentaba en el sofá.

–Es un auténtico estudio de pintor –me dijo Marie-Christine–. Hay muchos como éste en París.

–No muchos, *chère enfant* –dijo Gérard–. Algunos, es verdad. Me gusta creer que tuve suerte al adquirir éste. –Se había vuelto hacia mí–. Es ideal, en realidad. La luz es magnífica, y ¿no le parece que esta vista inspira, mademoiselle Tremaston?

–Ya lo creo –le aseguré.

–Se ve París sin esfuerzo. Se lo puedo asegurar, hay muchos pintores en esta ciudad que darían lo que fuera por tener un estudio así.

–Hay otros pintores en este edificio –me dijo Marie-Christine.

–Los pintores abundan –dijo Gérard–. Éste es el Barrio Latino, y París es el centro del arte, ya sabe; aquí es donde se reúnen los artistas. Día y noche se congregan en los cafés, hablando de las grandes cosas que van a hacer... siempre, ¡ay de nosotros!, de las cosas que vamos a hacer.

–Quizás algún día puedan hablar de las cosas que han hecho.

–Entonces serán demasiado importantes para vivir aquí o frecuentar esos cafés. Lo harán en otra parte. Así que ya ve, aquí siempre se hablará de proyectos.

–Gérard –llamó Angèle–, ven, no encuentro tazas suficientes.

–Discúlpeme –sonrió en mi dirección.

Entró en la cocina y escuché sus voces.

–*Chère maman,* siempre crees que estoy muerto de hambre.

–Este pollo te durará unos días. Está listo para comer. He traído un *gâteau* para servirnos con el café.

–*Maman,* me malcrías.

–Ya sabes cuánto me preocupa pensar en ti viviendo de esta forma. Ojalá vinieras a casa. Podrías pintar en la torre norte.

–Ah... pero no es lo mismo. Aquí estoy con los de mi especie. Sólo existe un lugar para un pintor que lucha, y ése es París. ¿Estamos listos? Yo llevaré la bandeja. Tú lleva ese estupendo *gâteau.*

Colocó la bandeja sobre la mesa haciendo a un lado los tubos y pinceles. Angèle cortó el pastel y lo sirvió.

–Mi madre cree que estoy al borde de la inanición –me dijo Gérard–. De hecho vivo muy bien.

–No se puede vivir del arte –dijo Angèle.

–Eso, ay de mí, parece ser cierto, y no se me ocurre nadie de aquí que no esté de acuerdo contigo. Contadme, ¿qué habéis hecho en París?

Hablamos de nuestros recorridos.

–Todo es nuevo para Noelle –dijo Robert–. Ha sido una delicia sacarla a pasear.

–Ha sido maravilloso –exclamé yo.

–Este *gâteau* está delicioso –interrumpió Marie-Christine.

–¿Y su casa está en Londres? –me preguntó Gérard–. Aquí en nuestra comunidad tenemos un inglés. Ya ve, llevamos una especie de vida comunitaria. Todos nos conocemos. Nos encontramos en los cafés y en los apartamentos de los demás. Casi cada noche fraternizamos en alguna parte.

–Hablando de los maravillosos cuadros que vais a pintar –dijo Marie-Christine.

–¿Cómo lo has adivinado?

–Porque acabas de decirlo. Todo lo que vais a hacer. De eso es de lo que habláis en los cafés.

–Nos estimula. Sí... todos deben venir a París.

–Espero que mostrarás a Noelle algo de tu trabajo –dijo Robert–. Estoy seguro de que querrá verlo.

–¿De verdad? –me preguntó mirándome.

–Por supuesto que me gustaría verlo.

–No espere nada maravilloso, algo como Leonardo, Rembrandt, Reynolds, Fragonard o Boucher.

–Ya me imagino que tiene un estilo propio.

–Gracias. Pero ¿no es su natural amabilidad lo que la hace manifestarse tan deseosa de ver mi trabajo? No querría aprovecharme de sus finos modales y aburrirla... lo cual podría ser el caso.

–¿Cómo puedo saber lo que voy a opinar antes de que lo vea?

–Le diré lo que haremos. Le enseñaré unos cuantos y si detecto señales de aburrimiento, desistiré. ¿Qué le parece?

–Me parece buena idea.

–Primero dígame cuánto tiempo piensa quedarse en Francia.

–No estoy segura.

–Esperamos que mucho tiempo –dijo Angèle.

–Yo voy a insistir para que se quede –añadió Marie-Christine–. Sería una tragedia perder tus clases de inglés.

–¿Continúa cuidando de ti esa madame Garnier? –preguntó Angèle.

–Oh, sí.

–El suelo de la cocina necesita una limpieza. ¿Qué hace aquí?

–La buena Garnier. Tiene un rostro maravilloso.

–¿La has estado pintando?

–Naturalmente.

–A mí me parece bastante repulsiva.

–Es que tú no ves a la mujer interior.

–Así que en lugar de limpiar... ha estado posando para ti.

–Usted ha dicho que quería ver algunos de mis cuadros –dijo Gérard dirigiéndose a mí–. Comenzaré por madame Garnier.

Sacó uno de los lienzos y lo colocó en un caballete. Era el retrato de una mujer: llenita, alegre, con un cierto rictus de astucia en la boca y más que un toque de codicia en los ojos.

–Ciertamente se le parece mucho –dijo Angèle.

–Es muy interesante –dije. Gérard me observaba atentamente–. Da la sensación de que sabe algo de ella.

–Dígame qué –dijo Gérard.

–Le gusta la broma. Se ríe muchísimo. Sabe lo que quiere y cómo obtenerlo. Es astuta y procura obtener más de lo que da.

Él estaba sonriéndome y asintiendo con la cabeza.

–Bueno –dijo Angèle–, no me cabe duda de que a madame Garnier le viene muy bien sentarse en una silla sonriendo en lugar de hacer su trabajo.

–Y eso me va muy bien a mí, *maman.*

–Me prometió mostrarme más cuadros –intervine yo.

–Después de su veredicto con éste me siento menos reacio.

–Me imagino que no tendrá dudas respecto a su trabajo –dije–. Yo habría pensado que un pintor tiene que tener total fe en sí mismo. Si no la tiene él, ¿quién la va a tener?

–¡Palabras sabias! –dijo él con un dejo de burla–. Bueno, pues sigamos. Éste es el *concierge.* Y ésta es una modelo que usamos a veces. Algo convencional, ¿eh? Ésta es *madame la concierge.* Demasiado acostumbrada a posar... no es muy natural.

Su trabajo me pareció muy interesante. Nos enseñó algunas escenas de París. Había una del Louvre y otra de los jardines de las Tullerías, una escena callejera y una de la Maison Grise, en la cual aparecía el césped del jardín y las ninfas del estanque. Me sorprendí un tanto cuando, al pasar los lienzos apareció uno del Moulin Carrefour.

–Ése es el molino –dije.

–Es uno bastante viejo... lo pinté hace algunos años. Lo ha reconocido.

–Marie-Christine me llevó allí.

Él volvió el cuadro hacia la pared y nos enseñó otro de una mujer en un puesto del mercado. Vendía queso.

–¿Se sienta en la calle a pintar? –pregunté.

–No. Hago bocetos y luego los trabajo en casa. No es lo más satisfactorio, pero es necesario.

–Se especializa en retratos.

–Sí. El rostro humano me interesa. Hay tanto en él... si uno sabe descubrirlo. Hay mucha gente que trata de ocultar lo que podría ser más interesante.

–¿Así que cuando pinta un retrato, trata de descubrir lo que hay oculto?

–Uno tiene que saber algo sobre la persona si quiere pintar realmente un buen retrato.

–Y todas las personas que ha pintado se someten a este... escrutinio.

–Eso te hace parecer como un detective –dijo Robert–. Tienes que tener muchísima información sobre las personas que pintas.

–En realidad no –dijo Gérard riendo–. Lo que descubro es sólo para mí... y queda sólo para mí cuando estoy trabajando en el cuadro. Deseo hacer algo que sea verdadero.

–¿No le parece que las personas no desean realmente verse tanto como son sino como les gustaría ser? –pregunté.

–El pintor de moda generalmente es el que hace eso. Yo no soy un pintor de moda.

–Pero si un cuadro halagador realmente da placer, ¿qué daño hay en ello?

–Ninguno en absoluto. Sólo que no es eso lo que yo deseo hacer.

–A mí me gustaría que me halagaran –dijo Marie-Christine.

–Yo diría que a todo el mundo –añadió Angèle.

–¿Usted cree realmente que descubre los secretos que las personas tratan de ocultar? –pregunté.

–De vez en cuando tal vez. Pero con frecuencia el pintor de retratos tiene una viva imaginación, y lo que no descubre se lo imagina.

–Y eso no siempre da con la respuesta correcta.

–Lo que él desea es dar con alguna respuesta.

–Y si es la equivocada, entonces su esfuerzo podría considerarse algo así como desperdiciado.

–Ah, bueno, pero ha disfrutado muchísimo con la experiencia.

–A mí me parece –dijo Robert– que uno tendría que tener cuidado de hacerse un retrato, si durante el proceso tiene que someterse a un análisis de su carácter.

–Ya veo que he dado una impresión falsa –dijo con ligereza Gérard–. De lo que yo hablo en realidad es de un ejercicio practicado para placer del pintor. Es absolutamente inofensivo.

Apareció una sombra a través de la puerta de cristal que daba al techo y vi a una figura allí. Un hombre muy alto estaba mirando hacia la habitación.

–Hola –dijo en francés, con fuerte acento extranjero.

–Adelante –dijo innecesariamente Gérard porque el hombre ya había entrado en la habitación.

–Oh... –exclamó mirándonos–, estoy molestando.

Nos sonrió a todos. Era muy rubio, rondaría los treinta años, calculé. Tenía los ojos increíblemente azules y había un algo dominante en todo él, no sólo por su tamaño. Su enérgica personalidad se percibía de inmediato.

–Éste es Lars Petersen, mi vecino –dijo Gérard.

Yo ya había escuchado ese nombre. Era el hombre que había pintado a Marianne.

Gérard me presentó. Evidentemente, el recién llegado conocía a los demás.

–Es fabuloso veros a todos –dijo Lars Petersen–. Tenéis que perdonarme por llegar de esta manera. He venido a pedir algo de leche. ¿Tienes, Gérard? Si hubiera sabido que tenías visita, me habría tomado el café solo.

–Tenemos café aquí –dijo Angèle–. Puede que esté algo frío...

–Me gustará de cualquier manera.

–También tenemos leche.

–Qué amables son conmigo.

–Siéntese –dijo Angèle y él se sentó en el sofá junto a Marie-Christine.

–Usted también es pintor, ¿verdad? –preguntó.

–Lo intento.

–Vive en el estudio de al lado y ha venido por el techo...

–Bueno, no es tan peligroso como podría parecer. Podemos caminar por ese techo; en realidad ambos estudios se comunican. Mi estudio es exactamente igual a éste.

Angèle le pasó el café y él se lo agradeció profusamente. Me dio la impresión de que Gérard estaba algo molesto y deseaba que su vecino no se hubiera unido al grupo. El enorme hombre ciertamente causaba su efecto. Pronto pasó a dominar la conversación, hablando muchísimo de sí mismo: cómo había sido estudiante en Oslo y de pronto se le había metido la idea de que tenía que ser pintor.

–Fue como san Pablo en el camino de Damasco –nos contó–. De pronto había visto la luz. De modo que hice las maletas y vine a París, la Meca de los artistas. Gente tan amistosa. Tanto como él. Y aquí estamos, en nuestras buhardillas, pobres pero felices. Todos los artistas deberían ser felices.

Miró con algo de malicia a Gérard, el cual, ciertamente, no era pobre, procediendo de una familia como la suya. ¿Y era feliz? A mí no me parecía que lo fuera, y esto tenía algo que ver con la muerte de su joven esposa.

–Pasar hambre en una buhardilla es parte esencial del florecimiento de las Bellas Artes, eso dicen –continuó Lars Petersen–. Y así estamos todos, viviendo al día, sabiendo que estamos en el camino de la fama y la fortuna, y que las penurias del presente son el precio a pagar por las glorias del futuro. Algún día el nombre de Lars Petersen... y el de Gérard du Carron estarán junto al de Leonardo da

Vinci. No hay que dudarlo. Eso es lo que creemos, en todo caso. Y es una creencia agradable y un consuelo.

Nos contó cómo había llegado a París. Había luchado duramente durante unos cuantos años, yendo de un alojamiento a otro. Entonces había vendido algunos cuadros. Uno de ellos fue un éxito. La gente hablaba de él.

Ese día yo estaba perspicaz. Me di cuenta inmediatamente de la expresión en la cara de Gérard. Fue una expresión pasajera, pero allí estaba. Pensaba en el retrato de Marianne pintado por Lars Petersen y que tanto había llamado la atención.

–Si tienes un éxito, la gente se interesa –continuaba Lars Petersen–. Comencé a vender cuadros. Fue un paso adelante. Eso es lo que todos necesitamos. Ahora tengo un buen apartamento, igual que éste. Es una réplica exacta. ¿Y dónde podría encontrar algo más conveniente a nuestras necesidades?

Continuó hablando, y tengo que reconocer que era divertido. Aunque su francés era fluido, con frecuencia tenía que pensar para encontrar alguna palabra, echando hacia atrás la cabeza, chasqueando los dedos, como pidiendo a alguien que le soplara la palabra. Alguien, generalmente Marie-Christine, lo hacía. A ella le hacía muchísima gracia, y noté que estaba disfrutando más de la visita desde que él hiciera su aparición.

Hizo una descripción de su propio país, de la magnificencia de los fiordos.

–Hermoso paisaje. Se puede pintar pero... –levantó los hombros y movió la cabeza– la gente prefiere el Louvre o Notre Dame antes que el paisaje agreste de Noruega. Sí, sí, si deseas triunfar has de hacer tu aprendizaje en París. París es la palabra mágica. No puedes ser grande sin París.

–Eso es lo que nos asegura Gérard –dijo Robert. Dio una mirada a Angèle–. Me parece, querida, que es hora de que nos marchemos.

–Ha sido muy divertido –exclamó Marie-Christine.

–No estáis tan lejos en el campo –dijo Lars Petersen–. Sólo a unos kilómetros de París, ¿verdad?

–Sí –repuso Gérard–, deberíais venir más a menudo.

–Vendremos –exclamó Marie-Christine.

–Me ha alegrado mucho verte, Gérard –dijo Angèle–. Ven pronto a casa.

–Lo haré.

–Ha sido un placer conocerla. –Gérard había cogido mi mano–. Me alegra que esté en Francia. Me gustaría hacerle un retrato.

–¿Después de todas sus advertencias? –reí yo.

–Hay personas que uno ve y desea pintar. Eso me sucede con usted.

–Bueno, me siento halagada, pero tengo que tener algo de miedo, ¿verdad?

–Se lo prometo, el proceso no será doloroso.

–Nos marchamos pasado mañana.

–Como decíamos, no estáis tan lejos. ¿Aceptaría? Sería un gran placer.

–¿Puedo pensarlo?

–Por favor.

–¿Vendría a la Maison Grise?

–Preferiría hacerlo aquí. La luz es muy buena. Y aquí tengo todo lo que necesito.

–Eso significaría que yo tendría que quedarme en París.

–Durante una semana o así. ¿Por qué no? Ahora está aquí. Podría alojarse en la casa. Queda muy cerca del estudio.

Yo me sentía entusiasmada. Realmente había sido una tarde estimulante.

Ese mismo día Angèle vino a mi habitación.

–Deseaba saber tu opinión sobre la visita a Gérard –dijo.

–Lo he pasado muy bien. Fue muy interesante.

–Estoy preocupada por él. Ojalá viniera a casa.

–Pero usted sabe lo que significa para él la pintura.

–Podría hacerlo aquí.

–No sería lo mismo. Aquí se encuentra con toda esa gente. Imagínese la gente que se junta en el café, las conversaciones, las aspiraciones y las rivalidades... a todos sus amigos, que entienden de qué habla. Naturalmente, es más feliz aquí.

–Era diferente cuando estaba viva su esposa. Ella podía cuidarlo.

–Por lo que se ve, se las arregla muy bien con madame Garnier.

Angèle hizo un gesto de desprecio.

–Además está ese hombre que vive al lado –continué.

–Ciertamente, es todo un personaje.

–Supongo que ustedes le conocen muy bien.

–Ha sido vecino de Gérard durante tiempo. Es bastante charlatán: siempre que le he visto está hablando de sí mismo la mayor parte del tiempo.

–Gérard ha dicho que desea pintarme.

–Lo sé. Lo oí. Sería estupendo.

–¿Le parece a usted?

–Estoy segura de que sí.

–Yo le dije que después de todas esas revelaciones, estaba en guardia.

–Ah, eso es sólo palabrería. Además, tú no tienes ningún secreto oscuro.

–De todas formas...

–Creo que él podría hacerte un buen retrato. Algunos que ha hecho son francamente hermosos.

–Hizo muchos de su esposa, supongo.

–Sí. Ella era su modelo principal. Hay algunos muy bonitos. Fue una lástima que armaran tanto ruido con el que pintó Lars Petersen. Creo que algunos de Gérard eran igualmente buenos. Todo depende de los gustos de la crítica.

–No nos enseñó ningún cuadro que hubiera pintado de ella.

–No, yo creo que no desea mirar hacia atrás y recordar todo eso. Parece demasiado reciente, incluso ahora. Pero debes dejar que te pinte.

–Podría ser divertido.

–Lo arreglaremos. Tenemos que volver a París. En realidad no puedo dejar la casa sola por más tiempo ahora, así que debemos regresar. Pero podemos volver dentro de unas semanas. Yo vendría contigo y tú irías al estudio cada día. Supongo que deseará trabajar por las mañanas. A esa hora la luz es mejor. Sí, lo arreglaremos. Digamos, dentro de tres semanas.

Comencé a sentirme muy entusiasmada por la perspectiva. Tenía muchísima curiosidad por conocer la vida bohemia. La conversación de Gérard me pareció muy interesante, y estaba segura de que tendría muchos amigos tan divertidos como Lars Petersen.

Cuando regresamos a la Maison Grise me esperaba una carta. Era de Lisa Fennell. Me sentí inquieta cuando vi su letra. Comprendí que la visita a París me había servido para alejarme un poco del pasado. Había supuesto un estímulo para mí, sobre todo conocer a Gérard y vislumbrar algo de su forma de vida.

Sentía compasión y simpatía por él. Había perdido a su joven esposa igual que yo había perdido al marido que nunca tuve, de modo que sentía como si hubiera una especie de lazo entre nosotros.

Y ahora, de una sacudida me encontraba de vuelta al otro mundo del cual había logrado escapar por breve tiempo.

Llevé la carta a mi habitación para poder leerla sin que nadie me interrumpiera:

Mi querida Noelle:

He estado pensando muchísimo en ti. De hecho, nunca he dejado de pensar en ti desde que te fuiste. ¿Cómo estás? Estoy segura de que te sientes mejor. Robert es el hombre más bondadoso que conozco, e hiciste bien en irte con él.

El espectáculo terminó y pasarán unas semanas antes de comenzar con el nuevo. Hay lugar para mí en él, Dolly me lo ha prometido. Pero sólo en el coro. Creo que Lottie Langdon va a hacer el papel principal. Tengo la esperanza de que me den el de suplente. Pero de momento estoy descansando.

¿Qué te parece? Fui a Leverson. Deseaba que lo supieras.

Verás, se ha hablado muchísimo en los periódicos sobre ese descubrimiento del templo de Neptuno. Por lo visto, ha sido un gran hallazgo y todo aquello sobre cómo apareció gracias al deslizamiento de tierras ha sido noticia. Yo estaba totalmente fascinada y le escribí a Roderick diciéndole que deseaba ir a verlo.

Él vino a Londres. Yo aún estaba trabajando cuando se presentó, y fue a ver el espectáculo. No deseaba hablar de ti, así que conversamos sobre el templo y me pidió que fuera un fin de semana para que pudiera verlo. Fui. Fue fascinante. Me encantó. Conocí a esa simpática Fiona Vance y ella me enseñó el trabajo que estaba haciendo. Fue un fin de semana muy interesante para mí. Lady Constance se mostró muy fría conmigo. Claramente, no lo aprobaba. Comprendo cómo tienes que haberte sentido.

Aparte de eso, disfruté mucho. Me interesé muchísimo por el trabajo de Fiona. Me enseñó a quitar la tierra de los jarrones con un cepillo, y lamenté mucho tener que volver. Fiona dijo que era una lástima que no viviera más cerca. Charlie estaba allí. También se le nota muy infeliz. Estoy segura de que jamás te alejas de sus pensamientos.

Tanto Charlie como Roderick me dijeron que tenía que volver. Lady Constance no añadió su invitación a la de ellos. Bueno, tal vez vaya nuevamente. De verdad que encuentro fascinantes todas esas antigüedades romanas.

Aún estoy en la casa. Por favor, dile a Robert que me da vergüenza seguir aquí, pero estoy cómoda, y en realidad los Crimp no desean que me vaya. No les gusta estar de cuidadores, como dicen ellos. Están acostumbrados a una casa en la que pasan cosas. Yo sé que mi presencia no aporta mucho, pero estoy aquí, y ellos siempre muestran interés por lo que pasa en el teatro. De modo que sigo en la casa.

Intenta descubrir si Robert piensa que debería irme. Aunque en realidad parece algo innecesario y para mí significa mucho poder quedarme aquí.

Supongo que muy pronto estaré trabajando de nuevo. Así lo espero. En ese caso no habrá más fines de semana en Leverson.

Bueno, pensé que debía hacerte saber que había estado allí y los había visto. Tal vez te vea a ti algún día. ¿Has hecho planes?

Querida Noelle, espero sinceramente que las cosas se arreglen...

LISA

La carta cayó de mis manos. Así pues, ella había estado allí. Había visto a Roderick, Charlie y lady Constance. Estaban tristes, decía.

Mi querido Roderick. ¿En qué pensaría ahora? ¿Me olvidaría con el tiempo? Yo sabía que yo jamás lo haría.

Encontré paz y una cierta felicidad sentada en aquel estudio, mirando hacia la ciudad mientras Gérard du Carron trabajaba en mi retrato.

Me parecía estar más lejos del pasado de lo que había estado desde que la tragedia me golpeara por primera vez. Me parecía como si una vez más se abriera ante mí una vía de escape.

Yo me sentaba en una silla y la luz me daba de lleno en la cara. Gérard estaba de pie junto al caballete. A veces hablaba mientras trabajaba; otras, permanecía en silencio.

Me hablaba de su infancia en la Maison Grise, de cómo siempre le había gustado estar en la torre norte.

Desde muy niño había hecho bocetos y se había interesado profundamente por la pintura.

–Solía estudiar los cuadros de la galería. Me pasaba horas allí. Siempre sabían dónde encontrarme. Me consideraban un niño raro. Y de pronto supe que deseaba pintar. La vida era tranquila y cómoda. Mi padre era un hombre callado, un hombre distinguido. Me pregunto qué habría pasado si hubiera vivido. Si... uno siempre está diciendo «sí». ¿Lo dices tú, Noelle?

–Continuamente.

–¿Por qué estás tan triste?

–¿Cómo sabes que estoy triste?

–Tratas de ocultarlo, pero está ahí.

–¿Sabes lo de mi madre?

–Sí, sé de su muerte repentina. Robert la quería mucho y por ese motivo tú estás aquí. Él le prometió que cuidaría de ti. Por eso y, por supuesto, porque te quiere mucho a ti. ¿Te duele hablar de ella?

–No lo sé muy bien.

–Inténtalo, entonces.

Así que hablé de ella. Le hablé de nuestra vida, de las producciones de los dramas y de Dolly. Recordaba innumerables incidentes y descubrí que podía reírme de algunos, como lo había hecho cuando sucedieron.

Él se reía conmigo.

–Fue una tragedia... –dijo–. Una gran tragedia.

Cuando venía madame Garnier, la cocina se llenaba de ruido. Supuse que ella pensaba que era necesario el ruido para hacer ver lo mucho que trabajaba. Al principio le molestó un poco mi presencia, pero a los pocos días se mostró más amistosa. A ambas nos habían hecho un retrato y eso creaba un lazo entre nosotras.

Me explicó que el de ella iba a ir a una exposición. La gente vendría a verlo y tal vez lo comprarían.

–¿Quién me va a querer colgada en sus salones, mademoiselle?

–¿Quién me va a querer a mí?

Tenía la costumbre de darme un codazo y estallar en carcajadas. Ella traía el pan, la leche y esas cosas; pronto descubrí que cobraba por ellas un precio escandalosamente excesivo. Yo ya lo había sospechado por la codicia que vi en sus ojos en el retrato. La puse a prueba y descubrí que era cierto. Me quedé impresionada por la perspicacia de Gérard.

–¿Sabes que madame Garnier te engaña en el precio de los alimentos? –le pregunté un día.

–Por supuesto –dijo.

–¿Y no se lo dices?

–No, es una pequeñez. Yo necesito que me compre los alimentos. Por tanto, hay que dejarla que obtenga sus pequeños triunfos. Eso le da satisfacción. Así piensa que es muy lista. Si pensara que yo lo sé perdería esa satisfacción. ¿No hay un dicho que reza: «Vale más no meneallo»?

Me reí.

Yo solía entrar en la cocina cuando acababa la sesión de mañana y preparaba la comida que luego compartíamos. A veces venía Angèle y regresábamos juntas. Ella estaba en París conmigo. Robert había tenido que volver a la Maison Grise para encargarse de algunos asuntos de la propiedad. Yo sabía que Marie-Christine estaba fastidiada porque iba sin ella. Le habría gustado acompañarnos, pero mademoiselle Dupont dijo que las clases no se podían interrumpir.

A veces me quedaba en el estudio por las tardes. A menudo llegaba gente cuando estábamos almorzando. Estaba comenzando a conocer a algunos de los amigos de Gérard. Como Gaston du Pré, un joven de la región de la Dordoña. Era muy pobre y se alimentaba principalmente de lo que le daban los demás. Con frecuencia aparecía a las horas de comer y compartía lo que se estaba comiendo. También estaba Richard Hart, hijo de un terrateniente de Staffordshire cuya ambición de toda la vida había sido pintar. Había varios otros, entre los cuales destacaba Lars Petersen, que era el más bien considerado, desde que alcanzara cierta fama con su retrato de Marianne.

En todas las ocasiones él dominaba al grupo, en parte porque tenía más éxito que los demás y en parte debido a su exuberante personalidad.

Era una vida alegre y despreocupada y a los pocos días me sentía atrapada en ella. Cada mañana me despertaba con una sensación de placer. Estaba disfrutando la experiencia como jamás imaginé que volvería a hacerlo.

Esperaba con ilusión mis pequeñas escaramuzas con madame Garnier. Me había negado a permitirle que siguiera cobrando sus precios abusivos, haciéndole notar las discrepancias. Ella me miraba con sus ojillos entrecerrados, lo que los hacía aún más pequeños. Pero me respetaba. Me imaginé que su teoría era que si la gente era lo suficientemente estúpida como para dejarse engañar, se lo merecían. De modo que en realidad no había resentimientos.

Me gustaba preparar la comida y muchas veces traía los alimentos. Ella no ponía objeciones, porque ya que ahora no había provecho que sacar, podía trabajar menos e irse antes. Así que aunque yo le había estropeado su lucrativo negocio, le había hecho la vida más fácil en otros aspectos.

Gérard se divirtió muchísimo cuando le conté esto, y yo me descubrí riendo con ganas.

Más que nada, disfrutaba los momentos en que posaba y conversábamos. Nuestra amistad progresaba rápidamente, como suele suceder en esas circunstancias. Comencé a pensar en lo aburrida que sería la vida cuando estuviera terminado el retrato.

–Hay algo más que te hace desgraciada –me dijo un día mientras pintaba.

Yo me quedé callada durante un momento y él se quedó parado mirándome con el pincel en una mano.

–¿Se trata de... un amor? –preguntó.

Continué dudando. No podía soportar hablar de Roderick. Él captó mis sentimientos con rapidez.

–Perdóname –dijo–. Soy muy preguntón. Olvídalo.

Volvió al retrato, pero después de un rato dijo:

–No resulta hoy. No puedo trabajar más. Salgamos y te enseñaré más cosas del Barrio Latino. Seguro que aún queda mucho que no conoces.

Comprendí. Había cambiado mi humor. Parecía que tenía a Roderick cerca. Había perdido mi serenidad.

Cuando salimos a la calle me envolvió la atmósfera y me levantó algo el ánimo. En el aire había aroma a pan calentito recién salido del horno, y de una de las casas salía el sonido de una concertina. Entramos en la iglesia de San Sulpicio y caminamos por las callejuelas circundantes con sus tiendas de rosarios e imágenes de santos.

–Nosotros las llamamos San Sulpicierías –me dijo.

Me mostró la casa donde murió Racine. Luego me llevó a la Place Furstenburg, donde tenía su estudio Delacroix.

–Hace muy poco que murió –me contó–, pero su estudio se ha convertido en santuario. ¿Crees tú que algún día vendrá la gente a mi estudio y dirá: «Aquí vivió y trabajó Gérard du Carron»?

–Seguro que sí, si estás decidido a que así sea.

–¿Tú crees entonces que tenemos el poder de hacer lo que deseamos con nuestras vidas?

–Hay circunstancias contra las cuales debemos luchar. ¿Quién sabe lo que nos depara el mañana? Pero sí, creo que tenemos el poder de superar la adversidad.

–Me alegra que pienses así. Es un credo maravilloso... pero no siempre fácil de seguir.

Llegamos a un café con marquesina de alegre colorido, bajo la cual había instaladas mesas.

–¿Te apetece tomar algo? –preguntó–. Tal vez no, pero sería agradable sentarnos aquí. Para mí es como un calmante del espíritu ver pasar el mundo ante mis ojos.

Así que nos sentamos a beber café y observar a la

gente. Gérard se divertía y yo también, especulando acerca de sus vidas. Pasó un hombre caminando dificultosamente con la ayuda de un bastón.

–Ha llevado una vida alegre –dijo Gérard–, y ahora que se acerca al final se pregunta de qué va todo. ¡Ah!, esa señora con la bolsa de la compra llena felicitándose porque consiguió que le rebajaran los precios el carnicero, el panadero y el cerero, sin saber que, conocedores de sus métodos, éstos han subido los precios justo antes de que llegara.

Pasaron dos chicas cogidas del brazo, riendo.

–Sueñan con los novios que tendrán –dijo Gérard–. Y allí están los amantes. Ninguna calle de París está completa sin ellos. No se dan cuenta de nada, excepto de la presencia del otro. Y allí va la niñita con su institutriz, soñando con la libertad que tendrá cuando ya no la necesite. La institutriz sabe que ese momento no está lejos y su corazón está lleno de aprensión. ¿Dónde encontrará otro trabajo?

–Ya veo lo que quieres decir con eso de conocer a las personas que pintas. ¿Te gustaría pintar a algunas de estas personas?

–A la mayoría. Aunque algunas revelan demasiado lo que son. Busco aquellas que tienen un aura de misterio.

Compramos paté y lo llevamos al estudio. Gérard sacó una botella de vino blanco y nos sentamos en el sofá a beberlo con el paté.

–Me parece –dijo Gérard– que te estás aficionando a la *vie bohème.*

–Tal vez porque nací en ella.

–Puede que sea así. Por eso te gusta. Mi madre se escandaliza por la forma en que vivo. No puede comprender por qué no regreso a la Maison y llevo lo que ella llama la vida de un caballero del campo.

–Eso no iría contigo en lo más mínimo.

–Estás menos triste ahora –dijo después de un breve silencio.

–Tú me has animado.

–¿Así que nuestra pequeña excursión era todo lo que necesitabas?

–Sí, y no veo por qué iba a querer ocultarte la verdad.

–Me gustaría saberla, por supuesto.

–Es algo así: tu tío Robert y un hombre llamado Charlie eran dos de los mejores amigos de mi madre. Ella siempre estaba rodeada de gente. Los amigos iban y venían. Pero había tres que estaban siempre a su alrededor: Robert, Charlie y Dolly, el productor. Cuando murió mi madre Charlie insistió en llevarme a su casa. Tenía un hijo, Roderick. Yo ya le conocía bastante bien antes de que mi madre muriera. Ella no sabía nada de nuestros encuentros. No es que fueran exactamente un secreto, pero yo no los había mencionado. Charlie había prometido a mi madre cuidar de mí en caso de necesidad, y me llevó a su casa. Roderick y yo nos enamoramos y decidimos casarnos. Entonces Charlie me dijo que yo era su hija y por lo tanto Roderick y yo éramos hermanos.

Él me miraba con sorprendido horror.

–Y así –dijo–, ése fue el fin...

–Por eso estoy triste –dije yo asintiendo–. Después del trauma de la muerte de mi madre, yo deseaba volver a comenzar. Sé que podría haberlo hecho con Roderick. Verás, mi madre y yo estábamos muy unidas. Siempre habíamos estado juntas. No podía imaginarme la vida sin ella. Y entonces, con Roderick, me pareció que había una oportunidad.

Gérard se me acercó más y me rodeó con un brazo.

–Mi pobre, pobre Noelle, ¡cuánto has sufrido! –dijo.

–Antes hablábamos de aceptar los golpes que nos da la vida, y de buscar el modo de elevarnos por encima de ellos, si logramos encontrarlo.

–Tienes razón. Es lo que tenemos que hacer. Y podemos... Estoy seguro de que podemos.

–No quería hablar de esto con nadie.

–Pero has hecho bien en decírmelo a mí. Yo lo comprendo. Verás, he perdido a mi esposa.

Repentinamente se levantó y se acercó a la ventana. Después se volvió y dijo:

–Aún hay buena luz. Podría trabajar durante un rato. Para compensar el paseo de esta mañana.

Llegó el día en que estuvo terminado el retrato. Me produjo tristeza pensar que aquella experiencia llegaba a su fin. Ya no habría más sesiones de posado, ni conversaciones íntimas, ni excusas para ir todos los días al estudio. Sin duda había sido estimulante.

Contemplé el retrato con atención mientras Gérard me observaba con cierta aprensión.

Yo sabía que era bueno. Yo no era la belleza que había sido Marianne, pero había un algo de misterio en el retrato. Estaba el parecido, y algo más. Era el rostro de una joven, inocente hasta cierto punto, aún no marcada por la vida, pero con una expresión en los ojos que hablaba de penas secretas.

–Es muy acertado –dije.

–Pero ¿te gusta?

–Creo que traiciona algo.

–¿Algo que preferirías no ver en él?

–Tal vez.

–Eres tú –dijo–. Siempre que lo vea, sentiré que estás aquí.

–Bueno, supongo que eso es lo que tiene que ser un retrato.

Entró Lars Petersen.

–Me carcome la curiosidad –dijo–. ¿Dónde está la obra maestra?

Se detuvo frente al caballete con los pies separados. Siempre parecía llenar una habitación.

–Es muy bueno –declaró–. Esta vez lo has conseguido, Gérard.

–¿Tú crees?

–Veremos. Tiene profundidad. Además es el retrato de una chica hermosa. No hay nada que agrade tanto como una chica hermosa.

–No es hermosa, en realidad –dije yo–. Pero sí que es interesante.

–Mi querida mademoiselle Tremaston, me atrevo a decir que un pintor sabe más de estas cosas. Es el cuadro de una chica hermosa. Vamos. ¿Dónde está el champán? Tenemos que brindar por el triunfo de nuestro genio. Disculpadme un momento –desapareció por la puerta que daba al techo.

–Le gusta –dijo Gérard–. He podido ver que le ha gustado. De verdad lo encuentra bueno.

Volvió Lars Petersen con una botella de champán.

–Vasos –exclamó imperioso.

Trajimos los vasos; él destapó la botella y sirvió el champán.

–Es bueno –gritó–, bueno. Es casi tan bueno como mi creación. Gérard: éxito. Noelle te va a lanzar igual como hizo Marianne conmigo. No tan bien, pero casi.

Estaba riendo. Me pregunté cómo afectaría a Gérard la alusión a Marianne; pero él continuó bebiendo champán con los ojos brillantes.

Lars le había convencido de que el retrato era bueno.

Angèle y Robert estuvieron de acuerdo con el veredicto y se habló de una exposición. Gérard ya había reunido suficientes cuadros que consideraba de valor y se habló muchísimo sobre los preparativos.

Nos quedamos en París; yo iba con frecuencia al estudio. Ayudé a Gérard a decidir los cuadros que expondría. Lars Petersen a menudo estaba presente para dar su opinión. Otros también venían, pero como Lars era el vecino, estaba entrando y saliendo continuamente.

Madame Garnier creció en importancia porque su retrato sería uno de los expuestos. Escogimos algunas escenas campestres pero más que nada de París; sin embargo los retratos eran el fuerte de Gérard y por tanto predominaban.

Angèle y Robert participaban del entusiasmo en la preparación de la exposición. Angèle nos dijo que Marie-Christine vivía preguntando cuándo volveríamos.

–Vendremos para la exposición, por supuesto –dijo Angèle, y yo supe que pronto tendríamos que dejar París. Pero habría otras visitas, que yo esperaría con ilusión.

La exposición se fijó para septiembre; ya habían pasado casi seis meses desde mi llegada a Francia.

Regresé con Angèle a la Maison Grise, donde me encontré con una Marie-Christine llena de reproches.

–Has estado fuera mucho tiempo –dijo–. ¿Tanto se tarda en pintar un retrato? Mi inglés está fatal. Una necesita práctica constante. Apuesto a que tu francés está fatal también.

–Yo he practicado muchísimo.

–En cambio yo no con mi inglés. Muy egoísta de tu parte estar tanto tiempo allá. ¿Te gustó posar?

–Fue interesante.

–Supongo que yo tendré mi retrato algún día. Eso es lo que pasa cuando hay un pintor en la familia: te pintan. ¿Vas a ir a la exposición?

–Sí.

–Serás famosa.

–¿Yo? ¿Qué he hecho?

–Cuando pintaron el retrato de mi madre todo el mundo hablaba de ella. Todos sabían quién era Marianne.

–De mí no hablarán tanto.

–¿Por qué no?

–Tu madre era muy hermosa.

Me observó con mirada crítica.

–Sí –dijo lentamente–. Era muy hermosa. Entonces debe de haber sido por eso.

Pareció calmarse. Yo no iba a ser famosa, de modo

que tal vez sentaría la cabeza, volvería a la Maison Grise y continuaría enseñándole inglés.

Recibí otra misiva de Lisa. Yo había contestado a su carta contándole que me sentía mejor. Robert y su familia eran muy buenos conmigo y él era el tipo de hombre del cual resultaba fácil aceptar la hospitalidad, como había descubierto ella. Me estaba olvidando de mi antigua vida. Aquí todo me parecía diferente. Había hecho bien en venir, por supuesto, aunque no podía quedarme indefinidamente. Pero todo el mundo parecía desear que no me marchara... así que aquí estaba.

Había escrito:

Querida Noelle:

La *Cereza madura* de Dolly tuvo un maravilloso comienzo. Todo el mundo ha dicho que Lottie Langdon estuvo espléndida. Era exactamente la obra para ella: menos canciones y bailes que de costumbre; ya sabes que siempre tiene problemas con las notas altas.

Hay un escotillón para algunas escenas. El héroe sube por allí en el primer acto. Se hace pasar por un obrero, pero en realidad es un millonario disfrazado.

Dolly me puso de suplente, lo cual pensé que me venía muy bien. Deseaba mucho tener una oportunidad para demostrar lo que sé hacer. Lo hacía realmente tan bien como Lottie.

Bueno pues, llegó mi oportunidad. ¡Menuda oportunidad! Tuve un accidente. La trampilla cedió y caí dentro. Era bastante hondo y me he hecho daño en la espalda. Bailar, ni pensarlo por el momento. Tengo que hacer reposo. He ido a ver a dos médicos, y no logran ponerse de acuerdo en lo que tengo. Dolly está furioso. Es una lata. Sé que podría haber tenido una verdadera oportunidad con *Cereza madura*.

Supongo que tendré que hacer reposo durante unas semanas. Bueno, esto me ha dado la oportunidad de ponerme al día con mi correspondencia.

Pienso muchísimo en ti, y me pregunto cómo te va la vida. Ha pasado mucho tiempo desde que te fuiste.

Vi a Robert cuando vino a Londres. ¡Qué bueno es! Insiste en que me quede en la casa, y a los Crimp no les gustaría que me fuera. Robert ha dicho que, en su opinión, Francia te está haciendo mucho bien y que iba a hacer lo posible para que te quedaras. Dice que su sobrina nieta te ha tomado mucho cariño. Qué bien.

Por cierto, fui nuevamente a Leverson. Hay muchísima actividad en torno al templo de Neptuno.

Escríbeme y cuéntame novedades.

Besos,

LISA

El tiempo pasaba rápido. Había mucha actividad alrededor de la exposición. Fui nuevamente a París con Angèle y visité el estudio con frecuencia. Disfrutaba preparando la comida que luego comíamos juntos, muy a menudo en compañía de algún amigo de Gérard. Entonces la conversación giraba principalmente sobre arte.

En ese tiempo Lars Petersen tenía una modelo llamada Clothilde. A mí me dio la impresión de que eran amantes. Cuando se lo pregunté a Gérard éste se echó a reír y me dijo que Lars solía darse el gusto de tener aventuras románticas. Era su forma de vida.

Yo me iba sintiendo cada vez más atraída por este círculo y echaba muchísimo de menos aquellos encuentros cuando volvía al campo. De todas formas, nunca conseguía escapar de mi añoranza por Roderick. Hasta acariciaba la idea de escribirle. Pero sabía que eso sería una locura. No había nada que ninguno de los dos pudiera hacer para cambiar la situación. Era más seguro estar separados. Verle nuevamente no haría otra cosa que intensificar el dolor. Tenía que eliminarlo totalmente de mi vida. Si no podíamos estar juntos como amantes, debíamos permanecer separados.

Me alegré al descubrir que, a pesar de todo, aún era capaz de interesarme por otras personas. No dejaba de repetirme que tal vez con el tiempo me sentiría diferente.

Era extraño ver mi rostro metido en un magnífico marco de bronce que me miraba desde la pared. Era un cuadro imponente de verdad, gracias al contraste entre la tragedia sutilmente sugerida y la juventud de un rostro bello e inocente. Lo había plasmado con suma habilidad. ¿Era yo así realmente?, me preguntaba.

Recorrí la hilera de cuadros. Algunas de las vistas de París eran encantadoras, pero eran los retratos los que llamaban la atención. Madame Garnier me miraba por encima del hombro. Yo la veía calculando cuánto iba a ganar con sus compras, y recordaba su astuta sonrisa cuando le eché en cara su fechoría, y la calma con que se desentendió del asunto. Allí estaba ella, con todos sus defectos y virtudes. Empezaba a pensar que Gérard era un pintor muy ingenioso.

Fueron días de mucha animación. Yo pasaba bastante tiempo en la exposición. Me resultaba difícil mantenerme alejada. Gérard estaba encantado con mi entusiasmo.

Mi retrato fue muy comentado. En las reseñas críticas que aparecían de la exposición se hablaba extensamente de él. «*Noelle* es lo mejor de la exposición», «*Noelle* se lleva la palma», «Estudio de una joven que oculta un secreto. ¿Abandonada por su amante?», «¿Qué intenta decirnos Noelle? Es un retrato impresionante».

También fue muy comentado el retrato de madame Garnier. «Muy buen estudio», «Lleno de carácter», «Gérard du Carron ha progresado muchísimo en los últimos años, llegará lejos».

Me sentía muy complacida cuando alguien deseaba comprar el retrato y Gérard rehusaba venderlo.

–Es mío –decía–. Lo conservaré siempre.

Después de la exposición volvimos a la Maison Grise. Yo le había escrito a Lisa sobre mi estancia en París. No supe nada de ella durante un tiempo, de modo que supuse que habría vuelto al trabajo y estaría muy ocupada.

Durante los primeros días, Marie-Christine se mostró reservada. Supuse que se sentía dolida por mi larga ausencia.

Un día en que cabalgábamos juntas por un estrecho sendero, dijo:

–Creo que te gusta más estar en París que aquí.

–Es cierto que me gusta estar en París, pero también disfruto mucho aquí.

–Pero no te quedarás siempre aquí, ¿verdad? Te marcharás.

–Sé que todos vosotros me habéis acogido muy bien, pero en realidad sólo soy una invitada. Ésta no es mi casa.

–Para mí es como si lo fuera.

–¿Qué quieres decir?

–Es como si fueras parte de mi hogar, más que ninguna otra persona.

–Oh... ¡Marie-Christine!

–Nunca he tenido a nadie como tú. Eres como mi hermana. Siempre deseé tener una hermana.

–Es maravilloso lo que has dicho. –Me sentí profundamente conmovida.

–Es verdad. *Grandmère* es muy buena, pero es mayor y nunca quiso a mi madre, en realidad, y cuando me mira piensa en ella. Mi madre se fijaba en mí a veces y luego parecía olvidarme. Mi padre tampoco se fijaba mucho en mí. Mi madre siempre deseaba estar en París. Mi padre también estaba siempre allí. El tío Robert es bueno, pero también es mayor. Yo sólo soy «la niña» para él. Han tenido que cuidar de mí. No es porque quieran hacerlo de verdad. Es un deber. Lo que yo deseo es una familia, personas con las que reír y pelearme. Personas a las que les puedas decir cualquier cosa y que sientas que están allí, y que por muy terrible que seas con ellas no se pueden marchar porque son familia.

–No sabía que te sintieras así, Marie-Christine.

–Tú también te marcharás, sé que lo harás. Ya te fuiste a París. Lo pasábamos tan bien estudiando inglés y francés. Tu francés era muy divertido.

–¿Y tu inglés no?

–Tu francés era mucho más divertido que mi inglés.

–Mentira.

–¿Lo ves? –dijo riéndose–. Eso es lo que quiero decir. Podemos ser maleducadas entre nosotras y seguir cayéndonos bien. Eso es lo que yo quiero, y tú vas y te marchas a París. Me imagino que pronto vas a volver a ir.

–Bueno, si voy, no veo por qué no podrías venir tú también. Hay habitaciones en la casa.

–¿Y mademoiselle Dupont?

–Podría venir también. Así podrías continuar con tus clases allí y aprender algo sobre la historia de la ciudad in situ.

–Pero mi padre no querría verme.

–Claro que sí.

–Le recuerdo a mi madre –dijo moviendo la cabeza–, y él no quiere que se la recuerden.

Durante un rato cabalgamos en silencio. Cuando llegamos al final del sendero ella se lanzó a medio galope y yo la seguí. Me sentía bastante conmovida por nuestra conversación, durante la cual me había revelado la intensidad de sus sentimientos por mí.

–Quiero enseñarte una cosa –me gritó por encima del hombro.

Frenó bruscamente. Habíamos llegado a las puertas del cementerio. Desmontó de un salto y amarró el caballo a un poste que había al lado de la puerta. Yo también desmonté. Al otro lado de la puerta había un poste similar y allí amarré mi caballo.

Abrió la puerta y entramos. Estábamos en un camposanto y ella me guió por un sendero. A nuestro alrededor había tumbas adornadas con trabajadas estatuas y gran abundancia de flores. Marie-Christine se detuvo ante una que estaba presidida por una detallada escultura de la Virgen y el Niño. Leí la inscripción sobre la lápida: «Marianne du Carron. 27 años. Partió de esta vida el 3 de enero de 1866».

–Aquí es donde está enterrada mi madre –dijo Marie-Christine.

–Está muy bien cuidada.

–Jamás venimos aquí.

–¿Quién se ocupa de ella?

–Nounou principalmente. *Tante* Candice, tal vez. Pero Nounou viene cada semana. Viene los domingos. La he visto con frecuencia. Se arrodilla y le pide a Dios que cuide a su hija. Ella llama su hija a mi madre. Yo he estado cerca de ella y la he escuchado. Pero nunca dejo que me vea.

Me invadió una enorme ternura por ella. Deseé protegerla, ayudarla y hacerla feliz. Le cogí la mano y se la apreté. Nos quedamos allí en silencio unos segundos.

–Venga, vámonos –dijo ella–. Sólo deseaba enseñártelo, eso es todo.

Poco después de mi regreso, Gérard vino a la Maison Grise. Había estado ocupadísimo, nos dijo, ya que a raíz de la exposición había recibido muchos encargos.

–Se debió a tu retrato –dijo–. Atrajo mucha atención, así que tengo que agradecértelo.

–Fuiste tú quien hizo todo el trabajo. Yo sólo estuve sentada.

–No podría haberlo hecho sin la modelo... Estaré ocupado aquí –añadió–. Me he traído trabajo. Puedo hacerlo tanto aquí como en París, pero será un cambio estar en un entorno diferente.

Se pasaba mucho tiempo en la torre norte. Angèle estaba feliz de tenerle en casa. Yo sabía que sufría por él. Me confió que, en su opinión, esa forma desorganizada de vivir tenía muchos inconvenientes. Estaba segura de que no hacía sus comidas regulares ni comía lo suficiente.

–Además –añadió–, nunca se ha recuperado del golpe de la muerte de Marianne. Estoy convencida de que ésa es una de las razones por las cuales desea estar en París. Aquí el recuerdo es demasiado vivo.

–Creo que sí, Marie-Christine me mostró el lugar donde sucedió.

–Tan cerca de su antigua casa. Fue terrible. La anciana niñera salió de la casa y la encontró allí tendida. Para ella fue un golpe terrible. Adoraba a Marianne.

–Tiene que haber sido horrible para ella.

–Bueno, Gérard estará un tiempo en casa, y eso me alegra mucho.

A mí también. Podía hablar con él sobre su trabajo y sus amigos, de los cuales ya conocía a muchos. A veces salía a montar a caballo con Marie-Christine por las mañanas y conmigo por las tardes. Me fijé en que siempre evitaba el camino que llevaba al molino.

Robert estaba contento de que estuviera allí. Se mostraba muy animado a las horas de las comidas. Hablaban de política y yo acabé adquiriendo ciertos conocimientos sobre asuntos de los cuales antes no tenía idea.

Descubrí que Robert admiraba al emperador Napoleón III, sobrino del famoso Napoleón y que se había casado con la atractiva emperatriz Eugenia. Gérard se mostraba ligeramente menos entusiasta.

–Él comprende lo que necesita el pueblo –insistió Robert.

–Está obsesionado con engrandecer a Francia –contraatacó Gérard–. Desea poder. Es como tener a su tío nuevamente.

–Su tío convirtió a Francia en una gran potencia –insistió Robert.

–Y finalmente acabó en Elba y Santa Elena.

–Eso fue mala suerte.

–Siempre es la mala suerte –dijo Gérard.

–Tienes que admitir que el emperador ha fomentado las obras públicas. Ha introducido cosas buenas. Por otra parte, ha bajado el precio del pan.

–Ah, sí, se preocupa de Francia. Eso no lo discuto. –Se volvió hacia mí–. ¿Te aburrimos con nuestra política, Noelle?

–Todo lo contrario –le aseguré–. Estoy descubriendo mi ignorancia y estoy encantada de aprender.

–Es que algunos nos sentimos algo inquietos. No me gusta lo que está sucediendo con Prusia. Creo que el emperador tiende a desestimar la fuerza de los prusianos.

–Tonterías –dijo Robert–. Un insignificante estado alemán. ¡Pensar que pueda hacer frente a Francia!

–El emperador es muy consciente de las humillaciones que nos impuso el congreso de Viena –me explicó Gérard–. Eso ocurrió justo después de la derrota de Napoleón I. En esa época estábamos en nuestro punto más bajo.

–Así es –añadió Robert–. Y el emperador desea que Francia vuelva a ser grande. Desea un cambio en el equilibrio de poder europeo.

–Estuvo contento de firmar una alianza con tu país después de la guerra de Crimea –me dijo Gérard–. Y después de eso vino la guerra con Austria, en un intento de expulsar a ese país de Italia.

–Demostró ser un gran jefe militar en Solferino –le recordó Robert a Gérard.

–A mí me parece que se va a exceder.

–Ha dado prestigio a nuestro país –insistió Robert–. No olvides que la caída de Luis Felipe se debió a que permitió que Francia se convirtiera en una potencia sin importancia en Europa.

–El actual Napoleón está decidido a no hacer eso, pero yo temo que su actitud con Prusia nos pueda meter en dificultades.

–¡Prusia! –exclamó despectivamente Robert.

–Hay que tenerla en cuenta ¿Acaso no intenta poner a un Hohenzollern en el trono de España?

–Eso es algo que el emperador ciertamente no permitirá.

–Si es que puede impedirlo –dijo Gérard–. En fin, esperemos que se calme todo. No deseo problemas con Prusia. Este vino es excelente, tío Robert.

–Me alegro de que sea de tu agrado. ¿Cómo va el trabajo?

–Nada mal. Pronto tendré que volver a París. Por cierto, Noelle, Lars Petersen habla muy en serio de hacer tu retrato.

–¿Por qué no aceptas? –intervino Angèle–. Disfrutaste posando para Gérard. Sería interesante ver lo que hace.

–No puede soportar que el retrato que te hice me haya dado fama –dijo Gérard–. Quiere demostrar que él lo puede hacer mejor.

–Dale la oportunidad de demostrar que está equivocado –dijo Angèle.

Dije que me gustaría.

–¿Y si Marie-Christine viniera conmigo? –añadí–. Mademoiselle Dupont podría venir también y así Marie-Christine podría continuar con sus clases. Estaba muy dolida por haberse tenido que quedar aquí.

–Te ha tomado muchísimo afecto –dijo Angèle–, y eso me alegra mucho. No veo por qué no podría ir.

–Me hará mucha ilusión –dije.

–Hecho, entonces –dijo Angèle–. ¿Cuándo planeas marcharte, Gérard?

–A comienzos de la próxima semana. ¿Te va bien a ti?

–Muy bien –dije yo.

Cuando vi a Marie-Christine y le dije que a la semana siguiente me iría a París se le demudó el rostro.

–¿Te gustaría venir? –añadí rápidamente–. Naturalmente nos acompañaría mademoiselle, y estoy segura de que lo encontrarás muy instructivo.

Me echó los brazos al cuello y me abrazó.

–Lo sugerí –dije–, y todos estuvieron de acuerdo en que era una buena idea.

Lars Petersen se mostró encantado de que yo hubiera aceptado posar para él.

–Desde el primer momento en que te vi, deseé pintarte –dijo–. Así es como ocurre. Lo supe enseguida.

–Bueno, supongo que debería sentirme halagada.

–Sabes que tienes una cara interesante.

–No lo sabía, pero es curioso que te dieras cuenta después del éxito de Gérard.

–No puedo permitirle que me gane por la mano, ¿a que no? –dijo mirándome con picardía–. Él hizo un buen cuadro. Yo tengo que pintar uno mejor.

–Veo que hay una gran rivalidad entre vosotros.

–Por supuesto. Hay más rivalidad en el arte que en ninguna otra especialidad. Nos vigilamos mutuamente. Cada uno de nosotros desea ser un gran artista que viva eternamente, cuyo nombre sea conocido por millones de personas. Ése es el gran logro. Así pues, estamos atentos a lo que hacen nuestros rivales.

Su conversación era muy divertida. Aprendí muchísimas cosas acerca de Lars Petersen. Sin duda era muy atractivo y llevaba una vida muy alegre. No tomaba nada en serio fuera de su arte; era tremendamente ambicioso, resuelto a hacerse un nombre y a disfrutar durante el camino hacia el éxito. Era imposible no encontrarlo simpático.

Yo observaba el progreso del cuadro. Era bueno, pero carecía de esa sutil cualidad que Gérard había introducido en él. Tal vez se debía a que yo no le abría mi corazón como a Gérard. No había la misma compenetración entre nosotros.

Gérard solía venir al finalizar las sesiones de la mañana y comíamos los tres juntos. Después yo regresaba a la casa y pasaba el resto de la tarde con Marie-Christine. Salíamos a pasear con mademoiselle Dupont. Aprendí muchísimo de la historia francesa, porque mademoiselle Dupont tenía la costumbre de transformar toda excursión en una clase de historia. Marie-Christine y yo nos lanzábamos miradas furtivas y a veces nos resultaba difícil reprimir la risa.

Visitábamos con frecuencia el estudio de Gérard y en esas ocasiones nos las arreglábamos para evitar la compañía de mademoiselle Dupont. Gérard también venía a la casa, así que lo vimos con mucha frecuencia durante nuestra visita.

Ocurrió un desconcertante incidente que me dejó muy intrigada. Yo estaba posando para Lars Petersen en su estudio cuando se dio cuenta de que no tenía suficiente de un color que le hacía falta. Sabía que Gérard tenía, así que dijo que iría a buscar a su estudio. De modo que yo me quedé sola.

Mientras estaba sentada allí, ociosa, esperando su vuelta, me fijé en que había un trozo de tela cogido en la puerta de un armario, que sobresalía. Probablemente era un trapo para limpiar, pensé. Al igual que en el estudio de Gérard, me había acostumbrado a ordenar el estudio de Lars. Ambos tenían tendencia a ser desordenados. De modo que me levanté, fui hacia el armario y abrí la puerta con la intención de poner el trapo adentro; pero al hacerlo, un montón de lienzos cayeron al suelo. Los estaba ordenando dentro del armario cuando vi un cuaderno de apuntes entre ellos. Al recoger los lienzos, vi, para mi sorpresa, el cuadro de un desnudo de mujer, en una postura que sólo se podía definir como provocativa. Era, sin lugar a dudas, Marianne.

Sentí que me ruborizaba. Evidentemente, lo que había en el armario no era para que lo vieran mis ojos. Rápidamente puse el lienzo con el desnudo junto a los otros. El cuaderno de apuntes quedó en el suelo. Lo cogí y le eché una mirada. Estaba lleno de dibujos de Marianne, todos mostrando diversos aspectos de su desnudez.

Metí el cuaderno en el armario, cerré la puerta y volví a mi asiento.

El cuadro y los dibujos eran obra de Lars Petersen. O sea que ella tenía que haber posado así para él.

Me sentí horrorizada y pensé que había algo raro en aquello.

–Perfecto –dijo Lars entrando en la habitación–. Esto es exactamente lo que necesitaba.

Continuó trabajando, pero yo ya no pude dejar de pensar en esos cuadros. Marianne tenía que haber posado para él de esa forma.

Ella era modelo. ¿Era así como posaba? No pude evitar pensar que tenía que haber existido una relación especial entre Marianne y Lars Petersen.

Marianne

Una semana después de haber regresado de París, recibí la carta de Lisa. Cuando la leí quedé tan profundamente conmocionada que tuve que leerla varias veces para poder creer que lo que decía era cierto.

Escribía desde Leverson Manor:

Mi querida Noelle:

Son muchas las cosas que tengo que contarte y deseo que las sepas por mí. No podría soportar que las supieras por otra fuente.

Ya te escribí sobre mi accidente. Al principio pensé que no era gran cosa, pero ¡qué equivocada estaba! Después de tres semanas de reposo el doctor me dio una terrible noticia: me había hecho una lesión permanente en la espalda y que, lejos de estar mejor, había empeorado. Imagínate cómo me sentí. Había ido esa noche dispuesta a demostrar a todo el mundo que lo hacía tan bien como Lottie Langdon... y lo habría hecho además. Era mi gran oportunidad... y va y ocurre esto.

Dolly se portó bondadosamente, a su manera, pero en lo que realmente piensa es en la producción. Yo sabía que no tenía esperanzas de obtener un puesto en nada más. Estaba acabada.

Me sentía tan desgraciada. Deseé morir. Mi vida... todas mis ambiciones... habían quedado en nada.

Entonces vino Roderick a la ciudad y me visitó. Se quedó horrorizado por mi cambio. Oh, se portó muy bien conmigo, Noelle. Tú sabes cómo es. Siempre ha sido bueno y amable con las personas en dificultades. Comprendió como nadie cómo me sentía. Yo estaba realmente frenética. Era incapaz de pensar qué haría, ahora que ya no podía trabajar.

Me llevó a Leverson Manor. Lady Constance no estaba nada contenta pero Fiona se portó muy bien. Me estimuló para que la ayudara a ella, lo cual pude hacer. Se iba a casar con un joven al que conoció tiempo atrás en su trabajo. Él había llegado a Leverson, porque había muchísimo trabajo que hacer con este templo de Neptuno. Ahora él la está ayudando y viven en la casa de Fiona, ya que la abuela está internada.

No sé por qué te estoy contando esto. Supongo que se debe a que estoy intentando decidirme a decírtelo.

No sé muy bien cómo te lo vas a tomar después de todo lo sucedido entre vosotros dos. Estaba desesperada, me estaba volviendo loca. Incluso pensé en suicidarme. Lo habría hecho si no hubiera sido por Roderick. Él se dio cuenta de lo que pasaba por mi cabeza. Nadie lo comprendió como él. No sólo había perdido el trabajo que tanto significaba para mí, sino también mi forma de ganarme la vida. Te puedes imaginar cómo me sentía.

Bueno, ambos teníamos que hacer algo con nuestras vidas, y, de pronto, él me dijo que me cuidaría, que se casaría conmigo.

Y eso es lo que ha sucedido, Noelle.

Me siento diferente ahora. Charlie es muy bueno conmigo. Es un hombre bondadoso, al igual que Roderick.

Lady Constance está muy enfadada, pero tú sabes lo tranquila y fría que sabe mostrarse, haciéndote saber al mismo tiempo lo mucho que te odia. No me importó. Tenía un motivo para continuar viviendo.

Noelle, perdóname. Sé exactamente cómo debes sentirte. Pero lo vuestro no podía ser, ¿verdad? Roderick dice que tenemos que hacer algo con nuestras vidas, y eso es lo que estamos haciendo.

Espero que se presente algo bueno para ti, como me ha ocurrido a mí. A veces no podemos tener lo que queremos en la vida, ¿verdad? Sencillamente tenemos que tomar lo que se nos ofrece.

Siempre te llevo en mis pensamientos.

Dios te bendiga y te dé algo de esperanza y felicidad como la que hemos encontrado Roderick y yo.

LISA

Me quedé aturdida. Roderick y Lisa... ¡casados! Escenas del pasado acudieron una y otra vez a mi memoria. Ese primer encuentro en el parque; esa noche que ella reemplazó a mi madre; Roderick había estado allí; ella le había pedido que viniera a ver su actuación. Era evidente, desde el primer momento, que ella había estado enamorada de él.

En algún lugar recóndito de mi mente yo había abrigado la esperanza de que ocurriera algún milagro, de que todo se arreglara. Qué tonta había sido. ¿Cómo se podía arreglar? Y ahora... aquello era el fin. Se había casado con Lisa.

Tenía que olvidar. Tenía que dejar de pensar en Roderick.

Guardé la carta en un cajón pero no pude olvidarla. No podía dejar de leerla una y otra vez.

Se lo conté a Robert, que se conmovió profundamente.

–Robert –le dije–, me siento a la deriva, flotando sin rumbo, sin destino a la vista. Sólo me dejo llevar a donde me lleva la marea. Comprendo lo que ha sucedido: Lisa, con su carrera arruinada, perdida como lo estoy yo ahora. Yo sé que él me amaba, pero comprendió muy bien la difícil situación de Lisa. Él siempre ha sido comprensivo y considerado con los demás. Ella estaba desamparada, al borde del suicidio, creo, y él vio una manera de ayudarla... dándole un hogar, seguridad, ayudándola a resistir.

–Es una tragedia terrible, Noelle. Me gustaría ser capaz de ayudarte, pero creo que estás mejor aquí de lo que estarías en ningún otro lugar.

–No puedo quedarme aquí indefinidamente, Robert.

–¿Por qué no? Considéralo tu hogar.

–Pero no es mi hogar, y no estoy haciendo nada con mi vida.

–Haces muchísimo. Marie-Christine es una chica diferente desde que tú llegaste. Siempre hemos estado preocupados por ella. Pobre niña, no ha tenido en realidad lo que se dice una buena vida. Y te queremos tanto... tanto Angèle como yo. Y Gérard. No pienses en dejarnos, por favor.

–No deseo marcharme –dije–. Soy incapaz de pensar qué haría.

–Entonces, quédate. Tendrías que ir más a menudo a París.

De modo que me quedé.

Las semanas pasaron. Ya casi hacía dos meses desde que recibiera la carta de Lisa. Yo le había contestado brevemente, agradeciéndole que me lo hubiera comunicado y deseándoles a ella y a Roderick un feliz futuro. No había sabido más desde entonces. Y era mejor así.

Lars Petersen organizó una exposición y me vi atrapada en ella. Expuso mi retrato, que fue comprado para una colección nacional, lo que a él le encantó. Gérard tenía mi retrato colgado en su estudio.

–Me gusta verlo –dijo–. Me inspira cada día.

Marie-Christine y yo, con la omnipresente mademoiselle Dupont, pasábamos más tiempo en París que en el campo.

Mientras ellas estaban con sus clases, yo iba al estudio. Me había aficionado a comprar en los mercados, lo cual era siempre una experiencia muy estimulante, y solía llevar algo sabroso para *déjeuner.* Se estaba convirtiendo en una costumbre. Gérard y yo nos sentábamos a comer juntos, muchas veces acompañados por Lars Petersen o algún pintor sin dinero en busca de una comida gratis.

Robert tenía razón al decir que la vida bohemia me hacía mucho bien.

Gérard había percibido mi cambio y un día en que estábamos solos me preguntó qué había ocurrido. No podía ocultárselo.

–Roderick se ha casado –dije–. No debería importarme, pero me importa. Es lo mejor para él. Se ha casado con Lisa Fennell, la que fue suplente de mi madre. Tuvo un accidente y eso significó el fin de su carrera en el teatro y como bailarina, que era lo que mejor hacía. Yo creo que él le tuvo lástima. Le gustaba también, siempre se mostró interesado en su carrera. A veces me sentía un poco celosa. Y ahora está casada con él. Ella pasará su vida a su lado, que era lo que yo soñaba con hacer.

–Mi pobre Noelle. La vida es cruel. Los problemas no vienen solos sino en batallón. ¿No fue Shakespeare quien dijo eso?

–Creo que sí, y en mi caso es bien cierto.

–Pero no eternamente. Las cosas cambiarán y todo se arreglará. Es la ley de la naturaleza.

–Jamás olvidaré a Roderick.

–Lo sé.

–Él estará siempre allí, así como el conocimiento de lo que he perdido.

–Lo comprendo.

–Por Marianne...

–Jamás podré olvidar a Marianne –dijo.

Se dibujó una sombra en la puerta.

–Qué bien huele –dijo Lars Petersen asomándose–. ¿Queda algo para un pobre hambriento?

Me sentía un tanto obsesionada con Marianne. Sabía exactamente cómo era físicamente. No lograba quitarme de la cabeza esos dibujos que había visto por casualidad en el armario de Lars Petersen.

Empecé a hacer preguntas sobre ella. Hablaba con Marie-Christine. Traté de hablar con Angèle.

–Era muy hermosa –era todo lo que decían.

–La mujer más hermosa del mundo –dijo Marie-Christine.

–Tenía esa especie de belleza que la gente no puede dejar de notar –dijo Angèle–. Encontraba aburrida la vida en el campo. No debía de haber tenido más de quince años cuando la vio uno de los pintores que iban a ver a Gérard. Quiso pintarla, y ése fue el comienzo de su carrera como modelo. Se fue a París. Pero regresaba con bastante frecuencia para ver a su hermana y a su niñera.

Era muy poco lo que podía descubrir que no supiera ya. Sin embargo seguía pensando en ella, porque había embrujado a Gérard igual que a muchos otros.

Le sugerí a Marie-Christine que volviéramos a hacer una visita a su tía.

–Me pareció que estaba bastante contenta de verte cuando fuimos a visitarla la última vez –le dije.

–De acuerdo –dijo Marie-Christine–, aunque no creo que les importe mucho si voy o no.

–Bueno, eres la hija de Marianne, así que vamos.

Fuimos y recibimos una acogida bastante cariñosa. Me hicieron comedidas preguntas sobre mis impresiones.

–Ya es casi una de nosotras –dijo Candice.

–En realidad, ya llevo tiempo aquí.

–¿Y tiene algún deseo de dejarnos?

–La vida aquí es muy agradable y no he hecho ningún plan al respecto.

–No dejaremos que se vaya –dijo Marie-Christine–. Cada vez que habla de irse, le decimos que no lo haga.

–Lo comprendo muy bien –dijo Candice sonriendo.

Quiso enseñarnos el jardín y mientras caminábamos todas juntas, tuve la ocasión de quedarme ligeramente aparte con Nounou.

–Deseaba hablar con usted sobre... Marianne –le dije. Se le iluminó la cara.

–Me gustaría saber más cosas sobre ella –continué–. Parece una persona muy interesante, y usted sabe más que nadie sobre ella, me imagino.

–¡Interesante! Jamás nos aburríamos estando ella presente. Candice no habla mucho de ella... sobre todo delante de Marie-Christine.

–Debe de tener muchas fotos de ella.

–Vivo mirándolas. Eso me la recuerda. Me gustaría mostrárselas pero...

–Es una lástima. Me encantaría verlas.

–¿Por qué no viene un día sola? Por la mañana, digamos. Candice habrá salido. Ella sale por la mañana de compras en Villemere. Toma la tartana. También va a visitar a amistades de allí. Venga por la mañana.

–Eso sería muy interesante.

–Le mostraré las fotos que tengo de ella. Entonces podremos hablar con tranquilidad.

–Le estaba mostrando este acebo a Marie-Christine –decía en ese momento Candice–. Tiene muchísimas bayas. Dicen que eso significa un invierno muy crudo.

Y así comenzaron mis visitas a Nounou. Era muy fácil ir a verla por las mañanas, mientras Marie-Christine estaba en clase y Candice fuera. Las visitas tenían un aire furtivo, de complicidad, que nos iba muy bien tanto a Nounou como a mí. A mí me quitaban de la cabeza la obsesión por lo que sucedía en Leverson Manor. Me los imaginaba cabalgando hacia el yacimiento, maravillándose ante los hallazgos, bebiendo café con Fiona y tal vez con su nuevo marido, un cuarteto muy simpático. Me torturaba con esas ideas y era un ligero alivio poder cabalgar hacia el molino y charlar un rato con Nounou. Pensaba en qué diría Candice si regresaba de improviso, o qué sucedería si ella estaba allí cuando yo llegara. «Ah, pasaba por aquí y me he asomado.» Suponía que aceptaría la excusa, pero lo dudaba.

Nounou disfrutaba enormemente con nuestros encuentros. No había nada que le gustara más que hablar de su adorada Marianne.

Me mostró las fotografías. Allí estaba Marianne de niña, mostrando indicios de gran belleza, allí estaba de joven demostrando que esas primeras promesas eran justificadas.

–Era una bruja –dijo Nounou–. Todos los hombres la deseaban. En esta casa se ponía inquieta. Era demasiado silenciosa para ella. Candice era la seria. Trataba de frenarla. Ella deseaba casarse y establecerse.

–Pero no se casó.

–Bueno... vivía a la sombra de su hermana gemela. La gente se fijaba siempre en Marianne. Sin su hermana habría parecido una chica muy bonita. Debería haberse casado con algún hombre bueno. Pero siempre estaba allí Marianne. Y entonces vino aquel pintor a ver a monsieur Gérard, y le bastó una mirada para desear retratarla. Ése fue el comienzo para ella, y cuando Marianne quería algo no había quien la detuviera. Así pues, se fue a París. Primero quiso pintarla uno, después otro. Se hizo famosa. Todos hablaban de Marianne. Entonces se casó con monsieur Gérard.

–Usted debía de estar muy contenta...

–Era un buen matrimonio, por supuesto. Los Bouchère siempre han sido gente importante aquí. Bueno, pues ¿qué se podía esperar de nuestra belleza? Él pasaba el tiempo pintándola.

–¿Así que era un matrimonio feliz?

–Monsieur Gérard... bueno, estaba tan orgulloso que no cabía dentro de sí. Se había llevado el premio gordo, ¿verdad?

–¿Y vivían sobre todo en París?

–Oh, venían aquí de vez en cuando. Ella siempre venía aquí. No podía abandonar a su vieja Nounou. Siempre fue mi niña. Me contaba cosas.

–¿O sea que usted sabía bastante de lo que ocurría?

–Yo veía que pasaban cosas –dijo asintiendo con aire de entendida–, y que ella sólo me contaba la mitad. Ay, es que era una loca. Luego, tener que sucederle eso, verla allí muerta a mis pies. Me sentí morir... Ojalá hubiera muerto antes que verla así. No puedo soportar pensar en ello, ni siquiera ahora.

Nos quedamos en silencio durante un rato. Yo escuchaba el reloj de la repisa de la chimenea dar los segundos recordándome que el tiempo iba pasando. Tenía que irme antes de que regresara Candice y Marie-Christine acabara sus clases.

–Venga siempre que le apetezca, querida mía –dijo Nounou–. Me encanta hablar con usted, aunque eso me traiga dolorosos recuerdos. De todas modos, me hace sentir como si ella estuviera cerca, como antes.

Le dije que volvería pronto a verla.

Nuevamente volvimos a París. Marie-Christine estaba entusiasmada con esas visitas, y Angèle y Robert pensaban que nos venía bien hacerlas. Además, como la casa estaba allí, decían, ¿por qué no usarla?

Siempre me animaba al entrar en la ciudad. Cuando estaba lejos echaba de menos la forma de vida despreocupada y libre que llevaban Gérard y sus amigos. El estudio se había convertido en parte de mi vida, y allí me resultaba más sencillo sacar a Roderick de mi mente.

Esperaba con ilusión nuestros almuerzos, especialmente cuando no había interrupciones. Había un lazo entre nosotros: yo había perdido a Roderick y él a Marianne. Eso favorecía un entendimiento que nadie más podía ofrecer totalmente.

Le hablaba de Roderick. Le conté lo de las ruinas romanas y la terrible aventura cuando lady Constance y yo estuvimos cerca de morir enterradas vivas, y de cómo la señora Carling había quitado el letrero de advertencia.

Él me escuchaba con el mayor interés.

–Has pasado por muchísimas cosas –comentó–. Parece que todo hubiera empezado con la muerte de tu madre. Mi pobre Noelle, ¡cuánto has sufrido!

–Tú también –dije yo.

–De forma diferente. ¿Crees que podrías olvidar a Roderick?

–Creo que siempre le recordaré.

–¿Siempre con pesar? ¿Incluso si... si hubiera otra persona?

–Creo que Roderick estará siempre allí.

Se quedó callado durante un momento y yo dije:

–¿Y tú... y tu matrimonio?

–Jamás olvidaré a Marianne –contestó.

–Lo comprendo. Era muy hermosa. Era única. Nadie podría ocupar su lugar. Tú la amabas... por completo. Lo comprendo, Gérard.

–Noelle –dijo lentamente–, varias veces he estado a punto de decírtelo. Tengo que hablar con alguien. Es como un enorme peso en mi mente. Yo odiaba a Marianne: yo la maté.

Me quedé con la boca abierta. No podía creer lo que había oído.

–¿Tú... la mataste?

–Sí.

–Pero ¿no la tiró el caballo?

–La maté... indirectamente. Eso me perseguirá toda mi vida. En mi corazón, sé que fui responsable de su muerte. La maté.

–¿Cómo? Su niñera me dijo que la había encontrado en el campo cerca de Carrefour. El caballo la había tirado. Tenía el cuello roto.

–Eso es verdad. Déjame que te explique: muy pronto me di cuenta de lo tonto que había sido. Ella nunca me quiso. Yo provenía de una familia rica. Todo lo que deseaba era dinero, halagos y admiración, y ambas cosas abundaban.

–¿Cómo puedes decir que tú la mataste?

–Estábamos en la Maison. Nos peleamos. No había nada raro en eso. Ella se mofaba de mí. Me repetía que jamás me había querido. Se había casado conmigo porque yo era un buen partido para una modelo de pintor. Me odiaba, decía. Bueno, pues, ella estaba burlándose, burlándose de mí de todos los modos posibles. «¡Sal de esta casa!», le grité yo. «¡Sal de mi vida! ¡No quiero volver a verte!» Ella se quedó sorprendida. Se creía que era tan deseable que podía actuar como le diera la gana y seguir siendo irresistible. Cambió inmediatamente. Me dijo que no había querido decir lo que había dicho. Que no quería dejarme. Estábamos casados y debíamos continuar juntos. Teníamos que arreglar las cosas lo mejor posible. «Vete, vete», le dije, «vete de mi vida. No quiero volver a verte nunca más.» Ella se echó a llorar. «No lo dices en serio», dijo. «Perdóname, cambiaré.» Se arrodilló y se aferró a mí. Yo no creí en sus lágrimas. Ella deseaba quedarse porque la vida era fácil y cómoda, y al mismo tiempo quería salirse con la suya. Yo estaba harto. No podía soportarlo más. Su belleza era malvada. Sabía que mi única oportunidad de vivir en paz era librarme de ella. Deseaba olvidar que me había casado con ella.

Tenía el rostro descompuesto por el dolor.

–Le dije: «Sal de aquí. Vete a cualquier sitio... pero lejos de mí». «¿Adónde puedo ir?», dijo ella. «No me importa», dije yo. «Sólo vete antes de que te haga daño.» Ella estaba llorando, suplicándome que la perdonara. De pronto salió corriendo. Bajó a los establos. Sacó su caballo y se marchó. La siguiente cosa que supe fue que estaba muerta.

–Había sufrido un accidente.

–Había tenido un accidente porque estaba desesperada. Iba galopando como una loca y de repente llegó al cruce. No se fijó por dónde iba porque estaba demasiado alterada... Yo la había alterado, la había echado, y entonces aquel caballo la hizo caer. Como ves, yo la maté. Eso me obsesiona y sé que me perseguirá el resto de mi vida.

–Entonces... tú no amabas a Marianne.

–La odiaba. Y soy responsable de su muerte.

–Eso no es verdad, Gérard. Tú no planeaste matarla.

–Le dije que se fuera, que saliera de mi vida, y ella se trastornó tanto que se perdió.

–Estás equivocado al culparte.

–Me culpo, Noelle. No debería haber sido tan duro con ella. Debería haber dicho que lo intentáramos de nuevo. Yo me había casado con ella, había hecho mis votos. Yo la eché porque estaba cansado de ella, y debido a su estado de desesperación, murió. Nada me convencerá de que no soy responsable de su muerte.

–Gérard –dije–. Tienes que olvidarlo. Tienes que dejar de culparte.

–Tal vez no debería habértelo dicho.

–Me alegro de que lo hayas hecho. Ahora lo entiendo mejor. No fue culpa tuya. Tienes que darte cuenta de eso. Muchas personas se pelean. Tú me lo has contado y debo decirte que, francamente, pienso que es ridículo que te culpes.

–No, Noelle. Yo estaba allí. Vi su rostro afligido. Sé que era superficial, cruel, pero su posición lo significaba todo para ella. Le gustaba la seguridad que le proporcionaba. Y cuando se vio en peligro de perderla, salió cabalgando como una loca. Puede que haya tenido sus arranques de genio, podía ser fieramente irracional, y enfadarse. Se mató debido a lo que yo le hice. Eso es asesinato, tanto como tomar un arma y dispararle a alguien.

–No es lo mismo. Para empezar, no fue deliberado.

–Jamás lograrás convencerme, Noelle.

–Gérard, he tomado una decisión y eso es exactamente lo que voy a hacer. –Me sonrió y yo continué–: Me alegro de que me lo hayas contado.

La revelación de Gérard me dejó pasmada. Me sorprendió saber que esa expresión de melancólica meditación que mostraba a veces no se debía a que añoraba a Marianne sino a su sentimiento de culpa.

–Me siento distinto desde que te lo dije –me comentó días después de su confesión–. Me siento como si se hubiera aligerado la carga hasta cierto punto. Eres la única a quien se lo he contado. No podía decidirme a contárselo a nadie más. Contigo, me pareció natural hacerlo.

–Hiciste bien en decírmelo, Gérard. Creo que puedo hacerte ver que no debes culparte.

–No puedo dejar de hacerlo. Jamás podré. Ella estaba tan trastornada cuando se fue. Aunque no me quisiera, vio que desaparecería la vida cómoda. Naturalmente que podría haber vuelto al Moulin Carrefour, pero ésa era la vida de la que había escapado y era la última cosa que deseaba. Podía haber vuelto a París y trabajar de modelo a jornada completa. Pero a veces era perezosa y extravagante. Era un rasgo más bien inesperado de su carácter que deseara la seguridad del matrimonio.

–Gérard –dije–, eso ya pasó. Ella no está. Debes olvidarla y dejar de culparte. Quítatela de la cabeza.

–Como tú tienes que quitarte a Roderick.

Me quedé callada y continuó:

–Ves, es fácil decir a los demás lo que deben hacer.

–Lo sé. Los problemas de los demás siempre parecen tener solución. Son sólo los propios los que no la tienen.

–Debo olvidar a Marianne. Tú debes olvidar a Roderick. Noelle, ¿crees que podríamos intentarlo juntos?

–¿Juntos? –murmuré, mirándolo sorprendida.

–Sí, te he tomado mucho cariño. Estos días en que hemos estado juntos han sido maravillosos para mí. ¿Por qué no podemos seguir juntos?

–¿Quieres decir...?

–Quiero decir ¿por qué no te casas conmigo? Desde que llegaste me he sentido diferente... diferente acerca de todo. Sé que continuarás pensando en Roderick. Pero él ha salido de tu vida. Jamás regresará. No puedes continuar toda tu vida de luto por él. Tienes que comenzar de nuevo. Hay una oportunidad para los dos juntos.

Me miraba suplicante. Era verdad que nuestra amistad se había hecho más profunda, nos entendíamos mutuamente. Yo encontraba un alivio para mis recuerdos cuando estaba con él.

Pero sólo había habido un hombre con el que deseara casarme, y el hecho de que no pudiera casarme con él no significaba que pudiera suplirle fácilmente con otro. Sin embargo, sentía cariño por Gérard. Los momentos más agradables desde que perdiera a Roderick los había pasado con él.

Estaba confundida y él lo sabía. Me cogió la mano y la besó.

–Dudas –dijo–. Pero al menos no me has dado un no definitivo. O sea que la idea no te resulta del todo repulsiva.

–No. Naturalmente que no. Te tengo mucho cariño, Gérard. Me hace mucha ilusión estar en el estudio, más que ninguna otra cosa, pero me siento muy insegura. Creo que no sería justo contigo. Verás, yo amaba a Roderick. Aún le amo.

–Sin embargo él ha comprendido que tiene una vida por delante. Está casado ahora.

–Creo que lo hizo porque le dio lástima Lisa. Fue compasión.

–Sea como sea, está casado. Piensa en lo que te he dicho. Podrías llegar a comprender que es lo mejor... para los dos. Lo pensarás, ¿verdad?

–Sí, Gérard, lo pensaré.

Y lo pensé. No dejaba de pensar en ello. Le tenía mucho cariño a Gérard. Me sentía atraída por la vida del estudio. Me encantaba prepararle comidas, y ahora me sentía invadida por el deseo de consolarle y atenderle. Deseaba borrar de su mente para siempre esa idea que tenía de que él era el responsable de la muerte de Marianne.

En cierta forma le amaba. Tal vez si jamás hubiera conocido a Roderick, eso habría sido suficiente. Pero Roderick seguía allí. Su recuerdo jamás me abandonaría. Sabía que soñaría con él durante el resto de mi vida.

Y sin embargo quería a Gérard. Y así continuaba devanando el hilo de mis pensamientos. Seguía yendo al estudio como de costumbre. Como siempre, había muchas idas y venidas, con las conversaciones habituales, pero algo más afloraba. Poco a poco, me había ido embebiendo de la atmósfera y percibía una inquietud general; había diferencias de opiniones, y los jóvenes discutían con violencia.

–¿Adónde nos lleva el emperador? –preguntó Roger Lamont un día–. Se cree que es su tío. Acabará en Santa Elena si no tiene cuidado.

Roger Lamont era un ardiente antimonárquico. Era joven, dogmático y apasionado en sus opiniones.

–Tendrías otra revolución entre manos si te salieras con la tuya –dijo Gérard.

–Libraría a Francia de este Bonaparte –replicó Roger.

–¿Y pondrías a otro Danton? ¿A otro Robespierre?

–Pondría al pueblo al mando.

–Lo hemos tenido ya una vez, ¿recuerdas? Y mira lo que pasó.

–El emperador es un hombre enfermo de ideas grandiosas.

–Vamos, todo saldrá bien –dijo Lars Petersen–. Vosotros los franceses os exaltáis fácilmente. Ellos a sus asuntos y nosotros, a los nuestros.

–Bueno –le recordó Gérard–. Estamos implicados, y sus asuntos son nuestros asuntos. Vivimos en este país y su suerte es la nuestra. Tenemos problemas económicos. La prensa no es libre. Y creo que el emperador debería contenerse en sus peleas con los prusianos.

La discusión continuaba durante horas. Lars Petersen no estaba especialmente interesado. Los interrumpía para hablar de una tal madame De Vermont, que le había pedido que le hiciera un retrato.

–Está en los círculos de la corte. Apuesto a que dentro de poco tendré posando a la emperatriz.

Roger Lamont se reía burlón y Lars se volvía a mí:

–Madame De Vermont vio tu retrato y me preguntó el nombre del pintor. Inmediatamente me pidió que la pintara a ella. Como ves, mi querida Noelle, te debo mi éxito.

Yo le dije que me sentía encantada de haber sido útil. Mientras tanto, pensaba en lo agradable que era estar sentada allí escuchando sus conversaciones. Me sentía una de ellos.

Era una forma de vida agradable. ¿Sería posible formar parte de ella el resto de mis días? A veces creía que podría, pero entonces volvían los recuerdos. Soñaba con Roderick, y en esos sueños él me pedía que no me casara con ningún otro. Y cuando despertaba, los sueños me parecían tan reales...

Pero él se había casado con Lisa Fennell. Ése era el gesto definitivo. Había aceptado que nuestro destino era irrevocable. ¿Por qué no podía yo hacer lo mismo?

Imposible. No podía hacerlo, me decía a mí misma. Luego iba a los mercados; compraba alguna exquisitez y la llevaba al estudio para cocinarla. Y me decía: ésta podría ser mi vida. Pero después... volvían las dudas.

¡Mi querido Gérard! ¡Deseaba tanto hacerle feliz! Pensaba muchísimo en Marianne. No podía creer que fuera del tipo de chica que cabalgara sin cuidado sólo porque estaba alterada. Me parecía que era demasiado superficial como para que le hubiera importado mucho.

Deseaba poder poner fin a esos terribles sentimientos de culpa. Tal vez podría descubrir algo con Nounou.

Marianne se convirtió en una obsesión, y cuando nuestra estancia en París llegó a su fin me sentía casi impaciente por llegar a la Maison Grise, porque tenía la convicción de que a través de Nounou podría obtener alguna información útil.

Cuando nos despedimos, Gérard me pidió que volviera pronto y yo le prometí que lo haría.

–Sé que no es lo que tú deseabas –dijo–, pero a veces uno tiene que transigir en la vida... y el resultado puede ser bueno. Noelle, yo sabré comprender. No te reprocharé por recordarle. Estoy dispuesto a aceptar lo que tú puedas darme. El pasado pesa sobre mí igual que sobre ti, y ninguno de los dos puede esperar escapar del todo, pero la compañía nos iría bien a ambos. Tomemos lo que la vida nos ofrece.

–Puede que tengas razón, Gérard, pero aún no estoy segura.

–Cuando lo estés, ven a mí... ven enseguida. No tardes, por favor.

Se lo prometí.

Cuando regresé a la Maison Grise fui a ver a Nounou sin pérdida de tiempo. Se puso muy contenta al verme.

–He echado de menos sus visitas –me dijo–. Veo que París la ha fascinado, igual que a Marianne. Es de ese tipo de ciudades, ¿verdad?

Le manifesté que estaba de acuerdo con ella.

No sabía muy bien cómo abordar el tema, cómo preguntarle lo que deseaba saber. Cuando estaba en París me había parecido que no sería difícil.

Hablamos de Marianne como siempre. Ella encontró más fotos. Habló de su legión de admiradores.

–Podría haberse casado con los más poderosos de la tierra.

–Tal vez se dio cuenta de eso después de haberse casado con monsieur Gérard y se arrepintió de su matrimonio.

–Oh, esa familia siempre ha sido muy respetada. Ella lo hizo muy bien. Nadie podría negarlo.

–Aparte del prestigio que le aportó el matrimonio, ¿era feliz ella?

–Lo suficiente. Mi niña era ambiciosa. Cuando era pequeña, solía estirar sus manitas y decir «Quiero eso», siempre que veía algo que le gustaba. Yo me reía de ella. Mademoiselle Quiero Eso, solía llamarla. En este momento iba a colocarle flores en el cementerio. ¿Le gustaría acompañarme?

Mientras caminábamos, iba pensando qué decirle a Nounou. Formulaba frases mentalmente. «Si ella se hubiera peleado con su marido y él le hubiera dicho que se fuera, ¿cómo se habría sentido?» Entonces Nounou me preguntaría cómo, por Dios, se me podía haber metido esa idea en la cabeza. No podía revelar lo que me había contado Gérard.

Observé a Nounou hacer sus arreglos en la tumba. Se arrodilló y rezó durante unos instantes. Y mientras yo contemplaba la lápida con su nombre y la fecha de su muerte, me imaginaba su hermoso rostro burlándose de mí. «Estoy muerta, estoy enterrada: le atormentaré durante el resto de su vida.»

«No –pensé–, no lo harás. Encontraré la forma de liberarle de ti.»

Parecía como si ya hubiera decidido casarme con él. Pero en otros momentos sentía que jamás podría casarme con nadie. Roderick había salido de mi vida. Con él se llevó todas mis esperanzas de un matrimonio feliz.

Robert fue a París. Antes de partir comentó que la situación se estaba poniendo fea. El emperador estaba perdiendo la paciencia con Bismarck. Veía en él al enemigo de todos sus planes para la grandeza de Francia.

–Menos mal que Prusia es sólo un estado pequeño –dijo Robert–, eso es bueno. Bismarck no querrá problemas con Francia, aunque es tan arrogante y ambicioso como lo es el emperador.

Él pensaba que estaría en París algún tiempo.

–Cuando quieras venir a la casa, serás bienvenida. Gérard estará encantado también.

Iría, me prometí. Pero primero deseaba hablar más con Nounou.

Antes de que pudiera hacerlo, llegaron noticias devastadoras. Fue un caluroso día de julio. Marie-Christine y yo estábamos en el jardín cuando inesperadamente llegó Robert de París. Venía exaltadísimo. Lo vimos entrar en la Maison y corrimos tras él. Angèle estaba en el vestíbulo.

–Francia ha declarado la guerra a Prusia –anunció Robert.

Nos quedamos muy sorprendidos. Yo había escuchado las discusiones en el estudio pero no las había tomado muy en serio. Esto era, por supuesto, lo que habían temido.

–¿Y eso qué significará? –preguntó Angèle.

–Lo único bueno es que no puede durar mucho –dijo Robert–. Un pequeño estado como Prusia contra el poder de Francia... El emperador jamás se habría metido en esto si no estuviera seguro de una rápida victoria.

Durante la comida Robert dijo que tenía que regresar a París casi de inmediato. Tenía que tomar algunas precauciones por si la guerra duraba más de lo previsto. Suponía que se vería retenido en París durante un tiempo.

–Vosotras os quedaréis aquí en el campo hasta que veamos lo que va a suceder –continuó–. París está alborotado. Desde hace un tiempo, como sabéis, el emperador ha ido perdiendo la simpatía del pueblo.

Al día siguiente, Robert regresó a París. Angèle lo acompañó. Deseaba comprobar que Gérard sabía cuidar de sí mismo.

Yo tenía curiosidad por saber qué pasaría en el estudio. Estábamos ávidas de noticias.

Pasaron varias semanas. A comienzos de agosto supimos que los prusianos habían sido expulsados de Sarrebruck y el regocijo fue enorme. Todo el mundo decía que eso les serviría de lección. Sin embargo a los pocos días las noticias fueron menos buenas. Era sólo un pequeño destacamento el que había sido obligado a retirarse de Sarrebruck, y los franceses no habían sabido aprovechar su pequeño triunfo, por lo que habían tenido que retirarse desordenadamente hacia los Vosgos.

En todas partes se veían caras tristes y se escuchaban

quejas contra el emperador. Había lanzado a Francia a la guerra con un pretexto de lo más baladí, sólo para demostrarle al mundo que él estaba a la altura de su tío. Pero los franceses no deseaban conquistas ni gloriosos triunfos militares. Deseaban la paz. Y no era ciertamente un triunfo. Era un fracaso humillante.

Durante esos calurosos días de agosto esperábamos noticias de la guerra. No eran muchas las que nos llegaban, lo que era una mala señal.

Robert venía a la casa de vez en cuando. Nos aconsejó permanecer en el campo, aunque él tenía que regresar a París. Allí las cosas se estaban poniendo difíciles. El pueblo estaba muy inquieto. Los estudiantes se congregaban en las calles. Los cafés y restaurantes estaban abarrotados de gente que deseaba incitar a la acción a los demás.

Los días de la revolución no estaban tan lejos en el pasado como para olvidarlos fácilmente.

De vez en cuando iba a ver a Nounou. A ella le interesaba muy poco el desarrollo de la guerra. Hasta ese momento no había encontrado ninguna oportunidad de sacar el tema que tanto me preocupaba. Pensaba muchísimo en Gérard. Él era de carácter serio y sabía que se sentiría profundamente inquieto por la guerra.

Repentinamente, llegó la oportunidad. Un día estaba con Nounou y ella estaba hablando de Marianne. Había encontrado una fotografía de cuya existencia se había olvidado. Hacía años que no la veía.

–Estaba al final de uno de los álbumes metida debajo de otra foto –explicó–. Seguro que la escondió ella misma. Nunca le gustó esa foto.

–¿Puedo verla?

–Subamos.

Me llevó a la habitación que yo creía de Marianne. Había fotos de ella en las paredes y sobre la mesa estaban los álbumes que para Nounou eran la historia de la vida de su querida niña.

Me mostró la foto.

–Se ve algo descarada aquí, ¿verdad? Como que trama algo. Bueno, así era ella... pero en ésta se nota más.

–¿Y ella quería ocultarla?

–Decía que era demasiado reveladora, que pondría en guardia a la gente.

Miré la foto detenidamente.

«Sí –pensé–, había un algo allí... algo casi malvado.»

–Estoy contenta de tener sus fotos –dijo Nounou–. En mi juventud no había fotos. Ese monsieur Daguerre las introdujo. No sé qué haría yo sin mis fotos.

–Si no le gustaba la foto, ¿por qué no la rompió?

–Ah, no: ella jamás destruiría ninguna de sus fotos. Las miraba con tanta frecuencia como yo.

–Da la impresión de... de que... estaba enamorada de ella misma.

–Bueno, ¿y por qué no iba a estarlo? Todos los demás estaban enamorados de ella.

–Era feliz en su matrimonio, ¿verdad?

–Bueno –dijo después de una ligera pausa–, él estaba locamente enamorado de ella.

–¿Sí?

–Oh, sí. Todo el mundo lo estaba. Él estaba celoso –se echó a reír–. Bueno, se comprende. Todos los hombres iban detrás de ella.

–¿Se peleaba con su marido?

Nounou se quedó pensativa y a sus labios asomó una sonrisa.

–Era una chica lista. Le gustaba que las cosas fueran de la forma que ella quería.

–Eso le gusta a la mayoría de las personas, ¿no?

–Las desean, pero ella... ella pensaba que tenían que serlo, porque era la más hermosa. Si no eran como quería, entonces ella hacía que lo fueran.

–Eso debió de haber sido molesto para él.

–Bueno, es que ella tenía el diablo en el cuerpo. ¿No lo sabré yo? Había veces en que me sacaba de quicio.

Pero eso no cambiaba mis sentimientos por ella, ni una pizca. Ella era mía, y no había nadie igual. Me lo contaba todo, o la mayor parte de las cosas. Yo siempre estaba allí, la vieja Nounou, para ayudarla a solucionar sus problemas.

–¿Le contaba sus peleas con su marido?

–Había muy pocas cosas que no me contara.

Decidí arriesgarme y dije:

–Yo no estoy tan segura de que él estuviera tan loco por ella como usted cree.

–¿Por qué lo dice?

Pensé que podía estar al borde de descubrirlo y, por Gérard, iba a hacer todo lo posible por indagar lo que deseaba saber, aunque eso significara deformar algo la verdad.

–El día que ella murió... –comencé.

–¿Sí? –dijo apremiante Nounou.

–Uno de los criados los escuchó. Tuvieron una fuerte pelea. Él le dijo que se marchara. Que estaba harto de ella. No parece que estuviera tan desesperadamente enamorado.

Se quedó callada durante un segundo y luego se le dibujó una sonrisa perspicaz en el rostro.

–Es verdad –dijo–. Pero eso era lo que ella deseaba. Venga. –Se incorporó y se dirigió a un armario–. Mire esto. –Abrió una puerta y me mostró un bolso de viaje–. Ése es su bolso. ¿Adivina lo que hay dentro? Sus joyas, algunos vestidos. Ya le digo, era lista. Es verdad que él le dijo que se fuera. Pero eso era lo que ella quería que le dijera. Ella le provocó para que lo hiciera.

–Entonces ¿por qué estaba tan alterada?

–¿Alterada? No estaba alterada. Lo tenía todo preparado. Yo lo sabía. Conocía su secreto. Ella le hizo explotar: quería que él reaccionara como lo hizo. Le provocó. Todo salía tal como lo había planeado. ¿Cree que no lo sé? Ella me lo contaba todo, yo sabía lo que se proponía.

–¿Por qué deseaba que él le dijera que se fuera?

–Porque era ella la que deseaba irse. Deseaba ser libre, pero quería que saliera de él. Me había estado trayendo cosas y yo se las guardaba. Deseaba que él la echara. No quería que se dijera que ella le había abandonado por otro hombre, pero eso era lo que iba a hacer. Me parece verla con sus ojos iluminados por la malicia. «Nounou», dijo, «voy a hacer que me eche. Puedo hacerlo. Entonces me iré con Lars. Lars lo quiere así. No quiere que parezca como si él se hubiera interpuesto entre nosotros. Quiere que parezca que yo fui a él después de que Gérard me echara. Lars no quiere problemas, y ésta es la forma de evitarlos.» He visto a ese Lars. Un joven buen mozo y gallardo. Más adecuado para ella que monsieur Gérard. Por supuesto, monsieur Gérard tenía la familia, la posición, pero era demasiado serio para una chica como ella. Habría estado mejor con Lars. Pero déjeme que le diga, todo fue arreglo de ella. Quería que monsieur Gérard la echara y lo consiguió, supongo. Ella y Lars lo planearon juntos. Lars podría decir «Bueno, tú la dejaste ir... Así, pues, sin resentimientos». Verá, ellos eran amigos, vivían muy cerca. Oh, era un buen plan, pero tuvo que suceder aquello.

–Así que la pelea la planeó ella –dije yo pensativa.

–Estoy segura de ello. Ella me lo dijo, ¿no? Supongo que él se maldeciría después por haberlo hecho. Pero ella era una sirena. Podía hacer que cualquiera dijera lo que ella quería.

–¿Iba a ir en busca de su amante?

–Todas las cosas que quería llevarse consigo las tenía aquí, esperándola. Pasado un día o así, él vendría a buscarla.

–Pero murió. No fue por el disgusto de que la echaran por lo que venía descuidada.

–¿Disgustada ella? No: estaba contentísima. Me la imagino, riendo y cantando sola al galopar. Por lo menos murió triunfalmente.

–¿Así que fue la alegría de pensar en el futuro lo que

la hizo ser tan temeraria? Pensaba en estar con su amado, en la suerte de haberse librado de su marido...

–No me cabe la menor duda. Yo la conocía. Solía hacer cosas arriesgadas. Estaría contenta por el giro que estaban tomando las cosas. Era temeraria a veces. Lo sé. ¿Quién puede saberlo mejor? Pensó que había hechizado a la vida. Todo había salido como deseaba... y allí estaba, en el umbral, como diríamos, de la vida que deseaba. Siempre le había gustado ese Lars. Y entonces, justo cuando estaba lista para iniciar la vida que había deseado durante tanto tiempo, le sorprendió la muerte. –Le rodaban las lágrimas por las mejillas–. Jamás la olvidaré: mi inteligente y hermosa niña.

Yo me sentía feliz. «Mañana iré a ver a Gérard –pensé–. Le diré que estaba equivocado.» Ella había planeado irse con Lars Petersen, hacía tiempo que eran amantes. Le contaría lo de los dibujos y el cuadro que había visto en el estudio de Lars.

Seguro que ahora podría liberarle de su culpa.

No fui a París porque al día siguiente nos llegó la noticia: el emperador y su ejército se habían rendido al enemigo en Sedán. El emperador era prisionero de los prusianos.

Ahora los días parecían un sueño borroso, porque sólo teníamos una idea muy vaga de lo que sucedía. De tanto en tanto nos llegaban fragmentos de noticias, pero en general estábamos muy a oscuras.

Antes de acabar el mes, se había rendido Estrasburgo, una de las últimas esperanzas de los franceses. Supimos que París estaba sitiada por tropas prusianas y éramos conscientes de que, tarde o temprano, habría una matanza en la ciudad. Estábamos muy preocupados por Gérard, Robert y Angèle.

Los prusianos avanzaban por Francia, luchando con las bolsas de resistencia que encontraban a su paso. Estaban por todo el norte de Francia, y París se encontraba sitiada. Cada día suponíamos que las fuerzas invasoras llegarían hasta donde nos encontrábamos.

Mademoiselle Dupont temía por su madre que vivía en Champigny, y fue a reunirse con ella. Nosotras esperábamos muy nerviosas las noticias de cada día.

Mi amistad con Marie-Christine se había hecho aún más íntima durante ese tiempo. Ahora ella tenía catorce años y era madura para su edad. Yo intentaba que la vida fuera lo más normal posible y le daba clases cada día. Eso nos distraía de pensar en lo que sucedía en París, y en lo que nos pasaría cuando se acercara más la guerra. A veces escuchábamos disparos en la distancia y pasábamos la mayor parte del tiempo juntas.

Durante esos meses comencé a comprender lo mucho que había significado para mí la vida en Francia.

Cien veces al día me aseguraba a mí misma que me casaría con Gérard si salíamos vivos de aquello. Le haría ver que él no era responsable de la muerte de Marianne. Nounou lo había dejado muy claro. Yo trataría de olvidar a Roderick. Iniciaría una nueva vida. Marie-Christine sería feliz si yo me casaba con su padre, y yo les había tomado mucho cariño.

Al menos, la terrible catástrofe que asolaba Francia me había hecho ver qué rumbo tomar.

Cada día pensaba cuánto podía durar esta situación. Supimos que habían bombardeado París, y no podía dejar de pensar en el estudio, preguntándome qué habría ocurrido allí. ¿Continuarían reuniéndose allí los amigos? No estarían hablando de arte ahora, sino de la guerra. Estarían pensando en comida, porque habíamos sabido que el hambre asolaba las calles de la capital.

Tuvimos la suerte de escapar al ejército. Fuimos rodeados por unidades prusianas; no las vimos pero sabíamos que estaban allí. No podíamos alejarnos de la casa y vivíamos a la espera de la muerte todas las horas del día; pero sobrevivimos.

Luego supimos que los prusianos estaban en Versalles. Fue en enero cuando París, asediada por el hambre, se rindió.

Hacía un frío cortante el día en que Marie-Christine y yo fuimos a París. Uno de los cocheros nos llevó. Una hija suya vivía allí y estaba deseoso de encontrarla.

Ése fue un día de amarga tristeza.

Primero fuimos a la casa. Ya no estaba allí. En su lugar sólo había un hueco, un montón de ladrillos rotos y escombros. Había unas pocas personas en la calle. Nadie supo decirnos qué había sido de los que vivían allí. Por lo visto no les extrañaba lo que había sucedido con la casa. Había muchas en las mismas condiciones.

–Vamos al estudio –dije.

Con gran alivio vi que el edificio todavía seguía en pie. Sentía pánico al pensar que también hubiera sido destruido.

Subimos las escaleras. Golpeé la puerta. No hubo respuesta. Fui hacia la otra puerta. Para mi enorme alivio, salió Lars a abrir.

–¡Noelle! –gritó–. ¡Marie-Christine!

–Hemos venido tan pronto hemos podido –dije–. ¿Qué ha pasado? No está la casa. ¿Dónde está Gérard?

Jamás antes lo había visto en actitud tan solemne. Parecía otra persona.

–Pasad –dijo.

Nos llevó al familiar estudio con sus caballetes, los tubos de pintura, el armario dentro del cual estaba el cuadro y los dibujos de Marianne.

–¿No está Gérard aquí? –pregunté.

No dijo nada.

–Lars –dije–. Dime algo por favor.

–Estaría muy bien si se hubiera quedado aquí.

Lo miré sin comprender.

–Pero nadie en París estaba a salvo. Fue pura mala suerte.

–¿Qué? –tartamudeé–. ¿Dónde?

–Se encontraba en casa de su tío. Estaba preocupado por su madre y por él. Deseaba que volvieran al campo como fuera, pero fue imposible. No había ningún lugar seguro en toda Francia. La guerra es terrible. Lo destruye todo. La vida iba bien... y entonces el emperador decide pelearse con Bismarck. ¿Qué tiene que ver eso con gente como nosotros? –terminó con ira.

–¿Qué le pasó a Gérard?

–Estaba allí. No volvió más. La casa fue destruida con todos los que estaban dentro.

–¿Muerto...? –susurré.

Él miró hacia otro lado.

–Cuando vi que pasaban dos días y no volvía, fui allí. Y me enteré. Murieron todos los que estaban en la casa. Nueve personas, dijeron.

–Gérard, Robert, Angèle, todos los criados. No puede ser.

–Ha sucedido lo mismo en todas partes. Familias enteras... la guerra es así.

Me volví hacia Marie-Christine. Me miraba sin expresión. «Esta niña ha perdido a toda su familia», pensé. La rodeé con mis brazos y nos quedamos abrazadas.

–Tenéis que volver –dijo Lars–. No os quedéis aquí. Ahora está tranquilo, pero París no es un buen lugar para quedarse.

No recuerdo mucho del viaje de regreso a la Maison Grise. El conductor venía jubiloso cuando llegó a buscarnos. Había encontrado a su hija y a su familia. Todos habían sobrevivido al bombardeo de París. Su júbilo y alivio se convirtió en horror cuando se enteró de lo ocurrido.

Por mi parte, sólo era capaz de pensar que no volvería a ver jamás a Gérard; no podía dejar de pensar en mis buenos amigos Robert y Angèle: desaparecidos para siempre.

Sentí una amargura inmensa contra el destino, que me había propinado un golpe tras otro. Mi infancia había sido toda diversión, alegría y risas, y de pronto, me había puesto cara a cara frente a la tragedia no una vez, sino tres. Aquellos a quienes había amado me habían sido arrebatados.

Me sentí desesperadamente sola; pero después me lo reproché al pensar en Marie-Christine. A ella también le habían arrebatado a su familia, y estaba sola en un mundo del cual, a su tierna edad, sabía muy poco.

En cierto modo, ella fue mi salvación, como creo que yo fui la suya. Nos necesitábamos.

–Nunca me abandonarás, ¿verdad? –me dijo–. Siempre estaremos juntas.

–Estaremos juntas todo el tiempo que tú quieras.

–Siempre –dijo–. Quiero que estemos juntas para siempre.

Comenzaron a pasar las semanas.

En marzo se ratificó la paz en Burdeos. Las condiciones fueron duras. Francia había sido tremendamente humillada y reinaba el desasosiego y el resentimiento. Alsacia y Lorena tenían que ser cedidas al imperio alemán; Francia tenía que pagar una indemnización de cinco mil millones de francos y la ocupación continuaría hasta que ese dinero fuera satisfecho. El emperador había sido liberado pero, como no iba a ser bien recibido en Francia, decidió reunirse con la emperatriz exiliada en Inglaterra.

Francia estaba alborotada. En abril hubo un levantamiento comunista en París y la ciudad sufrió muchos daños hasta que la revuelta fue reprimida en mayo.

Las cosas comenzaron a calmarse. Supimos que un primo de Robert había heredado la casa y el terreno. No pasó a Marie-Christine, a causa de la ley sálica que debía asumir la nobleza, por la cual los miembros femeninos de la familia no podían heredar.

Sin embargo Marie-Christine quedaría en buena situación económica. A mí, Robert me había dejado algo de dinero además de la casa de Londres, la cual siempre había pretendido que quedara para mí.

Lars Petersen vino a verme. Había cambiado muchísimo: había perdido toda su antigua exuberancia y estaba más serio.

Volvía a casa, nos dijo. París ya no tenía ningún encanto para él. Ya no era la ciudad alegre y despreocupada, el refugio de artistas. Estaba harto de París, había demasiados recuerdos como para ser feliz allí.

Le conté que Marie-Christine y yo también nos marchábamos. La Maison Grise pasaba a manos del primo de Robert, y Robert me había dejado mi antigua casa de Londres.

–¿Quién habría pensado que las cosas terminarían así? –dijo Lars–. Gérard... mi querido amigo Gérard... Le quería mucho, ¿sabes?

Movió la cabeza apesadumbrado. Me imaginé que tal vez se sentía algo culpable y arrepentido, recordando que una vez había tenido la intención de llevarse a vivir con él a la esposa de su amigo.

Con tristeza, Marie-Christine y yo le vimos marcharse.

Pasados unos días, llegó el primo a la Maison Grise. Era muy agradable y quedó encantado con la casa que jamás había imaginado heredar.

Le expliqué que nos estábamos preparando para irnos a Londres, cosa que haríamos muy pronto, a lo cual respondió afablemente que no teníamos por qué darnos prisa. Se quedó allí una noche y cuando se marchó le dije a Marie-Christine:

–Hasta ahora, nosotras hemos podido decidir. Me pregunto si te gustará Londres...

–Me gustará si estamos juntas –dijo ella–. Y será distinto, ¿verdad?

–Distinto, sí.

Yo pensaba en la gente de la casa, la casa de los recuerdos. La habitación de mi madre... Me parecía verla con tanta claridad: recostada en la cama, su hermoso pelo esparcido por la almohada; discutiendo con Dolly, y sobre todo, no podía olvidar la pesadilla de verla muerta en el suelo. El capítulo de Francia había llegado a su fin. Si Gérard hubiera vivido, ¿me habría casado con él?, me preguntaba. ¿Habría sido capaz de construir una nueva vida, una vida en la que los recuerdos hubieran dejado de llenarme de pesar?

Nunca lo sabría.

CORNUALLES

Las Doncellas Bailarinas

Nos instalamos en la casa. Los Crimp nos habían recibido con mucho cariño. Estaban visiblemente contentos, no sólo porque estuviéramos allí, sino porque ahora la casa era mía.

Pocos días después de nuestra llegada, la señora Crimp me dijo que así era como debían ser las cosas. Que *Monseuer* Róber había sido un caballero bastante simpático, pero que el arreglo era «algo raro, si me pregunta mi opinión». Y ahora todo volvía a su sitio.

–Con usted, señorita Noelle –añadió satisfecha.

La señora Crimp estaba impaciente por explicármelo todo: sólo quedaban dos criadas, Jane y Carrie; no se necesitaban más, ya que ellos eran los cuidadores, y la casa no se usaba como residencia habitual.

–Tal vez quiera usted hacer cambios, señorita Noelle.

Le dije que lo pensaría.

–Y esa mademoiselle Du Carron... Supongo que es una señorita... ¿Se quedará aquí?

–Sí. Éste será su hogar tanto como el mío. Perdió a toda su familia. Es sobrina nieta de monsieur Robert. Él, su padre y su abuela murieron cuando los prusianos bombardearon París. Estaban en su casa cuando trataron de tomar la ciudad. Una bomba destruyó el edificio y a todos los que estaban dentro.

–Esos malvados... ¡Pobre pequeña!

–Tenemos que ayudarla, señora Crimp. Ha sufrido una terrible pérdida.

La señora Crimp asintió y yo supe que se mostraría especialmente cariñosa con Marie-Christine.

La propia Marie-Christine parecía estar recuperándose de la conmoción de su pérdida. Le había hecho bien venir a un ambiente totalmente nuevo. Le interesó Londres. Yo la sacaba a pasear. Caminamos por los parques, entramos en la Torre de Londres, visitamos los edificios históricos y las teatros donde había trabajado mi madre. Estaba encantada con todo.

No llevábamos mucho tiempo allí cuando vino a verme Dolly.

–Supe que estabas de vuelta en Londres –dijo–. Me alegra mucho verte. –Me miró inquisitivo–. ¿Cómo estás, querida mía?

–Estoy bien, Dolly, gracias.

–Supe lo de Robert. Qué tragedia, esa estúpida guerra. Y te has traído a su sobrina contigo.

–Sobrina nieta. Ha perdido a su familia: a su padre, a su abuela, a Robert. Es horroroso, Dolly.

–Así es. Pero a ella le gusta estar contigo. Me alegro tanto de que hayas vuelto.

–Yo también, Dolly.

–Sí.

–¿Has sabido algo de Lisa Fennell? –le pregunté.

–Ah, esa chica. Tuvo un accidente. Resultó ser peor de lo que creíamos. Se casó con el hijo de Charlie Claverham, de hecho.

–Sí, me escribió y me lo contó.

–Ahora Charlie casi no viene a Londres. Hace mucho tiempo que no le veo.

Entró Marie-Christine y se la presenté, complacida.

–Conocí muy bien a su tío –le dijo Dolly–. Tiene que venir a ver uno de mis espectáculos.

Marie-Christine pareció contenta ante la perspectiva.

–*La afortunada Lucy* –continuó Dolly–. Teatro lleno... hasta el momento. Lottie Langdon lo hace bien.

–¿Ella es la afortunada Lucy, supongo?

–Por supuesto. Tienes que venir. Procuraré que tengas las mejores localidades. Me alegro de que estés de vuelta en Londres, Noelle.

Había hecho bien en venir. Marie-Christine se estaba

recuperando de la desgracia, y creo que podía recuperarse mejor aquí, lejos del escenario del desastre. Era joven, tenía capacidad para adaptarse y nunca había estado especialmente unida a su familia. Creo que yo significaba más para ella que cualquiera de ellos, incluso antes de la tragedia.

Maduraba rápidamente. Supuse que era inevitable que los dramáticos acontecimientos causaran ese efecto en ella.

Me sentí muy feliz al ver lo mucho que disfrutaba viendo *La afortunada Lucy*. Dolly se nos acercó durante el intermedio y después nos llevó a las bambalinas. Marie-Christine fue presentada a Lottie Langdon con todos sus ropajes. Emocionada y triunfante por el aplauso del complacido público, Lottie se mostró muy amable con Marie-Christine y afectuosa conmigo.

Marie-Christine estaba de muy buen ánimo, pero a mí la velada me había recordado demasiado el pasado. Esa noche no pude dormir. Con un repentino impulso deseé encontrarme en la habitación de mi madre. Deseaba estar allí tal como estábamos aquellas mañanas cuando ella dormía hasta tarde y yo me subía a su cama a conversar.

Fui a su habitación. Me eché en la cama y me puse a pensar en ella. Esa noche había luna llena y la luz plateada lo hacía brillar todo. Tuve la sensación de que ella estaba cerca de mí.

No sé cuánto tiempo estuve echada allí perdida en mis recuerdos. De pronto me sobresalté porque la puerta se estaba abriendo lentamente. Marie-Christine entró en la habitación.

–Noelle –dijo–. ¿Qué haces aquí?

–No podía dormir.

–Eso ha sido por ir al teatro –dijo–. Te ha traído recuerdos.

–Sí, supongo que sí.

–Tiene que haber sido una vida maravillosa.

–Lo era.

–¿Y era tan hermosa como Lottie?

–Muchísimo más hermosa.

–Las dos tuvimos madres hermosas.

–Marie-Christine, ¿qué haces levantada a esta hora?

–Te escuché salir de tu habitación. Me asomé y te observé. No iba a hacer nada, pero como tardabas tanto tiempo, pensé que era mejor venir a ver.

–¿Así que de verdad me estás cuidando, Marie-Christine?

–Nos vamos a cuidar mutuamente, ¿verdad?

–Sí, mientras sea necesario.

Se acercó a la cama y se echó a mi lado.

–Pensé que te ibas a casar con mi padre –dijo–. Me habría gustado. Habrías sido mi madrastra.

–No me sentiría más unida a ti si fueras mi hijastra.

–Creo que te habría ido muy bien. Te gustaba mucho, ¿verdad?

–Sí.

–Así que si no se hubiera muerto...

–No estoy segura.

–Pero si él te lo hubiera pedido...

–Me lo pidió. Le dije que en ese momento no podía. Necesitaba tiempo para pensarlo.

–¿Por qué?

–Es una historia muy larga.

–¿Amabas a otra persona?

–Sí.

–¿Y él no te amaba?

–Sí, sí que me amaba. Pero descubrimos que éramos hermanos.

–¿Cómo?

–Es demasiado complicado para contarlo así de rápido. Nos conocimos y nos enamoramos, y después supimos de nuestro parentesco.

–No entiendo cómo... ni por qué no lo sabíais.

–Yo conocía a su padre desde hacía mucho tiempo.

Pensaba que era sólo uno más de los amigos de mi madre. Ella tenía muchos amigos. Resulta que habían sido amantes y nací yo. Él vivía en el campo con su esposa y su hijo. Estas cosas suceden.

–Con personas como tu madre, supongo.

–Ella no vivía de acuerdo con las reglas impuestas por la sociedad.

–¡Qué horrible para ti!

–Si mi madre no hubiera muerto, habría sido diferente. Ella se habría dado cuenta de lo que podía suceder y lo habría detenido a tiempo. Pero murió y los acontecimientos se desataron.

–No me extraña que parezcas triste a veces.

–He sido muy desgraciada. Es difícil olvidar, Marie-Christine.

–Si te hubieras casado con mi padre, habría sido bueno para todos nosotros.

–Tal vez. Pero nunca lo sabremos.

–Y ahora has vuelto a la casa donde vivías con tu madre. ¿Qué le pasó a tu hermano?

–Ahora está casado.

–Así que encontró consuelo.

–Eso espero.

–Noelle, tú sí que deberías encontrar consuelo. Lo habrías encontrado con mi padre. Él sufría mucho por mi madre. Era más feliz desde que llegaste tú. Podríais haberos ayudado mutuamente.

–No pudo ser, Marie-Christine.

–Bueno, tenemos que empezar de cero. Hemos venido a esta casa, tu casa, el lugar donde ella vivió. Todo te la recuerda. Esta habitación está exactamente igual que cuando ella estaba aquí. No está bien, Noelle. Es nuestra casa ahora, tuya y mía. Vamos a vivir aquí y todo va a ser diferente. No tenemos por qué volver a todos esos recuerdos. Empezaremos por esta habitación. Sé que es lo que querría tu madre.

–¿Qué quieres decir? ¿Que la vas a cambiar?

–Voy a quitar todos esos vestidos de los armarios. Vamos a tener que poner cortinas nuevas y una alfombra nueva. Pintaremos las paredes de blanco, en lugar de verde claro. Cambiaremos los muebles, tal vez los podemos dejar en el desván o vender algunos. Todo va a ser nuevo, y cuando esté terminada va a ser mi habitación... mía, no de ella. Entonces dejarás de recordar y de estar triste. Se habrá ido. No estarán todas esas cosas que te la recuerdan. ¿Qué te parece mi idea?

–Lo... lo pensaré.

–No lo hagas. Di que sí, que te parece una buena idea. Porque lo es. Aquí en esta habitación... tengo la sensación de que ella me está diciendo lo que debo hacer. Me dice: «Cuida de Noelle. Haz que deje de pensar en el pasado. Dile que prefiero que me olvide si pensar en mí la entristece». Eso es lo que me dice.

–¡Oh, Marie-Christine! –dije, y nos quedamos un rato abrazadas.

–Va a ser fantástico –dijo–. Creo que pondremos cortinas amarillas porque el amarillo es el color de la luz del sol, y vamos a quitar todas las sombras y hacer entrar el sol. Pondremos una alfombra azul. Azul y amarillo. El cielo azul y el sol amarillo. Vamos, Noelle, di que sí.

–Quizá tengas razón... –comencé.

–Sé que tengo razón. Mañana mismo empezamos.

Fue Marie-Christine quien encontró las cartas.

Se había entregado totalmente a redecorar la habitación de mi madre. Había escogido tela para las cortinas y las estaban haciendo. Tras buscar la alfombra, ahora estaba ocupada con los muebles.

Disfrutaba con la tarea y yo estaba conmovida por su deseo de hacer lo que a mí más me convenía. La veía más feliz que nunca desde que perdiera a su familia. Tenía razón. No se deben levantar santuarios perpetuos para los muertos. Es una forma de alimentar la aflicción.

Una mañana entró corriendo en mi habitación, con los ojos brillantes. Llevaba unos papeles en la mano.

–¿Sabes, la cómoda...? –dijo–. Estaba revisándola. Pensaba que era uno de los muebles que tendríamos que poner en el desván. Detrás de los cajones había otro cajoncito, secreto. Si no supieras que está allí, no lo notarías. Metí la mano por detrás para ver si había algo y lo encontré. Había cartas dentro. Creo que podrían significar algo.

–¿Qué cartas? –pregunté–. ¿Cartas de mi madre?

–Están dirigidas a ella, creo. Debe haberlas conservado. Se llamaba Daisy, ¿verdad? Todas ellas están dirigidas a «mi queridísima Daisy».

–¿Las has leído?

–Por supuesto que sí. Creo que es un descubrimiento importante.

–Sus cartas privadas.

–Te lo digo –estaba exasperada–, podrían significar algo. Toma. Léelas. Estaban ordenadas. No tienen fecha, pero las encontré así.

Me las pasó.

Leí la primera.

Meningarth, cerca de Bodmin

Mi queridísima Daisy:

Me he quedado muy sorprendido al saber la noticia. También me siento muy orgulloso. Supongo que no es posible pero ¿te apetecería volver ahora que ha sucedido esto? Naturalmente, comprendo cómo te sientes, cariño. Sé que detestas el lugar y todo lo que pasaste aquí. Sé que dijiste que no querías volver a verlo jamás. Pero tengo una ligerísima esperanza de que tal vez esto pudiera cambiar las cosas. ¿No te resultará más difícil allí?

Sabes que estoy dispuesto a todo para hacerte feliz. Y ahora está el niño.

Todo mi amor, por siempre,

Ennis

Marie-Christine me estaba observando con atención.
–Lee las otras –dijo.

Meningarth, cerca de Bodmin

Mi queridísima Daisy:

Sabía cuál sería tu respuesta. Lo sé todo acerca de tus sueños de fama y fortuna. No puedes abandonar ahora, sobre todo cuando existe la posibilidad de que se hagan realidad. Si volvieras aquí sería el fin de todo eso.

Así que tienes buenos amigos allí. Ellos harán por ti mucho más de lo que yo podría. Son ricos y del tipo de personas que te agrada tener a tu alrededor. Yo sería un obstáculo, y tienes razón al decir que eso sería el fin de todos tus sueños. Además, el niño tiene que tener una oportunidad. No podrías volver aquí. Sé que cuando te fuiste, fue para siempre.

Pensé que tal vez te resultaría difícil. Pero por lo visto estás superando todas las dificultades. Pensé que debido al bebé podrías volver a mí, pero tú dices que precisamente por él debes quedarte. Intentaré comprenderlo.

Todo mi amor como siempre,

Ennis

Había otra carta.

Meningarth, cerca de Bodmin

Mi queridísima Daisy:

Me alegra mucho saber que has triunfado. Eres famosa ahora, cariño. Siempre supe que conseguirías lo que deseabas. Y la pequeña es feliz, tiene todo lo que desea, más de lo que jamás podría haber tenido aquí, y has decidido que ella nunca conozca en su vida lo que tú tuviste que soportar.

Vas a tener un éxito mayor aún. Siempre has logrado todo lo que deseabas.

Como siempre, mi amor para ti y para la niña.

Ennis

–¿Qué te parece? –preguntó Marie-Christine tan pronto acabé de leer–. Tú eres la niña de la que hablan.

–Sí, creo que sí.

–¿Por qué escribe así? ¿Por qué se interesa tanto por ella?

–Le pide que vuelva y se case con él.

–Noelle, la niña sobre la cual escribe, es suya.

–Él no lo dice así.

–No con esas palabras, pero al menos es una posibilidad. Vamos a averiguarlo, Noelle. Tenemos que ir. Vamos a ir allí a... –me arrebató las cartas de las manos– a Meningarth, cerca de Bodmin. Vamos a buscar a Ennis. Tenemos que ir. Imagínate si...

–¿Si él es mi padre?

–Y si lo es...

–Es demasiado tarde, Marie-Christine.

–Tenemos que saberlo. ¿No quieres saber quién es tu padre?

–Todo lo que tengo son estas cartas.

–Es un buen comienzo. Meningarth no debe de ser muy grande, si no, no habría puesto «cerca de Bodmin». Y Ennis, bueno, no es como John o Henry. No puede haber muchos Ennis.

Estaba entusiasmadísima.

–Vamos a ir a buscarle. Descubriremos la verdad.

–Eso es hurgar en el pasado de mi madre... descubrir cosas que ella no deseaba que se supieran.

–Es tu vida. Tienes que saber la verdad. Si ella hubiera sabido lo que iba a ocurrir, te lo habría contado. Habría querido que la supieras, no lo dudes. Ésta es la impresión que queda tras leer estas cartas. Noelle, vamos a ir a Meningarth. Encontraremos a Ennis y descubriremos la verdad.

Desde el momento en que decidimos ir a Cornualles, Marie-Christine se encontraba en un estado de intensa exaltación del que yo comenzaba a participar. Lo mejor para las dos era que teníamos un proyecto entre manos.

A los pocos días del descubrimiento de las cartas nos pusimos en camino hacia Bodmin.

Durante el trayecto hasta Taunton el tren iba casi repleto. A partir de allí, la gente comenzó a bajarse y nuestro vagón quedó vacío hasta llegar a Exeter, donde subieron dos señoras de mediana edad.

Marie-Christine iba sentada junto a la ventana y no paraba de llamarme la atención para que mirara esto y lo otro al pasar. Le produjo mucha alegría la vista del mar, y se fijó enseguida en el suelo rojo y fértil de Devon.

Las dos señoras nos escuchaban con evidente regocijo.

–Ésta debe de ser su primera visita al País Occidental –dijo al fin una de ellas.

–Sí –contesté yo.

–Para usted, ¿y también para la joven francesa?

–Es la primera vez para las dos.

–¿De vacaciones? –preguntó la otra.

–En cierto modo –repuso Marie-Christine–. Deseamos explorar.

–No hay ningún otro lugar como Cornualles, ¿verdad, María? –le dijo una señora a la otra.

–Es cierto –dijo María–. Hay un algo en Cornualles que no tiene ningún otro sitio. Siempre lo he dicho, ¿verdad, Caroline?

–Sí que lo has dicho. Hemos vivido aquí toda nuestra vida. No salimos mucho, sólo para ver a nuestra hermana casada que vive en Exeter.

–¿Viven cerca de Bodmin? –pregunté.

–Sí, cerca.

–¿Conocen un lugar llamado Meningarth? –preguntó vehemente Marie-Christine.

–Meningarth –repitió Caroline pensativa–. No me suena, ¿y a ti, María?

–¿Meningarth, ha dicho? No... no lo conozco.

–¿Dónde se van a alojar? –preguntó Caroline.

–Aún no lo hemos decidido. Pensamos que sería más sencillo pasar la noche en algún hotel... y, si nos gusta, quedarnos. Si no, buscaremos otra cosa.

–Deberían alojarse en Las Doncellas Bailarinas, ¿verdad, María?

–Ah, Las Doncellas Bailarinas, sí. No encontrarán nada mejor. Eso si no les importa estar un poquitín retiradas de la ciudad.

–No nos importaría en absoluto –dije yo.

–Hay una calesa en la estación que las podría llevar. Sólo queda a unos pocos kilómetros de Bodmin. La distancia se puede hacer a pie. Tienen pocas habitaciones, pero es un lugar muy agradable y les atenderán bien. Una o dos de nuestras amigas se han alojado allí. Digan que van de nuestra parte y las alojarán.

–Las Doncellas Bailarinas es un nombre muy alegre –comentó Marie-Christine.

–Se llama así por las piedras. Dicen que parecen muchachas que bailan. Se las puede ver desde la posada. Llevan allí cientos de años.

–Iremos a Las Doncellas Bailarinas tan pronto lleguemos a Bodmin –dije–. Han sido ustedes muy amables por ayudarnos.

–Por cierto, nos apellidamos Tregorran... María y Caroline.

–Yo soy Noelle Tremaston, y ella es Marie-Christine du Carron.

–¡Tremaston! Es un antiguo apellido de Cornualles. Muy buen apellido, por cierto. Usted debe ser pariente de los Tremaston.

–¿Quiénes son los Tremaston?

–¡Quiénes son los Tremaston! –Caroline miró a María y ambas se echaron a reír–. La familia de la casa grande. Sir Nigel y lady Tremaston. Queda a medio kilómetro de la ciudad. Los Tremaston han vivido aquí cientos de años.

«¿Ves como teníamos que venir aquí –me dijo con la mirada Marie-Christine–. Esto se está poniendo cada vez más interesante.» Comprendí que ella ya había decidido que aquéllos eran mis parientes desconocidos.

Las señoritas Tregorran continuaron hablando de los Tremaston. La fiesta en el jardín se celebraba en su parque cada año. La fiesta era para ayudar a la iglesia. Si llovía, se celebraba dentro de la casa. Era fabulosa. Casi deseaban que lloviera los días de la fiesta. La casa era como un palacio, como un castillo.

La conversación continuó hasta que llegamos a Bodmin. Nerviosísimas por la emoción, nos bajamos. Las señoritas Tregorran aún no habían terminado con nosotras. Nos condujeron a donde estaba la calesa.

–Ah, estás aquí Jemmy –dijo la señorita Caroline Tregorran.

–¿Ha sido agradable la visita, señorita? ¿Cómo estaban la señorita Sarah y los niños?

–Todos muy bien, Jemmy, gracias. Ahora vas a llevar a estas dos damas a Las Doncellas Bailarinas.

–Sí, señorita.

–Han hecho todo el viaje desde Londres. –Hizo una ligera sonrisa como para insinuar que debido a eso tal vez necesitáramos atención especial–. Si no encontraran habitación allí, deberás traerlas a Bodmin e intentarlo en el Cabeza de Toro, y si tampoco hay allí, en el Monarca Feliz. Viajan solas y no han estado nunca en Cornualles.

–Eso haré, señorita –dijo Jemmy.

A continuación se dirigió a nosotras, que ya estábamos subiendo a la calesa.

–En Las Doncellas Bailarinas –nos dijo– digan que las señoritas Tregorran las han enviado. Las atenderán muy bien.

–Han sido ustedes muy amables –dije yo–. Tuvimos suerte de conocerlas en el tren.

Ellas continuaron su camino radiantes de satisfacción

y nosotras dejamos la estación en dirección a Las Doncellas Bailarinas.

El propietario de Las Doncellas Bailarinas tenía habitación para las amigas de las señoritas Tregorran. Nos dijo que había atendido a muchas amigas de esas damas y que ambas partes habían quedado muy satisfechas. La posada era de piedra gris de Cornualles. Sobre la puerta colgaba un cartel en el que había dibujadas tres figuras de piedra que, con un poco de imaginación, podía decirse que estaban bailando.

Calculé que la posada habría sido construida en el siglo diecisiete. Las habitaciones eran bastante espaciosas, pero de techo bajo, y las ventanas eran pequeñas; de todo emanaba un aire general de antigüedad que nos gustó mucho a Marie-Christine y a mí.

El propietario nos llevó a nuestra habitación, en la cual había dos camas individuales, un ropero, una mesa con su jofaina y aguamanil, otra mesa pequeña y dos sillas.

Estábamos agradablemente sorprendidas de encontrarnos instaladas tan pronto gracias a las señoritas Tregorran.

El propietario nos dijo que, si podíamos estar listas dentro de media hora, habría una comida esperándonos en el comedor. Le dije que sería muy agradable.

Mientras hablábamos trajeron agua caliente, y cuando el dueño se marchó nos echamos a reír.

–¡Esto es fabuloso! –exclamó Marie-Christine–. Qué contenta estoy de que hayamos venido. –Se acercó a la ventana–. Es algo inquietante –comentó–. El tipo de lugar donde pueden suceder cosas raras.

Yo también me acerqué a la ventana, desde la que se veía el páramo. Una ligera brisa movía la hierba; aquí y allá sobresalían cantos rodados de la tierra. Un poco más allá estaban las piedras, que tenían el suficiente parecido con el cartel de la puerta de la posada como para suponer que eran las doncellas bailarinas. Se las señalé a Marie-Christine, que las miró como con temor reverencial.

–¿Qué se supone que son? ¿Acaso las convirtieron en piedra? Tal vez fue porque estaban bailando... y no debían hacerlo. ¡Qué castigo más terrible para una falta tan insignificante!

–La gente hacía cosas así antiguamente. Fíjate en los griegos. Siempre estaban convirtiendo a la gente en cosas... en flores, en cisnes y cosas así.

Nos echamos a reír. Era una risa nerviosa. Fueran cuales fuesen los hechos que descubriéramos, la investigación iba a ser muy interesante.

–Vamos –dije–. Tenemos que darnos prisa. La comida estará esperándonos dentro de media hora.

Había sopa caliente, carne asada fría con patatas en su piel, y a continuación tarta de melaza.

–Desde luego, no nos vamos a morir de hambre aquí –comenté.

Nos sirvió una camarera entrada en carnes llamada Sally, según descubrimos. Era bastante conversadora, lo cual nos venía muy bien. Me miraba con algo de respeto y temor. Pronto descubrí por qué.

–Usted es la señorita Tremaston –dijo–. Debe de ser de la casa grande.

–Hasta hoy jamás había oído hablar de la casa grande –le respondí–. Por lo tanto no puedo pretender ese honor.

–Bueno, todo el mundo conoce a los Tremaston por aquí, y jamás he conocido a nadie con ese apellido que no sea de la familia.

–Siempre he vivido en Londres, excepto algún tiempo que estuve en Francia.

Sally miró a Marie-Christine y ésta asintió.

–¿Conoce un lugar llamado Meningarth? –le preguntó Marie-Christine.

–¿Meningarth? –repitió Sally como sin comprender–. Vaya, ¿dónde estará eso?

–Cerca de Bodmin –dije yo.

–Esto no queda lejos de Bodmin, y nunca lo he oído nombrar.

–¿Está segura? –preguntó suplicante Marie-Christine.

–No que yo recuerde, señorita.

Cuando se marchó Sally, Marie-Christine dijo:

–Es raro que las señoritas Tregorran no hayan oído hablar de Meningarth... y tampoco Sally.

Nos quedamos algo desanimadas. Me detuve a pensar qué podíamos hacer a continuación. El objetivo de nuestra visita era encontrar a Ennis, cuyo apellido no conocía. Y al parecer nadie había oído hablar del pueblo donde vivía.

–Tendremos que pensar en lo que vamos a hacer –dijo Marie-Christine–. Tendremos que preguntar a todo el mundo. Seguro que tiene que haber alguien que haya oído hablar del lugar.

Después de comer salimos a dar un corto paseo. Atravesamos el páramo y nos dirigimos hacia Las Doncellas Bailarinas.

Tenía razón. Se percibía algo extraño, misterioso y fantástico en el páramo. Nos detuvimos junto a las muchachas. Eran del tamaño de seres humanos, y al acercarse más uno se las podía imaginar volviendo a la vida de repente.

Marie-Christine sintió lo mismo.

–Estoy segura de que ellas podrían decirnos dónde queda Meningarth –dijo.

Nos reímos. Nos despedimos de las doncellas de piedra y volvimos a la posada.

–Al fin y al cabo –comentó Marie-Christine–, no podemos esperar encontrarlo todo de inmediato.

A la mañana siguiente tuvimos más suerte, cuando conocimos a la esposa del dueño. Nos saludó amablemente cuando bajamos. Un delicioso aroma a beicon frito y café llenaba la posada.

–Muy buenos días tengan –dijo–. Usted es la señorita Tremaston, amiga de las señoritas Tregorran. Encantados de tenerlas en Las Doncellas Bailarinas.

–Conocimos a las señoritas Tregorran en el tren –le dije–. Fueron muy amables.

–Son damas muy simpáticas. Yo misma preparo los desayunos. ¿Qué les apetece?

Nos decidimos por huevos revueltos y bacón crujiente, que sabía tan bien como olía.

Era una mujer muy conversadora; al poco tiempo nos había contado que se había criado en la posada, que había pertenecido a su padre.

–Jim... mi marido, tomó el relevo y continuó siendo mi hogar. He vivido toda mi vida en Las Doncellas Bailarinas.

–Usted debe conocer este lugar mejor que nadie –dijo Marie-Christine–. Tal vez sepa decirnos dónde queda Meningarth.

Las dos la observábamos ansiosas, y se nos vinieron abajo las ilusiones al ver la expresión de perplejidad en su rostro.

–Ah –dijo entonces–, seguro que se refieren a la casa del señor Masterman. Seguro que sí. Se llama Garth. Eso sí, en un tiempo se llamó Meningarth... pero hace mucho que no se llama así. Unos diez años o más.

Marie-Christine le sonreía radiante.

–Así que ahora se llama sólo Garth –dijo estimulándola a continuar.

–Eso es. Ahora que me acuerdo, fue cuando los vendavales de octubre, esos terribles vendavales que tenemos aquí en el mes de octubre. Tendrían que escuchar cómo sopla el viento en el páramo. Silba como el demonio, llamando a los pecadores en sus tumbas, dicen. Debe de haber sido hace unos diez años. Fueron terribles ese año. Tuvimos daños en la posada. Meningarth lo tuvo peor al estar más expuesto. El vendaval arrancó el techo de la casa... arrancó la puerta, que voló como medio kilómetro. Les llevó meses arreglarlo. La puerta no tenía arreglo. Tuvieron que instalar una nueva, y cuando la pusieron ya no ponía Meningarth como en la antigua. Se equivocaron y pusieron solamente Garth. No lo cambiaron... y la gente dejó de llamarlo Meningarth. Se quedó con Garth a secas.

–Teníamos unos amigos que conocían a unas personas de allí –mintió sin arrugarse Marie-Christine.

–Ah, él no es un tipo sociable. Vive solo con su perro. Es aficionado a la música. Toca el violín o algo así.

–Ése debe de ser Ennis –comenzó Marie-Christine.

–Ennis Masterman, efectivamente.

–Nos gustaría ir a verle –dije yo–. ¿Cómo podemos llegar hasta allí?

–Hay un buen trecho. Unos buenos tres kilómetros, diría yo. ¿Saben montar a caballo las señoritas?

–Sí –contestamos entusiasmadas.

–Bueno, recibimos muchas demandas de caballos de la gente que se aloja aquí; por tanto tenemos uno o dos. Los alquilamos por un día, generalmente. Les pueden venir bien, supongo. Tenemos un par de buenas yegüitas no demasiado retozonas, y que además conocen los páramos. Éste puede ser un lugar bastante peligroso.

–Y usted nos puede indicar el camino, estoy segura –dije yo.

–Claro que puedo. Bueno, lo que son las cosas. ¿Quién se iba a imaginar a Ennis Masterman recibiendo la visita de dos damitas? ¡De Londres!

Acabamos de desayunar y nos dirigimos de inmediato a los establos. Vimos las dos yeguas de las que había hablado la dueña de la posada. Dijimos que nos vendrían perfectamente y, con las orientaciones de la señora, nos pusimos en marcha.

–¡Qué triunfo! –exclamó Marie-Christine–. Cuando nos dijo que la puerta había sido destruida la hubiera abrazado. Eso explica por qué toda esa gente no conocía el lugar. Noelle, estamos en el buen camino.

Mi entusiasmo era menor que el de ella. Naturalmente, Marie-Christine no podía sentir mis emociones. Suponiendo que nuestras conjeturas resultaran ser correctas, iba a conocer al padre que jamás antes había visto. Por otro lado, si estábamos equivocadas, íbamos a meternos en la vida privada de otra persona. Me sentía terriblemente confusa y nerviosa.

Las instrucciones que nos dio la señora eran muy precisas. Pasamos la pequeña aldea que nos describió. Era sólo una hilera de casas, la tienda y la iglesia. Era necesario seguir las orientaciones al pie de la letra. Me di cuenta de la facilidad con que uno podía perderse en el páramo.

–Si hemos seguido el camino correcto –dije–, Garth tendría que estar detrás de esa pequeña colina.

Bordeamos la colina y allí estaba: una casa alargada de piedra gris, solitaria, escueta y desolada. Cabalgamos hacia la puerta.

–Garth –leímos las dos a la vez–. Aquí es.

Desmontamos y amarramos nuestras yeguas a un poste cercano a la puerta. Nos acercamos y entramos en un trozo de terreno que había delante de la casa. Apenas se podía llamar jardín. No había flores, sólo unos cuantos arbustos descuidados.

–¿No es emocionante? –dijo Marie-Christine con un pequeño temblor.

Había una aldaba en la puerta. La levanté y la dejé caer. El ruido resonó en el silencio. Esperamos conteniendo la respiración. No hubo respuesta. Al cabo de un rato repetí la operación.

–Aquí no hay nadie –dije.

–Ha salido. Vive aquí, eso es evidente. Seguro que vendrá, más pronto o más tarde.

–Esperaremos un rato –dije.

Volvimos por el sendero y cruzamos la puerta. Había un bloque de piedra cerca y allí nos sentamos.

–Tal vez se ha marchado por unos días o quizá semanas –sugerí.

–Oh, no –exclamó Marie-Christine–. No lo podría soportar. Ha ido a esa pequeña aldea que pasamos. Tiene que comprar sus cosas, ¿verdad? Esto sólo nos lo pone un poquitín más difícil, eso es todo.

Esperamos durante una hora y, justo en el momento en que yo iba a sugerir que nos fuéramos, apareció.

Venía conduciendo una tartana tirada por un poni. Posiblemente Marie-Christine tenía razón al suponer que había ido a la aldea a hacer sus compras.

Detuvo el vehículo, sorprendido al vernos sentadas en la piedra y luego saltó de la tartana. Era alto y delgado. Su rostro era más agradable que atractivo. Emanaba de él una especie de dulzura que percibí desde el primer momento.

Caminamos hacia él y yo le dije:

–Espero que no le moleste nuestra visita. Me llamo Noelle Tremaston.

El efecto en él fue instantáneo. Me miró fijamente esforzándose por controlar su expresión. Subió algo de color a sus mejillas.

–Usted es la hija de Daisy –dijo lentamente–. Me alegra que haya venido.

–Sí –dije yo–. Soy la hija de Daisy. Ella es mademoiselle Du Carron. Vive conmigo desde que perdió a su familia en el sitio de París.

Él se volvió a Marie-Christine y la saludó diciéndole que estaba encantado de conocerla.

–Encontramos su dirección en la cómoda de mi madre –dije.

–Sólo que era Meningarth –intervino Marie-Christine.

–Antes se llamaba así, hace mucho tiempo; luego cambió.

–Pensamos en hablar con usted –dije– cuando supimos que había sido amigo de mi madre.

–Por supuesto. Pero ¿en qué estoy pensando? Adelante. Me encargaré de la tartana.

–¿Le podemos ayudar?

–Es muy amable –pareció confundido–. Primero tengo que descargar.

Abrió la puerta y pensé que era una extraña forma de comenzar a conocer al hombre que podía ser mi padre, llevarle una bolsa de harina a la cocina.

Rápidamente vi que la casa era muy sencilla. El agua provenía de un pozo que había en la parte trasera del jardín cubierto de malas hierbas. La cocina tenía suelo de piedra y sólo contenía una mesa de madera, un armario, unas pocas sillas y un hornillo-estufa de petróleo sobre el cual probablemente cocinaba.

Una vez que hubimos entrado las provisiones, nos llevó a una especie de salita de estar amueblada con mucha sencillez. No había el menor asomo de adornos. Todo tenía alguna función práctica.

Nos invitó a sentarnos y me di cuenta de lo difícil que le resultaba quitarme la vista de encima.

–No sé por dónde empezar –dije–. Deseo hablar con usted acerca de mi madre. Usted la conoció...

–Sí, la conocí.

–Eso debió de haber sido hace mucho tiempo.

Asintió.

–¿Vivía aquí?

–Cerca de aquí. En la aldea. Tienen que haber pasado por allí. Carrenforth. Está a medio kilómetro de esta casa.

–Supongo que sería muy joven entonces.

–Tendría unos catorce años la primera vez que la vi. Yo vine aquí después de terminar la universidad. No sabía qué quería hacer. De modo que decidí hacer un recorrido por los páramos. Mi casa estaba algo lejos, al otro lado del ducado de Cornualles. Mi deseo era llevar una vida sencilla. Me gusta mucho la música, pero no me consideraba con el talento suficiente para hacer de ella una profesión. Tenía enormes deseos de ser escultor. Había hecho algo, pero me sentía muy inseguro.

Tuve la impresión de que Marie-Christine se estaba impacientando.

–Encontramos las cartas en la cómoda –dijo.

Él la miró sin expresión.

–Eran de usted.

–Las conservó –dijo él sonriendo.

–Tres –dije yo–. Lo siento. Las leímos.

–Estábamos sacando cosas –dijo Marie-Christine–. Estaban en un cajón secreto en la cómoda.

–Así que conservó mis cartas –repitió él.

–Parecían ser bastante importantes –dije yo–. Hablan de una niña. Pienso que tal vez yo sea esa niña. Quisiera estar segura.

–Es muy importante –insistió Marie-Christine.

Él se quedó pensativo durante unos segundos.

–Tal vez –dijo finalmente–, sería mejor que comenzara por el principio, es decir, debería contarle toda la historia.

–Sí, le estaría muy agradecida si lo hiciera.

–Ella me había hablado mucho de Noelle, su hija. Estoy algo confundido, me temo. Ha sido tan repentino, tan inesperado... verla aquí así. Es algo que siempre he deseado, pero creo que lo comprenderá mejor si se lo cuento desde el principio, tal como lo recuerdo.

–Gracias. Cuéntenos, por favor.

–Nací en Cornualles, algo lejos de aquí, en realidad justo en la frontera con Devon, a este lado del río Tamar. Mi padre era el pastor de la iglesia. Éramos seis hermanos, dos chicos y cuatro chicas. El dinero era escaso, pero mi padre era firme partidario de dar la mejor educación a sus hijos y de algún modo logré ir a la universidad. No fui mal estudiante, pero cuando tuve que empezar a trabajar fui un fracaso. No sabía qué quería hacer. Tenía algunos intereses, pero no eran del tipo con los que pudiera ganar dinero y compensar a mi familia por los sacrificios que había hecho por mí.

»Me gustaba la música y tocaba el violín, pero no podía imaginarme ganándome la vida con eso. Me interesaba mucho la escultura. Me sentía desgarrado entre mi deber y mi inclinación. De modo que emprendí este recorrido a pie. Deseaba estar tranquilo, solo. Para alejarme de todo y de todos y poder hacer mis planes. Me alojé en Las Doncellas Bailarinas con la intención de quedarme allí una o dos noches.

»Una tarde salí a pasear para echar una mirada a las doncellas de piedra. Era un día extrañamente melancólico. No soplaba ni la más ligera brisa y el cielo estaba cubierto por nubes negras y amenazadoras. Al acercarme a las piedras, vi a una niña. Yo sabía algo de las leyendas de Cornualles, ya que había crecido en el ducado. Tal vez influido por eso, y al ser un poco supersticioso, al acercarme pensé que una de las piedras había vuelto a la vida y estaba bailando. Era tan hermosa, tan agraciada, parecía flotar en el aire. "Jamás había visto algo tan fascinante", pensé.

»Me quedé allí observándola maravillado. De pronto ella se dio cuenta de mi presencia, se volvió hacia mí y se echó a reír. Fue la primera vez que vi a Daisy. Nadie ríe como Daisy.

–No –dije yo–. Nadie.

–«Pensó que yo era una de las doncellas que había vuelto a la vida, ¿verdad? –me dijo–. Confiese.»

»–Por un momento, sí –contesté.

»–¿Es nuevo aquí? –preguntó.

»–Sí. Ando de peregrinaje –le dije.

»Me preguntó si yo iba allí a menudo y yo le conté que era la primera vez, que acababa de llegar aquella mañana y que estaba intentando decidir algo.

»–¿Qué? –preguntó.

»–Mi carrera. El trabajo que voy a hacer.

»–Yo sé lo que voy a hacer –dijo ella–. Voy a bailar. Voy a ser famosa. Jamás seré pobre ni una don nadie. Voy a ser actriz.

»Recuerdo tan bien esa conversación... Me quedé en

la posada porque deseaba verla de nuevo. Me fascinaba. Un momento era una niña y al momento siguiente era una mujer. Jamás había conocido a nadie que combinara la inocencia con la mundanidad como Daisy. Tenía catorce años, y yo diez más. Jamás había visto a una persona tan hermosa. Estaba todo allí, en ciernes, podríamos decir, esperando a florecer en toda su gloria.

»Solíamos encontrarnos todos los días junto a las piedras. No eran exactamente encuentros programados, pero cada uno sabía que el otro estaría allí. Le gustaba hablar conmigo. Supongo que se debía a que a mí me gustaba escuchar. El tema de conversación era siempre la huida. Ella se marcharía para llegar a la fama por el camino del baile y del canto. En esos momentos comprendí que ella era todo lo que yo no era. Yo deseaba huir de mi vida; ella deseaba huir hacia la vida. Muy pronto supe de qué deseaba escapar. Supe algo de la vida que llevaba allí. Había sido muy desgraciada, por eso se iba a escapar para no volver jamás. Vivía con sus abuelos y los odiaba. "Mataron a mi madre –decía–. Me matarían a mí si pudieran."

»Finalmente supe algo de la historia, habitual por estos lares. Me podía imaginar al abuelo puritano: rígido, implacable. Oraciones tres veces al día, nada de risas, nada de amor, nada de ternura. Daisy y su madre eran pecadoras. Su madre, porque había desobedecido los mandamientos de Dios, y también Daisy, porque los pecados de los padres, según el abuelo, recaían sobre los hijos, y una hija nacida en el pecado tiene que ser necesariamente pecadora. Yo comprendía su vehemencia, su determinación. Los odiaba con fiereza. Repudiaba todo lo que creía su abuelo, la teoría de que ser desgraciado era ser bueno y que reír y disfrutar de la vida era pecado seguro.

»Me contó que estaba al acecho, vivía preparándose. Sabía que en aquel momento era demasiado joven, pero muy pronto ya no lo sería. Tenía que hacer sus planes con todo cuidado. No debía precipitarse ni hacerlo a tontas y a locas. Debía esperar la oportunidad y estar preparada cuando ésta se presentara.

»Era una historia bastante corriente. Su madre había sido seducida y luego abandonada por su amante. El fruto fue Daisy. No hubo ninguna compasión para la pecadora. "La habrían echado de casa –decía Daisy–, pero mi abuelo se dio cuenta de que disfrutaría más torturándola, mientras presumía de perdonar a la pecadora... el viejo hipócrita. Ellos mataron a mi madre. Los odio. Nunca los perdonaré."

»Daisy tenía cinco años cuando murió su madre. Ella me lo contó:

»"No pudo seguir resistiendo. Siempre estaba enferma. Tenía una tos que me asustaba. Entonces, una noche en que estaba nevando y soplaba el viento, salió hacia los páramos sólo con una blusa delgada y una falda y se quedó fuera casi toda la noche. Cuando volvió estaba muy enferma. A los pocos días murió. Había sufrido más de lo que podía soportar. –Hablaba con vehemencia–. Los odio. Jamás seré pobre. Seré rica y famosa y me abriré camino en la vida riendo. Me iré lejos y jamás, jamás los volveré a ver."

–Rara vez me hablaba de su infancia –dije yo–. Tenía la impresión de que no deseaba hacerlo. Ahora lo comprendo. Tuvo que haber sido muy desgraciada.

–Eso era lo que uno podía pensar de una niña en esa situación. Pero no Daisy. Ella irradiaba alegría de vivir. Nada podía ahogar su llama. Yo me sentía fascinado por ella, fue quien me hizo decidirme. Ya sabía lo que debía hacer. Meningarth estaba en venta, bastante bien de precio. Podía pagarla. Establecería mi casa aquí y así estaría cerca de ella. Solía venir con frecuencia. Cuando entraba, encontraba a Daisy, que había encendido el hogar y estaba acurrucada junto al fuego. Yo sabía que en aquel tiempo era importante para ella. Era a mí a quien acudía cuando deseaba conversar. Yo conocía sus planes y sus sueños, que jamás variaban: escapar y no volver jamás a este lugar. Yo me negaba a aceptar el hecho de que se marcharía. Pensaba que continuaríamos así eternamente y que finalmente ella vendría a mí, a Meningarth. Pensaba que ella era sólo una soñadora, como yo. Pero Daisy vivía en un mundo en que los sueños pueden convertirse en realidad. Se iba a llamar Daisy Ray. Su nombre era Daisy Raynor. Era el odiado apellido de sus abuelos. Daisy Ray, decía, sonaba perfecto para una actriz.

»Solía hacer especulaciones acerca de su padre. Estaba convencida de que era un caballero, una persona rica como los Tremaston.

»"Era joven –decía–. Y tuvo miedo de su familia."

»Se había creado una imagen de él. Él había querido casarse con su madre, decía. No había sabido que ella estaba esperando un hijo. La familia le había enviado lejos... al extranjero... y cuando volvió ya era demasiado tarde.

–Qué vida más desgraciada tuvo que haber sido –dije yo.

–Ah, como le he dicho, Daisy no podía ser desgraciada; eso no iba con ella. Jamás había visto una alegría igual. Siempre estaba bailando. Yo la llamaba la Doncella Bailarina. A veces le decía que creía que era una de esas piedras que había vuelto a la vida. A ella le divertía eso. Solía decir: «Aquí está tu doncella bailarina». Conversábamos sobre lo que yo iba a hacer. Iba a ser un gran músico y un escultor. Hice una estatua de ella. La llamé *Doncella Bailarina*. Es bastante hermosa. Se la mostraré. Es lo mejor que he hecho jamás. Había logrado captar algo de ella y de la cualidad mística de la piedra. Me ofrecieron una buena suma de dinero, podría haber sido el comienzo de una carrera. Pero no fui capaz de desprenderme de ella. Significaba tanto para mí... sobre todo cuando comprendí que ella se marcharía. Pensé que mientras la tuviera, tendría algo de ella. Era como un símbolo. Ella me dijo que era tonto, pero yo no podía evitarlo. Es mi forma de ser. No podía separarme de la *Doncella Bailarina*.

–Lo comprendo –dije–. Estoy comprendiendo muchas cosas.

–Me hizo verme a mí mismo con toda claridad. Cuanto más estaba con ella, mejor veía lo que a mí me faltaba. Yo no deseaba salir al mundo y competir. Deseaba la vida sencilla que estaba haciendo aquí, y Daisy lo sabía.

»Tenía quince años cuando me dijo que estaba casi lista para marcharse. Había llegado la hora, me dijo. Ya no podía retrasarse más. Es fácil imaginar mi abatimiento. A pesar de su insistencia, yo secretamente había restado importancia a sus anhelos, considerándolos sueños. La había juzgado basándome en mí mismo, lo cual fue un gran error. Nos habíamos hecho íntimos amigos. Ella confiaba en mí más que en ninguna otra persona. Nuestros encuentros habían sido importantes para los dos. No podía soportar la idea de perderla. Le pedí que se casara conmigo.

»"¿Cómo voy a casarme contigo? –contestó–. Me quedaría aquí para el resto de mi vida. Seríamos pobres... viviendo aquí, tan cerca de ellos. Voy a bailar. Voy a ser actriz."

»Llegué a pensar una vez que me iría con ella. Ella movió la cabeza. Me dijo lo mucho que significaba mi amistad para ella, pero que éramos personas diferentes, que yo no creía en las cosas que ella creía. Que no éramos el uno para el otro, no de esa forma. Yo sabía que tenía razón, pero se lo discutí. ¿Acaso se creía que era la única chica de campo que había soñado con una triunfal carrera de actriz?, le dije. Por supuesto que no, dijo ella. ¿Había considerado cuántos miles de chicas acababan en circunstancias desgraciadas mucho peores de las que habían dejado? "Pero yo voy a conseguir lo que deseo", dijo. Ella lo creía y yo al mirarla también lo creí.

»El día que se marchó fue el más desgraciado de mi vida hasta ese momento. Nos despedimos. "Prométeme –le dije– que si eso no resulta volverás a mí." Pero ella no podía concebir que no fuera a resultar. Dijo que había sido maravilloso conocerme, que me amaba, pero que éramos diferentes. Que no me sería de ninguna utilidad viviendo aquí, cuidando gallinas... llevando la tartana a la aldea para comprar provisiones. Y que yo no le sería de ninguna utilidad a ella en su carrera. "Tenemos que afrontar la verdad. No somos compatibles. Pero siempre seremos buenos amigos."

»Se puso por nombre Daisy Tremaston, como la familia rica de aquí, y Daisy Ray como nombre artístico. Luego alguien le aconsejó que lo cambiara a Désirée... Désirée –repitió–. Hizo lo que se había propuesto hacer. Tenía el fuego, la resolución y el talento. Y triunfó.

Hizo una pausa y se pasó la mano por la frente. Llevaba un buen rato hablando y, advertí, reviviéndolo todo nuevamente. Yo, que la había conocido tan bien, podía imaginármelo todo con la mayor claridad. Era capaz de comprender esa rebeldía que habían despertado en ella sus puritanos abuelos, ese desprecio por las convenciones, esa determinación por hacer lo que ella quería.

Marie-Christine había escuchado todo aquello como hipnotizada, pero advertí que estaba impaciente por llegar a la raíz del asunto. ¿Era mi padre aquel hombre?

–Normalmente tomo café a esta hora –dijo él de repente–. ¿Les puedo servir un poco?

Marie-Christine y yo estábamos a punto de decir que preferíamos seguir la conversación, pero me di cuenta de que necesitaba un respiro para recuperarse de la carga emocional que le había producido recordar el pasado.

Le dije que le acompañaría a la cocina para ayudarle a preparar el café. Marie-Christine hizo ademán de levantarse, pero le hice un gesto para que se quedara donde estaba. Cuando nos encontrábamos en la cocina, él me dijo:

–Con frecuencia me he imaginado que vendría.

–¿Con ella, quiere decir?

Asintió.

–Ella nunca me habló de usted –dije yo.

–No, por supuesto que no. Ella tenía otros planes.

–Hay una cosa que deseo saber –dije yo.

–Sí –dijo. Hizo una pausa y continuó–: Ella me escribía de vez en cuando. Yo estaba al corriente de sus éxitos. Era maravilloso. Y sé por qué ha venido aquí. Encontró las cartas que ella había conservado y éstas hicieron surgir en su mente una posibilidad, ¿verdad?

–Sí.

–Yo conservo las cartas. Ella no escribía muy a menudo. Eran días maravillosos cuando las recibía. Yo vivía sus éxitos a través de ellas, aunque no tomaba parte en ellos. Sabía que no había ninguna esperanza de que ella volviera, especialmente después de su nacimiento. Le entregaré las cartas que me escribió en esa época. Lléveselas a la posada y léalas. Son sólo para usted. Cuando las haya leído, devuélvamelas, por favor. Son muy importantes para mí. No soportaría perderlas ahora. Las leo con frecuencia.

–Las leeré y se las traeré mañana.

–Creo que en ellas encontrará lo que desea saber.

Llevamos el café a la sala de estar. Marie-Christine nos esperaba con obvia impaciencia. Hablamos un poco sobre la vida que llevaba. Se las arreglaba para ganarse la vida, dijo. En Bodmin había una pequeña galería donde le aceptaban algunas de sus figuras. Vendía una o dos de vez en cuando, generalmente de las Doncellas Bailarinas. A los visitantes les gustaba llevarse un recuerdo de los lugares que habían visto. Cultivaba algunas verduras para su uso. También tenía una vaca y algunas gallinas. Ésa era la vida que había elegido. Fue a buscar las cartas y me las entregó.

Yo le repetí mi promesa de llevárselas al día siguiente, después de leerlas.

–Entonces –dijo él– podremos hablar con más facilidad... si lo desea. Quizá sintamos que nos conocemos mejor. Éste ha sido un día maravilloso para mí. Muchas veces me he dicho que no sucedería nunca. Cuando ella murió, pensé que eso era el fin. Bueno, nos veremos mañana.

Yo estaba ansiosa por irme, pues tenía unos deseos febriles de leer esas cartas.

–¡Imagínate vivir así! –dijo Marie-Christine cuando cabalgábamos de regreso a la posada–. ¡Qué hombre más raro! Fue interesante lo que contó de Désirée. Daisy Ray. Ingenioso, ¿verdad? ¿Qué hay de esas cartas? Ardo de impaciencia por verlas.

–Él no quiere que las vea nadie más que yo, Marie-Christine. Son cartas íntimas de mi madre.

Su rostro se demudó.

–Por favor, compréndelo, Marie-Christine –le supliqué–. Son algo casi sagrado. Y se lo prometí.

–Pero ¿me contarás lo que dicen?

–Por supuesto que sí.

Tan pronto llegamos a Las Doncellas Bailarinas, me precipité a nuestra habitación. Marie-Christine, con admirable tacto, dijo que iba a salir a dar un paseo durante una hora más o menos. Le agradecí el gesto, porque yo sabía que ardía de curiosidad.

Las cartas no tenían fecha, pero estaban ordenadas cronológicamente, como pude comprobar.

Leí la primera:

Mi querido, queridísimo Ennis:

¡Qué maravilla! De modo que por fin te hacen salir de tu escondite. Por fin vas a recibir el reconocimiento a tu genio. Así pues, al ver tu *Doncella Bailarina* se ha interesado en tu trabajo un marchante de Londres. Es un comienzo. ¿No te emociona? Por supuesto que estás emocionado. Yo lo estoy. Pero me vas a decir: «No hay nada seguro. Debemos esperar para ver». Te conozco, Ennis. Querido mío, has pasado demasiado tiempo en tu vida esperando para ver. ¡Pero esto es maravilloso! Siempre he pensado que esos modelos que hacías de las piedras eran excelentes Y el que hiciste de tu mismísima y propia *Doncella Bailarina*, la obra de un genio.

Pero lo importante es que vienes a Londres. Yo me encargaré de que te alojes en el hotel adecuado, y va a estar cerca de esta casa. Entonces podremos estar juntos, cuando no estés con tu importante marchante. No estoy ensayando aún. El señor Donald Dollington, *Dolly* para nosotros, está preparando una nueva producción que no acaba de resolverse. Por el momento está muy nervioso, suplicando al Todopoderoso que no le vuelva completamente loco, y que no permita que continúe la tortura a que le someten aquellos que intentan obstaculizar sus planes. Es un juego al que le agrada jugar en ocasiones como ésta. Si vienes la próxima semana, todavía no habrán comenzado los ensayos. Podemos hablar y hablar, como en los viejos tiempos.

Espero tu llegada con la mayor alegría.

Tu Doncella Bailarina,

DAISY

Leí la carta siguiente:

Mi querido, queridísimo Ennis:

¡Qué semana tan maravillosa! Bendigo a ese marchante, aunque haya resultado ser un bicho despreciable que dejó de interesarse en tu obra al negarte a entregarle tu *Doncella Bailarina*. Ha sido muy dulce por tu parte insistir en conservarla, pero no deberías haberlo hecho. Déjala irse, Ennis. Podría haber significado encargos y cosas de ésas. Eres un tonto. Fue maravilloso estar contigo... hablar como solíamos hacerlo. ¿Te recordó los viejos tiempos? No hay nadie con quien pueda hablar como contigo. Fue como estar de vuelta en Meningarth, sólo que en lugar de hablar del comienzo del viaje, ahora estoy ya a medio camino. Ennis, por favor trata de comprender esta necesidad mía de llegar a la cima.

Fue triste separarnos, aunque volverás a venir. Sé lo que me dirás, pero no funcionaría. Y yo sé que esto no te gustaría. No tienes idea de lo que es cuando se acerca la noche de estreno: no se habla de otra cosa, no hay nada más que la obra. Tiene que ser así y tú lo odiarías. De verdad que lo odiarías.

Aquí tengo muy buenos amigos que me comprenden. Esta vida me gusta tanto que jamás podría dejarla.

Así pues, las cosas tienen que seguir como están. Pero recordemos esa maravillosa, maravillosa semana.

Con el amor de siempre,

DAISY. TU DONCELLA BAILARINA

La carta siguiente era más reveladora.

Ennis, querido mío:

Tengo una cosa que contarte. Ocurrió durante aquella semana. Al principio no sabía qué pensar. Ahora estoy viviendo en un torbellino de delicias. Ahora sé qué es lo que siempre he deseado. No lo he sabido hasta ahora. Siempre será como una parte de ti que está conmigo.

Sabes lo que voy a decir. Creo que voy a tener un hijo. Tengo la esperanza de que sea así. Te escribiré tan pronto esté segura.

Todo mi amor,

DAISY LA D. B.

La cuarta carta decía:

Mi queridísimo Ennis:

No, ni pensarlo. Sencillamente no funcionaría, como te he dicho tantas veces. Significaría renunciar a todo aquello por lo cual he luchado tanto. No podría hacerlo. Por favor, no me pidas lo imposible. No podría soportar que se estropeara nuestra relación, y eso es lo que ocurriría. Ahora soy muy feliz. Ennis, contentémonos con lo que tenemos. Créeme, es lo mejor para los dos.

Todo mi amor, como siempre,

DAISY – D. B.

Y la siguiente carta:

Ennis querido:

Canto de alegría. Es cierto: voy a tener un hijo. Soy tan feliz...

Dolly está furioso, él sólo piensa en su nuevo espectáculo. ¿Qué saca con ponerme en el papel principal si dentro de poco estaré haciendo cabriolas como un elefante? Le dije que los elefantes no hacen cabriolas; brincan. «¿Acaso crees que esto va a hacerle ningún bien a tu carrera? –me gritó–. Supongo que es de Charlie Claverham. ¿O es de Robert Bouchère? ¡Hacerme esto a mí justo cuando pienso dedicarme a la producción!» Luego vinieron las consiguientes súplicas a Dios. No puedes evitar reírte de Dolly.

Nada, sencillamente nada puede alterar mi felicidad, mi éxtasis.

Mi amor como siempre,

D. – D. B.

Queridísimo Ennis:

Todo va bien. Sí, te lo comunicaré.

Voy a tener todo lo mejor para él o ella; no me importa lo que sea. Charlie Claverham es tan divertido: cree que es suyo. Perdóname, Ennis, pero él siempre ha sido un amigo bueno y querido para mí. Él le daría a un hijo suyo todo, sencillamente todo. Es un hombre muy bueno Charlie, vaya si lo es. Uno de los mejores que he conocido. Es honorable y honrado, y es muy rico. También lo es Robert Bouchère, pero él es extranjero, y preferiría a Charlie. Ah, pero estoy hablando por hablar. Sólo estaba diciéndome, ¿si me muriera de repente? Nunca se sabe. No se me había ocurrido antes, pero cuando hay un hijo en quien pensar, es distinto.

No puedo centrarme en otra cosa que no sea mi bebé.

No te preocupes, y ciertamente no debes pensar en mandarme nada. Puedo arreglármelas perfectamente. Me siento muy bien y Charlie procura, por supuesto, que no me falte el menor lujo.

Estoy fuerte y sana. No soy una vieja. He ido a ver al médico y me ha dicho que cree que estaré perfectamente bien después de un par de meses, lista para bailar otra vez.

Ay, Ennis, ardo de impaciencia. Sé que todo va a ir maravillosamente.

Todo mi amor,

D. B.

La siguiente carta había sido escrita algún tiempo después.

Querido Ennis:

Ella ya ha llegado. Fue el día de Navidad, por lo que la llamaré Noelle. Es adorable... Todo fue perfectamente, y la quiero más que a nada en el mundo. Jamás la abandonaré. Dolly protesta y dice que tiene las manos atadas. Me necesita en su siguiente producción pero, la verdad, por mí puede esperar eternamente mientras yo hago mi papel de madre. Le dije que el de madre era el papel que mejor sabía hacer y que no iba a renunciar a él, a lo cual me contestó que soy una tonta sentimental y que espere hasta que tenga alguna experiencia en cuidar a una mocosa chillona. Entonces me enfadé. «No te atrevas a llamar mocosa a mi pequeña», a lo cual él replicó sarcástico: «Claro, va a ser diferente a todas las demás mocosas, por supuesto. Antes del año va a estar cantando *La Traviata*». Mi querido Dolly. No es mala persona. Y creo que le gusta la niña. No sé quién podría no quererla. Ya me conoce, por supuesto. Martha hace como que es una molestia, pero la he visto junto a la cuna cuando cree que no la estoy viendo. El otro día la oí decirle: «Niní quiere a su mamá: ¿no?». Imagínate, ¡Niní! ¡Martha! Pero tú no conoces a Martha. Es la última persona que te podrías imaginar echando siquiera una mirada a un bebé. ¿De qué sirven los bebés en el teatro? Pero mi Noelle logra hechizarla incluso a ella. En cuanto a los criados, están locos de alegría y se pelean por cuidarla.

La vida es felicidad.

Mi amor,

D. B.

Y la última carta:

Queridísimo Ennis:

Todo va bien. Mi niña es cada día más adorable. El mejor regalo de Navidad que haya tenido jamás. Lo he repetido miles de veces y lo repetiré otras mil.

Ennis, tienes que perdonarme por esto. Voy a dejar que Charles crea que es hija suya. No te sientas demasiado herido; es para bien. Tenemos que pensar en ella, así no le faltará de nada. No podría ser feliz pensando que yo podría morir y abandonarla. No quiero que mi hija conozca la miseria que yo conocí. No quiero que pueda quedar como yo: sin afecto. Sé que tú la querrías, pero no podrías darle todo lo que ella se merece. Charlie sí... y de hecho, me ha jurado que lo hará. La quiere, sobre todo porque piensa que es suya. Créeme, Ennis, es lo mejor. Él cuidaría de ella si yo se lo pidiera, pero es mejor que tenga el parentesco más íntimo. Quizás hago mal, pero el bien y el mal siempre han sido algo vago y nebuloso para mí. Deseo lo mejor para mi hija, aunque alguien pueda considerarlo incorrecto. Es lo correcto para mí, y para ella, que es lo que importa.

Imagino que habrás pensado registrar el nacimiento y todo eso. Puede que haya esa nueva ley, sobre registrarla en Somerset House, pero no lo voy a hacer, Ennis. No voy a poner por escrito que ha nacido fuera del matrimonio. Algunos podrían despreciarla por ello, y no permitiré que desprecien a mi hija. Sé algo de eso por experiencia propia.

Voy a asegurarme de que tenga lo mejor de lo mejor. ¿Qué podría decir? No podría decir la verdad: que tú eres el padre. Tú no podrías velar por ella, Ennis, no de la forma en que yo deseo que cuiden de ella. Charlie sí... si alguna vez fuera necesario. Ella tendría criadas, niñeras, de todo. De modo que no hay formularios que llenar ni registro. Ésta es mi hija y lo haré a mi manera.

Puede que haga mal, pero creo que lo mejor que puedes hacer por las personas es amarlas, y no hay nadie para quien desee tanto lo mejor como para mi bebé. Pienso que el amor es más importante que un montón de leyes morales. No voy a intentar hacer de ella una santa de yeso. Deseo que vaya riendo por la vida, que la disfrute; sobre todo, deseo que sepa que es querida. Sé que el mundo dirá que soy una pecadora, pero creo que el amor es lo mejor de la vida: el amor entre unos y otros... y también el amor a la vida. Los predicadores dirían que eso es malo. Para ser bueno tienes que ser desgraciado, pero algo me dice que, si eres cariñoso y amable, eso será suficiente para Dios cuando llegue el día del Juicio Final, y que Él hará la vista gorda sobre el resto.

Mi hija es lo primero para mí, y voy a procurar que sea feliz; no me importa lo que tenga que hacer para conseguirlo.

Era como escuchar su voz. La recordaba con total claridad. ¡Me había querido tanto! Qué irónica jugarreta del destino, que su gran amor hacia mí me hubiera destrozado la vida.

Sentí que las lágrimas me resbalaban por las mejillas. Esas cartas me la habían traído a la memoria de manera tan viva, que su pérdida se me hizo más palpable que nunca. Las cartas habían conseguido eso y algo más: me habían contado sin el menor asomo de duda lo que esperaba encontrar en ellas.

Cuando llegó Marie-Christine, me encontró allí sentada, con las cartas en las manos. Se sentó callada, observándome fijamente.

–Noelle –dijo al cabo de un rato–. Estás triste.

–Han sido las cartas... –contesté–. Fue como escucharla hablar. Todo está allí. No cabe duda de que Ennis Masterman es mi padre.

–Entonces Roderick no es tu hermano.

Negué con la cabeza. Ella se me acercó y me rodeó con sus brazos.

–Es maravilloso. Eso es lo que deseábamos saber.

–Marie-Christine –dije yo muy despacio mirándola como aturdida–, eso ya no importa ahora. Es demasiado tarde.

Al día siguiente fui a ver a Ennis Masterman.

–Iré sola a verlo –le dije a Marie-Christine–. Es mi padre, sabes. Has sido muy buena y sé que lo comprenderás.

–Sí, lo comprendo –dijo.

Él me estaba esperando. Nos quedamos de pie mirándonos como azorados.

–Te puedes imaginar lo que esto significa para mí –dijo él.

–Sí, y para mí.

–Desde que naciste he tenido el deseo de verte.

–Es extraño verse repentinamente ante un padre.

–Por lo menos, yo conocía tu existencia.

–Y pensar que tal vez nunca nos hubiéramos conocido. Ha sido sólo por casualidad...

–Entremos –dijo–. Hablemos de ella. Deseo saber más cosas sobre vuestra vida juntas.

De modo que hablamos y la conversación fue como un inesperado bálsamo para las heridas que se habían vuelto a abrir al leer las cartas. Le conté cómo ella había ayudado a Lisa Fennell, le conté de su muerte y de la desdicha posterior. Le conté sobre las comedias, sus entusiasmos, sus triunfos.

–Ella tenía razón –dijo–. Tenía que hacer lo que hizo,

y yo no le habría hecho ningún bien. Ella ansiaba el éxito y lo consiguió.

Hablé extensamente de mí misma. Le conté mi visita a Leverson Manor, mi amor por Roderick y lo sucedido al respecto.

Él se quedó horrorizado.

–¡Hija mía querida, qué tragedia! –murmuró–. Eso no tenía por qué haber ocurrido jamás. Podrías estar felizmente casada. Si Désirée lo supiera se le partiría el corazón. Lo que más deseaba en el mundo era que tú fueras feliz, que tuvieras todo lo que a ella le faltó.

–Es demasiado tarde ahora. Él se casó con otra, con la Lisa Fennell de la que le he hablado.

–La vida está llena de ironías. ¿Por qué no la seguí a Londres? ¿Por qué no intenté al menos hacer algo por mi cuenta? Podría haber estado con ella en Londres. Podría haber sido feliz allí. Pero no pude hacerlo. No sé por qué, pero no podía dejar este lugar. No creía en mí mismo. Siempre dudé. Yo era débil y ella fuerte. Yo era inseguro y ella, muy segura. A mí me acobardaba todo, mientras que ella bailaba sobre los problemas.

Le conté mi estancia en Francia, le hablé sobre Robert, sobre su hermana y sobre Gérard, con quien podría haberme casado.

–Hubo momentos en que pensaba que podía hacer algo con mi vida en Francia –dije–, pero entonces acudían los recuerdos de Roderick. Bueno, las cosas se decidieron solas.

Él estaba pensativo.

–Noelle –dijo finalmente–, te daré esas cartas. Las necesitarás como prueba. Y si alguna vez vienes a verme...

–Vendré –prometí–. Vendré.

–Cómo desearía que hubieras venido hace algún tiempo, para que lo hubieras sabido antes de que fuera demasiado tarde.

–Ay, yo también. Pero no pudo ser así.

–Se le destrozaría el corazón si supiera lo que hizo.

Ya era bastante avanzada la tarde cuando regresé a Las Doncellas Bailarinas. Aún me sentía confundida. Había encontrado a mi padre y confirmado mis sospechas. No tenía por qué haber perdido al hombre que amaba.

KENT

Regreso a Leverson

Regresamos a Londres. El éxito de nuestro viaje a Cornualles me produjo más tristeza que felicidad. Marie-Christine me sirvió de inmenso consuelo. Parecía mucho mayor de lo que era, comprendía mis sentimientos y trataba de consolarme. Y lo consiguió en gran medida. Yo me repetía constantemente que era muy afortunada por haberme ganado su afecto.

El futuro se me presentaba vacío. ¿Qué me reservaría? Durante ese tiempo pensaba a menudo en lo agradable que habría resultado mi vida en los círculos bohemios de París, aunque hubiera sido sólo un sucedáneo. Conociendo a Gérard y queriéndole como le quería, había comprendido la verdad de que jamás habría para mí otro hombre que no fuera Roderick.

Ay, ¿por qué no había encontrado esas cartas en la época en que murió mi madre? ¿Por qué no le había hablado de mi creciente amistad con Roderick? Qué diferente habría sido mi vida. Marie-Christine se había entregado nuevamente al proyecto de cambiar la habitación de mi madre, abandonado cuando emprendimos nuestro viaje a Cornualles. Pero nada podía borrar su memoria. El encuentro con mi padre me había traído de nuevo todos los recuerdos con más intensidad que nunca. Recordaba una y otra vez las palabras que había escrito. ¡Cómo me llegaba su amor por mí en esas cartas! No era sólo que hubiera desafiado las convenciones: no había hecho el menor caso de ellas. Cuántas veces había gritado Dolly exasperado «¡Estás loca, loca, loca!». Pero ella había seguido alegremente su camino, que para algunos podría parecer ridículamente insensato, pero que para ella era absolutamente lógico.

Las cosas habían resultado tal como ella las había planeado. Charlie Claverham me había considerado hija suya. ¿Cómo iba a poder ella prever las consecuencias que aquello acarrearía?

Durante varias semanas nuestra vida transcurrió sin novedad. Entonces vino Charlie.

Me alegró muchísimo verle. Había estado reflexionando sobre si decirle o no lo que había descubierto. Pensé que lo correcto era que lo supiera, ya que era parte implicada. ¿Sabría que Robert había muerto? Ése era otro asunto que debería comunicarle, pero no me había atrevido a escribirle. Y ahora estaba aquí.

Entró en el salón y me cogió las manos entre las suyas.

–Acabo de enterarme de lo sucedido –dijo–. Alguien en la City me lo contó. Qué terrible: Robert, muerto. Llevaba bastante tiempo pensando en cómo te iría. No sabía que estabas en Londres, y vine para saber si había alguna noticia. Estaba planeando ir a París a verte, pero no es muy fácil viajar ahora. Las cosas todavía están alborotadas en Francia. Cuánto me alegro de que estés en casa y a salvo.

–Robert murió con su hermana y su hijo. Fue en la casa de París. La sobrina nieta de Robert y yo estábamos en el campo en esos momentos.

–¡Gracias a Dios! ¡Pobre Robert! Mi buen amigo. Son muchos los años que le conocí. Pero tú, Noelle...

–Marie-Christine, la sobrina nieta de Robert, está conmigo. Ha perdido a toda su familia.

–Pobre niña.

–Charlie –proseguí–. Tengo una cosa importantísima que decirte. Me estaba preguntando si debería escribirte, pero no estaba segura. Es algo que ha ocurrido. He encontrado a mi padre... a mi verdadero padre. No eres tú, Charlie.

–Mi niña querida, ¿qué estás diciendo? ¿Qué puedes saber tú?

Le conté el hallazgo de las cartas y mi visita a Cornualles.

–Tengo pruebas. Ennis Masterman me entregó las cartas que ella le escribió, y en ellas queda muy claro que él es mi padre.

–¿Entonces por qué...?

–Lo hizo por mí. Mamá tenía miedo de que pudiera morir y yo no tuviera todo lo que ella deseaba para mí. Ennis Masterman era pobre; vive casi como un ermitaño en una pequeña casita en los páramos, cerca de Bodmin, la aldea donde ella vivía, y donde tuvo una infancia tan desgraciada. Para ella era como una obsesión. Porque tenía obsesiones, Charlie, tú lo sabes muy bien. Su obstinación por triunfar, sus planes para mí. Te quería muchísimo. Confiaba en ti más que en ninguna otra persona. Creo que debería enseñarte las cartas. Están dirigidas a otro hombre... y me imagino que leerlas te resultará algo incómodo. Pero tienes que saber la verdad. Ella tenía tanto amor para dar: a ti, a Robert, a mi padre, y a mí el mayor de todos. Por mí era capaz de mentir, de engañar si era necesario... todo lo hizo por mí. –Se me quebró la voz.

–Mi querida Noelle –me dijo–, yo siempre lo supe. Ella jamás se ocupó de ocultarlo. Todos los que la amábamos lo sabíamos. Le estábamos agradecidos por lo que podía darnos. No hubo jamás nadie como ella.

–¿Podrías soportar leer esas cartas? –le pregunté–. Te lo demostrarían sin asomo de duda.

Dijo que las leería, de modo que se las traje. Su emoción era evidente mientras las leía. Cuando terminó, compuso el rostro.

–Está todo claro, entonces. Si lo hubiéramos sabido...

–¿Cómo está Roderick? –pregunté.

–Ha cambiado, no parece el mismo. Le veo muy poco, todos le vemos muy poco. Se pasa muchísimo tiempo fuera, por la hacienda. Se sumerge en el trabajo.

–¿Y Lisa?

–Pobre chica –frunció el entrecejo–. Va empeorando. La lesión en la columna es permanente. Nunca se pondrá bien. Ahora se pasa la mayor parte del tiempo en su habitación. A veces la llevan abajo y se echa en el sofá. Tiene frecuentes dolores. Los médicos le dan algo para aliviarlos, pero no siempre da resultado.

–Es terrible.

–Al principio pensaron que se trataba sólo de una lesión leve, pero ella pronto descubrió que no era así. Abandonar su carrera fue una tremenda tragedia para ella. Estaba muy deprimida, desesperada en realidad. Debe de haber visto el futuro tan falto de esperanzas... Pero él jamás tendría que haberse casado con ella, Noelle. Podría haber recibido cuidados. Fue una lástima. Él siempre fue así, desde niño. Tan dado a conmoverse por las desgracias de los demás, tan dispuesto a hacer cualquier cosa por ayudar. Esta vez fue lejos, muy lejos, la verdad. Se quedó muy abatido cuando te perdió. Yo pienso que actuó por impulso. Allí estaba esa chica con sus sueños de fama y fortuna rotos para siempre, enfrentada al dolor y a la miseria. Te había perdido a ti y supongo que pensó que la cuidaría o al menos la salvaría. Fue un gran error. Podíamos haberle procurado asistencia y cuidado. Pero casarse...

Me lo imaginé con tanta nitidez... La callada melancolía de esa casa.

–¿Y lady Constance?

–Está amargamente decepcionada, y no puede ocultar sus sentimientos. Trata de evitar a Lisa, pero hay ocasiones en que no pueden eludir el contacto. Ella deseaba lo que a ella le parecía un matrimonio adecuado para Roderick. Ella le adora, siempre le ha adorado. Y a mí también... aunque yo no me merezco su amor. Lamenta terriblemente el matrimonio de Roderick, primero porque es una chica cuyos antecedentes ella considera inapropiados, y lo más importante, porque desea nietos. Es extraño, Noelle, pero creo que quería que te casaras con Roderick. Sé que cuando llegaste estuvo muy lejos de darte una buena acogida, pero te cogió cariño. Para ella fue un golpe cuando tuviste que marcharte.

–Aquella vez que ambas estuvimos en peligro, creo que nos sinceramos la una con la otra.

–Sí, fue después de aquello; la afectó mucho. Ha hablado de ti una o dos veces siempre con admiración. Fue una conmoción terrible para ella cuando creyó que eras hija mía, en más sentidos que el evidente. Ya hacía mucho tiempo que conocía mi cariño por tu madre.

Recordé el álbum de recortes que había visto en su habitación. Cómo la habían atormentado los celos durante todos aquellos años. Y me parecía más milagroso que nunca que hubiera podido nacer esa amistad entre nosotras.

–Sí –dijo Charlie pensativo–. Habría sido muy feliz si tú te hubieras casado con Roderick.

¿Qué importaba eso ahora? Todos nuestros sentimientos no servían para nada, nuestros descubrimientos llegaban demasiado tarde.

–¿Has pensado en casarte? –preguntó Charlie.

Le conté lo de Gérard du Carron.

–¿Aquel que murió?

–Sí.

–¿Y si no hubiera muerto?

–No lo sé. No podía olvidar a Roderick.

–Él tampoco puede olvidarte. ¡Qué tragedia!

–Para otros también. ¡Pobre Lisa! Lo siento por ella. ¡Era tan ambiciosa! Además, yo sabía que amaba a Roderick.

–Somos una familia triste. Uno lo siente tan pronto entra en la casa. Roderick está haciendo planes para marcharse durante un tiempo.

–¿Adónde?

–Hay una propiedad de la familia en Escocia. No va para quedarse permanentemente. Irá a temporadas. No puedo evitar pensar que lo hace como vía de escape, como una excusa para alejarse de la casa.

–¿Y Lisa?

–Ella no podría dejar Leverson. No se encuentra lo suficientemente bien para viajar. Tendré que darles la noticia. Roderick tiene que saberlo, y debo decírselo a mi esposa.

–¿Crees que servirá de algo?

Se encogió de hombros.

–En cuanto a ti y a mí, Noelle... Esto no cambia en nada mis sentimientos. Siempre te he querido mucho. Tenemos que mantenernos en contacto. Siempre me tendrás a mano para cualquier cosa que necesites. Recuérdalo. Esto no cambia mis sentimientos por ti.

–Ni los míos por ti.

–Si necesitas dinero...

–No, gracias. Robert me ha dejado esta casa, y también dinero. Su sobrina nieta Marie-Christine vive conmigo. Creo que se quedará permanentemente. Yo era la única persona que tuvo cuando perdió a su familia. Su situación económica también es buena. Fue una suerte que ya fuéramos buenas amigas.

–Me alegro de que viva contigo. Como te decía: cualquier cosa que necesitéis, en cualquier momento.

–En realidad no necesitamos ese tipo de ayuda, Charlie. Pero gracias. Te has portado maravillosamente, como siempre.

–Qué alegría volver a verte, Noelle, y aquí, en esta casa.

–Tan llena de recuerdos –dije.

–¿Te complace estar aquí?

–Verdaderamente no sé lo que deseo. Tengo la esperanza de que tal vez logre descubrir qué debo hacer.

–Me gustaría. Oh, cómo me gustaría...

–Y a mí, Charlie.

Entró Marie-Christine y les presenté. Ella sabía quién era él y yo imaginé que estaría especulando sobre el resultado de esa visita. Tenía la juvenil creencia de que pueden ocurrir milagros. Como siempre, me conmovió su obstinación en no aceptar el estado de las cosas. Creía que algo maravilloso iba a suceder, y hasta cierto punto durante un tiempo me arrastró a mí en ello.

Habían transcurrido tres días. Yo estaba en mi habitación cuando se presentó Jane a decirme que había venido el señor Claverham y que estaba en el salón.

¿Qué habría traído a Charlie de vuelta tan pronto?, pensé, y me apresuré a bajar. Allí estaba Roderick.

–¡Noelle!

Corrí hacia él. Me rodeó con sus brazos y me abrazó fuertemente.

–Tenía que venir –dijo–. Mi padre me lo contó.

–Sí.

–Fue muy cruel. ¿Qué diablos...?

–No la culpes, Roderick. Lo hizo por amor, por preocupación por mí. Lo descubrimos por casualidad. A veces pienso que habría sido mejor no haberlo descubierto. Así parece mucho peor.

–Te he echado tanto de menos –dijo.

Yo no pude soportar la tristeza de sus ojos y miré hacia otro lado.

–¿Qué haremos? –preguntó con desesperación.

–¿Qué podemos hacer? Tú te casaste...

–No es un verdadero matrimonio. ¿Por qué lo hice? Ella era tremendamente desgraciada. Su carrera acabada, su vida rota. Temí por ella, y en un impulso... Tan pronto hablé me di cuenta de que había cometido un terrible error. Podría haberla ayudado, podría haberla cuidado, pero...

–Lo comprendo, Roderick. Nos habíamos separado. Los dos comprendimos que teníamos que hacerlo. Y mientras tanto, durante ese tiempo, las cartas en la cómoda. No soporto pensar lo que habría podido ser.

–Tiene que haber alguna forma –dijo.

–No deberíamos vernos –dije.

–Deseo estar contigo. Deseo hablar contigo. Ya no existe esa barrera insuperable. Me siento liberado. No puedo evitar sentir que, ahora que la barrera ha caído, tiene que haber alguna esperanza.

–Está Lisa –dije–. No podemos olvidarlo.

–Podríamos llegar a algún acuerdo.

–Está muy enferma. Debe sufrir muchísimo.

Él no contestó durante un momento. Finalmente dijo:

–Noelle, tenemos que hablar.

–Salgamos –contesté yo–. Sentémonos en el parque como solíamos hacer. Necesito salir, Roderick. En cualquier momento nos interrumpirán. Marie-Christine, que vive conmigo, entrará. Deseará conocerte. Quiero ir a algún sitio donde podamos estar solos.

–Sólo quiero hablar, no me importa dónde.

–Espera. Cogeré mi abrigo.

Fuera me sentía más segura. En el salón, la tentación de estar los dos cerca era demasiado grande como para resistirla. Tenía que recordar en todo momento que era el marido de Lisa.

Caminamos hacia Green Park, donde tantas veces nos habíamos sentado juntos. No podía dejar de recordar aquellas ocasiones, cuando aparecía Lisa. Nos sentamos en el banco donde habíamos compartido tiempos más felices.

–Cuéntame lo que te ha sucedido, Noelle –dijo–. Ya sabes lo que me sucedió a mí. Me casé. Si hubiera esperado... ¿Por qué hice una cosa así?

–Me fui a Francia con Robert Bouchère –le conté–. Conocí a su sobrino. Marie-Christine es su hija. Su padre, su abuela y Robert murieron en un bombardeo, en su casa de París, durante el sitio. Eso dejó a Marie-Christine sola; ha estado conmigo desde entonces.

–Mi padre me contó algo de eso. Sabíamos que estabas en Francia y estábamos terriblemente preocupados por ti.

–Yo podría haber estado en la casa de París. Por suerte, Marie-Christine y yo estábamos en el campo.

–No soporto pensar que hayas estado tan cerca del peligro –dijo, apretándome la mano.

–No hacía otra cosa que pensar en ti.

–Tienes que comprender lo de Lisa.

–Lo comprendo, te dio lástima. Pensaste que tú y yo nos habíamos separado para siempre... y que podías mejorar su situación casándote con ella.

–Te había perdido. Pensé que sería lo mejor para ella y que yo tendría a alguien a quien cuidar, alguien por quien preocuparme.

–Los dos tratamos de rehacer nuestras vidas. El padre de Marie-Christine me pidió que me casara con él.

–¿Y lo habrías hecho si no hubiera muerto?

–No lo sé. Siempre dudé. No era capaz de decidirme. Él era pintor... muy bueno. Creo que si hubiera podido olvidarte, habría sido razonablemente feliz con él.

–Pero ¿no pudiste olvidarme?

–No, Roderick, no pude, y nunca podré.

–Debemos hacer algo.

–¿Qué?

–Le pediré a Lisa que me libere.

–Te casaste con ella por compasión. ¿Puedes dejarla ahora?

–Tiene que comprenderlo.

–Roderick, creo que no puedes pedírselo.

–Le ofreceré una situación cómoda para el resto de su vida.

–No querrá: ella te quiere a ti.

–Pero rara vez estoy con ella. Me mantengo lo más alejado posible. Antes de venir aquí estaba planeando ir a Escocia. Al menos estaría lejos un tiempo.

–¿Cuánto tiempo pensabas pasar allí?

Se encogió de hombros.

–Simplemente necesito alejarme de Leverson de vez en cuando. Eso es lo que proyectaba hacer. Un primo lleva la propiedad de allí y ha tenido algunos problemas. Pensé que podría ir a ayudarle a solucionar las cosas. Bueno, era una excusa. Necesitaba irme; no te puedes imaginar cómo es mi vida.

–Creo que puedo.

–A mi madre le disgusta Lisa y no lo oculta. Creo que se odian. Está convencida de que Lisa es una oportunista y que intrigó para casarse conmigo. Sabe, por supuesto, que tu madre la ayudó y que ella actuó como suplente. Mi madre piensa que atrae el desastre, y que tiene algo de malvado. La nuestra es una casa sin alegría. A veces siento la necesidad de irme, y eso es lo que me proponía hacer. Ahora que esto ha salido a la luz, pienso que tiene que haber alguna solución.

–Ella no te dejará ir, Roderick.

–Hablaré con ella, y también con mis padres. A ella le diré que buscaremos una salida si me deja libre. Nos podemos divorciar. Lisa tiene que comprender que es lo mejor para todos, que así no puede ser feliz, y de hecho no lo es. Verá que esto es lo mejor.

Yo no estaba tan segura.

Nos quedamos allí sentados, conversando durante un buen rato. No podíamos dejar de mirar hacia un futuro que sería nuestro. Habría dificultades que superar, pero lo conseguiríamos.

De modo que hicimos planes. Dejamos a un lado nuestras incertidumbres. Necesitábamos consuelo y la conversación nos lo dio. Nos obligamos a mirar hacia un futuro que habíamos creído perdido para siempre.

Fue imposible ocultarle a Marie-Christine el regreso de Roderick. Ella había sabido que el señor Claverham había venido a visitarnos, el joven señor Claverham, y estaba esperándome cuando volví a casa. Se precipitó hacia mí.

–Estás diferente –exclamó–. Algo ha sucedido. ¿Qué? ¿Qué? ¿Roderick? ¿Ha vuelto?

–Sí. Estuvo aquí.

–¿Dónde está?

–Se ha marchado.

–¿Se ha marchado? Pero ¿por qué? Ahora sabe que no es tu hermano. ¿No es maravilloso? Meningarth y todo eso. Si yo no hubiera encontrado las cartas...

–Sí, estuviste maravillosa, Marie-Christine.

–Bueno ¿y qué va a pasar ahora?

–Está casado, Marie-Christine.

–Bueno, ¿y qué vais a hacer?

–No lo sé.

–Sí que lo sabes. Lo veo en tu cara. Cuéntame. Yo formo parte de esto, ¿no? Yo encontré las cartas.

–Tú las encontraste. Y has sido muy buena amiga. Pero sabes que nuestra unión es imposible. Está casado con Lisa.

–¿La que se cayó delante del coche de tu madre?

–Sí.

–Ella es el obstáculo. Bien, ¿qué piensa hacer él? Estoy segura de que tiene planes, lo veo.

–Le va a pedir que le dé la libertad.

–¿Quieres decir que se divorcie de él? Oh, Noelle, ¡qué fabuloso!

–Creo que será muy desagradable.

–Qué lástima que no haya esperado hasta que encontráramos las cartas. ¿Te dijo que te amaba y que te amará eternamente? Ella dirá que sí, supongo, y entonces todo se arreglará.

–No lo sé, Marie-Christine. No creo que vaya a ser tan fácil.

Durante los días siguientes estuve pensándolo. En realidad, casi no pensaba en otra cosa.

Entonces volvió Roderick. En los primeros momentos no pude adivinar lo que iba a decirme, pero ardía de impaciencia por saberlo.

–Se impresionó profundamente cuando se lo expliqué todo –dijo–. Estaba acostada en la cama, como suele estar generalmente, y con algo de malestar. Le conté lo nuestro, cómo había sido y seguiría siendo siempre. Ella sabía que, cuando le pedí que se casara conmigo, yo pensaba que el matrimonio era imposible entre nosotros. Le conté el descubrimiento de quién era tu padre, y que tú tenías pruebas de ello. «Entonces ahora podrías casarte con Noelle si no estuvieras casado conmigo», me dijo. Le dije que, si me dejaba libre, jamás tendría que volver a preocuparse por su futuro. Estaría bien atendida, tendría los mejores cuidados posibles. Tendría completa comodidad y no le faltaría de nada. Ella sonrió tristemente y dijo: «Me faltarías tú». Le dije que tal vez podríamos ser amigos. Todo se arreglaría fácilmente. No tendría que preocuparse por nada. Ella escuchó y cerró los ojos como si le doliera algo. Después de un rato de silencio dijo: «Me has tomado por sorpresa. Tengo que pensarlo. Necesito tiempo. Por favor, dame tiempo. Tú vas a ir a Escocia. Vete... y cuando vuelvas te daré una respuesta. Entonces sabré si puedo hacer lo que tú sugieres».

–Entonces no ha rehusado.

–No. Comprendo que esto ha sido un trauma para ella. Es natural, supongo, que no se sienta capaz de decidir inmediatamente. Por lo tanto, sólo se trata de esperar. Tenemos que tener el consentimiento de Lisa. Si lo tenemos, se puede hacer sin demasiadas dificultades. Me siento seguro de que ella comprenderá que esto es lo mejor para todos.

–Roderick, pareces muy seguro.

–Lo estoy. Lisa te tiene cariño. Solía hablar de ti con afecto. Muchas veces ha dicho que jamás olvidará lo que tu madre hizo por ella. Sabe que nunca podrá volver a caminar bien, que sólo puede empeorar. Nuestro matrimonio nunca ha sido un verdadero matrimonio. Estoy seguro de que comprenderá que eso es lo único que puede hacer. No se interpondrá en nuestro camino. No es la mujer malvada que mi madre se imagina que es.

–¿Y tus padres, están al corriente?

–Se lo dije. Mi padre piensa que es una solución. Todo lo que necesitamos es que Lisa acceda.

–¿Y tu madre?

–Está muy contenta. Ya sabes que cuando tú y yo pensábamos que íbamos a casarnos contábamos con su aprobación, a pesar de su actitud contigo al principio. Yo estaba sorprendido y mi padre también, pero te tiene respeto. Está deseosa de acogerte en la familia.

–Estás muy esperanzado.

–Tengo que estarlo. Cualquier otra cosa sería insoportable, sobre todo ahora que sabemos que esto no tenía por qué haber sucedido.

–Entonces sólo nos queda esperar. –Me tomó la mano y me la besó.

–Todo va a salir bien, Noelle. Lo sé. Tiene que salir bien.

Yo no hacía otra cosa que pensar en lo que estaría sucediendo en Leverson Manor. Roderick se habría marchado a Escocia. Lisa estaría luchando consigo misma, decidiendo si aceptaba la propuesta de Roderick. Lady Constance estaría deseando librarse de su nuera, a la que odiaba por varias razones. Tal vez estaría pensando en mí y en los momentos que pasamos juntas en el templo de Neptuno. Si Lisa accedía a lo que le pedía Roderick, si se podía llevar a cabo el divorcio con discreción, podríamos empezar una nueva vida.

Con gran sorpresa por mi parte, recibí una carta de Lisa. Me decía:

Mi querida Noelle:

Deseo verte. Deseo hablar contigo. Roderick me lo ha contado todo. Fue una gran impresión saber que no eres hija de Charlie, que tienes pruebas de ello, y que, por lo tanto, no habría ningún impedimento para tu matrimonio con Roderick.

Estoy muy mal de salud. El malestar es continuo. No puedo estar en la misma posición durante mucho rato. Roderick ha hecho todo lo posible para proporcionarme las mayores comodidades, pero no es fácil. Éste es un lugar maravilloso para vivir: las ruinas romanas me interesan mucho, y además Fiona y su marido han sido muy buenos amigos; con frecuencia viene alguno de ellos a verme. Tendría que dejar todo esto si me marchara.

Bueno, son muchas las cosas que deseo decirte. Deseo que comprendas. ¿Podrías venir, no sólo para un fin de semana sino para quedarte un tiempo? Deseo hablar y hablar. Recuerdo mucho los viejos tiempos y todas las cosas que han conducido a la situación actual.

Estoy en dificultades, Noelle. Por favor, ven.

LISA

Me conmovió profundamente leer su carta. ¿Qué tendría que decirme? Tenía que tomar una decisión. Yo entendía muy bien que se sintiese apegada a Leverson Manor. Era una hermosa casa antigua y además contaba con la amistad de Fiona. Ésta debía sentir compasión por ella, y Lisa se había contagiado del interés de Fiona por la arqueología. Se había formado un lazo de unión entre ellas. Lisa seguramente pensaba que se marcharía lejos, a algún lugar remoto. Lejos de Roderick, a quien había amado siempre. Era pedirle mucho.

¡Pero ir a Leverson Manor! La idea me entusiasmaba y me asustaba a un tiempo. Le contesté:

Querida Lisa:

Gracias por tu carta. Lamento mucho tus sufrimientos. Sé lo que te ha pedido Roderick y comprendo verdaderamente que te resulte difícil tomar una decisión rápida.

Me gustaría hablar contigo, pero no puedo ir a Leverson Manor sin una invitación de lady Constance. Además, hay una jovencita viviendo conmigo, Marie-Christine du Carron. Yo vivía con ella en Francia; es la sobrina nieta de Robert y perdió a toda su familia en el sitio de París. No podría dejarla.

Mi cariño y apoyo,

NOELLE

La respuesta fue otra carta. Esta vez de lady Constance:

Mi querida Noelle:

Hemos pensado muchísimo en ti desde que nos dejaste. Me causó una enorme tristeza verte partir en aquellas circunstancias.

Lisa me ha dicho que necesita hablar contigo antes de tomar una decisión. Creo que será bueno que lo haga. Dice que necesitas mi invitación.

Querida mía, estaría encantada de verte. Ni mi marido ni yo creemos que tu venida pueda tener un efecto negativo en la actual situación.

Es muy posible que tú puedas persuadir a Lisa de hacer lo que debería hacer por el bien de todos nosotros.

Así que, por favor, ven, y trae contigo a Marie-Christine. Ambas seréis muy bienvenidas.

Afectuosamente,

CONSTANCE CLAVERHAM

El carruaje nos esperaba en la estación.

Yo había pensado que jamás volvería a ver Leverson en mi vida, y me resultó extraño encontrarme recorriendo los caminos de Kent. Tomamos el camino principal y entramos en el patio, pasando bajo las puertas almenadas. Marie-Christine tenía los ojos muy abiertos por la sorpresa.

–¡Qué casa más fabulosa! –exclamó–. Parece un castillo.

Me alegró que le gustara. Me sentía como si formara parte de ella. Tal había sido el optimismo de Roderick que me había casi convencido a mí misma de que muy bien podría ser mi hogar algún día.

Al pasar por el vestíbulo, con sus pistolas y trabucos, recordé el temor que me embargó la primera vez que Charlie me llevó allí.

–Lady Constance ha dicho que las hagamos pasar al salón tan pronto lleguen –dijo la criada.

La seguimos, aunque yo ya conocía el camino. Lady Constance estaba en el salón esperando. Charlie estaba con ella.

–Mi querida Noelle –dijo Charlie estrechándome la mano y besándome en la mejilla.

Lady Constance se me acercó y también me besó.

–Querida mía –dijo–. Me alegro mucho de verte. ¿Y ésta es Marie-Christine?

Marie-Christine estaba algo intimidada, lo cual era raro en ella, pero no tanto teniendo en cuenta la personalidad de lady Constance.

–Tendrás tu antigua habitación –me dijo lady Constance–. Y Marie-Christine, la habitación contigua. Pensé que os gustaría estar cerca. –Se volvió hacia ella–. Ésta es una casa bastante grande, y la gente suele perderse al principio.

–¡Es preciosa! –exclamó Marie-Christine–. Y magnífica.

Lady Constance sonrió graciosamente.

–Estoy ansiosa por saber todas las novedades –me dijo a mí–. Pero seguro que ahora estáis cansadas. Es una lástima que el tren llegue tan tarde. Tenéis tiempo de cambiaros antes de la cena. ¿Os apetece ir a vuestras habitaciones ahora?

Le dije que eso sería lo mejor.

–Espero que estéis cómodas –dijo lady Constance. Tocó el timbre y apareció una criada–. Lleve a nuestras invitadas a sus habitaciones y asegúrese de que tienen todo lo que necesitan. Y, Noelle –dijo volviéndose a mí–, querida mía, ¿digamos... media hora? Eso nos dará un poco de tiempo antes que sirvan la cena.

–Muchas gracias.

Todo muy convencional y formal. Nadie habría adivinado el drama que se ocultaba tras mi visita. Eso era muy propio de lady Constance. Sentí que se me elevaba el ánimo. Su acogida había sido extremadamente cariñosa para ser ella. Me acordé de la recepción que había tenido la primera vez que entré en la casa.

Marie-Christine estaba exaltadísima. Le encantaba lo que ella llamaba aventura, y aquello ciertamente entraba en esa categoría... Era tan emocionante como nuestro viaje a Cornualles.

La habitación estaba exactamente igual que la última vez que estuve en ella. Fui a ver a Marie-Christine a la suya. Estaba contenta con su cuarto, y expectante por ver qué sucedería a continuación.

Me lavé, me cambié y bajé con Marie-Christine. Lady Constance nos estaba esperando. La presencia de Marie-Christine impidió toda conversación íntima; sólo después de la cena, cuando Charlie se la llevó para enseñarle la casa, me quedé a solas con lady Constance.

–Soy dichosa de tenerte aquí –dijo–. Me sentí muy triste cuando te marchaste. Fue una pena que Roderick se casara. Yo siempre me opuse.

–¿Y qué hay de Lisa? –pregunté–. ¿Es incurable su mal? ¿No hay ninguna esperanza?

–Ninguna. Tiene una lesión permanente en la columna. Roderick ha hecho venir a los médicos más importantes del país. El diagnóstico es siempre el mismo. Su invalidez se acrecentará, y es muy probable que la enfermedad empeore.

–¡Qué terrible perspectiva para ella!

–Y para Roderick. Esperemos que haya una salida.

–Para ella es trágico –dije yo–. Era muy ambiciosa, y le estaba yendo muy bien en su profesión.

–De eso no sé nada, pero está aquí como esposa de Roderick. Yo había esperado que... Tú y yo nos podríamos haber llevado muy bien, Noelle.

–De eso estoy segura.

–Espero poder decir pronto: estoy segura de que nos llevaremos muy bien. Tenemos que hacerla entrar en razón, Noelle.

–Pero lo que es razonable para nosotros podría no serlo para ella. Lo que se le pide es mucho.

–Tiene que acceder. Vamos a centrar nuestros esfuerzos en convencerla.

–¿Cuándo podré verla?

–Mañana. Hoy ha tenido un mal día, y cuando eso sucede, el dolor es muy grande. El médico le ha recetado unas píldoras que son bastante efectivas. Las tiene siempre a mano, pero naturalmente no puede tomar demasiadas de una vez. Creo que seis es la máxima dosis diaria. Tiene que ir con cuidado y tomarlas sólo cuando las necesita realmente. Cuando el dolor es muy fuerte se toma dos. Ayer se tomó cuatro, me han dicho.

–Es horroroso.

–Es para compadecerla.

Llegó Charlie con Marie-Christine.

–¡Es una casa fabulosa! –exclamó Marie-Christine con los ojos muy abiertos de entusiasmo–. Es muy antigua, ¿verdad, señor Claverham?

–Las hay más antiguas en Inglaterra –dijo Charlie.

–No creo que haya ninguna tan fabulosa como ésta.

Una sonrisa de placer se dibujó en los labios de lady Constance. Siempre le agradaba, recordé, que la gente apreciara la casa. Me alegré de que Marie-Christine estuviera causando buena impresión.

Cuando llegó la hora de retirarnos, fui a la habitación de Marie-Christine a ver si estaba todo correcto.

–Qué bien que estoy a tu lado –dijo–. Supongo que habrá fantasmas en una casa tan antigua.

–Bueno, si acaso te visita alguno, no tienes más que

golpear la pared y vendré inmediatamente a participar en la reunión.

Ahogó una risita, divertida. Me sentí contenta de verla feliz y a gusto.

Me fui a mi habitación. Al cabo de un rato sentí un suave golpe en la puerta.

–Adelante –grité, y cuál no fue mi alegría al ver que era Gertie.

–He venido a ver si tiene todo lo que necesita, señorita –dijo.

–¡Gertie! Cuánto me alegra verte. ¿Cómo estás?

–Bastante bien, señorita. ¿Cómo se encuentra? Ha traído con usted a esa damita.

–Sí, Marie-Christine perdió a su familia durante la guerra en Francia y ahora vive conmigo.

Pareció muy impresionada.

–Me entristecí mucho cuando usted se marchó, señorita –dijo–. Aquí todo el mundo estaba triste.

–Sí, fue muy triste. ¿Ves mucho a la señora Claverham?

–Ah, sí, señorita. En cierto modo yo la cuido. Ella... eh... al parecer no encaja aquí. Eso de ser una actriz de quien nadie había oído hablar, no como Désirée, y ser una inválida... Bueno, se pone algo susceptible a veces. Aquí nada es como antes.

–¿Y lady Constance, se porta bien contigo?

–Ya no se fija mucho en mí ni me tiene manía. Jamás olvidaré ese busto. Supongo que me habrían despedido inmediatamente si usted no hubiera cargado con la culpa. Muchas veces pienso en eso y en lo que usted hizo por mí.

–No fue nada, Gertie.

–Para mí sí. Tenemos a una chica nueva ahora. Mabel, una especie de ayudante; aprende y hace todos los trabajos que nadie quiere hacer. Si me lo pregunta, yo le diría que tiene flojos los tornillos.

–¿Quieres decir que es algo simplona?

–Yo diría. Y no algo. Yo soy la que tengo que vigilarla. ¿Se quedará mucho tiempo, señorita?

–No lo creo. Es una visita corta. En realidad he venido a ver a la señora Claverham.

–Se pasa enferma la mayor parte del tiempo. Nunca se sabe cómo va a estar. Bueno, al ser inválida... Tal vez usted logre animarla.

–Eso espero –dije.

–Bueno, cualquier cosa que necesite, sólo tiene que llamar. Buenas noches, que duerma bien.

Dudé que pudiera dormir bien. Mi cabeza estaba demasiado alborotada.

Al día siguiente vi a Lisa. Estaba en cama reclinada sobre almohadones. Había cambiado muchísimo y su aspecto me causó una gran impresión.

–Ay, Noelle –dijo–. Me alegra mucho que hayas venido. Han pasado muchas cosas desde la última vez que nos vimos. Tú no has cambiado mucho. Yo sí, lo sé.

–¡Pobre Lisa! Me quedé horrorizada cuando supe lo de tu accidente.

–Todas mis esperanzas, todos mis sueños de grandeza destrozados, y todo por culpa de una trampilla defectuosa. Caí más de dos metros sobre suelo de hormigón. Podría haberme roto el cuello. Eso habría acabado conmigo completamente en lugar de acabar con mi carrera... –su voz se quebró–. Tal vez hubiera sido mejor así.

Yo me había sentado en una silla junto a su cama y coloqué mis manos sobre las suyas.

–Deseabas verme –dije.

–Ah, sí. Deseaba verte. Lo he deseado durante mucho tiempo... y ahora esto. Tú estás implicada en ello. De hecho nuestras vidas han estado entrelazadas desde el momento en que nos conocimos. Es el destino. Roderick me ha dicho que te amaba. Fue terrible la forma en que tuvo que terminar. ¿Por qué te hizo eso tu madre?

–Está todo claro en sus cartas. Quería asegurarse de que yo estaría bien cuidada si a ella le ocurría algo. Había sufrido durante su infancia y estaba resuelta a que yo no fuera a parar con personas que no me quisieran. Charlie era rico. Mi verdadero padre era pobre. Ella pensó que él no podría darme todo lo que deseaba para mí.

–Eso lo entiendo. Ella era maravillosa. Nunca dejó que la vida la dirigiera. Ella la llevaba por donde quería que fuera. Pero esa vez le salió mal.

–Fue porque murió de repente. Si ella hubiera sabido que Roderick y yo nos veíamos... si hubiera adivinado la posibilidad... lo habría explicado todo. Pero murió... tan repentinamente.

–Era la persona más maravillosa que jamás había conocido.

–No eras la única que pensaba así.

–Y cuando murió de forma tan inesperada... –Se le descompuso el rostro y la voz se le quebró por la emoción–. Cuando me enteré de lo que había ocurrido, fue el momento más horroroso de mi vida. Ella lo había hecho todo por mí. Nadie jamás había sido tan bueno conmigo.

Nos quedamos en silencio un momento.

–Y ahora –continuó–, se me pide que renuncie a mi marido y a mi hogar. Oh, Noelle, aquí he sido más feliz de lo que podría haber sido en cualquier otro lugar. Roderick era bueno conmigo. Por primera vez en mi vida me sentía segura y a salvo.

–Él quiso ayudarte.

–Cuando sucedió, yo estaba totalmente desesperada, sin ninguna esperanza. No sabía hacia dónde volverme. Había ahorrado algo de dinero, pero no me duraría mucho. No tenía idea de lo que me sucedería. Estaba acabada, desesperada. Pensé en quitarme la vida. Él se dio cuenta; es muy sensible además de bueno y amable. De pronto, me pidió que me casara con él. Al principio no podía creérmelo, pero lo decía en serio.

–Él comprendió lo que estabas sufriendo.

–Nadie más lo hizo. No podía creérmelo. Me parecía la mayor de las fortunas. Fue un cambio tan repentino: de la desesperación a la felicidad. Creo que estaba algo aturdida. Yo sabía que aún estaba enamorado de ti. Pero pensé: «Ellos no se pueden casar. Con el tiempo Noelle se casará con algún otro. Tienen que olvidarse. Haré que me ame». Me repetía una y otra vez: «Hermano y hermana no pueden casarse. Va contra natura. No hay ningún motivo por el que no pueda casarme con él». Yo no te habría hecho daño por nada del mundo, Noelle. Jamás olvidaré lo que tú y tu madre hicisteis por mí. Pero en ese momento eso no importaba, porque tú no podías casarte con él, ¿no es así?

–No te lo reproches, por favor. –Ella se reclinó en las almohadas con los ojos cerrados–. Te estás agotando, Lisa, no debes hacerlo.

–Me siento muy cansada a veces. Agotada por el dolor y sin saber qué debo hacer. No te irás aún, ¿verdad?

–No, me quedaré unos días.

–Ven a verme de nuevo, cuando me sienta mejor. Podremos hablar más entonces. Ayer tuve un mal día. Me lleva tiempo recuperarme. Estoy muy cansada.

–Descansa ahora –dije–. Vendré a verte muy pronto, y cuando te sientas mejor, hablaremos.

Marie-Christine estaba impaciente por ver el yacimiento romano, así que por la tarde la llevé allí. Había bastante actividad en marcha: algunas excavaciones continuaban y había unos cuantos visitantes.

Fiona nos recibió con mucho cariño. Nos presentó al joven que estaba trabajando con ella, Jack Blackstock, su marido. Jack era muy agradable, e inmediatamente me di cuenta de que tenía tanto interés como ella en el trabajo que realizaban.

–Ha habido algunos cambios aquí últimamente –dijo

Fiona–. El descubrimiento del templo ha atraído muchísima atención.

Marie-Christine hizo varias preguntas. No había nada que agradara más a Fiona, como bien sabía yo, que el interés de otras personas en el trabajo que realizaba. Era un rasgo que compartía con su marido.

Con mucho entusiasmo enseñaron a Marie-Christine algunos de los artefactos, explicándole la forma en que intentaban restaurarlos. Y pasado un rato, Fiona nos dijo que teníamos que ver el templo.

Mis recuerdos se reavivaron al descender por la suave pendiente. Habían hecho algunos escalones en la tierra para hacer más fácil el descenso, y allí nos encontramos de pie en el suelo de piedra donde una vez estuvimos sentadas lady Constance y yo, preguntándonos si habría llegado nuestra última hora.

En algunas zonas, el suelo estaba formado por mosaicos de hermoso colorido. Fiona nos explicó que estaban en proceso de limpieza y que suponía que el resultado sería fantástico. Nos encontramos ante una enorme figura con suficientes detalles como para indicar que se trataba de Neptuno. El característico tridente estaba casi intacto, y también el rostro barbudo. Una de las piernas estaba rota, pero Fiona dijo que uno podía imaginarse cómo había sido.

Marie-Christine estaba impaciente por ver los baños. Fiona sugirió que Jack la llevara a verlos y que ella y yo volviéramos a la casa a charlar sobre los viejos tiempos, mientras esperábamos su regreso.

A mí me agradó la perspectiva, porque pensé que Fiona podría contarme algo sobre la situación en Leverson Manor.

–Tendré café preparado para cuando volváis –prometió Fiona a Jack y Marie-Christine.

Marie-Christine estaba disfrutando muchísimo con todo, y yo estaba encantada por su interés.

De vuelta a la casa le expliqué a Fiona por qué Marie-Christine estaba conmigo y le conté mi estancia en Francia. Ella me escuchó con gran interés y expresó su profunda y sincera condolencia.

–Y a ti Fiona –pregunté–, ¿cómo te han ido las cosas desde que me marché?

–Bueno, entre otras cosas, me casé.

–¿Y eres feliz?

–Demasiado... Soy absolutamente feliz. Los dos estamos completamente dedicados a este trabajo. Ya sabes que durante años mi abuela fue motivo de gran angustia para mí.

–¿Todavía está en ese sanatorio?

–Sí. Es bastante feliz allí. Vive en un mundo de sueños. Es muy popular entre los demás... diciéndoles la buenaventura, pronosticando el futuro... Yo diría que eso les anima un poco la vida.

–¿Le molesta estar allí?

–Creo que apenas se da cuenta de la realidad. Le gusta estar rodeada de personas a las que en cierto modo pueda dominar... lo que ha logrado mediante lo que ella llama sus «poderes».

–¿Recuerda algo sobre el letrero que quitó?

–Ah, ¡eso fue terrible! Podríais haber muerto, tú y lady Constance. Lo ha olvidado todo. Ahora está inmersa en las vidas de sus compañeros. A veces parece haber olvidado quién soy yo. Eso me ha quitado un enorme peso de encima. Y ahora que Jack y yo estamos juntos, todo es completamente diferente. Quitar el letrero fue la gota que colmó el vaso. Entonces fue cuando supe que había que encerrarla. Es extraño que de algo realmente horroroso pueda haber resultado algo bueno.

Pensé en lady Constance y yo allí abajo y en cómo las barreras habían caído, hasta lograr entendernos mutuamente.

–El descubrimiento del templo –decía Fiona–. ¡Qué maravilloso fue! Trajo aquí a Jack, bueno, y todo empezó ese día.

–Qué bien que haya resultado algo bueno de eso.

–Cuando pienso en el resultado que podría haber tenido...

–Pero en cambio sirvió para descubrir el templo –dije sonriendo–. Y trajo a Jack aquí. También sirvió para ver que tu abuela necesitaba cuidado y supervisión. Fiona, ¿cómo están las cosas en Leverson Manor? Tú vas allí, ¿verdad?

–Sí, alguna vez voy a ver a la pobre Lisa. ¡Qué terrible tragedia!

–El accidente arruinó su carrera, pero debido a eso se casó con Roderick.

Fiona movió la cabeza. Me miró fijamente y dijo:

–Es una familia triste.

–Eso parece.

–Tú te marchaste de repente. Yo pensaba que tú y Roderick...

–¿No sabes nada, entonces?

–He oído rumores, aunque una nunca sabe qué creer. Nunca le caí bien a lady Constance, pero ahora se muestra algo más amistosa. Ella creía que yo iba tras Roderick porque él estaba interesado en las ruinas. Eso no le gustaba. –Sonrió–. Bueno, ese asuntillo ahora está arreglado. Y sí, a veces voy a ver a Lisa. Ella vino aquí una o dos veces antes de quedar incapacitada. Siempre mostraba mucho interés. A veces llevo cosas para mostrárselas. Me da la impresión de que espera con ilusión esas visitas.

–¿Sabes por qué me marché tan repentinamente?

–Bueno, oí que tú eras fruto de una indiscreción de Charlie Claverham, y que al anunciar que os ibais a casar, descubristeis que erais hermanos.

–Ése fue el motivo de mi marcha, Fiona.

–¿Entonces es cierto?

–No. Pensamos que lo era, y por eso me fui. Pero ahora tengo pruebas de que no soy hija de Charlie.

–Y entonces... has vuelto...

–Lisa me pidió que viniera. No sé qué sucederá.

–Comprendo. Sé que Roderick no es feliz. Ni tampoco Lisa. Ella no me cuenta muchas cosas, pero me ha dicho lo maravilloso que es Roderick, tan compasivo y cómo ella no sabía qué hacer, y que fue como un final de cuento de hadas cuando Roderick le pidió que se casara con él y la trajo a los lujos de Leverson Manor.

–No me quedaré mucho tiempo aquí –dije–. Sólo he venido porque Lisa me lo pidió. Me han recibido muy bien.

–Lady Constance te ha tomado cariño. Eso es raro. Son muy pocas las personas que le caen bien.

–Vivimos aquel accidente juntas.

–¿Qué va a pasar ahora, Noelle?

–No lo sé.

–Pobre Lisa. Sufre terribles dolores. A veces pienso en ella acostada allí. Me ha contado que tenía sueños de grandeza. Habla muchísimo de tu madre. Parece estar obsesionada con ella. Ha dicho más de una vez que su ambición era ser otra Désirée. Me dijo que lo habría conseguido si el destino no hubiera sido tan cruel con ella. Pero al menos sabe que no tiene que preocuparse por el futuro. Es seguro, y eso significa mucho para ella.

–Pobre Lisa.

–Y tú y Roderick también.

–Tendré que marcharme –dije.

–¿Qué harás?

–Por el momento no tengo planes.

–Deberías tenerlos, entrégate a algún trabajo.

–Como tú.

–Es lo mejor, Noelle. A veces necesitamos muletas en la vida.

Escuché pasos fuera de la casita. Se acercaban Jack y Marie-Christine.

Las ruinas romanas absorbieron el interés de Marie-Christine, produciéndole ese entusiasmo irreprimible tan característico en ella. Y, al mismo tiempo, estaba preocupada por mi futuro. En todo momento necesitaba que sucedieran cosas. Yo suponía que eso la hacía distraerse de su propia aflicción. No es que hubiera estado particularmente unida a ninguno de sus familiares, pero ellos habían formado parte de la vida de la cual fue arrebatada tan duramente.

Yo lo comprendía, y me preguntaba si habría sido prudente hacerla partícipe de tantos secretos, pero en aquellos momentos me había parecido esencial contarle cosas, ya que compartía mi vida. Joven como era, tenía cierto conocimiento del mundo, combinado con la inocencia de la inexperiencia, y eso se manifestaba de vez en cuando. Deseaba un cambio en los acontecimientos y estaba segura de que sus deseos se cumplirían. Estaba maravillada de que hubiéramos resuelto lo que nos habíamos propuesto hacer en Cornualles. La aventura le había proporcionado gran alegría. Y ahora esperaba más acción.

–¿Lisa se va a divorciar de Roderick? –me preguntó–. De verdad, espero que lo haga. Entonces vendremos a vivir aquí. Me encanta esta casa. Es fantástica. Algo espeluznante a veces, cuando uno piensa en todos esos fantasmas. Pero eso me gusta. La hace interesante. Y luego están las ruinas romanas, y Fiona y Jack. Me encantaría vivir aquí.

Yo veía que, como era característico en ella, estaba barriendo con todos los obstáculos. Ya se imaginaba a Lisa retirándose calladamente, y a nosotras viniendo a vivir aquí, a aquel lugar fascinante que había despertado la curiosidad de su activa imaginación.

–Vas demasiado rápido, Marie-Christine –le dije–. No sabemos lo que va a suceder.

–Pero tú la has visto. Has hablado con ella. Le has dicho que encontramos las cartas y que ahora te puedes casar con Roderick.

–No es así de fácil. Tienes que...

–Lo sé –dijo con picardía–, esperar y ver.

–Sí. Por favor, recuérdalo.

–Pero todo va a salir bien. Este lugar es fabuloso. Me gusta Roderick, me gusta Fiona y me gusta Jack.

–Me alegro de que te gusten. Pero eso no influye para nada en el problema.

–Así pues, volvemos al viejo «esperar y ver». Jack me ha prometido mostrarme una antigua cuchara que encontraron. Es cuchara por un extremo y un pincho por el otro. Los romanos la usaban para sacar el marisco de su concha, lo cual demuestra que les gustaba el tipo de marisco que encontraban en la playa de la antigua Britania.

–Veo que estás muy enterada.

–Todo esto lo encuentro... fascinante. Voy a ir allí ahora. ¿Vienes?

–Me reuniré contigo más tarde.

Marie-Christine acababa de marcharse cuando vino una criada a mi habitación a decirme que lady Constance deseaba verme. Fui inmediatamente a su habitación.

–Oh, Noelle, por favor entra –dijo–. Deseaba conversar contigo en privado. Veo que la niña ha salido. Es una criatura inteligente, pero muy preguntona.

–Sí, es verdad.

–Es muy propio de ti cuidarla.

–A ella no le gustaría oírle decir eso. Marie-Christine piensa que es ella la que cuida de mí.

–Noelle... este estado de cosas no puede continuar. Tú sabes cuánto me gustaría verte aquí, permanentemente.

–Lady Constance...

–Lo sé, lo sé. No puedes quedarte aquí en las actuales circunstancias. Sería demasiado. Lo comprendo. Pero no debes marcharte aún.

–Como usted dice, no veo cómo podría quedarme aquí.

–¿Recuerdas, Noelle, cuando estuvimos juntas en aquel lugar?

–Jamás podría olvidarlo.

–No me refería al miedo a la muerte, sino a lo que hablamos.

–Yo también me refería a eso.

–Nos hicimos amigas. Fue un milagro. En un espacio de tiempo tan corto, llegamos a conocernos.

–Fueron las circunstancias. Cuando las personas están cara a cara con la muerte, pueden dejar a un lado las barreras.

–Eso fue lo que yo hice. Derribé las barreras que había construido a lo largo de los años. Fue bueno para mi alma. Me hizo verme a mí misma, darme cuenta de mis errores. Todos cometemos errores y yo he cometido muchos. Creo que, en cierto modo, éstos me costaron a mi marido. Él se fijó en otras.

–Quiere decir en mi madre. Creo que debe recordar que ella era una mujer excepcional. Muchos hombres estaban enamorados de ella.

–Pudo haberte arruinado la vida.

–Sin darse cuenta. Lo infeliz que se sentiría si supiera lo que hizo... Estaría tan enfadada consigo misma... Deseaba lo mejor para mí.

–Era una mujer fuerte. ¡Engañar así a Charlie! Por supuesto, él estaba en posición de ser engañado. Sabes lo que ello me atormentó a lo largo de los años.

–Lo sé, y lo siento muchísimo.

–Fue estúpido por mi parte. En el fondo es un hombre bueno. Deseaba ser un buen marido, y lo fue en otros aspectos. Cuando tú y yo estábamos allá abajo hablando vi las cosas con toda claridad, y comprendí que muchas veces lo que nos sucede es por nuestra propia culpa: «No en nuestras estrellas, sino en nosotros mismos», como dice Shakespeare.

–Creo que hay mucho de verdad en eso. Espero que ahora sea más feliz.

–Podría serlo si supiera que Roderick es también feliz. Pero está muy lejos de serlo en estos momentos –añadió–. Si ella ya no estuviera aquí. Si tú volvieras... Tú y yo, Noelle, podríamos hacer de esta casa un lugar más feliz de lo que ha sido hasta ahora.

–Si... si... –dije yo–. Tendrían que suceder muchas cosas antes de que eso pudiera ser.

–Tú le amas, ¿verdad? ¿Amas a Roderick?

–Sí.

–Lo sabía. Antes yo anteponía otras cosas al amor, pero ahora sé cuán estúpida era. Así como tu madre deseaba lo mejor para ti, yo deseaba lo mejor para mi hijo.

–Yo sé que usted deseaba para él un matrimonio distinguido. No se lo reprocho. Me parece natural.

–Ahora, lo único que deseo es que tenga un matrimonio feliz, y debido a que tú le amas y él te ama a ti, sólo tú puedes darle eso.

–Sí, pero...

–Ella tiene que irse, Noelle. Debe marcharse. No puede quedarse aquí arruinando las vidas de tantas personas. –Ahora hablaba la indómita lady Constance. La dulzura que yo había vislumbrado había desaparecido. Continuó–: Hay algo perverso en ella. Manipula. ¿Cómo consiguió su oportunidad en el teatro? Charlie me lo contó. Cayéndose delante del carruaje de tu madre. ¿Cómo entró en esta casa? Apelando a la compasión de Roderick.

–Es verdad que se cayó bajo el carruaje. Yo estaba allí cuando sucedió.

–Estoy segura de que lo planeó, así como planeó atrapar a Roderick. Estoy decidida a que se marche. Ella pidió verte. Dijo que deseaba hablar contigo. Pensé que eso era una señal esperanzadora. Noelle, tiene que renunciar a Roderick. Se le procurarán los cuidados y atención que necesite, se le asignará una buena suma de dinero. No tiene por qué tener miedo, sólo con que acceda a irse de esta casa.

–Puede que se niegue.

–Eso no hay que permitírselo. Habla con ella, Noelle.

Tú hablaste conmigo una vez. Y fíjate el cambio que produjo eso.

–Roderick ya habló con ella y ella ha dicho que se decidirá pronto. No es un asunto en que podamos esperar que tome una decisión precipitada.

–Habla con ella. Presiento que tú puedes hacerla entrar en razón. Ella tiene que acceder.

–Hablaré con Lisa. De hecho, me pidió que viniera porque era ella la que deseaba hablar conmigo.

–Tengo absoluta confianza en ti, Noelle. Ay, qué contenta me sentiré cuando se solucione todo esto. No te puedes imaginar con cuánta ilusión contemplo el futuro. Deseo que tú estés aquí. Deseo una oportunidad para ver feliz a mi hijo. Deseo nietos y me gustaría que tú fueses su madre. Eso es lo que deseo más que ninguna otra cosa. Deseo ser feliz y vivir en paz el resto de mi vejez. Noelle, querida mía, siempre te estaré agradecida por hacerme ver mi estupidez.

–Usted me atribuye virtudes que no poseo.

–Querida mía, te tengo mucho cariño. Nada me contentará tanto como verte aquí, donde perteneces.

Me sentí conmovida. Incluso ahora me sorprendía escucharla hablar así.

Había lágrimas en sus ojos cuando me besó.

Transcurrieron tres días. Marie-Christine iba con frecuencia a ver a Fiona. Les pregunté si entorpecía sus trabajos.

–Nada de eso –repuso Fiona–. Jack se divierte muchísimo. Le damos pequeños trabajos y parece disfrutarlos.

Lady Constance y yo pasábamos mucho tiempo juntas. Dábamos paseos por los jardines y ella mostraba sumo placer en enseñarme lo que había hecho allí y lo que planeaba hacer en el futuro, como si ya fuera mi hogar. Pero en todas esas ocasiones el tema de Lisa no abandonaba jamás nuestros pensamientos. Lady Constance estaba convencida de que Lisa sería sensata, como decía ella.

Yo no estaba muy segura. Veía a Lisa cada día. Estaba muy nerviosa. Me preguntaba para qué habría insistido tanto en verme, si al parecer no tenía nada especial que decirme. Pero en realidad esto no era así, porque había ocasiones en que parecía estar preparándose, tomando fuerzas, como si fuera a comenzar a hablar en serio y de pronto se detenía. Yo trataba de animarla a que continuara, pero no servía de nada. Sin embargo, eso confirmaba mi opinión de que había algo más de lo que deseaba hablarme, pero no se atrevía.

Hablaba del lugar al que iría si le daba la libertad a Roderick. Habló de ese tema varias veces.

Yo estaba con ella una tarde, mientras lady Constance descansaba y Marie-Christine estaba con Fiona en la casita. La casa estaba silenciosa a esa hora.

–Me encanta esta casa –dijo de pronto–. Es el tipo de casa que siempre he admirado. Cuando era niña soñaba con vivir en una casa así. ¡La casa grande! Yo solía quedarme contemplando la casa grande de nuestra aldea. Sólo se veían los muros y el campanario, recuerdo. Había un reloj en el campanario y cada hora se escuchaban las campanas en todo el pueblo. Solía decir: «Cuando sea mayor viviré en una casa como ésa». Y aquí estoy, en una incluso más magnífica. ¿Quién lo iba a creer? Y ahora todos quieren que me vaya. Roderick desea que me marche; lady Constance siempre lo ha deseado. Me odia, me ha odiado desde el momento en que aparecí. –Se echó a reír histéricamente–. Su hijo... casarse con una actriz sin trabajo.

–Te estás fatigando, Lisa –le dije.

–Estoy diciendo la verdad. ¿Por qué habría de irme de aquí, para que tú ocupes mi lugar? Tú lo has tenido todo: una infancia maravillosa, a Désirée por madre... La vida no es justa.

–Nunca lo ha sido.

–¿Por qué algunos se quedan toda la suerte? ¿Por qué otros tenemos que quedarnos a un lado y agarrar lo que podemos? Recoger las migajas que caen de la mesa del hombre rico.

–No lo sé, Lisa.

–Ay, querida. Supongo que debería irme a vivir al tipo de lugar donde quieren enviarme, con mucha gente como yo misma, en diversos estados de descomposición.

–No digas eso, Lisa. Sé que has sufrido, que sigues sufriendo. Pero hay momentos en que te sientes mejor.

–¿Qué sabes tú de esto? ¿Lo que se siente al no ser deseada? ¿Tener la oportunidad, y justo cuando estás en el camino que pase esto? Yo podría haber sido otra Désirée. Lo sé. Y entonces tuve aquel accidente.

–Lo comprendo, Lisa. Fue muy cruel.

–Me caí; mi vida deshecha justo cuando tenía una oportunidad. –Se quedó mirando al vacío y vi lágrimas que se deslizaban por sus mejillas. Ansiaba consolarla–. Entonces tu madre –continuó–. La fama y la fortuna eran suyas, y entonces... su vida tronchada, sin ningún aviso. –Se recostó y cerró los ojos–. Noelle –susurró–, las píldoras.

Había un pequeño armario junto a su cama, cuya parte superior se utilizaba como mesa. Allí había una jarra con agua y un vaso.

–Las píldoras están en el armario –dijo en voz baja–. Dos. Se disuelven en el agua.

Rápidamente puse agua en el vaso y saqué el frasco de píldoras del armario. Eché dos.

A los pocos segundos las píldoras se disolvieron. Le pasé el vaso y ella bebió con ansiedad. Después cogí el vaso y lo coloqué junto a la jarra. Ella me sonrió.

–Hacen efecto... bastante rápido –dijo–. Pronto estaré mejor.

Le cogí la mano y se la apreté.

–No debería haber dicho eso –dijo–. Tú te merecías lo que tuviste. Ella era maravillosa. ¡Qué tragedia! Nunca la he superado.

–No hables. Descansa.

–Ven a verme pronto. Tengo que hablar contigo.

–¿Qué tal el dolor?

–Se va pasando. Esas píldoras son muy fuertes.

Vi que sus facciones se relajaban un poco. Seguía aferrada a mi mano.

–Lo siento, Noelle.

–Lo comprendo. Lo comprendo... de verdad.

Sonrió. Me quedé con ella hasta que se quedó dormida. Después salí silenciosamente de la habitación.

Hacia el final de la semana regresaron Charlie y Roderick. Jamás olvidaré ese viernes. Fue el comienzo de la pesadilla del fin de semana.

Ellos no iban a llegar hasta la noche y por la tarde fui a sentarme junto a Lisa.

Nada más verla me fijé en que algo había cambiado en ella. Tenía una mancha de color en las mejillas y los ojos le brillaban de forma antinatural. Pensé que tal vez tenía fiebre.

–Me alegro de que hayas venido, Noelle. Deseo decirte lo que he estado tratando de decirte desde hace mucho tiempo. Incluso ahora me siento flaquear. No sé si debo confesarlo. A veces pienso que debería; en otros, pienso que sería estúpida si lo hiciera.

–¿Qué es lo que deseas decirme, Lisa? Sé que has estado a punto de hacerlo muchas veces.

–Se trata de tu madre. Quiero explicarte algo. ¿Recuerdas el día en que nos conocimos?

–Perfectamente.

–Yo lo tramé. Me las arreglé para que tu carruaje me tirara al suelo. Sabía cómo hacer que pareciera un accidente. Sabía cómo caer. Era bailarina, era ágil, y lo planeé con todo cuidado. Deseaba atraer la atención de tu madre. No pareces sorprendida.

–Bueno, tengo que confesar que a veces he dudado.

No estaba segura. Podría haber sido un accidente... o provocado.

–No sabes lo que es no tener jamás una oportunidad, ver a los demás subir por delante de ti no porque tengan más talento, sino porque tienen los amigos adecuados. Tenía que conseguir una oportunidad. Sabía que tu madre era muy generosa. Sabía que sería comprensiva. Sabía que tenía fama de ayudar a los desafortunados. Era maravillosa. Esperaba todo eso... y más.

–Y funcionó –dije yo–. Tuviste tu oportunidad.

–Sabía que sería capaz de hacerlo, pero sólo si tenía la oportunidad.

La miré seriamente y pregunté:

–¿El tártago?

–Yo... yo sabía algo sobre hierbas. Es fácil en el campo, si te interesa ese tipo de cosas. Eléboro, codeso... hay muchísimas. El tártago no hace mucho daño. Hay un jugo lechoso en el fruto... bueno, en todas las partes. Te irrita la piel si lo tocas, y es un purgante fuerte. La gente se recupera muy fácilmente.

Tuvo que haber visto el horror reflejado en mi cara porque se volvió a un lado y añadió rápidamente:

–Un día estaba sentada en el jardín, en el sillón de mimbre. Estaba pensando que nunca tendría la oportunidad de actuar fuera del coro. Y de pronto, sentada allí, lo vi. Lo recuerdo. Y pensé: «Deseo mi oportunidad ahora, mientras soy joven y capaz de sacarle provecho. Ahora o nunca», pensé.

–La hiciste caer enferma para ocupar su lugar y tener tu oportunidad. Fue ella quien te dio tu oportunidad... y tú la utilizaste.

–Lo sé. Estoy muy angustiada. Si hubiera sabido lo que sucedería... La oportunidad estaba allí, pensé que la aprovecharía y que no causaría ningún daño. No pasaría nada por una o dos noches que ella estuviese ausente. No era mi intención hacerle daño. Jamás lo habría hecho si hubiera sabido que iba a sufrir daño alguno... Era fácil.

Yo sabía cómo manejar el jugo. Cuando volvíamos del teatro, Martha o yo le llevábamos algo para beber. Esa noche yo fui a buscarlo. Ella estaba siempre muy animada después del espectáculo. No paraba de hablar. No se fijaba en lo que bebía. No estaba allí, seguía en el teatro. Ella y Martha hablaban y hablaban, comentándolo todo. Noelle, yo sólo quería causarle una indisposición... Sólo por una noche... para poder actuar yo en su lugar.

–Eso la mató –dije.

–Yo no la maté. No le habría hecho daño por nada del mundo. La quería, la quería, de verdad. Nadie jamás se había portado tan bien conmigo. Sólo deseaba tener una oportunidad...

–¡Ella murió!

–¿Cómo iba a imaginarme yo que ella se iba a levantar y sentirse mareada?

–Tú la debilitaste, y se mareó por tu culpa.

–Fue la caída lo que la mató, no lo que yo le había dado.

–Lo que tú le diste hizo que se cayera.

–Pensaba que tú me servirías de consuelo. He sufrido terriblemente. Sueño con ella. Jamás tuve intención de hacerle daño. Sólo era para que se sintiera levemente indispuesta, para poder ocupar su lugar, sólo para tener la oportunidad de demostrar lo que sabía hacer.

–De todo corazón deseo que jamás te hubieras acercado a nosotras –dije.

–Me estás culpando de su muerte.

–Por supuesto que te culpo. Si ella no te hubiera hecho entrar en casa, si no te hubiera conseguido el puesto de corista, si no hubiera permitido que fueras su suplente... hoy estaría viva.

–Lamento habértelo contado, pero ya no podía seguir callándolo. Era un enorme peso en mi conciencia. Esperaba que tú lo comprenderías y me ayudarías.

–Te comprendo a ti y a tu maldita ambición.

–Ella también era ambiciosa. Mintió en lo de Charlie.

Sentí deseos de alejarme de ella. Me puse de pie.

–Espera –dijo–. He sufrido mucho. No te imaginas cómo me culpo. Ella fue buena conmigo... Jamás nadie había sido tan bueno... Nadie hizo jamás por mí lo que hizo ella. Se cayó porque estaba débil. ¿Cómo iba a saber yo que se iba a caer? Nunca lo habría hecho si hubiera sabido lo que sucedería. Lo único que deseaba era que ella se ausentara una o dos veces. Yo tendría mi oportunidad y ella no se pondría peor. Yo no la maté. Lo he llevado en mi conciencia. Sueño con ello. Es horrible. Pensé que tú me ayudarías. Pensé que comprenderías.

No dije nada. Sólo era capaz de pensar en Désirée, y mi añoranza por ella se hizo tan intensa que odié a esa mujer cuya acción, si bien no de modo deliberado, me había arrebatado a mi madre.

Debería haber tratado de comprender. Debería haber comprendido con cuánta desesperación deseaba triunfar; tanta, que pensó que causándole una pequeña indisposición a mi madre lo conseguiría. Supongo que pensó que Désirée habría hecho lo mismo, que lo comprendería, y que incluso se lo tomaría bien. Vi la angustia de Lisa, supe que me estaba diciendo la verdad cuando me expresó lo mucho que había sufrido por el trágico giro de los acontecimientos.

Su rostro se endureció. Intentó reprimir sus sentimientos.

–He sufrido muchísimo –dijo–. Y no quiero sufrir más. He pagado por lo que le hice a tu madre. Tuve mi oportunidad y fui incapaz de aprovecharla. Es peligroso entrometerse con el destino, tratar de hacer que la vida vaya por donde uno quiere para triunfar. Yo lo hice. Parecía que había conseguido mi oportunidad... Y ahora, mírame. Tu madre hizo lo mismo, y debido a ello perdiste a Roderick. La vida se está riendo de nosotras. En eso estarás de acuerdo conmigo, Noelle. He sufrido demasiado y no volveré a sufrir más. No me iré de esta casa. Me quedaré aquí. Jamás mientras viva me haré a un lado para dejarte el puesto. Roderick se casó conmigo. Él escogió hacerlo. Nadie le obligó y ahora no renunciaré a él. No me iré a vivir a un sanatorio como la pobre señora Carling sólo porque sea un estorbo. Ésta es mi casa y aquí me quedaré.

No pude soportarlo más. La dejé y me fui a mi habitación.

Me sentía terriblemente alterada por la revelación de Lisa y apenas pude dormir esa noche.

A la mañana siguiente vino el doctor Doughty a hacer su periódica visita a Lisa. Lady Constance me preguntó si podía acompañarlo, ya que a él le gustaba que hubiera otra persona presente durante la visita.

Lisa estaba en la cama, reclinada sobre almohadas. Cuando entré, desvió la mirada.

–El doctor Doughty está aquí –dije.

–Es sólo la visita de costumbre, señora Claverham –dijo el doctor–. ¿Cómo se encuentra esta mañana?

–No muy bien.

–¿El mismo dolor de siempre y en el mismo lugar?

Ella asintió y el doctor se entretuvo un momento examinándole la espalda.

–Tengo buenas noticias –murmuró cuando ella se hubo acomodado nuevamente en los almohadones–, y me siento optimista, muy optimista. Ha habido nuevos descubrimientos en los problemas de columna. Es una operación, seguida por un tratamiento especial. Creo que en unos cuantos meses se puede perfeccionar. Y entonces, mi querida señora Claverham, creo que podremos esperar un cambio en su enfermedad.

–¿Y qué significaría eso? –preguntó ansiosa Lisa.

–Bueno, no puedo prometerle que vaya a poder hacer molinillos con las piernas, o como quiera que se llamen, pero podría caminar con facilidad y notaría una disminución del maldito dolor.

–Parece maravilloso.

–Podría serlo. Continuaremos adelante, ¿eh? Y tal vez dentro de seis meses...

–¡No me lo puedo creer! Pensé que esto iba a ser para siempre.

–*Nil desperandum,* querida señora. Creo que tiene usted muchas posibilidades.

Lisa me miró con los ojos resplandecientes.

–¿No es maravilloso, Noelle?

–Ciertamente que lo es.

En ese momento me recordó a la chica que había visto en la cama inmediatamente después del accidente con el carruaje.

–Tal vez debería hablar un momento con lady Constance –dijo el doctor Doughty. Le estrechó la mano a Lisa–. Tenga la seguridad de que averiguaré más detalles sobre el tema y que, cuando los tenga, obraré en consecuencia. Estoy convencido de que esta noticia le hará tanto bien como un tónico. Por cierto, ¿tiene suficientes analgésicos?

Ella miró hacia el armario, él abrió la puerta, sacó el frasco y lo abrió.

–Tiene bastantes para unos cuantos días. Recuerde, nunca más de dos cada vez. La próxima semana le enviaré más. Hasta entonces estará bien provista. Son efectivos, ¿verdad? Bueno, esperemos que dentro de poco ya no los necesite.

Se despidió; yo le acompañé a donde estaba lady Constance y los dejé solos. Una vez que se hubo marchado, fui a ver a lady Constance.

–El doctor cree que se puede curar, aunque sólo sea parcialmente –me comentó.

–Sí, eso nos ha dicho.

–¿Cómo influirá esto en su decisión?

–Pienso que eso la convencerá aún más en no ceder. Ayer me dijo que jamás lo haría.

–Tenemos que hacerle cambiar de idea.

–No creo que nadie pueda.

–No debería estar permitido que una persona arruine de esa forma tantas vidas.

–Ella se aferra a Roderick. Se aferra a esta casa. No puede imaginarse sin ellos.

–Es mucho lo que está en juego.

–Para ella tanto como para nosotros.

–Mi querida Noelle, piensa en lo que eso significa.

–Casi no pienso en otra cosa.

–Tiene que comprenderlo.

–Ha sufrido muchísimo –dije yo.

Desde ese momento, mi odio por lo que le había hecho a mi madre comenzó a evaporarse, barrido por la compasión hacia esa chica no amada y confundida.

Ese día, más tarde, cuando Roderick regresó con Charlie, fue inmediatamente a ver a Lisa. Cuando salió era evidente que estaba sumergido en la tristeza. No era difícil adivinar el porqué: ella le había dado su respuesta. Yo estaba con lady Constance y Charlie cuando se reunió con nosotros.

–Insiste en que se pondrá mejor –dijo–. El doctor le ha dicho que hay muchas esperanzas.

–Eso es verdad –confirmó lady Constance–. El doctor Doughty nos dijo que dentro de muy poco se le podrá aplicar un tratamiento que hará que mejore considerablemente en su enfermedad.

–Buenas noticias para Lisa –dijo Roderick–. Espero que sea cierto. Eso la ayudaría muchísimo. Se siente feliz ante esta perspectiva. Pero al mismo tiempo está resuelta a no liberarme, y la conozco lo suficiente para comprender que lo dice en serio. No sé si esto ha influido en su decisión.

–Antes de que viniera el doctor ya me la había comunicado.

–Hay que convencerla de que cambie de parecer –dijo lady Constance.

–No creo que vaya a ser posible –dijo Roderick.

–Creo que debería volver a Londres –comenté yo.

–¡Oh, no! –gritó Roderick.

–Debo hacerlo. No puedo seguir aquí. Nunca debería haber venido.

Yo estaba en Leverson porque ella me lo había pedido, por su necesidad de confesarse. ¡Pobre Lisa! Era tan desgraciada como el resto de nosotros. Y ahora estaba resuelta a aferrarse a lo que tenía. No se iba a hacer a un lado. Lo había dejado bien claro, y en mi corazón sabía que nada de lo que yo dijera iba a hacerle cambiar de opinión.

–¡Qué desastre hemos provocado entre todos! –murmuró Charlie–. ¿No hay ninguna salida?

–Tenemos que mirar las cosas desde su punto de vista –dije yo.

Yo misma me quedé sorprendida por lo que acababa de decir, recordando las oleadas de odio que me invadieron cuando ella me confesó que era responsable de la muerte de Désirée. Comprendía bien su obsesión por su carrera. ¿No había tenido acaso un ejemplo en mi madre? Lisa pensó que podía recoger trocitos de las ruinas y ser feliz. Pensé que ella jamás soltaría lo que había logrado salvar.

–Debo marcharme –dije–. Será lo mejor para todos.

–¿Adónde irás, Noelle? –preguntó Charlie.

–De vuelta a Londres, al menos durante un tiempo. Veré lo que puedo hacer. Tengo a Marie-Christine.

–No pienso renunciar a la esperanza –dijo Roderick.

–Yo tampoco –añadió lady Constance.

Esa noche Marie-Christine vino a mi habitación.

–¿A qué se debe tanta tristeza? –preguntó.

–Volvemos a Londres.

–¿Cuándo?

–El lunes. No podemos irnos mañana porque no hay tren los domingos, si no...

–¡Volver a Londres! ¡Y con tanta prisa! Yo no puedo. Jack me va a enseñar a limpiar cerámica.

–Marie-Christine, tenemos que irnos.

–¿Por qué?

–No importa por qué. Tenemos que irnos.

–¿Cuándo vamos a volver?

–Creo que no regresaremos.

–¿Qué quieres decir?

–Ya sabes lo que sucede.

–¿Quieres decir entre tú, Roderick y Lisa?

–Lisa se va a quedar aquí.

–¿Casada con Roderick?

–Eres demasiado joven para entender estas cosas.

–Sabes que no hay nada que me enfurezca tanto como que me digan eso. Sobre todo cuando lo entiendo perfectamente.

–Pero es verdad, Marie-Christine. Lisa es la esposa de Roderick, y el matrimonio es vinculante.

–No siempre. Algunas personas se separan.

–Bueno, pero en este caso, Lisa se va a quedar, y Roderick con ella. Eso significa que nosotras tenemos que marcharnos. Aquí no hay lugar para nosotras.

–¡No puede ser! Tú te vas a casar con Roderick. Vamos a vivir aquí. Eso es lo que queremos.

–Marie-Christine, no siempre se consigue lo que se desea.

–No soporto irme. Me encanta este lugar. Jack y Fiona me caen muy bien, y el sitio es fantástico. Me encantan las cosas romanas. Deseo aprender sobre ellas. Ha sido maravilloso y no quiero marcharme, Noelle.

–Lo siento, Marie-Christine. No va a resultar. Es muy posible que Lisa se cure. Ella y Roderick están casados.

La cara de Marie-Christine estaba desfigurada por la aflicción.

–No puede ser –dijo con vehemencia–. No puede ser. Tiene que haber una forma de arreglarlo.

–No siempre podemos hacer que las cosas vayan por

donde queremos en la vida. Eso es lo que aprendes cuando te haces mayor.

–No lo creo. Tenemos que hacer algo.

¡Pobre Marie-Christine! Aún le quedaba mucho por aprender.

Fue por la tarde, justo después del almuerzo. Un almuerzo triste. Yo estaba preparada para marcharme al día siguiente e iba a ir con Marie-Christine a visitar a Fiona y a Jack para anunciarles nuestra inminente partida. Estaba en mi habitación colocándome la chaqueta de montar cuando entró lady Constance. Parecía desconcertada y turbada.

–Ha ocurrido algo terrible –dijo–. Lisa ha muerto.

El veredicto

Los días que siguieron están revestidos en mis recuerdos de una cierta irrealidad. Había idas y venidas, voces susurrantes en todas partes. El doctor Doughty no tuvo la menor duda sobre la causa de la muerte: una sobredosis de las píldoras que él le recetaba. Con frecuencia había advertido a Lisa sobre el poder de esas pastillas. Ella necesitaba ese medicamento debido a que el dolor que sufría podía ser muy fuerte, pero él le había advertido que jamás tomara más de dos por vez. En circunstancias muy extremas podía tomar un máximo de seis al día, pero era preferible que no lo hiciera muy a menudo, y si lo hacía, debía tomarlas espaciadas a lo largo de las veinticuatro horas.

La autopsia confirmó plenamente la hipótesis del doctor Doughty. Por la cantidad de fármaco encontrada en su cuerpo debió haber tomado al menos seis píldoras de una vez, una dosis fatal.

La casa estaba en silencio. Los criados iban y venían como si entre ellos hubiera una conspiración. ¿Cuánto sabrían?, me preguntaba yo. Tenían que saber que en otro tiempo Roderick y yo habíamos estado prometidos y que yo me marché repentinamente, tras haberse roto el compromiso. ¿Sabían que Roderick le había pedido la libertad para poder casarse conmigo? ¿Sabían que Lisa se había negado a dársela?

¿Alguien se habría planteado la pregunta de si Lisa había sido asesinada? Cuando ocurría alguna muerte súbita susceptible de ser un asesinato, la gente buscaba un motivo.

Sin duda, existía un motivo. Roderick deseaba liberarse de su esposa. Éste era uno de los motivos más comunes para cometer un asesinato. Él estaba en la casa cuando murió Lisa. Yo también. Y yo estaba tan implicada como él.

Fueron días de pesadilla, repletos de infinitas especulaciones. Lo único que podía hacer era tratar de desechar los terribles pensamientos que daban vueltas y vueltas en mi cabeza.

Ahora no podía dejar la casa. Había estado allí en el momento de la muerte de Lisa y tenía que asistir a la investigación judicial.

No sé cómo viví durante ese período de espera. Temía el inevitable interrogatorio, mientras al mismo tiempo ansiaba que pasara y pudiera conocer lo peor. No habría paz hasta que todo hubiera pasado... Y ¿cuál sería el veredicto?

Marie-Christine se había vuelto muy reservada; ya no podía leerle el pensamiento. Lady Constance se encerraba en su habitación y no quería hablar con nadie. Charlie parecía desconcertado. Creo que Roderick se sentía igual que yo. Deseábamos estar juntos a solas para comunicarnos lo que pasaba por nuestras mentes. Pero nos reprimíamos. Yo presentía que nos vigilaban estrechamente.

Un día tuve el impulso de salir a cabalgar. Pensé que podría considerarlo todo con más perspectiva lejos de la casa. Roderick me vio salir y me siguió. Yo estaba convencida de que tenía tantos deseos de alejarse de la casa como yo.

Estaba a más de un kilómetro de la casa cuando me alcanzó.

–Noelle –dijo–. Tenemos que hablar. Tenemos que decirnos lo que pensamos. ¿Cómo sucedió?

–Debe habérselas tomado ella misma.

–Pero si ella creía que se iba a poner mejor.

–Lo sé, pero no era feliz.

–¿Tú no creerás que yo...?

–¡Roderick! ¡Oh, no... no!

–Yo le había pedido que me dejara libre y ella se negó.

–Sé que deseábamos que ocurriera, Roderick, pero no de esa forma.

–Si se supiera, podría parecer...

–Es verdad que deseábamos que te diera la libertad para poder casarnos y estar juntos, pero no así.

–Lo que más me importa es que tú no creas ni por un momento que yo...

–Jamás creería eso. Recuerda, yo lo deseaba tanto como tú. Yo podría haber estado en su habitación. ¿Pensarías tú que yo...?

–Jamás.

–Nos conocemos demasiado bien, y sabemos que nunca podríamos ser felices con algo así entre nosotros.

–Eso es lo que yo pienso. Pero la duda...

–No hay duda ninguna.

–Es lo que necesitaba saber.

–Entonces, pase lo que pase, eso jamás se interpondrá entre nosotros.

Me senté en el tribunal con Roderick y Charlie; lady Constance y Marie-Christine estaban a cada uno de mis lados.

Los primeros testigos fueron los expertos; les hicieron muchísimas preguntas. El analista explicó que no cabía la menor duda de que la señora Lisa Claverham había muerto a causa de una sobredosis de las píldoras prescritas por su médico.

El propio doctor Doughty prestó una declaración detallada. Explicó que la señora Claverham se había lesionado la columna antes de ponerse bajo su cuidado. Dio detalles de la lesión en términos médicos y añadió que ésta era de una naturaleza que causaba muchísimo dolor a la paciente. Por ese motivo, él le había proporcionado un potente analgésico, insistiendo con mucha frecuencia sobre las precauciones que había que tener al tomarlo.

En la tarde del día de autos había llegado a la casa y había encontrado a la señora Claverham muerta. Él había supuesto desde el principio que la muerte había sido causada por una sobredosis de las píldoras que él le recetaba.

¿Sufría de depresión la señora Claverham?, le preguntaron. Él contestó que había veces en que la encontraba deprimida. Era cuando sufría malestar y dolor. A él le parecía que, dadas las circunstancias, era algo natural.

–¿Cómo estaba la última vez que la vio?

–Estaba muy animada. Yo acababa de comunicarle unos nuevos descubrimientos que han salido a la luz acerca de su enfermedad, y que hacían concebir esperanzas de una cura parcial.

Se hizo un silencio profundo en la sala del tribunal.

–Y la señora Claverham, naturalmente, se sintió contenta al escuchar esto.

–Estaba encantada.

–Y a usted le dio la impresión de que esperaba con ilusión esta cura.

–En efecto.

Al finalizar la declaración del doctor Doughty parecía improbable que Lisa hubiera muerto por su propia mano. Entonces la pregunta era ¿cómo murió?

Varios criados fueron llamados a prestar declaración. Gertie fue una de ellos, porque fue ella quien había entrado a la habitación de Lisa y la encontró muerta.

Ella solía asomarse de vez en cuando, dijo, para ver si a la señora Claverham se le ofrecía algo.

–¿Hablaba alguna vez su señora con usted acerca de ella misma? –le preguntaron.

–Oh, sí, señor. Siempre estaba hablando de que debería haber sido una gran actriz, y de que lo habría sido si no hubiera sufrido el accidente.

–¿Creía usted que era desgraciada?

–Oh, sí, señor.

–¿Por qué lo dice?

–Siempre se estaba lamentando de no haber podido ser una gran actriz, y de que, si no se hubiera hecho daño en la espalda, ciertamente habría sido tan grande como Désirée, incluso mejor si hubiera tenido la oportunidad, señor.

–Gracias, puede sentarse.

Llamaron a Roderick. ¿Había amenazado con el suicidio alguna vez su esposa?

–Nunca.

¿Había notado algún cambio en ella durante las últimas semanas? Roderick dijo que había estado fuera las últimas semanas y que había regresado el día anterior a la muerte de su esposa.

¿Cómo la había encontrado a su regreso? Muy feliz, porque le habían hablado de una posible curación.

–¿Puede usted sugerir cómo puede ser que seis pastillas hayan sido disueltas en un vaso de agua que debía tomar su esposa?

–No.

–A no ser que alguien las pusiera allí.

–Evidentemente alguien tiene que haberlas puesto allí.

–Y si su esposa las puso allí y bebió la solución ¿ha de deducirse de eso que intentó quitarse la vida?

–Puede que haya tomado una dosis y lo haya olvidado, y luego tomado otra.

–¿Quiere decir con eso que puso dos pastillas en el agua, se las tomó y un momento después tomó otras dos, y otras dos después?

–Cuando tomaba una dosis, rápidamente se quedaba algo amodorrada. Podría ser que se hubiera olvidado de que las había tomado.

Así acabó la declaración de Roderick.

Fueron llamados a declarar el mayordomo y el ama de llaves. Añadieron muy poca información, y acto seguido, con gran sorpresa por mi parte, llamaron a Mabel.

Yo la había visto por la casa y había hablado con ella brevemente. Era una chica muy nerviosa que no podía tener más de trece años. Siempre me daba la impresión de que estaba medio muerta de miedo. Me preguntaba cómo haría el trabajo que se le pedía, y recordé que Gertie decía que era algo tonta. ¿Qué podía tener que decir? Pronto lo descubrí.

–No tenga miedo –le dijeron–. Todo lo que tiene que hacer es contestar a las preguntas.

–Sí, señor.

–¿Sabe que ha muerto la señora Claverham?

–Sí, señor.

–Usted le ha dicho a una amiga en la casa que sabe por qué murió. ¿Nos lo quiere decir?

–¡Él la mató!

Se hizo un profundo silencio en la sala.

–¿Nos puede decir por favor quién la mató?

–El señorito Roderick.

–¿Cómo sabe usted esto?

–Yo lo sé –dijo ella.

–¿Usted le vio matarla?

Pareció confundida.

–Conteste a la pregunta.

Ella negó con la cabeza.

–¿Es esa respuesta un no, que usted no lo vio?

–Sí, señor.

–¿Entonces cómo lo sabe?

–Él quería librarse de ella.

–¿Cómo sabe usted eso?

–Lo escuché, ¿no?

–Escuchó, ¿qué?

–Ella estaba gritando, decía: «No me voy a ir. Ésta es mi casa y me voy a quedar. No puedes librarte de mí».

–¿Cuándo escuchó eso?

–Cuando él volvió.

–¿El día antes de que ella muriera?

–Sí.

–¿Se lo dijo usted a alguien?

Asintió.

–¿A quién se lo dijo?

–A Gertie... y a algunos de ellos.

–Eso es todo.

Me sentí enferma de miedo. Hasta el momento había sido un milagro que nadie hubiera mencionado que Roderick había estado prometido conmigo, y que yo había regresado a Leverson. Jamás debería haber vuelto, me dije. Pero ¿de qué servía decir eso ahora? Ellos descubrirían lo sucedido y dirían que Roderick la había matado.

Volvieron a llamar a Gertie.

–La anterior testigo nos ha contado que habló de la muerte de la señora Claverham con usted. ¿Es eso cierto?

–Dijo algo sobre el señor Claverham. No hice mucho caso de lo que me dijo Mabel.

–¿No? ¿Aunque acusó a uno de los miembros de la familia de asesinato?

–No, señor.

–¿No le pareció que era una acusación seria?

–Tal vez con cualquier otra persona... pero no con Mabel. No te puedes tomar a Mabel demasiado en serio.

–¿Puede explicar eso?

–Bueno, ella tiene algo flojos los tornillos.

–¿Qué quiere decir con eso?

Gertie adoptó un cierto aire de superioridad ante tamaña profesión de ignorancia.

–No está bien de la cabeza –explicó pacientemente–. Se imagina cosas

–¿Quiere decir que lo que dice no es de fiar?

–Bueno, no se puede creer todo, ¿sabe? Dice las cosas más disparatadas. Nadie hace caso de lo que dice.

–Así que, cuando le dijo que su señor había matado a su esposa, ¿cuál fue su reacción?

–Creo que le dije: «¿Ah, sí?».

–¿Y dejó las cosas así?

–Bueno, una le sigue la corriente a Mabel, ¿sabe? Una no puede hacer caso de lo que dice. Nos explicaba que era una dama, que su padre era un lord o algo así. Al día siguiente era algún rey destronado. Nada de eso tenía sentido.

–Comprendo. Entonces ¿usted no creyó que hubiera oído a la señora Claverham decir esas palabras?

–No, señor. Yo sabía que no la había oído. Yo no soy lela. Todo ha sido sólo porque ha oído toda esta historia de que la señora Claverham había tomado esa dosis... y ella ha comenzado a soñar.

–Puede sentarse.

Yo sentí gran agitación. Había tensión en el tribunal. Miré a Roderick, estaba muy pálido. Lady Constance apretaba los puños y se frotaba las manos, nerviosa.

Volvieron a llamar a Mabel.

–Mabel, ¿cuándo escuchó decir a la señora Claverham que no se marcharía?

Mabel arrugó el entrecejo.

–Trate de recordar. ¿Fue el día en que murió, el día anterior u otro día durante la semana?

Mabel estaba visiblemente apurada.

–¿Fue un día, dos días, tres o cinco días antes de que muriera?

Mabel dudó un momento y luego tartamudeó:

–Fue cinco días antes cuando lo dijo.

–¿Qué? ¿Cinco días?

–Sí –afirmó Mabel–. Eso es.

–¿Ella estaba hablando con el señor Claverham?

–Sí, él quería librarse de ella para...

–Pero el señor Claverham estaba en Escocia cinco días antes de que ella muriera. No podía haber estado hablando con él, ¿verdad?

–Estaba. Yo la oí.

–Díganos, ¿quién es su padre?

–Es un príncipe –dijo ella sonriendo.

–Así que usted es una princesa.

–Oh sí, señor.

–Su nombre es Mabel.

–Me lo pusieron cuando me robaron.

–¿Quién la robó?

–Unos ladrones. Me secuestraron.

–Y usted era una princesa... ¿del palacio de Buckingham?

Se escucharon unas risitas sofocadas en la sala. Yo respiré tranquila. Mabel estaba demostrando ser una desquiciada mental.

–Sí –dijo–. Exacto.

–¿Tal vez sería usted la princesa Victoria... María Luisa... Beatriz?

–Sí, eso es.

¡Pobre Mabel! Si no hubiera sido por Gertie podrían haberla tomado en serio. Ahora nadie podía dudar de que su declaración no tenía ningún valor.

Enseguida le tocó el turno a lady Constance. ¿Había notado ella alguna tendencia suicida en su nuera?

–Cuando el dolor era muy agudo creo que podría haberse sentido tentada a suicidarse –dijo lady Constance–. No creo que hubiera nada extraño en ello. Sufría dolores muy intensos.

–¿Y alguna vez le habló a usted de quitarse la vida?

–Oh, no. Ella no hablaba conmigo de eso.

–Se sentía mejor en esos momentos. Había una esperanza de curación.

–Sí, estaba muy esperanzada.

–Parece muy improbable que se hubiera quitado la vida en esos momentos.

–Muy improbable –coincidió lady Constance.

–Pero antes de que supiera eso, ¿cree usted que podría haberse sentido tentada a hacerlo?

–Podría... con tantos años de dolor por delante. Cualquiera podría haberlo considerado.

–Pero en circunstancias más esperanzadoras, la mayoría de las personas estarían dispuestas a continuar soportándolo durante un tiempo más.

–Eso creo yo.

–Usted vivía bajo el mismo techo. Ella era su nuera. Debe de haberla conocido bien.

–La conocía.

–¿Cree usted que era del tipo de persona que se quitaría la vida?

–No, a menos que...

–Continúe, por favor.

–A no ser que hubiera cometido un error.

–¿Qué clase de error?

–Hubo una ocasión en que yo estaba con ella. Debe hacer unos tres meses de eso. Ella tenía mucho dolor y se había tomado dos píldoras. Bebió el agua con las dos píldoras disueltas y colocó el vaso sobre el armario. Luego se recostó. Yo pensé que era mejor quedarme con ella hasta que se aliviara el dolor y se durmiera, lo cual normalmente hacía después de tomar las píldoras. Al parecer el dolor era particularmente agudo y las píldoras tardaron unos minutos en hacer efecto. Ella se volvió al armario, echó agua en el vaso y puso dos píldoras dentro antes de que me diera cuenta de que intentaba tomárselas. «¡Acabas de tomarte dos!», le grité. Si yo no hubiera estado allí se habría tomado otras dos píldoras y se habría matado entonces. Pienso que eso pudo ser lo que ocurrió el día en que murió.

Era evidente que la declaración de lady Constance causó una profunda impresión en el tribunal.

–¿Le contó a alguien este incidente?

–No. Pensé que iba a preocupar a mi hijo y a mi marido.

–¿No pensó que era peligroso dejar las píldoras allí donde la señora Claverham podía alcanzarlas con tanta facilidad?

–Lo pensé, pero como ella necesitaba las píldoras en el acto y era posible que no pudiera tocar el timbre para llamar a una criada para que se las diera o que no hubiera ningún criado en la cocina cuando ella llamara, pensé que era mejor dejar las cosas como estaban.

–¿De modo que usted decidió no hacer nada al respecto, las píldoras se quedaron en el armario y siempre había un vaso y una jarra de agua listos para usar?

–Tal vez hice mal, pero yo tenía entendido que le era muy necesario tomar las píldoras tan pronto comenzara el dolor. Sabía que si no estaban disponibles, mi nuera se sentiría agobiada por la angustia... y eso, a su vez, le produciría más dolor.

–Gracias, lady Constance.

Volvieron a llamar al doctor Doughty.

–¿Cuánto tiempo tardan en disolverse las píldoras? –deseaban saber.

–Cuestión de segundos.

–¿Cuánto tiempo tardan en hacer efecto?

–Puede variar.

–¿Según el dolor?

–Según eso y otras cosas. El estado de salud de la paciente en ese momento, el estado mental...

–¿Y el efecto de las píldoras podía producir somnolencia u olvido?

–Sí.

–¿De modo que sería posible que la señora Claverham hubiera tomado dos píldoras, y luego otras dos, digamos, pasados cinco minutos?

–Sería posible.

–¿Y que tal vez en su agitación hubiera dejado caer más de dos dentro del agua?

–Eso también es posible.

–Gracias, doctor Doughty.

Esperamos muy turbados. Marie-Christine me había tomado la mano y me la mantenía firmemente apretada. Yo sabía lo que pasaba por la mente de todos. ¿Cuál sería el veredicto? ¿Acusación de asesinato contra Roderick? ¿Contra mí?

¿Cuánta atención habían prestado al relato de Mabel? Su testimonio había sido nulo, pero ¿qué impresión habían dejado sus palabras? La declaración de lady Constance había tenido un gran efecto; además ella la había hecho de forma precisa y segura, justo al contrario de Mabel. Yo había percibido cómo cambiaba la actitud del tribunal mientras hablaba. No me atrevía ni a pensar en lo que podría aguardarnos. Me pasaron por la cabeza todas las preguntas indagadoras, las respuestas que podrían ser perjudiciales. Pensé en el peligro para Roderick... y para todos nosotros.

No podía dejar de recordar aquel día en que Lisa Fennell cayó bajo el carruaje de mi madre forzando así su entrada en nuestras vidas. Y ahora que estaba muerta continuaba amenazándonos desde la tumba.

Por fortuna, el testimonio de Mabel fue desechado. Las palabras de lady Constance habían sido decisivas. El veredicto del juez de instrucción fue «muerte accidental».

La confesión

Han transcurrido seis años desde aquel día en la sala del tribunal, pero de vez en cuando los recuerdos de aquella jornada vuelven a mi memoria, y de pronto me encuentro temblando de temor. Hemos sido tan felices en esta casa durante estos años... Aunque también ha habido momentos de dolor.

Sobre todos los que vivimos en Leverson se ha cernido la sombra de la duda. Algunas noches me he despertado de repente y me he encontrado de regreso en el pasado. Entonces lloro. Roderick me consuela. No necesita preguntarme lo que me obsesiona. «Ya ha pasado, cariño –me dice–. Todo acabó. Tenemos que olvidar.»

¿Cómo sucedió?, me pregunto. ¿Cómo murió Lisa? ¿Quién puso las píldoras en el vaso? ¿Fue ella misma? Por mucho que lo intente, no puedo aceptarlo.

Me aferro a Roderick. Él está allí, a salvo, junto a mí. Me consuelo, pero no puedo dejar de pensar.

Tiene que haber sido Lisa, me digo a mí misma... sin darse cuenta, por supuesto. Tiene que haber sido como lo sugirió lady Constance en su decisiva declaración. Habló con tanta convicción...

El veredicto fue como una bendición para todos los que habíamos estado bajo la sombra de la sospecha. Puso fin al asunto legal, aunque no fue el verdadero fin, como nos fuimos dando cuenta con el tiempo. Por lo menos, ya no habría más indagaciones, no más preguntas embarazosas. Era una especie de paz, interrumpida por nuestras conciencias. Nosotros habíamos deseado que se fuera, y se había ido.

Ese día salimos de la sala del tribunal aliviados. Pero

las dudas permanecieron, y llevábamos seis años viviendo con ellas.

Un año después del veredicto, Roderick y yo nos casamos. Lo sucedido tuvo su efecto en todos nosotros. Marie-Christine se puso loca de alegría, pero de vez en cuando se la veía meditabunda y se leían secretos en sus ojos. Ya no era una niña. Una sombra se cernía sobre ella, igual que sobre todos nosotros.

Roderick y yo tenemos un hijo y una hija. Roger tiene cuatro años y Catherine pronto cumplirá los tres. Son niños muy hermosos, y cuando los veo jugar en los jardines o cabalgar en sus ponis por el prado me siento casi satisfecha.

Luego entro en la casa y paso junto a la habitación que perteneció a Lisa. No hay ningún rastro visible de ella, pero de alguna manera sigue allí.

Mi padre nos visita de vez en cuando. Está muy orgulloso de sus nietos. Muchas veces me ha comentado lo feliz que fue para él el día que fui a buscarle. Se lleva muy bien con Charlie y creo que con frecuencia hablan de mi madre.

Me conmoví profundamente cuando me regaló la estatua de la *Doncella Bailarina*. Quería que yo la tuviera, me dijo. Era su tesoro más preciado. Me disgustaba quitársela, pero él insistió.

–Me parecía que ella estaba allí cuando la miraba –me dijo–. Ha sido un enorme consuelo durante años. Pero ahora tengo a mi hija... y a mis nietos. Y es lógico que la tengas tú.

Está en mi habitación. Veo a mi madre cuando la miro. Él supo captar su esencia, algo que, de forma indefinida, es ella. Cuando la miro me imagino que está cerca, sonriendo, muy contenta porque se han solucionado los problemas que me apartaban de la persona a la que amo y de mis hijos.

Lady Constance y yo somos muy buenas amigas. Su mayor alegría son sus nietos. No es de naturaleza cariñosa, pero de vez en cuando el enorme afecto que siente por mí se desborda y se nota. Y no hay la menor duda del amor que siente por sus nietos.

Cuando finalmente Leverson Manor se convirtió en nuestro hogar, Marie-Christine estuvo muy contenta. Su interés por la arqueología se transformó en pasión. Actualmente es muy amiga de un joven arqueólogo al que conoció a través de Fiona y Jack. Creo que muy pronto se prometerán en matrimonio.

Pero el recuerdo de Lisa persiste, incluso en Marie-Christine. Me pregunto si siempre será así. Todo el mundo en la casa es consciente de ello. Lo sé por Gertie.

Un día, no hace mucho, tuve una reveladora conversación con ella.

–Me inquieté cuando la tonta de Mabel se puso a hablar delante de toda esa gente.

Sus palabras me produjeron un escalofrío de temor, pero dije con tranquilidad:

–Pronto se vio que no era de fiar.

–Bueno, podría haber ido demasiado lejos. A punto estuvo de hacerlo.

–Su testimonio demostró lo desequilibrada que estaba, y cuando la volvieron a llamar lo demostró.

–Debió de haber oído hablar a los criados.

–¿Hablar de qué...?

–Bueno, todos sabían que usted había estado prometida al señorito Roderick por un tiempo y que el compromiso se rompió porque creyeron que eran hermanos. Entonces él se casó con Lisa y usted descubrió que, después de todo, él no era su hermano y que deberían haberse casado.

–¿Cómo sabes todo eso?

–Los criados siempre lo saben todo. Escuchan algo por aquí y algo por allá. Luego lo juntan todo y concuerda. A usted la quieren. Les hacía ilusión que usted y el señorito Roderick se casaran. En realidad no tenían muy buena opinión de ella. Habían aguantado a lady

Constance durante todos esos años, y cuando yo les conté que usted se echó la culpa de lo del busto, pensaron que eso era realmente una prueba de su bondad. Bueno, lady Constance es una gran dama... aunque uno pueda hartarse de su carácter. Pero esa señora Claverham, bueno, no era una auténtica dama. Había algo entre la una y la otra.

–¿Quieres decir que... todos sabíais eso y nadie lo dijo?

–Bueno, todos contestaron a las preguntas. No iban a decir más de lo que se les preguntaba.

–Excepto Mabel.

–Bueno, ella no sabía mucho. Había oído retazos por aquí y retazos por allá, y lo enredó todo.

–Gertie –dije–. Tu declaración significó muchísimo.

–Ésa era mi intención. Yo no quería problemas, no más que ninguno de los demás. No deseábamos que pasara nada malo en la casa. Quizás iba a venir más gente nueva y entonces ¿qué habría sido de todos? Además, nunca he olvidado lo que usted hizo cuando pasó lo del busto. Me habrían despedido entonces si no hubiera sido por usted.

–¿Y qué es lo que creen realmente sobre la muerte de la señora Claverham? –pregunté.

–Ah, suponen que se las tomó ella misma. Por error, creen. Se olvidó de que ya se las había tomado. Eso es lo que pensaron todos, ¿verdad?

Comprendí. Así era como ellos deseaban que fuera. ¿Cuál pensaban que sería realmente la verdad? ¿Y lo pensaban a menudo?

La sombra de la duda se cernía sobre toda la casa.

Era un precioso día de primavera. Lady Constance y yo estábamos sentadas en el jardín, como solíamos hacer. Los niños estaban jugando sobre la hierba y vi cómo sus ojos los seguían.

–Son unos hermosos niños –dijo–. Os veo a ti y a Roderick en ellos.

–¿De verdad? Yo he buscado en vano algún parecido.

–Oh, sí que os parecéis. Gracias, querida mía. Me alegra tanto que hayas venido aquí. A menudo recuerdo esa vez que estuvimos juntas en aquel profundo agujero. Ahora toda esa gente se maravilla ante los hallazgos cuando pasa por ese suelo donde una vez estuvimos sentadas pensando si habría llegado nuestra última hora. Fue el momento más decisivo de mi vida, creo.

–Fue el comienzo de nuestra amistad y le estoy agradecida por ello.

–Para mí fue una revelación.

Se nos acercó Catherine dando pasitos inseguros. Traía una margarita que había cogido.

–¿Es para mí? –le preguntó lady Constance.

Catherine negó con la cabeza y me la dio a mí.

–Aquí he encontrado una, abuela. –Era Roger, que también había corrido hacia nosotras–. Ésta es para ti.

Me conmovió ver su rostro de satisfacción. Entonces pensé que deberíamos ser completamente felices. Pero, por encima del hombro, miré hacia la habitación que había sido de Lisa. Casi podía imaginarme que la veía allí. Me sucedía a menudo. Ya hacía seis años que había muerto. ¿Iba a ser siempre así?

Los niños se habían ido para seguir jugando.

–Es bueno que todo se haya resuelto al fin –dijo lady Constance.

–Hemos sido felices –repuse yo.

–Como jamás lo habríamos sido si... Tenemos que olvidar esa época, Noelle. Se aleja cada vez más de nosotros. Pero yo sé que tú no puedes olvidar totalmente.

–¿Usted puede?

–A veces recuerdo –dijo negando con la cabeza–. Los recuerdos vuelven y allí se quedan. Entonces digo «Vete, ya causaste suficientes problemas en tu vida». Me alegro... me alegro de que haya muerto, Noelle. Fue lo mejor para ella... y para nosotros.

–Podría haber mejorado.

–Nunca habría mejorado por completo. Yo no hubiera podido soportar la vida sin estos nietos. Habrá un Claverham para las generaciones venideras. Es el futuro lo que importa. Pero recuerdo, y continuaré recordando.

Se echó hacia atrás en el sillón y se quedó callada. Durante un rato hubo silencio y cuando la miré tenía los ojos cerrados. Pensé que dormía, pero al cabo de un rato me alarmé. La llamé suavemente. No hubo respuesta. Le coloqué la mano en el brazo. No se movió.

Pedí ayuda. La llevamos a la cama y llamamos al doctor Doughty.

Había tenido un ataque al corazón, pero se recuperó después de unos días. Aún estaba muy débil y el doctor Doughty dijo que tenía que hacer reposo. Habló seriamente con nosotros.

–Tendrá que tener cuidado –nos informó–. Ha estado haciendo demasiadas cosas. Oblíguenla a descansar. Sé que no es fácil obligar a lady Constance a hacer algo que no desea, pero creo que es necesario y tendrán que ponerse firmes.

–¿Cree usted que se pondrá bien?

–Como saben, el corazón es un órgano vital. Ella sufrió una gran conmoción con la muerte de la primera señora Claverham. Sé que daba la impresión de haber capeado el temporal, pero yo noté que la afectó muchísimo. Procuren que se tome las cosas con calma, y comuníquenme de inmediato si hay cualquier indicio de problema.

Pero se fue debilitando. Se quedaba la mayor parte del tiempo en su habitación. Todas las tardes yo le llevaba a los niños para que la vieran. Esos momentos iluminaban sus días.

Fue al caer la noche. Los niños habían ido a darle las buenas noches antes de que la niñera los llevara a la cama.

–Quédate conmigo, Noelle –me dijo.

Estaba reclinada en los almohadones. Los niños la habían agotado aunque ella no lo iba a admitir. Se la notaba tan vulnerable... una palabra que jamás habría pensado que pudiera aplicarle a ella.

–Quiero hablar contigo –dijo–. Quiero que venga Roderick también. Deseo hablar con los dos.

–Muy pronto volverá del trabajo –le dije.

Sonrió y asintió.

Yo estaba esperándole cuando llegó. Nos abrazamos con fuerza, como hacíamos siempre, incluso después de una breve separación. No habíamos dejado de estar agradecidos por estar juntos. La incertidumbre del pasado aún se mantenía.

–Debe de haber ocurrido algo –le dije–. Tu madre está ansiosa por hablar con nosotros.

–¿Está peor? –preguntó alarmado.

–Está distinta. Creo que deberíamos ir a verla enseguida.

Se le iluminó el rostro cuando entramos a su habitación. Yo me senté a un lado de la cama y Roderick en el otro.

–Deseo hablar con los dos –dijo–. Tengo la impresión de que no me queda mucho tiempo y hay algo que deseo deciros.

–No te canses, madre –dijo Roderick.

Ella le sonrió algo exasperada.

–Siempre estoy cansada ahora, Roderick. Ahora los dos estáis casados y sois muy felices. Yo sabía que eso era lo correcto, sabía que tenía que ser así. Ha pasado mucho tiempo desde que ocurrió aquello, pero no todo está como debería, no del todo, ¿verdad? A veces es como si ella aún estuviera aquí. No puedo olvidarla, y sé que vosotros tampoco. Ella jamás se habría ido; estaba resuelta a quedarse. Era intrigante por naturaleza. Iba a arruinaros la vida: a vosotros, a mí, a todo el mundo con tal de tener lo que deseaba.

–Lo pasó muy mal –dije yo–. Tuvo que luchar para abrirse camino. El teatro era su vida.

–«El mundo entero es un teatro –recitó como en sueños lady Constance–, y todos los hombres y mujeres, simples comediantes. Tienen sus entradas y salidas, y un hombre en su tiempo representa muchos papeles.» Ahh, todos hemos representado nuestros papeles. Yo lo he hecho. Deseaba lo mejor para ti, hijo mío. Tú has sido lo más importante de mi vida. Nunca me ha sido fácil expresar la profundidad de mis sentimientos, aunque a veces lo he intentado. Creo que lo he hecho algo mejor desde que Noelle y yo afrontamos la muerte en aquel oscuro agujero. Cuando me enteré de que no todo iba bien entre tu padre y yo, tú te convertiste en todo para mí... habría muerto por ti. Deseaba que tuvieras el matrimonio adecuado. Deseaba ver crecer a tus hijos. Se me ha concedido esa bendición, y te tengo a ti, mi querida Noelle, como hija mía. Así pues, podríais pensar que no hay ninguna otra cosa que pudiera desear. Todos mis sueños se han hecho realidad. Pero esa mujer me atormenta. Roderick, te he dicho que habría muerto por ti... También habría matado por ti.

Se produjo un corto silencio. Pude ver que Roderick estaba horrorizado.

–Sí –continuó–, yo la maté. Fui a verla aquel día. Hablé con ella. Le supliqué que te dejara libre. Intenté razonar con ella. Me dijo que jamás, jamás, te dejaría ir. Se iba a quedar aquí, gritó. Tal vez fue eso lo que escuchó esa chica y pensó que era a ti, Roderick, a quien gritaba. Ella sabía que yo la odiaba. Bueno, dijo que ella también me odiaba. De pronto, en su furia, hizo un movimiento brusco. Vi que se le desfiguraba el rostro por el dolor. Vi que el sufrimiento era agudo. «Deme... las píldoras», logró decir. Algo dentro de mí me dijo que ése era el momento. Ésa era la oportunidad. Yo podía cambiar las cosas. Posiblemente jamás se presentaría otra ocasión como ésa. Puse agua en el vaso. Saqué el frasco de las píldoras. Las eché al agua: cinco, seis, tal vez fueron siete. Tardaron un poco en disolverse. Ella gemía. Se las di y se bebió el agua. Después cogí el vaso y lo volví a colocar sobre el armario. La observé durante unos segundos. Estaba echada respirando con dificultad. Vi que poco a poco se iba sosegando. La dejé. Luego entró Gertie y la encontró muerta.

Roderick estaba tan horrorizado como yo. Nos quedamos sin habla mientras lady Constance miraba hacia el frente con los ojos fijos en el espacio. Yo sabía que lo estaba reviviendo todo. Nos cogió las manos.

–Os lo he dicho. Es como si se hubiera descargado un enorme peso de mi mente.

–Lo hiciste por nosotros –dijo Roderick.

–Y por mí misma. Ay, qué felices podrían haber sido estos años si no me hubiera visto obligada a matar para alcanzarlos.

Se recostó en las almohadas. La emoción y el esfuerzo para hablar la habían agotado y respiraba con suma dificultad.

–Ahora ya ha pasado todo –dijo Roderick–. Nada puede cambiarlo. Trata de descansar. Creo que será mejor que llamemos al doctor Doughty –me dijo.

–No –dijo ella–. Me siento mejor, aliviada. Aún no os lo he dicho todo. He escrito al juez de instrucción. No sabía quién era la persona adecuada para decírselo, pero eso será suficiente. Llegará a las manos adecuadas. Hace mucho tiempo que ocurrió. ¿Creéis que lo recordarán? Veréis, está aquí en esta casa. Tengo que limpiar la casa de la sospecha, la incertidumbre, la duda. Puede que haya algunos que sospechen de ti, Roderick, y de ti, Noelle. Eso me ha tenido muy preocupada. Cuando salimos del tribunal estábamos jubilosos. Yo no pensé más allá en esos momentos. Éramos libres. Había acabado. Yo había triunfado. Y hasta cierto punto lo hice. Pero no ha sido tan sencillo como pensé que sería. Y luego, cuando tuve el ataque pensé que me podría ir en cualquier minuto. Sabía que tenía que decirlo, de otra forma el secreto se habría ido conmigo a la tumba, y esta duda se hubiera cernido sobre vosotros durante el resto de vuestras vidas. Tenía que decirlo. Vosotros sabéis la verdad. Los demás también deben saberla. No es suficiente decírosla sólo a vosotros. En cierto modo, no lamento lo que hice. Había algo perverso en ella. No se habría marchado jamás, lo vi en su cara. A ella sólo le importaba su propio provecho. Tuve que hacerlo. A veces me digo que he cometido un asesinato, pero de él sólo ha salido el bien.

Murió tres días después. Nos quedamos muy tristes. Había sido una parte importante de nuestras vidas.

–Tenemos que dejar atrás el pasado –dijo Roderick–. Debemos olvidar.

–Sí –contesté–. Tal vez olvidemos con el tiempo.

Era verdad que Lisa había tenido un efecto nocivo en nuestras vidas. Ella era la responsable de la muerte de mi madre, aunque yo no podía evitar encontrarle disculpas. Supongo que hay excusas para todos. Pero ahora está muerta y debemos obedecer el mandato de lady Constance.

Hemos encontrado la felicidad y debemos olvidar qué oscuros caminos tuvimos que recorrer para alcanzarla.

ÍNDICE

LONDRES

KENT

PARÍS

CORNUALLES

KENT

Título de la edición original: *Daughter of Deceit*
Traducción del inglés: Amelia Brito,
cedida por Grupo Editorial Random House Mondadori, S. L.
Diseño: Jordi Salvany
Fotografía de la sobrecubierta: © Toni Catany

Círculo de Lectores, S. A. (Sociedad Unipersonal)
Travessera de Gràcia, 47-49, 08021 Barcelona
www.circulo.es
1 3 5 7 9 4 0 0 2 8 6 4 2

Depósito legal: B. 8166-2004
Fotocomposición: Fotoletra, S. A., Barcelona
Impreso en Ferran Graf, S.L.
Ripollet, Barcelona, 2004
Impreso en España
ISBN 84-672-0195-9
N.° 08235